Don't Come Closer

AUDREY ALBA

Don't Come Closer

roman

HARPERCOLLINS FRANCE

83-85, boulevard Vincent-Auriol, 75646 PARIS CEDEX 13.
Service Lectrices — Tél. : 01 45 82 47 47

www.harlequin.fr

ISBN 978-2-2804-2058-7

À toutes les survivantes

Prologue

Psssshhhh...

— Non ! Non non non non non...

Je tape comme une forcenée sur mon volant comme si cela pouvait changer quoi que ce soit. Comme si ma voiture, dans un grand accès de solidarité, allait se remettre à ronronner comme un chat, redémarrer et m'éviter de tomber en rade au milieu de nulle part. Mais cette fois je crois qu'on y est. Vu l'épaisse fumée qui s'échappe du capot, il ne me reste que peu d'espoir quant à la survie de ma Coccinelle. *Ma première voiture...*

Je suis en panne à vingt minutes à pied de toute civilisation, sous des trombes d'eau, sans réseau téléphonique. Je pourrais m'apitoyer sur mon sort, mais je n'ai pas de temps à perdre. Je suis déjà très en retard pour le déménagement de ma meilleure amie, Mona, qui s'installe chez Mike, son bellâtre de petit ami... En revanche, me mettre en colère ne me pose aucun problème.

Je jette un œil dans le rétroviseur dans l'espoir vain d'apercevoir une âme charitable en train de venir me dépanner. Mais évidemment, avec ma chance légendaire, il n'y a personne à l'horizon...

J'ai toujours été chat noir, une sorte de Pierre Richard au féminin. Vous savez : la nana qui se cogne le petit orteil sur le coin de la table basse alors qu'elle sert un verre à ses invités, les rebaptisant par la même occasion ? Celle qui bloque son talon aiguille dans l'unique trou de la seule plaque d'égout de la rue, alors qu'elle est accompagnée d'un beau mec qui la ramène chez lui ? Celle qui ira, par un froid matin d'hiver, chercher son courrier en oubliant de prendre les clés de son appartement, se retrouvant enfermée dehors et déclenchant l'hilarité du concierge, fasciné par ses chaussettes en pilou et son peignoir, pas glamour pour un sou ? Eh bien, cette fille, c'est moi : Anaïs Deltino dans toute sa splendeur !

Je décide de prendre mon courage à deux mains et d'aller voir ce qui se passe sous le capot. Que ce soit clair, je n'y connais absolument rien en mécanique. Mais on ne sait jamais : un éclair de génie, une idée lumineuse, une aide du divin...

Je saisis la poignée de ma portière, m'apprêtant à courir sous la pluie, car bien évidemment, comme une bonne nouvelle n'arrive jamais seule, je n'ai pas de parapluie pour me protéger de toute cette eau. Ma pauvre veste en jean ne résistera pas bien longtemps aux assauts du ciel... Qui aurait pu prédire un tel cataclysme par une chaude journée du mois d'août ? Pas moi, c'est certain ! Il faudra que je pense à ne plus me moquer de tous ces gens qui consultent sans cesse la météo, comme si l'hygrométrie était essentielle à leur vie...

Une épaisse fumée me saute à la gorge, me tirant deux ou trois quintes de toux. Je jette un œil au moteur ; la vapeur et la pluie n'aident pas : je n'y vois absolument rien. Je sors mon téléphone de ma poche pour m'éclairer, et consulte l'écran au passage pour constater que je n'ai toujours pas de réseau... J'enclenche le flash, que j'oriente sur l'amas de métal qui me fait face, mais ne suis pas beaucoup plus avancée.

monter sur ton engin de malheur et repartir comme tu es venu...

— Non.

Je me place face à lui, les poings sur les hanches, et explose.

— Bon sang ! Mais c'est quoi, ton problème ?

Il se redresse, me toisant avec hauteur. Malgré mon mètre soixante-quinze, je me sens minuscule face à cette montagne de testostérone qui me dépasse d'une bonne tête. Sans même le vouloir, mes yeux descendent sur son torse musclé, moulé dans un T-shirt noir trempé, puis remontent sur son large cou, sa mâchoire carrée couverte d'une barbe de trois jours, avant de se noyer dans ses iris impénétrables qui ne me quittent plus. Il se penche vers moi. Je recule légèrement sous son regard noir.

— Mon problème, c'est cette foutue flotte qui n'en finit pas de tomber. Mon problème, c'est le manque de sommeil qui me rend franchement moins patient. Et, mon problème, ce sont les femmes caractérielles qui, sous couvert d'un pseudo-féminisme à deux balles, se conduisent comme des divas en refusant mon aide, tout ça parce que je suis l'heureux propriétaire d'un pénis !

Son visage est tout proche du mien, ses yeux furieux ne me lâchent pas. Et, moi, tout ce que j'entends, c'est : « pénis », « pénis », « pénis »... Je tente de contrôler mon imagination plus que débridée et me force à oublier cette délicieuse vision de son corps nu qui me hante depuis pas mal de temps déjà. Peine perdue, le mien s'éveille complètement. Ma poitrine se tend vers lui et mon débardeur rose pâle, malheureusement pour moi, n'en cache pas grand-chose.

Lui, comme à son habitude, reste de marbre, et il lorgne même ostensiblement mes seins pendant une seconde au moins ! Dire que je suis agacée par mon désir, qu'il ne semble absolument pas partager, est l'euphémisme de l'année.

— Va te faire foutre ! lui dis-je, hargneuse.

— C'est une proposition ? me répond-il très sérieusement.

Et hop, c'est reparti ! Cette fois, c'est l'image de nos corps nus et en pleine action qui me vient tout de suite en tête. À mon grand désarroi, je sens mes joues s'échauffer, ajoutant à ma contrariété.

Étant donné que mon corps a rejoint ma Coccinelle dans le club des « traîtres à Anaïs », je décide que la fuite reste le meilleur moyen de recouvrer mes esprits.

Mais j'ai un tout petit problème... Je suis incapable de bouger. Sa proximité, son parfum, le sentiment de sécurité si réconfortant que je ne trouve qu'en sa présence... La force qui se dégage de lui est totalement paralysante. *Et, bordel, toute cette eau qui lui dégouline dessus le rend encore plus appétissant...*

Hypnotisée, je le dévore des yeux. Sans vraiment m'en rendre compte, je me rapproche de lui. Son corps se contracte mais il ne m'arrête pas pour autant. Je l'observe en détail, scrute ses moindres traits : bruts, sévères, magnifiques. Je finis par retrouver ses yeux, ce qui est une très mauvaise idée : ses pupilles sont dilatées, son regard, incandescent. Je déglutis. Il n'en fallait pas plus à mon pauvre corps de femme en manque pour prendre le dessus.

La distance entre nous diminue jusqu'à ne représenter plus que quelques petits centimètres... Mon corps frôle le sien, incarnation de la puissance masculine dans ce qu'elle a de plus beau. Mes mains se posent sur ses épaules, il se crispe. Je ne devrais pas le toucher comme ça... Je sais, je sais au fond de moi que c'est une énorme connerie. Mais voilà : je ne suis plus vraiment là.

Mes paumes remontent jusqu'à l'arrière de sa nuque,

mes seins se retrouvent comprimés contre son torse, sa bouche m'appelle… Je me hisse sur la pointe des pieds et, alors que je sens son souffle chaud caresser mes lèvres, alors que je ne suis plus qu'à quelques petits millimètres de mon paradis, ou de mon enfer, difficile à dire, ses mains se posent sur mes poignets avant de les décrocher de son cou et de me repousser doucement.

— Ne fais pas ça, me dit-il d'une voix éraillée. On en a déjà parlé.

Noyée dans mes hormones, je le fixe, le regard perdu. Quand j'entends enfin ce qu'il vient de me dire, je le lâche, blessée par son rejet, et surtout choquée par mon manque de jugeote. Rien de tel qu'une bonne claque pour vous sortir de votre torpeur et vous faire reprendre contact avec la réalité.

— Oh, merde…

Humiliée et furieuse de m'être montrée aussi stupide, je lui tourne le dos et m'avance vers la voiture. *Bien sûr… Quelle conne tu peux être : tu as oublié à qui tu avais affaire, ma pauvre fille !*

— Anaïs…

— Non !

— Laisse-moi te ramener.

— Et, toi, laisse-moi tranquille ! Je te l'ai déjà dit, il me semble, et pourtant tu es encore là. Qu'est-ce qui ne va pas chez toi ?

— Attends…

Mais je ne l'écoute plus. Je ferme le capot sur le moteur qui ne fume plus, cours attraper mon sac à main sur le siège avant, retire les clés du contact et verrouille ma petite Coccinelle décédée. Avant de la quitter, je dépose un baiser sur le haut de la portière, émue, sous les yeux excédés de mon supposé sauveur en Harley. Sans un regard pour lui, je prends la route et marche d'un pas sûr et rapide, histoire de bien lui faire passer le message.

Il jure dans mon dos. Le vrombissement de sa Harley retentit avec fracas. Alors que ma colère et ma détermination sont toujours aussi fortes, je le vois me rattraper et se caler sur ma vitesse. Mon regard reste fixe sur l'horizon. Il accélère, s'arrête un peu plus loin en travers de la route, me bloquant le passage. Je fulmine. *Mais pour qui se prend-il ?*

— Monte sur cette moto.

— Non.

— Anaïs, monte sur cette bécane, s'énerve-t-il.

— Non ! Il paraît que je suis une diva, autant me conduire comme telle, répliqué-je, sarcastique.

— Très bien, comme tu voudras. Mais sache que je ne te lâcherai pas avant de te savoir arrivée et en sécurité. Il ne nous reste donc que deux issues : soit tu montes avec moi et nous serons chez ton amie en cinq minutes, soit tu t'entêtes dans ton petit caprice et tu supportes ma présence pendant la prochaine demi-heure. Alors, cinq minutes, ou une demi-heure avec moi ? Que choisissez-vous, *Princesse* ?

Je le déteste.

Je le savais déjà, mais là j'en ai la certitude. Son attitude paternaliste, son air hautain, son expression exaspérée quand il me voit... Je le déteste, mais pour une raison que je ne m'explique absolument pas mon corps, lui, l'adore.

Deux semaines !

Deux semaines que je subis ce yo-yo émotionnel et charnel qui me rend complètement dingue (en atteste mon comportement actuel, d'ailleurs)... Deux semaines qu'il se conduit avec moi comme le dernier des connards, tout en restant attentif à tout ce que je fais. Deux semaines que je n'ai plus aucun contrôle surs mon corps, qu'il m'obsède complètement. Mon mantra, « Un homme où je veux, quand je veux », n'est plus qu'un lointain souvenir…

Deux semaines qu'il fout ma vie sens dessus dessous. Seulement deux petites semaines… Autant dire une éternité, pour mon corps et moi.

Je soupire.

Je suis énervée, frustrée, fatiguée, et je commence à avoir froid, avec toute cette flotte. Résignée, mais le cœur battant, je m'approche de lui, attrape le casque qu'il me tend, l'enfile et grimpe sur sa moto en pestant.

— Je te déteste…

Je fais mine de ne pas voir son petit sourire dans le rétroviseur, préférant me blottir contre son dos.

Deux semaines que dure ce petit jeu du chat et de la souris… Il est grand temps d'y mettre un terme.

Chapitre 1

Deux semaines plus tôt

— Mais qu'est-ce que...

Un bruit sourd provenant de mon salon me tire de mon sommeil. En face de moi, le réveil indique trois heures et quart du matin. Je tente de retrouver mes esprits, de me situer dans l'espace-temps, mais mon épouvantable gueule de bois ne m'aide pas franchement.

Nouveau bruit. Ignorant mon mal de tête, je me redresse dans mon lit avant de me rendre compte qu'un poids m'empêche de bouger. Je jette un œil sous la couette pour voir un bras entièrement tatoué de noir posé lourdement sur ma taille nue. *Merde...* Les vieux réflexes se mettent en route. Check-up immédiat de mon corps : je constate alors avec étonnement que mon soutien-gorge et ma culotte sont toujours en place.

En revanche, l'homme qui est affalé sur le ventre, derrière moi, est entièrement nu. Ma veilleuse, car, oui, on peut avoir vingt-huit ans et dormir avec une veilleuse, éclaire suffisamment la pièce pour que mes yeux détaillent ses jolies fesses, mon péché mignon chez les mecs...

Encore une fois, j'en ai ferré un qui est plutôt pas mal. Enfin, je crois. J'ai beau me creuser la cervelle, impossible de me rappeler si oui ou non j'ai couché avec lui. *Là, c'est grave, ma fille...* Je me remémore rapidement la fin de soirée et, comme souvent, je ne me souviens plus de son prénom. Gaël ? Samuel ? Il me semble que c'était quelque chose qui finissait en *-el*… En revanche, ce dont je me souviens, c'est que j'ai passé un super moment avec lui. Je me revois riant à gorge déployée et…

Cette fois, c'est une voix étouffée qui me parvient, mais pas de mon lit. *Là, ça devient flippant…* Fin des rêveries. Il y a quelqu'un chez moi. Je suis maintenant suffisamment réveillée pour en avoir la certitude.

Mon portable ? Où est mon portable ? Je le cherche partout autour de moi, mais ne trouve pas mon précieux téléphone. Je réfléchis avant de me mordre la lèvre, exaspérée. Il est resté sur la table de la cuisine, là où je me suis débarrassée de toutes mes affaires, hier soir. Rectification : là où *nous* nous sommes débarrassés de toutes nos affaires.

Je jette un œil à Machin, qui dort comme une masse. Avec le bruit de moteur d'avion qui sort de sa bouche, je me demande comment j'ai pu entendre l'intrus. *Bon sang, je déteste les hommes qui ronflent…* Oubliant rapidement l'idée d'obtenir une aide quelconque de sa part, je préfère remettre à plus tard la phase délicate des « retrouvailles au réveil ».

Je soulève la couette et repousse délicatement le bras de mon plan cul pour ne pas le réveiller. Après m'être faufilée hors du lit, j'enfile un T-shirt avant de chercher un objet qui pourrait me servir à me défendre le temps d'attraper mon portable. N'ayant rien sous la main, je rassemble mes esprits pour me concentrer plutôt sur mes compétences en matière d'autodéfense et de kickboxing. Espérons juste que mon intrus ne soit pas une armoire à glace…

J'ouvre silencieusement la porte de ma chambre et m'avance à pas de loup dans le couloir obscur. Une fois arrivée en vue du salon, je distingue une masse qui bouge sur mon canapé. *Oh ! Mon Dieu...*

Le problème est que pour accéder à mon téléphone, et donc signaler ma situation à la police, je n'ai que deux options. Mon appartement étant ce qu'il est, c'est-à-dire minuscule, les deux possibilités qui s'offrent à moi sont : passer devant le canapé, laissant la possibilité à mon intrus de m'attraper les jambes et de me faire basculer dans une scène digne des plus grands films d'horreur, ou passer entre le canapé et le mur, ce qui m'offre peu d'espace mais la protection non négligeable du dossier du canapé. Je choisis donc la deuxième option.

Inspirant profondément, je prends mon courage à deux mains et m'approche du sofa maudit. Je suis en apnée alors que je progresse, très lentement. Cherchant à évaluer la corpulence de mon adversaire (corpulence sans nul doute inversement proportionnelle à mes chances de sortir indemne de cette situation), je jette un œil curieux à la silhouette qui est allongée sur le canapé. Mon intrus ne bouge pas, il paraît... *endormi ?* Intriguée, je m'arrête avant de me pencher légèrement au-dessus du dossier.

C'est ce moment précis que choisit mon chat Mitou (savant mélange de « Minou » et de « Matou ») pour bondir de sous le canapé sur mes pieds nus, me tirant un hurlement à ameuter tout l'immeuble. Mon intrus, réveillé par mon cri strident, sursaute avant de tomber lourdement sur le sol. Dans un mouvement de recul totalement involontaire, un pur réflexe de survie, mes pieds s'emmêlent au fil de la lampe halogène, me faisant chuter dans une disgrâce des plus totales, et entraînant le malheureux luminaire dans ma déchéance.

Consciente du danger imminent (et maudissant intérieurement la race féline), je me redresse et me place en position de défense, le dos accolé au mur. Mon intrus se relève. *Attends un peu, j'ai l'impression de connaître cette silhouette...*

— Anaïs, c'est toi ?

Mince... Je connais *cette silhouette.*

— Lili ?

Je retrouve l'interrupteur et allume. La lumière inonde la pièce, nous aveuglant toutes les deux momentanément. Mon amie se tient là, ses cheveux blonds hirsutes, son regard vert endormi : visiblement, elle aussi essaie de comprendre ce qui vient de se passer. Lorsqu'elle me voit, le soulagement apparaît sur ses traits fins. Quant à moi, je sens mon corps qui se relâche.

— Bon sang, tu m'as fichu une de ces peurs ! s'agace-t-elle.

— Moi, je t'ai fait peur ? lui dis-je tout en redressant ma pauvre lampe halogène. Tu te fiches de moi ? Ce n'est pas moi qui m'introduis comme une voleuse chez les gens, la nuit !

— Je ne m'introduis pas comme une voleuse ! Je t'ai appelée plusieurs fois. Mais apparemment tu avais plus important à faire que de répondre à ton téléphone..., insinue-t-elle en désignant du regard ma minuscule robe de soirée d'hier, qui est suspendue au mitigeur de l'évier de la cuisine.

— Possible...

Je souris à mon amie avant de récupérer mon bout de tissu rouge, ma couleur préférée. J'ai le teint mat, des cheveux noirs et des gènes à cinquante pour-cent hispaniques ; autant dire que le rouge est mon coloris de prédilection.

— Tu es insatiable...

— Je suis épicurienne, nuance.

— Alors, c'était comment, cette fois ? me demande-t-elle d'un air complice. Est-ce qu'il fait partie de ton *top ten* ?

Très bonne question…

J'y réfléchis sérieusement, tentant de me remémorer mes conquêtes passées, mais c'est peine perdue, elles sont trop nombreuses. Ces six dernières années, j'ai couché avec plus d'hommes qu'il n'y a de mois en six ans…

Mettons les choses au clair : je ne suis ni une nymphomane ni une maniaque de l'amour. Je ne recherche pas non plus l'âme sœur. L'idée même d'appartenance à l'autre me file de l'urticaire. Non, ce n'est pas ça. C'est juste que j'aime le sexe.

J'aime le contact avec l'autre, le désir que je provoque dans les yeux d'un homme, et toutes les promesses dont ce désir est chargé… J'aime la chasse, la séduction, le pouvoir. Assumant entièrement ma féminité et mes désirs, j'utilise les hommes pour mon bon plaisir, là où beaucoup de femmes se contentent d'un objet de substitution, vibrant et en plastique…

Mes amis les plus proches me connaissent bien et ne me jugent pas. Ils savent pourquoi je me conduis en croqueuse d'hommes et ils ne m'en tiennent pas rigueur. Ils n'ont jamais tenté de me faire changer, parce qu'ils savent pertinemment que ce serait comme brasser de l'air : inutile.

— C'était plutôt pas mal, lui confié-je sans grande conviction.

Mon souci, c'est que l'expérience m'a appris que très peu d'hommes sont capables de vous offrir un feu d'artifice au lit. Et je ne parle même pas de ceux qui ne se préoccupent que de leur propre plaisir… Une bonne majorité des mecs font passer un moment très agréable, heureusement pour nous, mais très peu connaissent suffisamment le corps des femmes pour leur donner tout ce qu'elles méritent, à commencer par un orgasme à vous faire perdre la voix.

— Et c'était quoi, le souci, cette fois-ci ? me demande Lili.

— Je ne sais pas trop... Peut-être que le problème vient de moi. Un début de lassitude, je pense...

Mieux vaut un demi-mensonge qu'une vérité peu glorieuse...

— Tu devrais peut-être changer de méthode, me suggère mon amie, pensive. Essayer le même mec une seconde fois, après n'avoir sélectionné que les meilleurs. Une sorte de carnet d'adresses où tu pourrais piocher ce qui te fait envie. Comme un menu de restaurant : un menu de service trois pièces !

— Plutôt sympa, comme idée, répond une voix rauque à l'autre bout de la pièce.

Je me retourne et découvre, effarée, mon plan cul du jour, en tenue d'Adam à l'entrée du salon. *Merde...* Il sourit, visiblement amusé par la situation. Je dois bien reconnaître que la lumière lui rend entièrement justice, et j'approuve le choix que j'ai fait hier soir. Il est canon. J'irais même jusqu'à dire que la nature a été très généreuse avec lui...

— Nathanaël ! dis-je dans un sourire crispé. Lili, tu m'excuses une minute...

Mon amie acquiesce, retenant in extremis un rire. Je récupère à la va-vite les fringues qui traînent dans la cuisine, cours rejoindre mon mec d'une nuit, l'attrape par le bras, et nous conduis vers la chambre, où j'entre après lui. Il commence à se rhabiller, détendu.

— Je suis vraiment désolée, je ne savais pas que mon amie viendrait cette nuit.

— T'inquiète, aucun problème, répond-il avec un demi-sourire.

Bon sang, ce que je déteste ce moment. Comme à

chaque fois, je regarde mon amant d'une nuit enfiler ses vêtements, mal à l'aise, cherchant comment le pousser doucement vers la sortie sans passer pour une salope sans cœur. Une fois son jean boutonné, il enfile son T-shirt, et me lance, d'un ton décontracté :

— C'était plutôt sympa, la nuit dernière.

— Oui. C'était... plutôt bien, dis-je d'une voix hésitante.

— Ouh... Ça fait mal...

Règle numéro un, Anaïs : ne jamais blesser un homme dans son ego de mâle.

— Non, ce n'est pas ce que je voulais dire... Enfin, si : tu sais, avec l'alcool... Enfin, non... Bref ! J'ai vraiment passé du bon temps, tenté-je pour me rattraper.

Cette fois, il rit de bon cœur.

— T'inquiète, je plaisante ! Détends-toi, je ne vais pas te demander si j'ai été performant, ou je ne sais quoi de ce genre.

— Ah oui ?

— Oui ! Je sais déjà ce que je vaux au pieu, réplique-t-il avec un clin d'œil. Je n'ai pas besoin d'un compte rendu détaillé. En revanche, si tu veux, on peut se revoir. Je crois qu'on a beaucoup en commun, toi et moi.

Et voilà, on y est...

— C'est-à-dire que...

— Pas de sexe, me coupe-t-il en quittant la chambre. Je ne couche jamais deux fois avec la même nana. Si ça te convient, alors moi aussi.

Adressant un « salut » à Lili, de nouveau étalée sur le canapé, il attrape sa veste en cuir sur la table de la salle à manger, et se dirige vers la porte d'entrée, que je lui ouvre. Il la franchit avant de se retourner.

— Je t'ai laissé mon numéro sur la table de chevet. Au cas où ça te dirait d'aller boire une bière, un de ces quatre.

Il fait un pas vers l'escalier.

— Et si je te dis que tu as été archi-nul ?

S'arrêtant sur la première marche, il se retourne, un sourire arrogant collé au visage.

— Je sais que tu mens.

— Ah oui ? Et comment peux-tu en être aussi sûr ?

— Je le sais parce que tu étais encore plus bourrée que moi, et que tu ne te souviens de rien.

— Faux ! Je me souviens d'une bonne partie de la soirée et aussi...

— On n'a pas couché ensemble, me coupe-t-il.

— Quoi ?

Il éclate de rire.

— Tu es vraiment un enfoiré, tu aurais pu me le dire plus tôt, au lieu de me faire marcher !

— Ça n'aurait pas été aussi drôle.

Je tente tant bien que mal de cacher mon amusement.

— Tu es sûr de toi ? On n'a vraiment pas couché ensemble ?

— Sûr et certain. En ce qui me concerne, je me souviens parfaitement de la soirée.

— Alors est-ce que tu veux bien m'expliquer ce que tu foutais à poil dans mon lit ?

— Mais, ça, c'est parce que je dors toujours nu, ma beauté, précise-t-il d'une voix suave. Et ce, quelles que soient les circonstances.

Marrant, ce gars...

Il descend deux marches avant de s'arrêter.

— Au fait, je m'appelle Maël, pas Nathanaël.

— Merde...

— Allez, ciao. À plus, jolie brune, lance-t-il, hilare, en disparaissant dans les escaliers.

Je ferme la porte puis retourne au salon et m'affale contre Lili. Mitou s'est installé sur son ventre, ronronnant comme un bienheureux.

— Ce chat ne m'est d'aucun secours, soupiré-je. Je suis sûre qu'il a pris un malin plaisir à me faire repérer, tout à l'heure… Tiens, en parlant de ça, tu ne m'as toujours pas dit ce que tu faisais chez moi…

— Le silence.

— Quoi ?

— Je suis à la recherche du silence.

— Tu pourrais développer, Père Fouras ? Je te rappelle que j'ai très peu dormi et qu'il est trois heures et demie du matin.

Le regard blasé qu'elle me lance me donne envie de sourire mais je m'abstiens.

— Figure-toi que, depuis que Mona est amoureuse, je n'arrive plus à faire une nuit entière de sommeil. Quand je bosse au bar, ça m'est égal, puisque je ne suis pas là. Mais pendant mes jours de repos je dois jongler entre mes insomnies et les cris d'extase de ma sœur, qui semble réécrire à elle toute seule le Kama-sutra. Je te jure, on dirait que Mike a fait d'elle une espèce de déesse du sexe, et qu'elle cherche à rattraper tout le temps qu'elle a perdu pendant sa période d'abstinence pré-viking, soupire-t-elle. Voilà, c'est pour ça que je suis à la recherche du silence.

— Mmh, mmh, je vois.

Mona, la grande sœur de Lili, et accessoirement ma meilleure amie, a rencontré l'amour, il y a de ça quelques mois, en la personne de Mickael Johnson. Ce qui devait n'être à la base qu'une histoire sans lendemain, le temps d'un week-end à Paris, s'est révélé être bien plus que ça le jour où Mike, qui ressemble étrangement à Thor, le demi-dieu viking armé d'un gros marteau, a débarqué dans le Pays basque pour devenir notre nouveau patron. Ils ont eu quelques difficultés à s'accorder, mais, depuis qu'ils se sont acceptés tels qu'ils sont, ils filent le parfait amour.

Contrairement à Lili, qui croit à l'amour au premier regard, je ne suis pas du tout fleur bleue. Mais je dois reconnaître que, depuis que Mona vit cette histoire avec son Viking, je ne l'ai jamais vue aussi heureuse et épanouie.

— Je te jure, c'est un enfer, reprend Lili. L'appart est tellement mal insonorisé... Je suis ouverte d'esprit, mais il y a des limites ! Et là, tu vois, j'ai l'impression d'être dans la chambre avec eux... C'est horrible ! Même mes boules Quies ne suffisent pas !

— Tu n'as qu'à établir un contrat de colocation stipulant que la baise n'est autorisée qu'en ton absence, me moqué-je.

— Très drôle !

— Je plaisante. Mais pourquoi est-ce qu'ils ne vont pas chez lui ? Il a une immense baraque.

— Parce que Mona ne veut pas paraître envahissante ! s'exaspère-t-elle. Je te jure, elle m'agace avec ses principes à la con ! Du coup, ils alternent ! Et, quand ils se voient chez nous, ils en font profiter tout l'immeuble. Comme je mets des bouchons d'oreilles, ils sont persuadés que je n'entends rien...

Elle soupire, pose sa tête sur mon épaule, puis reprend :

— C'est pour ça que je me suis dit que je pouvais peut-être venir squatter chez toi pour la nuit... J'ai pris la clé de ton appart sur le trousseau de Mona, et me voilà !

— Au moins, je ne t'ai pas assommée dans ton sommeil, c'est déjà ça... Bon, on va se coucher ? Je suis exténuée. Viens dormir avec moi. Le canapé est horrible si on y reste trop longtemps, et toi comme moi nous avons besoin d'un vrai lit. On a des heures de sommeil à rattraper, toutes les deux.

— OK, si tu changes les draps. Ne le prends pas mal,

mais je ne tiens pas à attraper une MST, alors que je n'ai plus de relations sexuelles depuis... Laisse tomber, il vaut mieux que je ne calcule pas.

Je fais mine d'être vexée, et lui décoche un magnifique coup de coussin avant de me lever pour aller changer les draps. Lili me rejoint et m'aide à finir de faire le lit.

— Il avait l'air sympa, ce mec, me dit-elle en bâillant. Tu vas le rappeler ?

— Peut-être. Je crois qu'on a vraiment passé une bonne soirée tous les deux. Je me souviens que je me suis bien marrée.

— C'est sympa. Peut-être que cette fois-ci...

— Et puis il m'a bien spécifié qu'il ne couchait pas deux fois avec la même nana, la coupé-je. Je crois que c'est pour ça que je l'aime bien : on dirait moi en mec.

— D'accord, je n'ai rien dit.

Elle s'allonge dans le lit et joint les mains l'une contre l'autre avant de prononcer, d'une voix monotone :

— Mon Dieu, préservez-nous, pauvres mortels, des conséquences assurément désastreuses d'une amitié entre Anaïs Deltino et son jumeau maléfique...

Je m'allonge près d'elle, lui pinçant le bras au passage. Nous rions toutes les deux avant de nous caler dos à dos. Il nous faudra moins de cinq minutes pour sombrer dans le sommeil.

Chapitre 2

Rrrrrrrrrrrrrrrr...

Quelque chose me chatouille la joue. Allongée sur le ventre, j'ouvre à demi un œil comateux pour me rendre compte que le truc en question n'est autre que mon chat. Enfin, plutôt sa queue, qui se balance nonchalamment sur mon oreiller. *Maudit félin.*

Lorsque je suis en vacances, ce qui est précisément le cas aujourd'hui, je laisse mon corps décider de l'heure la plus propice pour nous réveiller, lui et moi. Ensuite, il y a le rituel des étirements, celui du pipi, de la brosse à dents, de l'allumage de la télé à volume bas. Enfin, le sacro-saint café ! Noir, sans sucre. Et pas une petite tasse, plutôt un grand mug bien rempli. Il me faut au moins ça pour émerger. C'est mon rituel, mon moment pour moi. Mais visiblement, ce matin, mon chat en a décidé autrement.

Un maigre rayon de soleil perce entre mes volets, signe irréfutable que le jour est tout juste en train de se lever. Je grogne avant de replonger la tête dans mon oreiller.

J'ai horreur que l'on me réveille, surtout quand je n'ai aucune raison de quitter mon lit avant d'avoir atteint un minimum de onze heures de sommeil. En plus, aujourd'hui, on est mardi. Quel être humain sur cette planète serait physiologiquement satisfait d'être tiré de son sommeil par son animal domestique, un mardi ? De congé, en plus ? Aucun, c'est évident.

Rrrrrrrrrrrrrrrrr...

Ces ronronnements incessants dissipent mes dernières brumes de sommeil. Je souffle bruyamment, tentant de mettre le maximum d'agacement et de mauvaise humeur dans mon soupir. Mais cela ne semble pas affecter Mitou le moins du monde, qui me gratifie même d'un « maow » paresseux, tout en bâillant. Dépitée, je le fusille du regard.

— Et en plus tu oses me jeter ta fatigue à la figure...

Je quitte mon lit à regret pour enfiler un T-shirt des Guns N'Roses, mon groupe préféré. Il est vieux, gris, ou plutôt noir délavé, beaucoup trop grand pour moi et difforme, mais je l'adore. Il n'existe pas vêtement plus réconfortant que celui-ci, pour moi. Je ne le porte que lorsque je suis seule, jamais si l'un des nombreux mecs que je ramasse dans les bars se trouve encore chez moi. C'est mon petit truc à moi.

Un peu comme le maquillage. Je ne sors jamais sans maquillage. C'est *ma* règle numéro un. Que j'aille boire un verre avec des amis, draguer dans une boîte de nuit ou me faire une séance de sport, je suis toujours maquillée. Toujours. Il est inconcevable pour moi de ne pas être présentable aux yeux du reste du monde. Mon fond de teint, mes yeux bruns soulignés d'un trait noir, mon rouge à lèvres cerise pour faire ressortir ma peau mate : c'est mon minimum syndical.

Et il n'y a pas que ça... Jamais de fringues noires, par exemple : elles m'évoquent la mort, le deuil et les corbeaux. Brrr.

En somme, je suis une femme de principes. Et certains de mes principes me poussent à la bizarrerie, c'est tout. Mes proches ont d'ailleurs vite pris le parti de ne pas me poser de questions à propos de mes nombreux « rituels », ils savent que je n'y répondrais pas. C'est mon jardin secret, et l'idée que d'autres que moi puissent y pénétrer me file de l'urticaire.

Je pousse les volets et une agréable brise matinale s'engouffre dans mon petit deux pièces. C'est l'avantage d'être debout à 7 heures du mat : on peut profiter pleinement de la fraîcheur des premières lueurs du jour, et c'est d'autant plus appréciable qu'on est au beau milieu d'un mois d'août caniculaire. Je jette un œil à Mitou qui fait tranquillement sa toilette à mes pieds et me baisse pour lui gratouiller le dos.

— Bon, je te l'accorde : c'était peut-être une idée judicieuse de me lever aux aurores... Mais ne t'avise pas de penser que ton ardoise est effacée pour autant !

Il s'éloigne en trottinant vers la cuisine, nous laissant seuls dans ma chambre, mes cernes et moi.

— Bon, allez ! Bouge, Deltino ! La journée t'appartient.

Je respecte méticuleusement mon rituel des matins de vacances. Cinq minutes plus tard, me voilà sur mon minuscule balcon, un mug à la main. La première gorgée de café glisse le long de ma gorge, me tirant un gémissement de bien-être. Assise sur une chaise, je croise mes pieds nus sur la table de jardin. La tête posée sur le dossier, je réfléchis à ma journée. Je n'ai pas prévu grand-chose, si ce n'est mon entraînement de boxe à 17 heures. Je souris : c'est mon défouloir qui m'attend, un exutoire dont mon tempérament latin a cruellement besoin. Il me reste une dizaine d'heures à occuper d'ici là. Je pourrais aller à la plage ce matin, rentrer pour midi à la maison, manger une bonne salade bien fraîche et profiter des heures les plus chaudes pour m'accorder une petite sieste. Le programme est alléchant, mais la perspective de passer cette journée en solitaire ne m'enchante guère. Pourtant, je n'ai pas le choix : je ne peux pas proposer aux copines de m'accompagner, elles travaillent. Quant à Yon, mon grand frère de cœur, il doit être au Pérou, à l'heure qu'il est. Bref, je suis seule ! Totalement seule... À moins que... Je pourrais déroger pour une fois à l'une de mes règles, et proposer au mec de samedi dernier de se joindre à moi. Il était sympa... Et on n'a pas couché ensemble ; techniquement, je n'enfreins aucun interdit.

Après avoir pris le temps de terminer tranquillement mon café, je rejoins la cuisine et fouille dans mon tiroir fourre-tout à la recherche du bout de papier sur lequel est griffonné le numéro de Natha... Maël ! De Maël. Après quelques injures bien senties envers mon système de rangement plus que douteux, je finis par le trouver. Je cours jusqu'à ma chambre pour attraper mon portable, avant de revenir m'affaler sur mon canapé. Appel ou texto ? Un message, plutôt, car il n'est pas encore 8 heures du matin. Et il n'a sûrement pas de chat lève-tôt, lui. Je réfléchis à ce que je vais lui écrire, ce qui m'agace rapidement. C'est la première fois que je fais ça : recontacter un mec. J'hésite sur la façon d'amener les choses, et conclus que la manière simple et directe est sans doute la plus efficace ; la moins prise de tête aussi.

Salut. C'est Anaïs. Ça te dit, de m'accompagner à la plage ce matin ?

J'appuie sur « envoi » puis le regrette aussitôt. Bizarrement, le fait de tisser des liens d'amitié avec ce mec m'angoisse un peu. En attestent mes mains devenues moites, et la façon frénétique dont je consulte l'écran de mon téléphone, pour voir si une réponse s'affiche. Mais j'ai quand même un bon pressentiment : ce gars m'a fait une forte impression. Et puis il n'a pas cherché à coucher avec moi alors que la quantité extravagante d'alcool que j'avais absorbée ne me permettait plus le moindre discernement... C'est forcément quelqu'un de bien, non ? Mon portable vibre sur la table basse : c'est lui.

Désolé, je ne connais pas d'Anaïs. Faux numéro.

Eh bien, quand il s'agit de faire simple et direct, il me bat largement... Qu'est-ce que je suis stupide. À quoi est-ce que je m'attendais ? Il doit sans doute tirer son coup tous les quatre matins ; évidemment, il ne se souvient pas de moi ! J'ai eu moi-même du mal à retenir son prénom, alors pourquoi lui se soucierait-il de se rappeler une nana qu'il a ramenée chez elle parce qu'elle était trop bourrée pour rentrer par ses propres moyens ? Tant pis, je m'en remettrai.

Alors que je m'apprête à reposer mon téléphone pour aller chercher mon sac de plage, il vibre de nouveau :

Je déconne ! Heureux de voir que tu es revenue dans le monde des vivants, jolie brune.

Ha ha... Mais, dis-moi, tu es le roi de l'humour, toi !

On fait ce qu'on peut... Plage, tu dis ?

C'est l'idée.

Je t'ai laissé mon numéro pour aller prendre une bière, il me semble.

Exact. Mais c'est un peu tôt pour l'alcool.

Parce qu'il est 8 heures ?

Parce que la dernière fois que j'ai bu c'était il y a deux jours, et que tu as dû me ramener chez moi. Bon, plage ou non ?

Ça dépend… Est-ce que j'ai une chance de te voir à poil, cette fois-ci ?

Je souris. Ce mec est une vraie plaie.

Aucune.

Pourquoi ça ?

Tu as loupé le coche.

Je suis un mec stupide.

Tu es un mec avisé ! Bon, tu m'accompagnes, oui ou non ?

Non, désolé, beauté. Ça aurait été avec plaisir mais je bosse.

Tu ne pouvais pas le dire avant ?

Pour te priver de mon sens de la répartie ?

Pour m'épargner ton sens de la répartie.

Ça, jamais ! C'est ce qui fait tout mon charme…

Je lève les yeux au ciel, un sourire aux lèvres. Heureusement, il ne peut pas le voir. Je ne me serais jamais laissée aller devant lui, il aurait pu en déduire que je lui accorde plus d'importance qu'il n'en a. Après tout, il n'est qu'un simple « presque » plan cul. Pour le moment. Mais il ne ferait pas un bon petit ami : trop sûr de lui, avec une pointe de vanité qu'il semble parfaitement assumer, et qui certes lui donne un certain charme, mais qui indique surtout que c'est un serial baiseur. Une version de moi au masculin, ça ne fait plus aucun doute. Mon sourire s'élargit.

J'ai lu une fois, dans un magazine, que le coup de foudre amical existait. C'est peut-être pour ça que ce mec m'intrigue tant et, par curiosité, j'ai besoin de voir si j'ai raison ou si je me plante complètement. Rien de sentimental là-dedans. Bien qu'il soit canon et certainement très habile de ses mains, de sa langue, de son corps en général, il n'éveille rien de plus en moi que de la curiosité. Et ça me convient parfaitement : je ne veux pas de mec dans ma vie. L'indépendance est mon credo. Le sexe, oui. Les sentiments, non.

Et puis il y a déjà quelqu'un dans ma vie : mon chat. Je sais, c'est un cliché épouvantable, pourtant, je n'ai aucune honte à reconnaître qu'il est le seul spécimen masculin à avoir mon entière confiance. Le plus amusant, dans tout cela, c'est que cette boule de poils, à laquelle je voue un amour inconditionnel, a le physique le plus ingrat qu'il m'ait été donné de voir : son pelage roux est pelé par endroits, il a une balafre sur le museau, les yeux jaunes et vitreux et, pire que tout, il bave. Quand je l'ai trouvé, minuscule chaton affamé et sale, il venait de se faire attaquer par une ribambelle de chats de gouttière sans pitié qui l'avaient laissé pour mort. Je l'ai recueilli, soigné, aimé, et il me le rend bien, faisant preuve à mon égard d'une loyauté à toute épreuve. L'exact opposé de mes conquêtes, en somme, à qui je veux bien accorder tous les premiers prix de beauté, mais pas la plus petite place dans mon cœur.

Eh bien, si tu veux qu'on aille la boire, cette bière, fais-moi plaisir et épargne-moi ce petit jeu. Tous ces trucs- là, ça ne fonctionne pas avec moi !

Tu en es sûre ? J'ai hâte de voir ça…

Quel crétin ! Cette fois, je ne réponds pas, bien que l'envie de lui rabattre le caquet me démange. Mais j'ai déjà dépassé les bornes de ce que je m'autorise habituellement. Et puis l'heure tourne. Si je veux profiter de la plage avant qu'elle soit envahie par la foule, j'ai intérêt à me bouger le popotin. Je file à la salle de bains me maquiller, attache mes longs cheveux bruns en une tresse bien serrée, avant de passer mon maillot puis ma robe de plage orange. J'attrape mon sac à main et y jette mon portable, ma crème solaire, mes clés et ma liseuse. Plus que mes espadrilles à talons compensés à enfiler, et c'est parti ! Je claque la porte de mon appartement et cours à ma voiture, impatiente à l'idée de farnienter. De vraies vacances, quoi !

J'ai passé une superbe journée. Je m'en suis tenue à mon programme, qui s'est déroulé sans accroc. Résultat : je suis en pleine forme ! Je suis même arrivée à mon club de boxe avec de l'avance, ce qui m'a laissé le temps de bien m'échauffer avant mon entraînement. Malheureusement pour moi, je suis la seule à être en congé, et certains de mes acolytes auraient visiblement eu besoin de se détendre à la plage... À commencer par Stéphane, mon entraîneur, qui me fait vivre un enfer.

— Anaïs, relève ta garde ! hurle-t-il. Tu es sur un ring, pas dans une foutue salle de bal !

Je lui jette un œil mauvais : il me malmène ainsi depuis près de vingt minutes. Mais visiblement mon regard de tueuse ne lui fait ni chaud ni froid, comme d'habitude.

J'ai tout juste le temps de me reconcentrer sur Constance, mon adversaire, avant d'esquiver un crochet du droit. Je sautille sur place, sans la lâcher des yeux. Elle est légèrement plus petite que moi, ce qui me confère un certain avantage. Prête à lui en faire voir de toutes les couleurs, je lui souris derrière mon protège-dents. Elle est plus déterminée que jamais, le regard plein de hargne, mais cela ne lui suffira pas pour parer mon attaque. Je lance mon poing droit et mon gant finit par percuter son menton dans un uppercut digne des plus grands boxeurs. Légèrement sonnée, elle recule, secoue la tête, et j'en profite pour l'envoyer au tapis.

Victorieuse, je me redresse et la toise de toute ma hauteur. L'adrénaline qui court dans mes veines agit comme un puissant stimulateur ; je me sens plus forte que jamais. Je ne dirais pas que je me trouve invincible, loin de là, mais tout de même beaucoup plus en confiance. Malheureusement pour mes amies kickboxeuses, la rage de vaincre qui m'anime quand je participe à un combat ne laisse rien au hasard.

Me voyant immobile, Stéphane passe les cordes, s'inquiétant de l'état de mon adversaire.

— Bon sang, tu n'es pas obligée de me les amocher à chaque fois ! s'énerve-t-il.

— C'est toi qui m'as mis la pression ! rétorqué-je. Tu sais très bien comment je réagis quand on me pousse dans mes retranchements !

Il aide Constance à se redresser. Elle saigne légèrement du nez. Aussitôt, mon masque de combattante tombe pour laisser place à celui de l'infirmière. Je détache mes gants avec les dents et les retire. Afin de m'assurer que son nez n'est pas fracturé, je m'accroupis face à elle et lui fais incliner le menton. Stéphane en profite pour lui tendre un mouchoir.

— Je suis vraiment désolée, dis-je en l'examinant. Je ne me rends pas toujours compte de ma force quand je suis lancée dans un combat. Tu as des vertiges ? Des maux de tête ?

— Non, ça va, me répond-elle en épongeant son sang. Ça fait partie du charme des sports de combat, non ? Ne t'inquiète pas, je m'en remettrai. Tu n'es pas si balèze que ça... Ma fille de cinq ans pourrait avoir la même droite que toi, avec un peu d'entraînement, me taquine-t-elle alors que je l'aide à se relever.

— Surtout, rappelle-moi de ne plus jamais m'excuser de t'avoir cognée !

Nous rions toutes les deux, bien loin de l'agressivité du combat qui nous animait deux minutes plus tôt. J'aime bien Constance. Ce petit bout de femme ne lâche jamais rien. Elle est de loin mon adversaire de premier choix lors de mes entraînements ; comptable, mariée et mère de deux enfants. Rien ne peut laisser présager la peste qu'elle devient une fois qu'elle a enfilé ses gants. Elle a beau être d'une douceur incroyable, elle se transforme alors en véritable furie.

C'est ce que j'aime dans les sports de combat : n'importe quelle femme peut s'y transformer en guerrier des temps modernes, capable de terrasser un homme en moins de temps qu'il n'en faut pour le dire.

Enfin, en théorie, parce que dans la pratique... Le souvenir cuisant de ce qui s'est produit l'autre soir avec Lili me mortifie de honte. Ma réaction a été désastreuse ! Si ça avait réellement été un inconnu, j'aurais été en bien mauvaise posture. Pour une nana qui s'enorgueillit de maîtriser les bases des sports de combat, on peut dire que je me suis complètement loupée. Bien sûr, il y a eu Mitou, dont je ne peux absolument pas maîtriser les agissements puisque, comme tout chat qui se respecte, il n'en fait qu'à sa tête ; et mon état d'ébriété ne m'a pas aidée non plus. Ça aura au moins eu le mérite de faire mourir de rire Mona, et surtout de me pousser à m'entraîner encore plus. Moi qui passe déjà énormément de temps à la salle de sport...

Le jour où pour la première fois j'ai poussé les portes de ce club, j'étais seule. Ma vie n'était animée que par une rage noire qui me dévorait de l'intérieur.

Stéphane m'a accueillie sans aucune question, il m'a enfilé une paire de gants, et placée face à un sac de frappe. J'ai tout donné, cognant sans relâche jusqu'à l'épuisement. Je suis repartie comme j'étais venue, et je suis repassée le lendemain, puis le jour suivant, et celui d'après encore... C'était il y a six ans.

Depuis, Stéphane, du haut de ses soixante ans, est devenu une seconde figure paternelle pour moi. Il m'a prise sous son aile, et entraînée jusqu'à me permettre d'atteindre un niveau plutôt honnête. Enfin, c'est ce que je pensais jusqu'à samedi dernier...

Je me suis spécialisée dans le kickboxing et le krav maga, les sports d'autodéfense par excellence. Pour moi, l'un ne va pas sans l'autre : la boxe pour apprendre à combattre, le krav maga pour se protéger d'éventuelles agressions. C'est grâce à ces deux sports que j'ai réussi à trouver un équilibre dans ma vie, et surtout cette tranquillité d'esprit qui m'a si cruellement fait défaut dans mes jeunes années.

Suivie de près par Constance, qui essaye tant bien que mal de stopper le saignement de son nez, je quitte le ring avant de l'aider à passer les cordes. Une fois nos pieds bien arrimés au sol, j'attrape son menton pour pouvoir inspecter sa blessure : son nez est vraiment très gonflé, et il commence à prendre une teinte bleuâtre. Je grimace.

— C'est si moche que ça ? me demande-t-elle d'une voix nasillarde.

— Disons que je pense qu'il serait judicieux que tu passes une radio. Juste au cas où...

— Merveilleux... Et moi qui ai une réunion très importante dans deux jours !

— Je suis vraiment désolée.

Je me lève et vais lui chercher un sac de glace,

qu'elle pose immédiatement sur son nez meurtri. Elle soupire, soulagée.

— Comment peux-tu être une telle garce sur le ring, et si prévenante en dehors ? me questionne-t-elle. On pourrait presque croire qu'il existe deux Anaïs Deltino dans ce seul corps détestablement magnifique.

Nous rions toutes les deux, mais je reste crispée. *Tu n'imagines pas à quel point tu es proche de la vérité, ma Constance...*

— Assieds-toi là, lui dis-je en lui indiquant une chaise. Je vais chercher de quoi arranger ça. Je reviens tout de suite.

Ma rivale d'il y a quelques minutes acquiesce, se pinçant les narines et inclinant la tête en arrière. Je pars immédiatement à la recherche de Stéphane, mais vois qu'il est occupé avec deux gamins d'une douzaine d'années. Je décide de le laisser tranquille : après tout, je sais où est la trousse à pharmacie. Il la range dans son bureau, et ne me tiendra pas rigueur d'y être entré sans le lui avoir demandé, si c'est pour aller chercher de quoi soulager Constance.

En revanche, je n'imaginais pas un seul instant à quel point ma vie allait être bouleversée en franchissant le seuil de ce bureau. Si je l'avais su, j'aurais envoyé Stéphane à ma place sans hésiter. Aucun doute là-dessus.

Non. Vraiment aucun doute.

Chapitre 3

Ange

J'atteins le parking de la salle d'entraînement, et trouve rapidement une place où garer ma Fat Boy. À chaque fois qu'ils me voient sur ma bécane, les gens me dévisagent, certains avec beaucoup d'envie, d'autres avec de la crainte au fond des yeux.

En général catalogué dans la catégorie des *bikers* auxquels on n'a aucune envie de se frotter, j'ai l'habitude d'être observé avec une curiosité gênée. Et sincèrement, je n'en ai rien à cirer. Les autres peuvent penser ce qu'ils veulent, je ne suis pas du genre à me justifier ; d'ailleurs, je n'en verrais pas l'intérêt. Il faut dire que je n'ai rien pour les rassurer : entre ma bécane noire, mon mètre quatre-vingt-quinze, mon corps façonné par dix années dans les forces spéciales et marqué des cicatrices que j'y ai amassées, et mon mode de vie d'ermite, je ne fais rien pour être avenant. Je n'en ai pas envie, tout simplement. C'est une façon pour moi d'avoir la paix. Je ne suis pas du style à perdre de l'énergie pour des broutilles.

Je coupe le moteur et débloque la béquille sur laquelle j'incline la moto. Je retire mon casque avant de passer ma main sur mon crâne rasé. Autour de moi, tout est calme dans la zone industrielle. Le bâtiment qui me fait face, tout en briquettes rouges, a des airs de vieil entrepôt. J'apprécie que l'endroit soit si peu fréquenté : les bains de foule, ce n'est pas trop mon truc.

En fait, il y a peu de choses qui soient mon truc.

Je suis un mec qui se contente de peu, déformation professionnelle, sans doute. À l'armée, on nous apprend à nous débrouiller avec ce que l'on a. La notion de « frères d'armes » l'emporte sur tout le reste. Et, quand on a seize ans d'armée dans les pattes, comme moi, forcément, notre mode de vie s'en ressent.

J'y suis entré à dix-huit ans, jeune, naïf et plein d'ambition. Mes parents venaient de divorcer, et je devais trouver un exutoire à toute la colère qui me rongeait. Plutôt que de partir en vrille, j'ai fait le choix de l'uniforme. Cela m'a fait voyager dans le monde entier, ne rentrant chez moi qu'en de rares occasions, au grand dam de ma famille. Quand j'ai eu vingt-quatre ans, ma carrière a pris un tournant inattendu, puisque j'ai rejoint les forces spéciales, sur la recommandation de mes supérieurs.

Les dix années qui ont suivi m'ont permis d'écrire une autre page de ma vie. Mes coéquipiers sont devenus ma deuxième famille. En cinq ans à peine, j'étais sergent, à la tête d'une dizaine d'hommes. Une petite équipe soudée. Les missions se sont enchaînées, plus ou moins dangereuses, plus ou moins secrètes. L'adrénaline est devenue mon carburant. Aujourd'hui, je cours après, comme un drogué court après sa came.

Tout a basculé il y a quatre mois.

Il y a quatre mois, je me suis blessé au genou pendant une mission au Moyen-Orient. Ce n'était pas ma première blessure, loin de là. Mais, quand on a trente-quatre ans, il paraît que l'organisme ne se remet pas aussi facilement, surtout quand on a malmené son corps pendant des années. Les médecins ont été très clairs, et il m'a fallu faire un choix : mon job ou ma jambe.

Mes supérieurs, eux, n'ont pas hésité. On m'a accordé une permission de plusieurs mois, le temps de voir si je récupérais toutes mes facultés physiques ; le temps de voir si je décidais de m'engager pour une ultime mission, quitte à me blesser définitivement.

Pour la première fois depuis trois ans, je suis rentré chez moi, au Pays basque. Pour une durée indéterminée. J'y ai revu mon père, et nos retrouvailles ont été un moment de joie dans cette période de transition plutôt difficile à accepter pour moi. Il n'a pas fallu bien longtemps à mon paternel pour comprendre que je ne pourrais pas rester inactif trop longuement. Il m'a alors mis en contact avec une connaissance à lui, le propriétaire d'une salle d'entraînement aux sports de combat qui recherchait un éventuel successeur. Un bon moyen pour moi de conserver ma forme physique, et de mettre à profit mon expérience en matière de techniques de combat. Mais j'y ai surtout vu une porte de sortie possible, un prolongement éventuel de ma carrière de militaire.

Un avenir.

D'autant que Stéphane, le propriétaire, se laisse cinq ans pour céder complètement sa place ; il tient à être sûr de son choix. Dans cinq ans, je friserai la quarantaine, il ne sera plus question d'uniforme. Je fais déjà figure de vétéran, à mon âge... Le commandement ne m'intéressant pas du tout, il va me falloir envisager une reconversion professionnelle. Voilà où j'en suis, aujourd'hui : trente-quatre ans, nouveau job en perspective, nouvelle vie. Célibataire, sans enfant. Seul.

C'est l'inconvénient des blessures, elles vous mettent face à vous-même, vous obligent à faire le bilan. Pour moi, le bilan est assez rapide à établir : en dehors de l'armée, je n'ai rien. Pas de vie personnelle. Bien sûr, mes parents sont là, sans oublier ma petite sœur,

Catalina, Lina pour les intimes. Mais elle a choisi de faire sa vie en Corse, auprès de notre mère. Moi, je n'ai jamais pris le temps de fonder ma propre famille. Ni pris le temps ni eu l'envie : je ne me voyais pas imposer mes absences à ma femme ou à mes enfants, sans compter que, dans mon métier, on risque sa vie tous les jours. C'est pour ça que j'ai préféré mettre de côté cet aspect-là de mon existence. Maintenant, je dois faire avec, assumer mes choix de vie.

Je souffle un grand coup avant de descendre de moto. Je grimace, mon genou est un peu ankylosé. Grâce à mon travail acharné en kiné, ces dernières semaines, je peux me servir de mon genou. Mais je dois être prudent car il reste assez faible. L'antivol verrouillé, je me dirige vers la double porte. Son vieux vert métallique est piqué de rouille au niveau des gonds et, lorsque je la pousse, elle brinquebale lourdement. En somme, peu de sécurité. *Ça commence bien...*

Stéphane m'a affirmé, lors de notre première rencontre, dans un bar voisin, que la salle connaissait un certain succès ; le taux de fréquentation n'a cessé d'augmenter ces cinq dernières années. J'en déduis qu'elle est bien équipée : pas mal de matos qui se trouve donc exposé au vol, vu l'état de la porte d'entrée.

Une fois à l'intérieur, un coup d'œil me suffit pour constater que j'ai vu juste : sacs de frappe, ring, poids, machines de musculation en tout genre... Du matériel qui paraît récent. Je balaie la salle du regard. Nous sommes en fin de journée, plusieurs abonnés sont occupés à s'entraîner. C'est une vaste superficie scindée en plusieurs espaces plutôt bien agencés. Le lieu est assez sombre, mais suffisamment éclairé par une multitude de néons. Les fenêtres sont hautes, laissant pénétrer peu de lumière. Les murs sont faits de briquettes rouges, comme à l'extérieur, ce qui confère au lieu une certaine chaleur. On sent que c'est un endroit qui a du vécu.

Je m'avance et fais signe à Stéphane. Nous avions convenu que je viendrais ce soir jeter un œil à la salle et au règlement intérieur du lieu, mais surtout que nous aborderions la question de mon contrat. Il arrive d'un pas rapide et me tend une main, que je serre fermement.

— Salut, mon gars, me lance-t-il un peu essoufflé.

— Salut, boss.

— Tu as trouvé sans difficulté ?

— C'est bon, merci, lui dis-je avec un petit sourire.

Je l'aime bien. Il me rappelle mon père. Un mec simple, toujours un peu pressé, qui ne compte pas les heures de boulot. D'un grand geste du bras, il désigne la salle.

— Bienvenue dans mon antre ! Écoute, là, je n'ai pas trop le temps de te faire visiter. J'en suis vraiment désolé. D'habitude, il y a moins de monde le mardi soir. Mais, si tu veux, tu peux aller jeter un œil aux papiers, j'ai tout préparé sur mon bureau. Tu n'as qu'à y aller, je t'y rejoins dès que je le peux.

— OK, ça me va.

— Je te remercie. C'est là-bas, au fond, en haut du petit escalier. Fais comme chez toi, me crie-t-il en s'éloignant vers un ring où deux femmes sont en train de combattre.

Je l'entends hurler quelque chose à l'une des deux mais n'y prête pas attention. Je monte l'escalier pour rejoindre le bureau. *Bon sang ! Cette pièce est minuscule.* Pas sûr que ma grande carcasse puisse s'y installer sans faire de dégâts. Une fois mon sac et mon casque posés dans un coin, je m'installe dans le siège du boss. Mon contrat est effectivement prêt, sur le bureau, au milieu d'un bordel sans nom de papiers et autres gadgets... Le même bordel que celui qui règne dans le reste de la pièce. Ce capharnaüm n'est pas pour me plaire : ma rigueur militaire m'a fait prendre l'habitude de tout ranger, et chez moi rien ne dépasse. Quoi qu'il en soit, je fais abstraction et attrape mon contrat pour entreprendre de le lire attentivement.

Je suis plongé dedans depuis quelques minutes lorsque la porte du bureau s'ouvre dans un grand fracas. Je relève la tête et vois une jeune femme me passer sous le nez. Malgré la taille plutôt minimaliste de l'endroit, on dirait bien qu'elle ne m'a pas vu. Moi, en revanche, je n'en perds pas une miette.

Elle est grande, élancée, mince... Peut-être un peu trop mince, mais parfaitement proportionnée. Sa tenue, tout en lycra, épouse ses formes à la perfection, ne laissant aucune place à l'imagination. Je retiens mon souffle quand elle se met à quatre pattes pour chercher quelque chose dans le placard bas situé de l'autre côté du bureau, m'offrant une vue imprenable sur son fessier tout à fait charmant. Je l'entends râler sans comprendre ce qu'elle dit. Ses cheveux sont retenus en une queue-de-cheval que j'imagine aussitôt enroulée autour de mon poing, alors que de l'autre je caresserais son dos cambré contre moi... Une bien belle image à laquelle mon corps réagit sans plus tarder. *Bordel, mais qu'est-ce qui me prend ?* Visiblement, les derniers mois, passés en mission puis à me rétablir, ont fait de moi l'équivalent d'un ado à la découverte de sa libido. *Il est peut-être temps de sortir de ta tanière, mec...*

Je la vois remettre en place tout le bazar qu'elle a sorti du placard. Je secoue la tête histoire de me rafraîchir les idées et me cale au fond du fauteuil.

Lorsqu'elle se retourne, ses yeux s'écarquillent ; elle est sans doute surprise de me trouver là. Elle ne crie pas, trop occupée à me dévisager alors que j'en fais autant. Impossible de détacher mon regard d'elle : ses traits fins, son visage tout en délicatesse, ses iris d'un noir profond faisant étrangement écho aux miens... Sans même que je m'en rende compte, mon regard descend sur ses courbes, me laissant apprécier la rondeur de ses seins fermes, la finesse de sa taille, que j'imagine sans mal entourée de mes mains. Mon corps est tout entier concentré sur le sien. Je m'arrête à ses doigts fins, qui serrent fermement un paquet de coton et une boîte de comprimés...

Prenant alors conscience de mon manque de discrétion, je cesse tout comportement déplacé et remonte jusqu'à ses yeux, non sans m'arrêter sur son cou gracile et sur ses lèvres pulpeuses couleur rubis, lèvres qu'elle humidifie du bout de la langue... À la vue de sa langue rose, mon corps s'embrase, et mon imagination, d'ordinaire plutôt sage, s'empresse de venir me titiller. Ça ne me ressemble franchement pas... Agacé par ce raz-de-marée émotionnel, je tente de reprendre le contrôle de moi-même. Elle m'a pris au dépourvu mais j'ai de l'entraînement.

J'accroche une dernière fois son regard d'encre, puis replonge dans mes papiers afin de lui signifier qu'elle est de trop dans cette pièce. L'éloigner me permettra de retrouver la pleine possession de mes moyens. Elle ne bouge pas d'un pouce. Je prends alors mon air de tueur, celui qui en a déjà fait fuir plus d'un, et lui indique la porte d'un hochement de tête : le message ne peut pas être plus clair. Pensant qu'elle a saisi mon ordre silencieux, je me reconcentre sur mes papiers.

— Qui êtes-vous ?

Visiblement, je me suis mal fait comprendre... Je conserve tout mon calme pour lui répondre.

— Ça ne vous regarde pas.

Elle est impressionnée, je le vois dans ses yeux figés, dans son souffle très légèrement saccadé. De toute évidence, elle cherche à masquer son émotion. Malheureusement pour elle, je suis habitué à décrypter le langage du corps.

— Je ne sortirai pas d'ici avant de savoir qui vous êtes.

Intéressant... Je m'adosse au fauteuil et tapote du bout des doigts le bois de l'accoudoir, pensif. Cette fille, en plus d'être belle, a un truc inhabituel, quelque chose que je ne saurais pas nommer. De toute façon, peu importe : je n'ai pas de temps à perdre avec ça. Détachant chaque syllabe pour mieux me faire comprendre, je me répète avec patience :

— Ça ne vous regarde pas.

Son nez se retrousse légèrement sous le coup de la frustration et elle enchaîne :

— Très bien. Est-ce que Stéphane est au courant que vous êtes en train de fouiller dans son bureau ?

Elle me provoque, ce qui ne manque pas d'éveiller ma curiosité.

— Je pourrais vous retourner la question.

— Je ne... Non !

Elle rougit, visiblement gênée, puis explique :

— Je ne fouillais pas ! Je cherchais du matériel pour... Et puis d'abord pourquoi est-ce que je devrais me justifier auprès de vous ? Je ne vous connais même pas ! C'est vous, le suspect, pas moi !

Elle est bien la première femme à me tenir tête de la sorte, en dehors de ma sœur, bien sûr. Amusé par son aplomb et surpris de voir combien ça m'excite, je croise les bras sur mon torse : mes mains me démangent, et je ne voudrais pas faire, sur un coup de folie, un geste que je pourrais regretter. D'autant qu'elle est suffisamment proche pour que son parfum féminin vienne me caresser d'un peu trop près. Je soupire, feignant la lassitude.

— Me voilà qualifié de « suspect ». Intéressant, de la part d'une femme qui se faufile discrètement dans le bureau du boss en son absence.

— Oh, je vous en prie ! s'énerve-t-elle en s'appuyant sur le bureau. Quel crime, franchement ! ajoute-t-elle en agitant sous mon nez sa trouvaille. Très grave, en effet : un pauvre paquet de coton et une boîte de médicaments ! Ça me rend tellement plus menaçante que vous, qui êtes l'innocence personnifiée, avec votre air de tueur et votre nez dans les papiers du club ! Ne vous foutez pas de moi ! Qui êtes-vous, et que faites-vous là ? Vous avez intérêt à me répondre, sinon...

Elle est belle, elle sent bon, elle est piquante et surtout elle est très très proche. Je ne résiste pas plus et me lève d'un bond pour couvrir ses mains des miennes, les immobilisant sur le bureau. *J'avais raison, elle a la peau douce...*

— Sinon quoi ?

Mon ton est chargé de menace, ma bouche, trop proche de la sienne. Ses pupilles se dilatent, sa respiration s'accélère. En sentant la chaleur de son corps, mon entrejambe finit de se réveiller complètement. Je caresse délicatement son poignet, et constate du bout du pouce combien son pouls s'affole à mon contact. Je décide alors de me rassoir avant de faire une grosse connerie, comme de mordre les lèvres d'une parfaite inconnue, si délicieuse soit-elle, dans le bureau de mon nouveau boss alors que je n'ai même pas encore signé pour travailler ici.

— Ce sera tout, lui dis-je d'un ton qui ne laisse pas de place au refus.

Je me replonge égoïstement dans mes papiers mais m'aperçois très vite qu'elle reste immobile. Je redresse alors la tête sans toutefois parvenir à capter son regard. Son corps est tendu, mais pas comme il l'était il y a quelques secondes. Cette femme paraît terrifiée, et l'idée insensée que je puisse être à l'origine de sa peur m'effleure un instant. Son regard ressemble à celui d'une petite fille traumatisée avec une pointe d'innocence mais surtout de la crainte, de la vulnérabilité... D'une main tremblante, elle finit par récupérer ce qu'elle était venue chercher.

Lorsqu'elle se rend compte que je l'observe, elle se ferme pour laisser apparaître le masque d'une femme arrogante, hautaine, froide, inaccessible... Tout le contraire de ce que j'ai pu voir jusque-là. Mon instinct de protection se réveille immédiatement. Je ne suis pas un abruti, je sais ce que j'ai vu. Je me lève pour contourner le bureau. Elle tente de se soustraire à mon regard, mais je ne la laisse pas faire, soulevant délicatement son menton pour l'obliger à me faire face. Ses yeux s'accrochent aux miens, et leurs prunelles sont pleines de force, on y lit un courage à toute épreuve. Je ne comprends plus rien.

— Qu'est-ce que tu caches ? chuchoté-je, plus pour moi-même que pour obtenir une réponse.

Elle reprend mes mots avec aplomb.

— Ça ne vous regarde pas.

Puis elle se tourne et s'en va, me laissant là avec mes interrogations. Stéphane me rejoint moins d'une minute plus tard, me laissant à peine le temps de songer à ce qui vient de se produire.

— Un problème ? demande-t-il en arrivant.

Déconcerté, je fixe encore la porte comme si la jeune femme allait réapparaître, comme par magie, juste parce que j'en ai envie. Une idée stupide, franchement. Je me reprends et souris au boss.

— Aucun. Juste un peu de fatigue. La paperasse, ça n'est pas trop mon truc.

— À qui le dis-tu, soupire-t-il en récupérant son fauteuil. On commence ?

— C'est parti.

L'examen du contrat nous aura occupés une bonne heure. J'ai bien insisté sur l'aspect provisoire de la situation. Je me connais : je sais que je ne résisterai pas longtemps à l'appel de la mission, au besoin de retrouver mes hommes. Je n'ai jamais connu que ça, c'est toute ma vie. Et puis rien ne me retient ici hormis mon père. Nous descendons à la salle d'entraînement alors que Stéphane m'explique que cela ne lui pose aucun problème, qu'il n'est pas spécialement pressé d'être remplacé. Lui aussi n'a que son boulot dans la vie... Nous sommes donc tombés d'accord sur les termes qui définiront ma présence ici : pas vraiment une « embauche », mais plutôt une « période d'essai » qui devra nous permettre, à l'un comme à l'autre, de vérifier que notre arrangement nous convient. Quelques mois devraient suffire pour nous faire une idée.

Nous entendons soudain un bruit de porte qui claque à l'autre bout de la salle et, instantanément, le visage de mon boss s'éclaire. Je le vois s'agiter avant de crier :

— Anaïs ?

Anaïs ? C'est alors que je la vois, mon inconnue du bureau. Aussitôt, mon corps se réveille, alerte. Je grogne, agacé par mes difficultés à me contrôler. La jeune femme de tout à l'heure s'avance vers nous d'une démarche féminine me laissant tout le loisir de l'observer. C'est plus fort que moi. Elle s'est douchée et changée. Son allure est impeccable, malgré sa séance ardue de sport. Son corps ferait pâlir d'envie n'importe quelle femme ; ses traits délicats, son port de tête altier et ses lèvres toujours écarlates pousseraient n'importe quel homme au crime... Elle est superbe. Une fois qu'elle est arrivée à notre hauteur, je sens toute l'énergie qu'elle déploie à m'ignorer.

— Tu voulais me voir ? dit-elle avec douceur à Stéphane. J'ai déjà rangé et balayé la salle...

— Ce n'est pas pour ça que je t'ai demandé de venir, même si je te remercie pour ton aide. Elle m'avance toujours en faisant une partie du boulot pour que je ne perde pas mon temps en ménage le soir, précise-t-il à mon intention. Je ne sais pas ce que je ferais sans elle !

Elle me jette alors un rapide coup d'œil, ses joues prenant une ravissante teinte rosée, puis elle ajoute :

— Écoute, je suis épuisée. En fait, je m'apprêtais à rentrer et...

— Oui, bien sûr, ma belle, s'empresse de la rassurer le boss. Je voulais seulement te présenter mon nouveau collègue.

— Ton collègue ?

Une ombre de panique traverse le regard d'Anaïs. De mon côté, je suis ravi de la revoir et de pouvoir mettre un nom sur son joli visage. Je lui tends la main. Elle y glisse la sienne à contrecœur. À son contact, je découvre pour la première fois la douceur de sa peau, sa chaleur. Lorsqu'une légère pression de ses doigts m'apprend qu'elle s'apprête à les retirer, je resserre ma prise.

— Anaïs, reprend Stéphane, je te présente Ange. Ange, voici Anaïs.

Elle se fige, surprise, avant de se tourner vers le coach. Son visage s'éclaire alors que je me renfrogne. Je sais, je sais très bien ce qui va se passer. C'est la même chose à chaque fois que les gens apprennent mon prénom. Et à chaque fois je bénis mes parents.

— C'est une plaisanterie ? demande-t-elle d'une voix étranglée.

Son sourire se dessine franchement avant qu'elle ne

parte dans un grand éclat de rire. Au bout de quelques secondes, c'est un rire franc, cristallin, qui semble couler de ses lèvres. Elle est époustouflante. Pourtant, je finis par redescendre sur terre : alors qu'habituellement cela ne me pose pas de problème, la voir se moquer de moi m'irrite sérieusement. Je retire ma main de la sienne. Elle tente alors de se calmer.

— Toi, le GI Joe en puissance, tu t'appelles Ange ?

— J'ai une mère corse, maugréé-je d'un ton agacé. C'était le prénom de mon grand-père.

Je vois bien qu'elle essaye de se contenir. Puis, prenant une grande inspiration, elle se tourne vers Stéphane et l'embrasse sur la joue.

— Eh bien, merci beaucoup, coach ! Ce petit fou rire était pile ce dont j'avais besoin pour dédiaboliser tout ça, précise-t-elle en me désignant. Sur ce, je vous laisse, j'ai des lasagnes qui m'attendent à la maison.

— Anaïs, attends, l'interrompt Stéphane, je n'ai pas fini.

Il lui explique alors la raison de ma présence ici : son âge qui avance, son médecin qui lui a conseillé de lever le pied, une éventuelle succession... Il lui livre tous les détails et, par là même, me fait prendre la pleine mesure de l'importance que cette femme a dans sa vie. Petit à petit, l'inquiétude cède la place à l'effarement sur son visage. Elle comprend ce qui va se passer, et surtout le caractère permanent de ma présence. Je jubile.

— Donc ça veut dire que..., dit-elle d'une voix hésitante, en se tournant vers moi.

Je souris franchement. Je ne peux pas faire autrement. Ni résister davantage. Je m'approche d'elle et en profite pour respirer son parfum frais, avant de lui susurrer à l'oreille :

— Ça, chérie, ça veut dire que, dès demain, GI

Joe est ton nouvel entraîneur… Alors je te conseille de bien te reposer…

Un clin d'œil à son intention et je m'éloigne en sifflotant, faisant fi de mon corps en vrac. Je repense à elle, à notre rencontre complètement incongrue dans le bureau du boss, et à tout ce qui se prépare. Pour la première fois depuis ma blessure, j'ai une sensation agréable. Je souris. Finalement, cette salle est exactement ce qu'il me faut. D'ailleurs, je suis surpris de voir combien je suis impatient de commencer.

Ouais, je sens qu'on va bien se marrer…

Chapitre 4

Anaïs

— Mona, je t'en supplie, on fait une pause...

Mon amie daigne enfin stopper sa course, sautillant sur place comme si les huit kilomètres que nous venons de parcourir étaient une broutille. Pour moi, en revanche, ça n'est pas la même histoire... Essoufflée, pliée en deux, les mains sur les genoux, je suis écarlate, trempée de sueur et incapable d'aligner deux mots. Entre sport explosif et endurance, mon choix est définitivement fait... Je finis par me redresser en grimaçant, le corps endolori, avant de me tourner pour regarder derrière moi.

— Tu as perdu quelque chose ? me questionne mon amie, tout sourire.

— Oui. Je crois bien avoir perdu mes poumons il y a de ça au moins deux kilomètres. Ils ont rejoint ma dignité et mon sex-appeal...

Elle rit et me tend une petite bouteille d'eau, dont j'avale deux grandes rasades avant de la lui rendre. Je soupire, exténuée mais bizarrement exaltée. Autour de nous, rien d'autre que le grand large et l'air marin. Mona vient courir le long de la corniche trois matins par semaine au moins, dès l'aube. Seize kilomètres de falaises coincées entre l'océan Atlantique et les collines verdoyantes du Pays basque. Un paysage magnifique, mais une véritable torture à traverser en courant pour tout être humain normalement constitué. En somme, pour moi.

— Tu veux faire une pause ? se moque-t-elle gentiment.

— Bien sûr, que je veux faire une pause ! Quelle question... Franchement, je ne comprends toujours pas comment tu peux t'infliger ça trois jours par semaine... Surtout à l'aube ! Tu es folle à lier.

— Il n'y a pas que moi : Mike aussi apprécie ce petit rituel.

Je lui lance un regard torve.

— Alors, premièrement : Mike est un demi-dieu ; et deuxièmement : il ferait n'importe quoi pour pouvoir respirer le même air que toi ! Donc ça ne compte pas.

Je m'assois dans l'herbe, face à la mer, et expire un grand coup. Mona s'installe près de moi. Sans même la regarder, je devine qu'une question la démange...

— Moi, ce que je ne comprends pas, reprend-elle d'un ton suspicieux, c'est ce que *toi* tu fabriques ici, avec moi, ce matin.

Et voilà... Je prends un air assuré, détaché.

— J'aime les grands bols d'air frais.

— Tu détestes les grands bols d'air frais..., rétorque-t-elle aussi sec.

— Et puis j'aime aussi voir le soleil se lever. Ça me donne l'impression que la journée m'appartient. Je me sens comme Wonder Woman partant à la conquête d'un monde où tout est possible.

— Tu ne te lèves jamais avant 11 heures à moins d'y être forcée...

— J'ai eu envie de tester un nouveau sport !

— Pff, à d'autres... Tu as la course à pied en horreur, autant que je me souvienne ! Tu m'as toujours répété que le jour où l'on te verrait faire un footing serait certainement « le premier jour du reste de ta déchéance », me rappelle-t-elle. Tu as même dit qu'il faudrait t'achever quand cela se produirait. Pour toi, courir pour courir, c'est aussi inutile que de tenter de lécher son propre coude.

— Oui, eh bien, on dit qu'il n'y a que les imbéciles qui ne changent pas d'avis ! Alors voilà : aujourd'hui, j'ai changé d'avis. À moi le réveille-matin, le grand air et l'endurance !

— Franchement, je n'y crois pas une seconde... Mais je percerai ton secret tôt ou tard, la Méditerranéenne !

Je lui lance un regard las et soupire :

— Il n'y a rien à percer, je t'assure. Tu te fais des films ! La vérité, c'est que je voulais passer du temps avec ma meilleure amie...

Mensonge...

Demi-mensonge, en fait... Depuis qu'elle est amoureuse, Mona et moi ne nous voyons presque plus. Je ne lui en veux pas, loin de là. Mais il est vrai que j'apprécie de l'avoir de temps en temps pour moi toute seule, en grande égoïste que je suis. Elle me regarde d'ailleurs avec son air compatissant, avant de caler son bras sous le mien et de poser sa tête sur mon épaule.

— Moi aussi, tu me manques, tu sais, reprend-elle sur le ton de la confidence.

— Oh, je t'en prie ! lui dis-je en riant. Il suffit que Mike approche à moins de cent mètres pour que tout disparaisse autour de toi, et qu'il ne reste plus que ses beaux yeux bleu scandinave et ses muscles d'homme fort, capable de propulser un tronc d'arbre à plus de cinq mètres !

— Ce sont les Écossais qui lancent des arbres, pas les Vikings.

— Oui, bon, c'est un peu pareil... Enfin, je te taquine,

mais je l'aime bien, ton Viking : avec lui, tu redeviens celle que j'ai connue.

Je n'ai pas besoin d'en dire plus, elle sait très bien ce que j'entends par là. Avant de rencontrer Mike, Mona a vécu une expérience désastreuse avec son ex, David. Elle l'a surpris un jour en train de se taper une autre femme, dans leur propre lit, à quinze jours seulement de leur mariage. Cet épisode a eu un effet dévastateur sur elle ; elle a totalement perdu confiance en elle et en les hommes. Une partie d'elle s'est éteinte ce jour-là. Heureusement pour nous, Mike a su comment s'y prendre et il a réussi à rallumer cette flamme qui la caractérise si bien. Aujourd'hui, elle est redevenue celle que j'ai toujours connue.

— Tu es donc capable de faire huit kilomètres de footing pour passer du temps avec moi. C'est bon à savoir..., lance-t-elle avec un regard malicieux.

— Figure-toi que c'est en désespoir de cause ! J'ai tout essayé. J'ai même envisagé de demander à Mike une garde alternée, mais c'est un homme trop influent...

— Tu aurais tout simplement dû me dire la vérité, s'exclame-t-elle en riant, et nous aurions passé du temps ensemble.

La vérité... Si elle savait...

La vérité, c'est que je ne suis qu'une grosse froussarde.

La vérité, c'est que trois jours se sont écoulés depuis ce fameux soir, et que je n'ai pas encore osé remettre les pieds à la salle d'entraînement par peur de tomber sur une paire d'yeux noirs insondables.

La vérité, c'est que le sport me manque. J'ai besoin de me dépenser, mais l'angoisse de recroiser GI Joe a été la plus forte. J'ai même réussi à me persuader que le footing serait un bon compromis ! Or Mona avait raison : j'ai horreur de ça... D'ailleurs, je suis sûre que mon corps, qui est en train de hurler « Pourquoi tu m'as fait ça ? », trouvera un moyen efficace de me le faire payer dès demain.

Bref : Mona n'est pas près d'apprendre cette vérité. Pas pour le moment. Pourtant, elle me connaît mieux que quiconque sur cette planète. Elle serait la personne la mieux à même de m'aider à comprendre. Elle connaît mon passé et mes pires secrets. Mais je ne suis pas prête à lui parler d'Ange. Pas encore. Pas tant que je n'y verrai pas plus clair moi-même.

Cette réaction totalement disproportionnée, incompréhensible, que j'ai eue lorsque je l'ai rencontré est à ce jour un des plus grands mystères de mon existence. Ce n'est pas comme si j'étais une novice en matière d'hommes ! Quand je repense à notre rencontre, j'en ai encore des frissons. Il avait beau être assis, j'ai clairement deviné qu'il était grand, très grand, même. Une mâchoire carrée, une barbe naissante, juste assez fournie pour rendre folle n'importe quelle femme, des lèvres charnues, un cou puissant et des épaules qui le sont tout autant… Une trentaine d'années, le teint hâlé, le crâne rasé, un corps sculpté par le sport et une aura qui impose tout de suite le respect. Ce mec est… Je ne sais pas ce qu'il est, en fait. Je ne dirais pas qu'il est beau dans le sens conventionnel du terme. Je dirais plutôt canon, dans le genre dangereux.

Je me suis donc organisé un régime anti-Corse, qui devrait me suffire pour reprendre le contrôle de mes émotions. Je me suis fixé sept jours. Au-delà d'une semaine sans retourner à l'entraînement, Stéphane sentira qu'il y a quelque chose qui cloche, et ce n'est pas envisageable. Il me reste donc quatre jours…

Mona se lève et me tend la main.

— Allez, on bouge, me dit-elle. Il faut repartir avant que nos muscles refroidissent, sinon, ça va être l'horreur.

— Sans moi ! J'ai donné de ma personne pour au

moins une bonne dizaine d'années ! Je vais appeler un taxi.

— Tu te moques de moi ? me demande-t-elle en riant.

Je lui lance un regard on ne peut plus sérieux. Elle lève alors les mains en signe de reddition.

— OK, très bien. Comme tu voudras. À plus tard, la Méditerranéenne.

Je la regarde s'éloigner, attrape mon portable et mets fin à mon calvaire.

Une demi-heure après, je claque la porte de mon appartement, heureuse de retrouver mon chez-moi. *Quelle idée foireuse... Plus jamais !*

Je me débarrasse de mes chaussures, suspends mes clés au crochet de l'entrée, et jette un coup d'œil à mon reflet dans le miroir. L'image que j'y vois est à la hauteur de mon inquiétude : une catastrophe. J'ai besoin d'un bon shampooing. Et, à en juger par l'odeur qui se dégage de mes tennis et de mes vêtements, j'ai également besoin d'une bonne douche. *Beurk.* Mitou fait son apparition, posant sur moi un regard dédaigneux.

— Je t'interdis de me juger, vieux félidé ! J'ai des tas d'excellentes raisons d'avoir fait ça.

Je contourne mon chat et file droit à ma salle de bains, où je jette mes vêtements dans un coin puis grimpe dans ma baignoire et fais couler l'eau chaude.

Je me place sous le jet et laisse mes muscles se délasser, ils l'ont bien mérité. Je lave mes cheveux, me savonne, me rince. Puis je décide d'offrir le grand jeu à mon corps : gommage, double shampooing, et même après-shampooing. La totale ! La buée envahit la pièce. Je rouvre le robinet pour rincer mon après-shampooing, ultime étape de mon programme « Je retrouve ma dignité »...

Quand j'entends soudain un bruit sourd, suivi d'un sifflement, celui de la tuyauterie qui vibre... Alors, j'assiste avec impuissance à la diminution puis à l'extinction totale et déloyale du jet d'eau.

— Non, pas maintenant !

J'ouvre, je ferme, je rouvre le robinet : rien n'y fait. Ma plomberie m'a lâchée. Oui, car ma salle de bains est aussi vieillotte que le reste de mon appartement.

— Fait chier !

Rageuse, je sors de la baignoire, passe une serviette autour de mes épaules, et cours à la cuisine pour me rendre compte que la panne sèche est générale. Un rapide détour par mon chauffe-eau, où j'ai une seconde l'espoir que la situation soit différente, et le peu d'optimisme qui me restait s'effondre. Il faut que je me rende à l'évidence : je ne sais absolument pas ce qui se passe. Je pourrais regarder sur YouTube s'il existe un tuto « La plomberie pour les nuls ». Ou appeler un plombier, ce qui serait sans doute le plus judicieux. Mais là, tout de suite, je ne pense qu'à mon après-shampooing qui est en train d'encrasser mes cheveux en séchant. Il y a urgence !

Il n'y a qu'une seule personne à qui je demande de l'aide sans que cela me coûte ma fierté. Je saute sur mon téléphone pour y composer son numéro.

— Allô ?

— Stéphane, c'est Anaïs. J'ai besoin de toi. C'est assez urgent...

— Rien de grave ? Ça fait trois jours que je ne t'ai pas vue, je commençais à m'inquiéter.

— Non, je vais bien, ne t'en fais pas. Juste une petite crève qui m'a épuisée... En fait, je t'appelle parce que j'ai un souci de plomberie. Tu pourrais me dépanner, s'il te plaît ? Je n'ai plus d'eau et ma tête est pleine de savon.

Inutile de préciser qu'il s'agit d'un après-shampooing, il n'a sans doute aucune idée de ce que c'est. Et puis il n'y a qu'une femme pour comprendre le caractère urgent d'une telle situation... Je l'entends rire à l'autre bout du fil.

— Il n'y a rien de drôle, dis-je, agacée. Tu peux m'aider, oui ou non ?

— Oui, c'est bon, finit-il par répondre. Laisse-moi quelques minutes et j'arrive.

— Merci, merci, merci ! Tu me sauves ! À tout de suite.

Je raccroche et fais rapidement le calcul : j'habite à quinze minutes à pied de la salle, il ne devrait donc pas tarder. Je cours dans ma chambre, enfile des sous-vêtements, le short et le débardeur que je porte d'habitude lorsque je suis seule à la maison, puis je passe la main dans mes cheveux, écœurée : ils sont à la limite du visqueux.

Tant pis, je ne peux plus attendre. J'atteins la cuisine, attrape une casserole et y vide deux bouteilles d'eau, tout en essayant de ne pas culpabiliser de rincer mes cheveux à l'eau minérale, telle une diva caractérielle. Je mets l'eau à chauffer et en profite pour ne pas déroger à ma règle numéro un : toujours être présentable, autrement dit, ne jamais sortir sans maquillage.

Au bout de quelques minutes, tout est prêt. Je retrouve ma salle de bains. Agenouillée devant la baignoire, munie de ma casserole, je me penche en avant et commence à verser le liquide, lentement. *Calcule bien, Anaïs : tu as peu d'eau et une tignasse épaisse. Il va falloir la jouer fine...* Mais je suis plutôt douée : mes cheveux sont quasiment rincés et il me reste environ un quart de la casserole. Je me concentre, il ne s'agirait pas de gaspiller...

— Mmh, mmh...

Je me redresse d'un bond en hurlant. L'instinct de survie me pousse à me retourner et à frapper l'intrus de toutes mes forces avec mon ustensile de cuisine : et je fais mouche !

Je reste figée, ma casserole à bout de bras, tentant par tous les moyens de calmer mon cœur qui essaie de se barrer de ma poitrine. Puis je lâche tout, choquée de trouver en face de moi la paire d'yeux noirs insondables que je cherchais tant à éviter depuis trois jours...

— Putain de merde, c'est quoi, ton problème ? rage-t-il tout en frottant son menton.

Mais je n'entends pas ce qu'il me dit, trop occupée à me demander comment il a pu se retrouver dans mon appartement.

— Je peux savoir ce que tu fous chez moi ? lui dis-je, sur la défensive.

— Sérieusement ? C'est tout ce que tu trouves à dire ? Même pas un « Excuse-moi, Ange, de t'avoir fracassé le menton » ? Je rêve...

Il me regarde ; je pense qu'il attend de moi que je m'excuse. Il peut toujours courir. C'est sa faute. Franchement, qui rentre chez les gens sans frapper ? Personne ne fait ça. Même Stéphane, qui vient souvent boire le café à la maison, sonne toujours. Face à mon mutisme, il soupire. *Il soupire !*

— Très bien, reprend-il. Je suis là pour ton problème de plomberie qui ne pouvait *absolument pas attendre...*

Le ton ironique qu'il emploie montre qu'il me prend pour une petite fille capricieuse, et me fait monter la moutarde au nez.

— Il me semble avoir appelé Stéphane, pas GI Joe, lui dis-je, les dents serrées.

— Il se trouve que Stéphane avait plus important à faire que régler tes petits problèmes capillaires. J'ai proposé de le remplacer. Dis-moi, Princesse, ça t'arrive souvent, d'exploiter un homme dans la fleur de l'âge ? C'est quoi, le deal ? Tu ordonnes et il accourt ?

Je fulmine...

— Tu ne sais rien de moi, je te conseille de la fermer.

— Et si je refuse de la fermer ?

Il me fixe d'un regard sombre. Je déglutis. Je ne suis pas impressionnée. Non, il ne me fait absolument pas peur. Pas physiquement, du moins. En revanche, d'un point de vue émotionnel, c'est une autre histoire... Ange est là, dans l'encadrement de la porte : je ne peux plus sortir de ma salle de bains, qui me paraît minuscule en comparaison de sa silhouette.

Comme la première fois, à la salle, mon corps est en éveil, attentif au moindre de ses gestes, à sa chaleur, à son odeur... Je le détaille : regard sombre, pommettes ciselées, marcel noir, jean ajusté à la taille, pieds nus... *Bordel de merde, il me donne des vapeurs ! À moins que ce ne soit l'humidité étouffante qui nous enveloppe ?*

En parlant d'humidité, je jette un œil rapide à ma tenue : mon débardeur a absorbé toute l'eau qui a dégouliné de mes cheveux, que je n'ai pas eu le temps d'essorer. Résultat : il ne cache plus rien ! C'est à ce moment précis que je me félicite d'avoir pensé à mettre un soutien-gorge... En relevant la tête, je m'aperçois qu'Ange a suivi mon regard et lorgne ma poitrine.

Mais oui, c'est ça ! La voilà, mon arme contre tous ces muscles : ma féminité ! Il a beau paraître froid et me prendre pour une gonzesse capricieuse, voire timbrée, Ange reste un homme. Et un mec est un mec... Prête à user de mes meilleurs atouts, je me redresse, la tête haute, le menton fier. Ses yeux quittent alors ma poitrine pour plonger dans les miens. Parfait ! J'attrape le bas de mon débardeur et le retire sous son regard scotché. Éberlué, il se détourne, m'ouvrant ainsi la voie vers le reste de mon appartement.

— Anaïs, qu'est-ce que tu fabriques ? Rhabille-toi, s'il te plaît.

— Quoi ? Tu es gêné ? Oh ! je t'en prie, c'est juste une paire de seins ! Je ne peux pas croire que ce soient les premiers que tu vois...

Ses prunelles sombres retrouvent les miennes, déclenchant immédiatement en moi un frisson. Je le cache et continue mon petit numéro.

— Ne t'offusque pas, mère Teresa ! Je veux juste me changer. Au cas où tu ne l'aurais pas remarqué, je suis complètement trempée...

Fière de mon sous-entendu, je m'avance, le sourire aux lèvres, pour sortir de la salle de bains quand il me barre de nouveau la route.

— Quoi, encore ? demandé-je, agacée.

Il retire à son tour son T-shirt, et tout à coup je n'ai plus envie de plaisanter. Ce que je découvre me fascine. Son torse est musclé, taillé en V, sa peau est hâlée mais surtout parsemée de cicatrices. Il a le physique puissant d'un homme qui saurait se servir de ses mains, d'un homme qui a probablement vécu beaucoup de choses... La vue de toutes ces marques réveille mon corps et je n'ai plus qu'une envie : les frôler toutes du bout des doigts, cartographier sa peau, en découvrir la moindre parcelle...

Mais je m'abstiens.

Il s'avance vers moi. Je le laisse faire, hypnotisée par la vision de ce torse dans lequel j'ai envie de croquer à pleines dents. Je ferme les yeux quand il est trop proche de moi, prenant une inspiration tremblante. Je ferme les yeux et je ressens : ses mouvements lents lorsqu'il passe son vêtement sur le haut de mon corps, le frôlement de ses grandes mains le long de mes courbes, sa puissance, la testostérone que dégage son corps et qui se déverse dans chaque cellule du mien… Le tissu porte sa chaleur, son odeur, et tout à coup mon corps s'enflamme. Ange a reculé et me toise de toute sa hauteur. C'est à son tour d'être fier de sa petite parade, et il le peut : il a totalement réussi son coup. Je suis pétrifiée, subjuguée, excitée. Il incline alors légèrement la tête et me dit d'une voix sensuelle :

— Je ne voudrais surtout pas que Son Altesse prenne froid et aggrave sa « crève »…

Puis il se redresse et reprend d'un ton détaché :

— Dépêche-toi de te changer, Princesse. Je n'ai pas que ça à faire. Je t'attends dans le salon.

C'est la douche froide.

Je le regarde s'éloigner, honteuse. J'ai envie de l'étriper…

Je fonce dans ma chambre et claque la porte.

Chapitre 5

Ange

La porte de sa chambre claque alors que j'arrive dans le salon. Je m'affale plus que je m'assois sur son canapé, avant de poser les coudes sur mes genoux. Je frotte mon visage dans mes mains et tente de comprendre ce qui m'a pris. *Pauvre mec, cette fille te fait faire n'importe quoi... Reprends-toi, bon sang !* Une chose est sûre : elle a le don de mettre mes nerfs à rude épreuve.

Quand Stéphane a reçu son coup de fil, tout à l'heure, à son air inquiet, j'ai tout de suite deviné que c'était elle. J'ai d'abord ressenti du soulagement, car le boss se faisait du mouron pour elle. Ensuite une vive inquiétude : j'ignorais encore si elle allait bien. Et pour finir un agacement profond, car après tout je ne connais absolument rien de cette nana et je devrais me foutre complètement de ce qui peut lui arriver. Pourtant, je n'arrive pas à m'y résoudre, allez comprendre...

Quand le coach a raccroché, il paraissait bien embêté. Je lui ai demandé de quoi il retournait, et il m'a expliqué la situation. Le truc, c'est que la salle affichait complet, et j'ai bien senti qu'il était partagé entre sa raison, qui lui commandait de rester avec ses abonnés, et l'affection profonde qu'il a pour cette fille, et qui le pousse à accourir au moindre petit tracas. Et quel tracas… Une histoire de shampooing !

D'aussi loin que je me souvienne, je n'ai jamais supporté les femmes qui se comportent comme des enfants capricieuses. Et c'est exactement ce que j'ai pensé d'Anaïs à ce moment-là… On ne demande pas à un mec de tout plaquer pour une connerie pareille ! Les plombiers, ça existe. Il ne m'en a pas fallu plus pour que je me décide. De toute façon, Stéphane n'oserait jamais la remettre à sa place… Quand je me suis proposé pour régler le problème, il a paru soulagé.

Une fois sur ma bécane, je me voyais déjà faire comprendre à Son Altesse que Stéphane n'a pas à accourir au moindre claquement de doigts de Mademoiselle, qu'il a des responsabilités, et que ce n'est pas correct de sa part de se conduire comme une diva. Il faut dire aussi que j'étais un peu remonté contre elle : trois foutus jours à attendre de la revoir, et à me dire que je suis pour quelque chose dans son absence. Trois jours à ronger mon frein. Trois jours à me reprocher d'être un pauvre con, à me soucier d'une fille que je n'ai vue qu'une fois. Trois jours à essayer d'oublier l'image de son délicieux fessier dans ce bureau…

Je suis arrivé chez elle excité à l'idée de la revoir, et agacé de me conduire comme un ado intrigué. Une fois devant sa porte, je me suis posé une dizaine de secondes pour reprendre mes esprits. Stéphane m'a dit où elle cachait le double de ses clés, et m'a expliqué qu'elle s'enfermait toujours à double tour, même lorsqu'elle n'est pas seule. J'ai frappé deux petits coups à la porte, afin de m'annoncer, puis je suis entré. J'ai verrouillé derrière moi, puisque c'est son habitude, et posé mes clés, mon casque, mon blouson dans l'entrée, avant de retirer mes chaussures pour ne pas salir son appart.

Enfin, d'après ce que j'ai pu voir, on pourrait parler de cage à lapins plutôt que d'appartement.

Il y avait du bruit dans ce que j'ai supposé être sa salle de bains : aussitôt, j'ai retrouvé ma colère et l'envie de lui dire ses quatre vérités. Mon corps est passé en mode tension, l'adrénaline s'est engouffrée dans mes veines. Bien décidé à lui donner mon point de vue, j'ai contourné le canapé d'un pas déterminé, poussé le battant de la porte et... j'ai déconnecté.

Ses fesses moulées dans un short...

Ses fesses en l'air...

Ses fesses exquises qui me hantaient depuis trois jours se trouvaient de nouveau là, sous mon nez dans un... tout petit... un minuscule... short.

J'ai pris une grande inspiration pour me calmer. Je dois être maudit... Délicieusement maudit... C'est la deuxième fois qu'on se voit, et la deuxième fois que je la découvre à quatre pattes devant moi. À croire que c'est mon foutu destin de me retrouver systématiquement dans une situation ambigüe quand je dois la croiser. Autant dire qu'à partir de ce moment-là mon animosité s'est transformée en tout autre chose. Pour me sortir de ce pétrin sans passer pour un voyeur, j'ai décidé d'opter pour la très classique mais non moins efficace quinte de toux afin de lui signaler ma présence.

Quelle brillante idée ! Ma mâchoire s'en souviendra un bon bout de temps... Et me voilà, tout juste arrivé, déjà torse nu, sur son canapé, le menton en vrac et la tête serrée comme dans un étau par une douleur pulsatile qui aura au moins eu le mérite de faire redescendre la pression dans mon corps.

Alors que je me demande comment fonctionne cette femme et pourquoi je me conduis comme un crétin dès qu'elle est dans les parages, un énorme chat roux saute sur le canapé avant de s'asseoir et de me fixer de ses yeux jaunes. De toute ma vie, je n'ai jamais croisé être vivant plus affreux : gros, à moitié pelé, de la bave au coin des lèvres... Frankenstein en version féline. *Putain, je déteste les chats.*

— Attention, Mitou ! Cet homme n'a aucun respect pour la vie privée des gens.

Anaïs passe derrière le canapé pour rejoindre sa cuisine.

— C'est quoi, ça, Mitou ?

— Mon chat.

Je l'observe alors qu'elle attrape quelque chose dans son frigo. Elle a noué ses cheveux en une tresse qui retombe sur son épaule, et porte un pantalon de jogging vert avec un débardeur tout aussi minuscule que le précédent, mais jaune fluo, cette fois-ci. *Toutes ces couleurs...* J'en suis à me demander comment je n'ai pas perdu deux dixièmes à chaque œil, quand son « chat » s'ébroue à côté de moi, attirant de nouveau mon attention.

— Ce truc est tout sauf un chat, si tu veux mon avis...

— Justement, je ne veux pas de ton avis. Et, pour info, je t'interdis d'insulter mon chat. C'est l'être le plus pur et le plus aimant que j'aie jamais eu dans ma vie.

— Et le plus monstrueux...

Elle revient vers moi et me jette une poche de petits pois surgelés à la figure.

— Pour ton menton !

Elle se campe devant moi, bras croisés, et je lui rends son regard noir.

— Ça t'arrive, d'être sympa ? demandé-je, agacé.

— Seulement avec les gens que j'apprécie.

— Les autres passent à la casserole, c'est ça ?

— Non, ça, c'est ton traitement de faveur à toi, dit-elle avec un petit sourire.

— J'ai donc droit à un traitement de faveur ? C'est bon à savoir...

Elle lève les yeux au ciel. Je place le sac de surgelés sur ma mâchoire, ressentant un vif soulagement au contact du froid.

— Surtout, ne me remercie pas, lance-t-elle d'une voix ironique.

— Il me semble que c'est toi qui m'as frappé, non ? rappelé-je d'une voix calme teintée d'un soupçon d'agacement.

— Tu t'es introduit chez moi comme un voleur !

— Je suis venu te dépanner...

— ... et je ne t'ai rien demandé !

— Non. Tu préfères exploiter un homme qui ne saura pas te résister.

— Je ne te permets pas !

Irrité qu'elle hausse le ton, je me lève et me retrouve tout près de son corps. Je la surplombe, mais elle ne cille pas. Elle lève son visage vers moi, des flingues à la place des yeux, les narines dilatées, les lèvres pincées... Elle est furieuse. Tant mieux, car je le suis aussi.

— Tu te conduis comme une enfant gâtée.

— Et toi comme un taré.

— J'ai horreur des gonzesses capricieuses.

— Et moi des voyeurs.

J'approche mon visage du sien, gardant mes yeux rivés à ses prunelles d'encre.

— Pimbêche.

— Pervers.

— Emmerdeuse.

— Crétin.

Au fil des insultes, la tension entre nos deux corps se fait de plus en plus forte.

— Tu es complètement folle.

— Et toi un putain de parasite.

Elle se mordille la lèvre, j'imagine sans mal mes dents à la place des siennes.

— Princesse.

— Connard...

Elle prononce mon dernier petit surnom dans un murmure... Je souris. Elle est bien la seule femme sur cette planète à réussir l'exploit de me tenir tête sans ciller, ce qui ne la rend que plus attirante à mes yeux. J'use de toute la volonté dont je suis capable pour me convaincre que coucher avec elle serait une source d'emmerdes sans fin. Pourtant, lorsque son souffle chaud caresse mes lèvres, je sens s'émousser ma capacité de résistance... Ce serait tellement simple, tellement délicieux, de m'emparer de sa bouche, là, maintenant. Tellement simple de la soulever dans mes bras, de plaquer ma queue contre son entrejambe, de la prendre contre le mur... Tellement simple... Tellement tentant...

Une espèce d'aura sensuelle nous enveloppe, et nous isole du reste du monde. Toutes mes bonnes intentions se font la malle. Plus je la respire, plus je la désire. Enfin, c'est mon corps qui la veut, car mon esprit, lui, est en train de hurler : « Mec, c'est une énorme connerie ! » Ses pupilles sont dilatées, hypnotisées par ma bouche ; elle doit deviner que je rêve de la goûter. Ne serait-ce que quelques secondes, juste le temps de répondre à la question qui me taraude. *Pourquoi elle ?* C'est ce que je me demande depuis trois jours, depuis qu'elle ne quitte plus ma tête...

Du bout des doigts, j'attrape son menton ; je caresse sa lèvre inférieure du pouce et secoue la tête.

— Ttt, ttt, ttt... Ce n'est pas bien pour une jolie fille de dire de si vilaines choses.

Elle dégage son menton d'un mouvement sec avant de hausser les épaules, sans pour autant me lâcher des yeux.

— Il faut croire que tu as le don de faire ressortir ma vulgarité.

Je m'approche de sa bouche.

— Trésor, j'ai le don de faire tout un tas de choses.

— Comme filer de l'urticaire aux gens ?

Je souris avant de lui susurrer à l'oreille.

— Comme te faire jouir sans t'enlever tes vêtements, par exemple...

Alors que je me demande comment j'en suis arrivé à lui sortir un truc pareil, elle part dans un grand éclat de rire.

— Alors, ça, j'en doute !

Mon ego en prend un coup. Sans réfléchir, me voilà les lèvres à quelques millimètres des siennes. Elle déglutit mais ne bouge pas d'un poil. Moi qui pensais la déstabiliser... Je reconnais qu'elle m'impressionne.

— Tu doutes de moi ? demandé-je, redevenu sérieux.

— J'ai pas mal d'expérience en la matière, me répond-elle, sûre d'elle.

Même si son corps entier appelle le mien, je me redresse et croise les bras, pour ne pas la toucher.

— Très bien. Je te propose quelque chose.

Elle lève un sourcil sans pour autant se départir de son assurance.

— Je t'écoute.

— Je te propose de faire le point.

— Le point ?

— C'est ça, Princesse : faire le point.

— Ne m'appelle pas comme ça.

— Très bien, Princesse. Comme tu voudras.

Je ne peux m'empêcher de sourire face à sa mine renfrognée.

— Alors, ce point ? reprend-elle, impatiente.

Je la jauge quelques instants : elle est méfiante.

— Je crois que nous avons un petit souci, toi et moi.

Toute cette animosité, cette tension entre nous... Il y a une raison à tout ça. On ne se connaît pas encore, il ne s'agit donc pas d'un passif entre nous.

— Tu penses à quoi ?

— Je pense que tu as un faible pour moi, avancé-je d'un ton assuré. Le genre de faiblesse qui conduit à se retrouver nus dans un lit.

— OK, je ne veux pas en entendre plus, répond-elle en s'éloignant vers la cuisine.

Les mains dans les poches de mon jean, je la suis.

— Ne t'offusque pas, Princesse. Il n'y a rien de mal à ça. Moi aussi, j'ai une furieuse envie de te baiser.

— Ange !

— Quoi ? dis-je, très sérieusement. J'énonce un fait, rien de plus.

— J'avais raison, tu es vraiment taré. Je crois que nous n'avons plus rien à nous dire. Tu peux partir, je vais appeler un plombier.

Elle passe devant moi pour m'ouvrir la porte d'entrée, mais je ne lui en laisse pas le temps : j'attrape son bras, et elle se fige.

— Je crois au contraire que nous devrions tirer les choses au clair. Autant nous débarrasser de ce problème maintenant, et qu'on n'en parle plus.

Elle me fixe quelques instants avant de reprendre d'une voix froide.

— Ce problème ?

— Exactement : on a un problème.

— Et je peux savoir lequel ?

— Tu es la petite protégée de Stéphane, et moi, son nouvel employé. C'est un problème, parce que je n'ai pas de temps à perdre dans une relation, parce que...

— Tais-toi, c'est bon, j'ai compris. Pour ta gouverne, tu n'as aucun souci à te faire : je ne couche qu'avec des gars que je ne dois plus jamais revoir ensuite. Et tu n'en fais clairement pas partie, étant donné le nombre incalculable de fois où l'on sera amenés à se revoir ! Sans compter que je suis loin d'être en manque, puisque je trouve chaque week-end de quoi combler mes envies.

Je la regarde, mutique.

— Eh oui ! Je suis ce genre de fille ! continue-t-elle. De quoi ajouter un argument à ta liste des raisons qui expliquent en quoi « Anaïs Deltino est un problème ». Maintenant, lâche-moi et sors de chez moi.

Je ne bouge pas.

— Ça y est, tu as fini ? Je peux continuer ?

Elle me fusille du regard avant de soupirer. Elle hoche lentement la tête.

— Je disais donc que je pense judicieux et raisonnable de faire le point. Pour pouvoir repartir sur de bonnes bases, et nous comporter comme des adultes réfléchis par la suite.

Elle tente de garder son sérieux mais c'est peine perdue. Elle part dans un grand rire.

— J'ai dit quelque chose de drôle ?

— Non, non, tout va bien ! C'est juste que... Tu es tellement sérieux qu'on dirait un prof, un vieux prof grincheux ! Donc, monsieur le professeur, que proposez-vous pour « faire le point » ?

— Je propose qu'on couche ensemble. Maintenant.

Son sourire s'efface instantanément. Elle me fixe quelques instants avant de comprendre que je ne plaisante pas.

— Non.

Elle me contourne et part dans sa chambre, d'où elle revient tenant mon T-shirt, qu'elle me tend.

— Non ?

— Tu as tout compris. C'est non.

— Et pourquoi ça ?

— Parce que cette idée est merdique, Ange !

— Je ne vois pas en quoi cette idée est merdique. On couche ensemble une fois, on se débarrasse de cette tension entre nous et on reprend ensuite une relation formelle, voire amicale. Tu l'as dit toi-même : tu ne couches qu'une seule fois avec le même mec. Ça ne devrait pas te poser trop de problèmes.

— Tu es l'anti-romantisme incarné.

— Parce que tu es le genre de fille à être romantique ?

Un léger sourire se dessine sur ses lèvres.

— Tu marques un point.

Elle me fixe, pensive. Au bout de quelques secondes, mon T-shirt, qu'elle tenait encore, tombe au sol. Immédiatement, l'ambiance dans la pièce s'épaissit. La tension entre nous augmente. Elle ne bouge pas mais me fixe d'un regard plein de défi.

— Je te préviens : tu as intérêt à être exceptionnel. J'ai beaucoup d'entraînement, et pas de temps à perdre.

Lentement, je m'approche d'elle, jusqu'à me retrouver si près que ses formes délicieuses fondent contre mon torse. Son parfum envahit mes sens, faisant taire mes dernières réticences. Je ceinture sa taille fine de mes mains, comme je l'avais imaginé lors de notre première rencontre. J'avais raison : j'en fais presque le tour. Elle inspire un grand coup. J'approche mes lèvres de son oreille avant de murmurer :

— Ne t'inquiète pas pour ça, moi aussi, j'ai beaucoup d'entraînement.

Chapitre 6

Anaïs

C'est le plan le plus fou et le plus foireux de l'histoire des plans fous et foireux. Pourtant, nous sommes là, l'un contre l'autre. Ses mains sur ma taille, et son souffle chaud tout contre ma peau qui frissonne.

J'ai envie de lui. Vraiment très très envie.

Pour être honnête, j'ai envie de lui depuis notre petite altercation dans le bureau de Stéphane. Depuis notre première rencontre. Ce mec dégage un tel sex-appeal, une telle énergie sexuelle, que c'en est déroutant, même pour une femme aguerrie en la matière comme je pense l'être.

Plus j'y songe, plus je me dis qu'il a raison : coucher ensemble nous permettra de laisser derrière nous toute cette tension qui nous empêche de nous conduire comme deux personnes civilisées l'un envers l'autre. De plus, j'ai eu tellement de déceptions au lit avec des mecs qui pourtant étaient pleins de promesses que je me dis qu'il est fort probable que ce soit le cas aussi avec Ange. Une fois que j'aurai constaté que le contenu n'est pas aussi satisfaisant que l'emballage, je pourrai reprendre le cours normal de ma vie. Je pourrai me conduire de façon civilisée avec lui, sans l'imaginer constamment nu ou en pleine action entre mes jambes, sans avoir constamment envie de lui retirer tous ses vêtements pour me servir à ma guise... Finalement, faire le point est une excellente idée.

Sa main remonte le long de mon buste pour venir envelopper ma nuque. Ses doigts agrippent alors ma tresse et tirent légèrement dessus. Ma tête tout juste inclinée vers lui, il s'empare de mes lèvres fiévreusement, comme si nous n'avions plus une minute à perdre. Une chaleur fulgurante explose aussitôt entre mes cuisses, inondant mon corps d'un désir qui devient très vite incontrôlable. Son odeur virile et musquée, son corps ferme, tout en muscles, font de lui un véritable concentré de testostérone. *Et, putain, qu'est-ce qu'il est sexy...*

J'entoure son cou de mes bras, mes mains s'empressent de remonter sur son crâne rasé, me collant un peu plus à son corps. Son érection, plaquée contre mon ventre, me donne l'eau à la bouche. Je balance le bassin, me frotte à son entrejambe, lui tirant un grognement délicieusement grave. Nos lèvres se cherchent, se caressent. Sa main libre descend le long de mon buste avant de s'emparer de mes fesses avec autorité. Mes jambes entourent spontanément sa taille, plaquant son sexe tendu contre mon clitoris. À mon tour de gémir...

Ange se déplace de quelques pas et mon dos heurte violemment le mur du salon. La douleur se mêle à l'excitation, l'urgence, à la sensualité, le désir, à l'étonnement... *Pourquoi une telle fébrilité ? Pourquoi un tel choc des sens ? Pourquoi lui plutôt qu'un autre ?* Je fais taire ma petite voix intérieure et mords ses lèvres avant de les caresser du bout de la langue. Il tire alors sur ma tresse, m'obligeant à quitter sa bouche. Nos respirations chaotiques se mêlent. Nos yeux se cherchent puis se trouvent. Ses iris noirs n'ont jamais été aussi sûrs, aussi lourds de promesses dangereusement charnelles. Il commence à bouger lascivement le bassin, guettant sur mon visage chacune de mes réactions. Il m'épie, me bouffe du regard avec fascination. Ma lèvre ne tarde pas à se mettre à trembler, puis ce sont mes yeux qui se voilent sous cette exquise torture, avant de se fermer dans un gémissement que je ne peux plus retenir. Je m'accroche à ses épaules, la tête en arrière, savourant chacune de ses caresses. Son érection presse inlassablement mon clitoris à travers nos vêtements : des mouvements lents, appuyés, absolument divins.

Le plaisir monte en moi comme une flèche. Je tente de me soustraire un instant à ce tourbillon, le temps de reprendre un peu mes esprits, mais Ange reste implacable. Je redresse alors la tête et, lorsque je capte son regard affamé, mon corps ne me répond plus. La force du désir qui se reflète dans ses prunelles sombres me liquéfie instantanément. Mon corps s'échauffe, mes sens s'enivrent et, très vite, sans que je ne puisse rien contrôler, une puissante chaleur se propage dans mes reins avant de filer droit vers mon entrejambe...

— Oh, merde !

La puissance de mon orgasme me tire un long cri, et, tandis que je me laisse porter par cette vague violente de plaisir, mes ongles s'enfoncent dans la chair des épaules d'Ange. Je dois certainement lui faire mal mais je n'en n'ai rien à faire. Dans un accès de pur égoïsme, je veux juste savourer. Jusqu'à la dernière contraction, jusqu'à la dernière friction, jusqu'au dernier spasme. J'ai l'impression que mon corps s'est disloqué, a explosé, laissant mon âme à nu, à vif. Je suis... Je ne sais pas ce que je suis. *Bordel, mais qu'est-ce qui s'est passé ?*

Je redresse la tête, choquée. Le regard dur d'Ange s'ancre dans le mien pour ne plus le lâcher. Je tente de décrypter son visage, son corps. Des mots me viennent à l'esprit : « sévère », « puissant », « troublant », « exaltant »...

— Je t'avais prévenue que je pouvais te faire jouir sans t'enlever tes vêtements.

Je ne dis rien. Je ne saurais pas quoi répondre. Qu'il avait raison ? J'essaie moi-même de comprendre ce qui vient de se produire, et j'ai beau retourner la question dans ma tête, je n'ai aucune réponse logique pour justifier ou expliquer cet orgasme.

Tout ce que je sais, c'est que je ne veux pas que ça s'arrête. Quand le sexe est aussi bon, le corps a toutes les raisons de prendre le pas sur le bon sens, sans aucun scrupule. Ange est là, tout à moi pour une seule et unique fois. Quant à moi, je suis à la fois calmée et frustrée. Alors je compte bien exploiter la situation jusqu'à plus soif. Il m'en faut plus, beaucoup plus...

D'un coup, mon regard n'a plus rien de perdu, il se fait conquérant. Je relève le menton, fière, avant de lui ordonner très sérieusement :

— Encore.

Un sourire en coin se dessine progressivement sur sa belle gueule de ténébreux.

— Tu es sûre ?

Je me libère de son étreinte et pose doucement les pieds sur le sol. Sans le quitter des yeux, je défais le bouton de son jean avant de baisser très lentement sa braguette. Le bruit du métal qui coulisse fait remonter la tension à son paroxysme. J'écarte les deux pans du vêtement et y glisse ma main. Ma paume chaude longe son impressionnante érection jusqu'à atteindre ses testicules, que j'empoigne. Il déglutit avec un son guttural qui me fait frissonner. Je le caresse à travers son boxer, et le tissu fin n'est rien entre ma peau et la sienne. Mon cœur s'emballe, mon souffle est incertain, et mon corps, en feu. Pour la première fois de ma vie, je comprends ce que voulait dire Mona lorsqu'elle parlait du « regard de baise » de Mike. Les yeux d'Ange sont ardents, impatients, fiévreux... Un authentique regard de baise.

Ange est tendu comme un arc : je sens combien il se contient. Il est temps de lui montrer tous mes talents cachés. Je m'approche de sa bouche appétissante et lui mords violemment la lèvre inférieure avant de la sucer. Je me recule pour m'adresser à lui, détachant chaque syllabe histoire de bien me faire comprendre.

— Encore.

D'une démarche lascive, je me dirige vers ma chambre, retirant au passage mon débardeur, que je jette sur le sol. Je franchis la porte, avance jusqu'à mon lit, passe mes doigts sous l'élastique de mon pantalon et le fais glisser le long de mes jambes, l'accompagnant jusqu'au bout de mes orteils.

— Putain...

Je souris : pari gagné. Je me redresse légèrement, et jette un œil à Ange par-dessus mon épaule. Ses yeux sont fixés sur mes fesses et sur le minuscule tanga en dentelle émeraude qui les couvre à peine. Je me relève complètement, cambrant les reins, avant de me tourner vers lui.

L'image qu'il dégage me donne immédiatement des tas d'idées peu recommandables. Torse nu, pieds nus, le jean déboutonné, son érection bien visible sous son boxer... Sans compter son imposante carrure, encadrée par le chambranle de la porte, ses doigts blanchis de s'agripper trop fort au bois, ses muscles tendus, ses yeux ombrageux, affamés, posés sur mon corps dénudé...

Franchissant les quelques pas qui nous séparent, je pose mes deux mains bien à plat sur son torse chaud. Il tressaille mais reste immobile. J'en profite pour observer tout à loisir son buste, en analyser le moindre trait, la moindre marque : ses abdominaux parfaitement dessinés, la toison légère et sombre sur ses pectoraux, dans laquelle je laisse traîner mes doigts, ses tétons dressés par l'excitation... Mon regard remonte sur ses épaules robustes, son large cou... Sa pomme d'Adam qui monte et descend sous mes iris inquisiteurs, son pouls qui bat au creux de sa gorge... Mes yeux remontent sur sa mâchoire carrée, couverte d'une barbe que je rêve de voir marquer l'intérieur de mes cuisses. J'observe ses pommettes ciselées, ses longs cils de jais... Ma main gauche remonte jusqu'à sa nuque alors que la droite se fraye un chemin jusqu'à son caleçon, et son délicieux cul musclé, que je caresse sans vergogne. Je me hisse sur la pointe des pieds, pose mes lèvres au creux de son cou avant de dessiner de la langue un chemin jusqu'à son oreille...

— Encore...

Il grogne, alors que je murmure, que j'ordonne, que j'exige... Quitte à ne l'avoir qu'une fois, je veux qu'il me donne tout. Mes seins se pressent contre son torse. Ils sont lourds, tendus, n'attendent plus que lui. Mais il ne me touche toujours pas, se demandant sans doute jusqu'où je peux aller.

Je souris : il est à ma merci.

Un pas en arrière, je fixe ses prunelles tout en humidifiant mes lèvres du bout de la langue. Mes deux mains remontent dans mon dos jusqu'à l'attache de mon soutien-gorge, que je défais sans plus attendre. Il est comme hypnotisé, captivé par ma poitrine. Encore un pas, et je fais glisser une bretelle. Un autre pas, c'est la seconde bretelle. Un dernier, et le tissu de dentelle tombe...

Son regard s'enflamme instantanément et je sens un véritable brasier s'allumer entre mes cuisses. J'ai besoin de lui, tout de suite. Cette fois, mon ton est ferme, catégorique.

— Encore.

Trois grandes enjambées, et il fond sur moi. Nos bouches, nos langues se retrouvent dans une danse sensuelle, enfiévrée. Nous gémissons d'une même voix, portés par une violente pulsion. Ses mains sont partout : cheveux, nuque, hanches, fesses, reins... C'est trop et pas assez à la fois. Il me fait reculer vers le lit, m'y allonge. Mon souffle est chaotique, mon corps, réduit à ses sensations. Ange reste debout le temps de quitter son jean avant de venir sur moi. *Enfin...*

Il écarte mes cuisses sans délicatesse et c'est tant mieux. C'est tout ce que j'attends de lui : du sexe puissant, brutal, à la hauteur de ce que ce mec provoque chez moi.

Son visage s'engouffre dans mon cou alors que sa main agrippe puissamment mon sein. Je crie, me cambre. Mon esprit est loin, très loin, perdu dans les méandres de mon plaisir. Quand je vois comment mon corps réagit à ses caresses, je me dis que nous jouons un jeu dangereux, bien trop dangereux pour nous deux. Il retrouve ma bouche et je me délecte de ses lèvres si savoureuses. Il commence alors à descendre dans mon cou, puis sur le haut de mon décolleté, se rapprochant fiévreusement de ma poitrine...

C'est quand il prend mon téton entre ses lèvres, le suce, l'aspire, le mordille avant de le lécher, que je me rends compte que « faire le point » était de toute évidence une chose à ne pas faire. Mon corps entier réagit au quart de tour à son contact. Chaque caresse d'Ange reste comme imprimée, tatouée dans ma chair. Chaque souffle sur ma peau, chaque effleurement, chaque morsure...

Il se jette sur mon deuxième sein et je perds pied, me cambre, le supplie... Et lui continue inlassablement, implacablement, à m'exciter, attisant l'envie qui me brûle jusqu'à ce que je ne sois plus qu'une boule de désir prête à exploser. Il descend sur mon ventre, l'embrasse comme s'il s'agissait d'un trésor précieux. Ses mains terminent sur mes hanches, ses doigts glissent sous l'élastique de mon tanga... Il se redresse, sur les genoux, et me contemple en se léchant les lèvres comme s'il s'apprêtait à déguster son dessert favori puis fait glisser la fine dentelle le long de mes jambes. Je soulève légèrement le bassin afin de lui faciliter la tâche ; il cale mes deux pieds sur chacune de ses épaules. Ange dépose un délicat baiser sur ma cheville droite, puis sur la gauche avant de laisser ses mains calleuses parcourir mes jambes dans une torture absolument exquise...

— J'aime les femmes aux jambes interminables...

Ses doigts remontent à mes genoux et les écartent sans ménagement. Je ne suis pas de nature pudique, pourtant, le regard qu'il pose sur mon intimité me donne envie de resserrer les jambes au plus vite... Je me retiens, laissant à ses yeux avides le temps de se perdre entre mes cuisses. Puis, très lentement, il se baisse, et, s'appuyant sur les coudes, il place son visage à quelques trop longs centimètres de mon sexe impatient.

— Tu sais ce que j'aime plus que tout chez les femmes, Princesse ? demande-t-il, la voix chargée de désir.

Je suis en feu, à fleur de peau... Je n'en n'ai rien à cirer, de ce qu'il aime ou non. Tout ce que je veux, c'est qu'il passe à l'action. Face à mon mutisme, il redresse la tête pour trouver mes yeux.

— Réponds-moi.

Sa voix est posée, son ton, catégorique.

— Non, non, je ne sais pas.

— Qu'est-ce que tu ne sais pas ?

— Ce que tu aimes plus que tout chez les femmes, dis-je dans un souffle.

— Demande-moi.

Son ton est impérieux. Il inverse les rôles. Je cède.

— Je veux savoir. Dis-moi ce que c'est.

Il sourit, se délectant de la situation, puis dépose un baiser à l'intérieur de ma cuisse, très très haut, puis un autre. Je me cambre.

— J'aime... reprend-il d'une voix rauque.

Ses lèvres effleurent mon clitoris. Je gémis.

— ... leur capacité...

Ses paumes maintiennent mes cuisses largement écartées, son souffle chaud se faufile dans les replis de mon intimité, finissant de me rendre folle.

— ... à jouir plusieurs fois de suite.

Sa langue trouve immédiatement mon clitoris. Je crie alors qu'un son guttural s'échappe de ses lèvres occupées à me torturer. Il lèche, se délecte, prend son temps. Il bloque mon bassin sur le matelas, je ne peux plus bouger. Je soupire, gémis, me cambre... Tout ce qui pourra m'aider à ne pas sombrer en moins d'une minute montre en main est le bienvenu. Aucun doute : cet homme sait parfaitement ce qu'il fait. Sous sa langue experte, je ne peux plus me retenir. J'avance le bassin pour mieux plaquer mon intimité contre son visage. Mes mains caressent son crâne, impriment à ses mouvements la pression idéale... Il accélère le rythme et tout devient parfait.

En quelques secondes, mon corps tendu à l'extrême se libère. Je crie sous l'intensité de ce nouvel orgasme, encore plus puissant, encore plus fou que le précédent. J'ai des étoiles devant les yeux, la tête qui tourne. Les endorphines envahissent mon corps, drogue douce dont aucun addict sexuel ne pourrait se passer. Puis je relâche tout et m'écroule, haletante, en nage.

Ange vient retrouver ma bouche. Sa langue caresse la mienne, ses lèvres sucent les miennes, les marquent de leur chaleur, de leur douceur. Il lève la tête, me laissant caresser délicatement ses traits bruts jusqu'à en apprécier le moindre détail. L'autorité naturelle qui se dégage de lui me donne des palpitations. Ses yeux sont toujours aussi ardents, rappelant à ma conscience embrumée que lui n'a pas encore eu droit à son orgasme.

— Ange...

Il me fait taire, plaquant sa bouche sur la mienne dans un baiser enfiévré auquel je réponds sans plus tarder. C'est à ce moment-là que je sens ses doigts retrouver mon clitoris, qu'il recommence à masser. Mon corps à vif réagit douloureusement : c'est trop tôt. Je tente de me soustraire à ses caresses, essaie de resserrer les cuisses. Rien n'y fait, il les bloque en y insérant les siennes. J'attrape alors son poignet, tire dessus pour qu'il arrête. Il relève la tête, le regard implacable comme s'il était agacé par mon comportement, et m'ordonne de sa belle voix grave :

— Encore.

Chapitre 7

Ange

Ses yeux s'écarquillent, me fixent comme s'ils ne comprenaient pas. Je reprends mes caresses sur son sexe offert. Aussitôt son corps se tend, elle mordille inconsciemment sa lèvre inférieure et son regard se voile de plaisir. Sa poitrine tendue vers moi me donne l'eau à la bouche.

Elle est... époustouflante, enivrante, sexy, bandante.

Deux orgasmes. Elle a déjà eu deux orgasmes et, j'ai beau savoir que je lui en demande beaucoup, je veux lui en donner un troisième, je ne me lasse pas de la voir jouir. Quand elle perd pied, je la découvre entière, naturelle. Une espèce de mélange de sensualité, de douceur, de candeur et d'une pointe de vulnérabilité. Rien à voir avec l'image de diva caractérielle qu'elle peut montrer.

Ma queue me fait un mal de chien. Quand elle a plongé sa main délicate dans mon pantalon, tout à l'heure, j'ai cru défaillir. J'ai pris immédiatement conscience qu'il ne me faudrait pas longtemps pour jouir avec elle. Du coup, je préfère garder mon boxer pour le moment. Cette maigre barrière de tissu est le dernier rempart qui me préserve d'une perte totale de contrôle. Si je dois ne l'avoir qu'une seule fois, mieux vaut faire durer le plaisir autant que possible.

Mes doigts continuent leur massage. Elle se tortille délicieusement sous mon corps. Je pose mes lèvres au creux de son cou, là où je peux sentir combien son cœur s'affole sous mes caresses. Je descends progressivement, prends mon temps, jusqu'à retrouver ses tétons bruns dressés. J'en prends un dans ma bouche, l'aspire d'abord délicatement avant de forcer un peu plus. Elle gémit, fort, et parvient à me dire d'une voix hachée :

— Ange, je t'en prie... Je ne pourrai pas... C'est trop...

— Encore, Princesse.

Mes lèvres ne quittent pas sa peau douce, et alors que je m'apprête à m'occuper de son second sein je la pénètre de deux doigts. Ses mains se crispent sur le drap, son dos se cambre, me permettant de passer un bras au creux de ses reins. Je ne la lâcherai plus. Mes doigts accélèrent, mon pouce retrouve son clitoris. Mes lèvres sont partout. La tension qui s'empare d'elle m'électrise. J'ai envie de la prendre, de la baiser jusqu'à plus soif. Mais, pour que ce soit exceptionnel, j'ai besoin qu'elle soit avec moi, entièrement.

Sa respiration s'accélère, elle n'est plus très loin. Je remonte à son visage, mordille sa mâchoire puis me redresse et l'observe : j'aime voir les traces rouges que ma barbe laisse sur sa peau fragile, j'aime voir à quel point je la rends folle. Elle ne me regarde pas, entièrement concentrée sur son corps chauffé à blanc. Je replie légèrement les doigts, exerçant une caresse appuyée sur ce fameux point magique que les femmes affectionnent tant, et j'accentue la pression de mon pouce sur son clitoris en même temps...

— Oh, putain de bordel de merde !

Son sexe se contracte violemment sur mes doigts, ses ongles griffent mon dos. La tête rejetée en arrière, elle crie tout son plaisir. Elle prend appui sur ses talons, remonte son bassin vers le mien sans même s'en rendre compte...

Je ne peux plus attendre. Il faut que je la prenne, maintenant. Je me lève au pied du lit, la laissant pantelante, épuisée sur le matelas. Je vire mon boxer, libérant enfin mon sexe congestionné. Son regard gourmand sur mon corps me donne envie de passer à la vitesse supérieure.

— Capote.

Elle sourit, m'indique du bout du doigt le chevet sur sa gauche. J'ouvre le tiroir et découvre une collection ahurissante de préservatifs en tous genres. Elle m'avait prévenu, mais je ne pensais pas qu'elle était « expérimentée » à ce point. Je fais taire cette petite voix qui fulmine dans ma tête à l'idée que toutes ces capotes lui serviront avec d'autres mecs que moi, en attrape une, déchire l'emballage et l'enfile sans plus attendre.

Je reprends ma place entre ses cuisses, me positionne à l'entrée de son intimité et m'enfonce d'une longue poussée. Nous gémissons d'une même voix. Elle m'enserre dans sa chaleur, son sexe comblé se contracte légèrement sur le mien. C'est divin. Elle sourit puis bouge sensuellement son bassin en de lents mouvements, sans me quitter des yeux, me tirant des sensations qui pourraient très vite me faire disjoncter. Je ne sais pas si c'est le fait d'avoir tant attendu, ou si c'est elle, mais, bordel, c'est au-delà de tout ce que j'ai pu imaginer...

Je commence à bouger pour la prendre lentement. Je veux qu'elle me sente, je veux la marquer. Elle gémit alors que ses pupilles se dilatent. Son corps en sueur sous le mien est une véritable torture pour mon self-control. Je passe mes deux mains sous chacune de ses épaules pour mieux la retenir contre moi, puis accélère le rythme. La vision de ses seins qui tressautent à chacun de mes coups de reins me remplit de satisfaction.

— C'est trop bon, lâche-t-elle entre deux halètements. Continue...

Le bruit de ma peau qui claque sur la sienne me rend dingue. *Elle* me rend fou. Je serais tenté de la pilonner sans relâche. Ou de me laisser complètement aller, mais je ne veux pas que ça se termine trop vite. Je repense alors à ce moment, dans le bureau du boss, où je me suis vu la prendre par-derrière alors que je n'avais même pas encore découvert son visage... Je quitte sa chaleur pour me relever. Elle proteste, me fixe, incrédule.

— Qu'est-ce que tu fais ? s'agace-t-elle en s'asseyant.

— Tourne-toi. Je veux te prendre en levrette.

Une trace furtive de panique passe dans son regard et sa réponse ne se fait pas attendre.

— Non.

Je l'observe attentivement. Elle ne baisse pas les yeux, et m'affronte sans ciller, mais je vois au fond de ses pupilles qu'elle me supplie de ne pas insister, de ne pas gâcher ce moment. Il y a quelque chose qui cloche dans son attitude. Un détail que je ne saurais pas expliquer, mais qui me gêne. Toujours le même pressentiment que la première fois, dans le bureau. Je ne pense pas qu'elle soit fermée à une position basique du Kama-sutra. Non, il ne s'agit pas de cela. Je reprends d'une voix douce pour qu'elle ne se ferme pas à moi.

— Tu ne peux plus te passer de ma belle gueule, c'est ça ?

Un sourire fugace passe sur son visage, et, pour la première fois, elle baisse les yeux. Mais elle se reprend immédiatement et redresse le menton.

— Non. C'est juste que je n'aime pas cette position.

J'attrape son menton entre mes doigts. Ses iris

sombres me font penser qu'elle n'est pas dans sa zone de confort, trop exposée, peut-être.

— Dis-moi ce qu'il se passe.

— N'insiste pas GI Joe, dit-elle en dégageant son visage de ma main. Je n'aime pas ça, c'est tout.

Me voilà redevenu GI Joe... En temps normal, je n'insisterais pas ; je ne suis pas le genre d'homme à imposer quoi que ce soit à une femme. Mais, dans ce cas-ci, j'ai l'impression que j'ai intérêt à creuser un peu.

— Nous n'avons convenu que d'une seule mise au point et je n'ai pas l'intention de me passer de l'image de mon bassin claquant sur ta croupe, alors dis-moi ce qui te fait si peur.

— Je n'ai pas peur.

— Bien sûr que si.

— Pas du tout ! C'est juste que j'aime avoir le contrôle, pas être soumise.

— Tu as toujours eu le contrôle, Princesse, répliqué-je, pensif. Je ne ferais jamais quelque chose dont tu n'as pas envie.

— Tu ne comprends pas, dit-elle en détournant le regard.

— À l'évidence, non. Explique-moi.

Ses yeux retrouvent les miens. Elle triture ses mains, comme si elle ne savait pas si oui ou non elle pouvait jouer franc-jeu avec moi.

— Explique-moi, insisté-je.

— Très bien, soupire-t-elle. Si je ne vois pas mon partenaire, qu'est-ce qui me dit qu'il ne va pas me regarder de façon déplacée ou condescendante ?

— Attends, c'est ça, le problème ? Tu as peur de ce que je pourrais te faire ?

Dans ses yeux s'allume une lueur de rage, et cette détermination la rend irrésistible.

— N'imagine pas un seul instant que tu me fais peur ! Je suis une femme qui n'aime pas être dominée physiquement. C'est tout.

Je la dévisage : je la voulais ouverte et vulnérable, elle l'est. Son discours n'a rien d'anodin et ça aurait tendance à m'inquiéter. Elle repousse ma main, reprend d'une voix blessée :

— Ne me regarde pas comme ça. C'est exactement pour éviter ça que je ne voulais rien te dire.

— Et comment veux-tu que je te regarde ?

— Comme la femme nue devant toi, qui attend avec de moins en moins de patience que tu te décides enfin à la prendre…

Je souris. Ma main descend sur sa nuque pour l'attirer à moi, alors que ma bouche capture la sienne avec fermeté. Elle gémit de contentement, sans doute soulagée que notre discussion se termine. Je l'embrasse langoureusement, savoure ses lèvres sucrées. Ma langue caresse la sienne, mes dents la mordillent… Elle est tellement réceptive que très vite la tension remonte. Je quitte alors sa bouche pour plonger mon regard dans ses yeux voilés, chargés de désir. Je prends sa main et ordonne :

— Viens avec moi.

Elle me regarde sans comprendre, et pourtant me suit lorsque je me lève. Nous marchons vers un coin de la chambre, face à un mur sur lequel est accroché un immense miroir. Je l'installe devant, ses mains de part et d'autre de la surface glacée, et me positionne derrière elle.

Je caresse son cou délicat et positionne sa longue tresse sur l'une de ses épaules. Comme hypnotisée par le moindre de mes gestes, elle garde les yeux fixés sur mon reflet. Je plonge mon nez dans son cou. Elle s'offre sans retenue lorsque ma bouche remonte jusqu'à l'arrière de son oreille. Je me délecte des doux effluves de son parfum mentholé si particulier, et les frissons qui la parcourent m'électrisent. Je profite de son émoi pour rapprocher mon bassin de son délicieux fessier et emprisonne mon sexe entre ses deux globes. Ses seins pèsent sur mes doigts, que je descends ensuite sur ses hanches. Je colle ma joue à la sienne et détaille son sublime reflet dans le miroir.

— Qu'est-ce que tu fais ? me demande-t-elle d'une voix éraillée.

Je souris, puis glisse une de mes mains entre ses cuisses. Son corps se tend, sous l'effet magique de mes doigts. Pendant que je couvre son cou de baisers, je murmure :

— Je vais te prendre par-derrière, maintenant.

— Ange, je t'ai dit que je n'aimais pas ça, proteste-t-elle dans un souffle.

— Non. Tu m'as dit que tu n'aimais pas ne pas voir ton partenaire. Or, dans ce cas précis, tu peux m'observer à ta guise.

Je pince son clitoris, lui tirant un gémissement. Son sexe est trempé, son odeur est en train de me flinguer le cerveau. Je redresse la tête et l'oblige à regarder devant elle tout en écartant délicatement ses jambes de mon genou.

— Regarde-toi. Regarde-nous pendant que je te prends.

Joignant le geste à la parole, je m'enfonce lentement en elle, savourant chaque centimètre parcouru. Elle se mord la lèvre, hypnotisée par l'image de nos deux corps mêlés. Je ne la quitte pas des yeux. Mes mains retrouvent sa taille, sur laquelle je m'agrippe avant de commencer de longs mouvements de va-et-vient : ma queue est au paradis.

— Je veux que tu te regardes, ordonné-je d'une

voix grave, que tu voies ce que je vois. Combien tu es belle, combien tu es époustouflante quand tu es nue et excitée. Regarde bien ce que je vois : une femme sexy, bandante, magnifique…

J'accélère mes mouvements pour enfin atteindre le rythme dont je rêvais. Cherchant à effacer ce malaise qu'elle a pu ressentir auparavant, je donne tout. Je veux que, le temps de notre « mise au point », au moins pendant ce temps-là, elle se sente respectée, adulée comme elle le mérite par un homme.

Elle halète, gémit, crie… Elle aussi donne tout.

Je plaque son dos contre mon torse pour redresser son buste. Elle pose immédiatement l'arrière de sa tête sur mon épaule. Une de mes mains ceinture sa hanche, l'autre se retrouve en travers de sa poitrine. Notre rythme est frénétique. Son corps se tend, le mien est au bord du gouffre. Je colle ma bouche à son oreille :

— Regarde-nous.

Elle ouvre les yeux et, instantanément, jouit. Son sexe comprime le mien dans de violents spasmes. Il ne m'en fallait pas plus pour la suivre dans son orgasme. J'explose, me décharge en elle en de longues salves. C'est violent, d'une intensité rare, d'une sensualité à couper le souffle…

Notre respiration est erratique. Nous nous bouffons des yeux dans le miroir. Elle est incroyable : décoiffée, les joues rouges, le corps en sueur, les yeux brillants… Je m'adresse à son reflet, la voix chargée d'une émotion à laquelle je ne m'attendais pas :

— Pas de regard déplacé, pas de condescendance. Juste toi et moi.

— Ange, je…

Sa voix est tremblante, incertaine, fragile.

J'embrasse ses cheveux, en profite pour respirer une dernière fois le parfum de ses mèches douces, avant de me retirer de sa chaleur. Quitter son corps est plus difficile que je ne le pensais, mais c'est nécessaire. Un sentiment de vide me prend au dépourvu et m'étreint la poitrine. Je dois me reprendre avant que tout ça ne dérape. Je file à la salle de bains retirer le préservatif, y fais un nœud et le jette à la poubelle. Puis je m'agrippe au rebord du lavabo et fixe mon reflet dans le miroir. Anaïs avait raison : faire le point était une idée merdique. Époustouflante et inoubliable mais merdique. Je ne m'attendais pas à une telle connexion entre elle et moi. *Quel abruti... Mais à quoi je pensais ?* Dans tous les cas, peu importe, cela ne doit rien changer au contrat de départ. Pour elle comme pour moi.

Je décide de passer mes mains sous l'eau, le temps d'y voir un peu plus clair, quand le robinet récalcitrant me rappelle avec ironie la raison de ma visite. Lorsque je reviens dans la chambre, Anaïs est déjà habillée et me tend mes vêtements.

— Merci, lui dis-je en les récupérant.

Elle hoche discrètement la tête et s'apprête à sortir quand j'attrape son bras pour la retenir.

— Anaïs, c'était...

— Je sais, me coupe-t-elle. C'était incroyable. Mais maintenant je vais passer cette porte et tout sera terminé. Nous n'en parlerons plus. C'est promis.

Elle embrasse une dernière fois ma joue, et quitte la pièce.

Après être sorti de la chambre, je prends le temps de régler son problème de plomberie. Cela m'occupe environ une heure, le temps de la réparation. Durant ce laps de temps, Anaïs reste distante. Courtoise, comme si j'étais un putain d'étranger. Elle m'apporte deux cafés, me demande à plusieurs reprises si j'ai besoin de quelque chose, et la seule réponse qui me vient à l'esprit est : « Toi. » Le reste du temps, elle attend dans une autre pièce.

Oui, cette « mise au point » était une belle connerie, parce que maintenant tout a changé. Au lieu de régler la question, elle n'a fait qu'en soulever d'autres, des tas d'autres... Il y a fort à parier que notre petite expérience l'a bouleversée tout autant que moi. Sans compter que j'ai beaucoup de mal à garder mon calme quand je constate qu'elle ose tout juste me regarder.

Je termine la réparation, et vais récupérer mes affaires, enfile mes bottes, passe mon manteau. Alors que je suis en train de finir de le boutonner, je la vois resserrer ses bras autour d'elle, fuyant mon regard. La gêne qu'elle manifeste en ma présence finit de m'irriter.

— Il va falloir que tu supportes de me regarder si tu veux pouvoir progresser à l'entraînement.

— Je n'ai aucun problème avec toi. La situation est très claire. Je suis juste... fatiguée.

Ses joues rosissent. *J'ai tellement envie de l'embrasser...* Je secoue la tête pour me rafraîchir les idées, attrape mon casque et ouvre la porte avant de faire quoi que ce soit qui pourrait aggraver la situation. À peine sur le palier, je me retourne vers elle :

— Entraînement demain après-midi. Sois à l'heure. Plus d'excuses.

— Ne t'inquiète pas, j'ai bien compris.

Elle me regarde une dernière fois, avant de fermer le battant. Le bruit du verrou résonne dans le couloir, comme pour signifier la fin de cette bulle entre nous, la fin de notre mise au point.

Chapitre 8

Anaïs

Je coupe le moteur de ma Coccinelle avant de m'affaler sur mon siège en soupirant. Mes mains crispées quittent le volant pour venir frotter mon visage. Depuis qu'Ange m'a laissée, il y a cinq petites heures seulement, je ne sais plus où j'en suis, et mon cerveau en surchauffe n'est pas loin d'exploser.

Faire le point…

J'ai une furieuse envie de me mettre des claques. Je le savais ! Je savais qu'il ne fallait pas le faire, j'en étais persuadée, pourtant, j'ai dit oui. Pire : j'en ai redemandé ! Pas la peine de chercher pourquoi je l'ai fait, c'est une évidence. Parce qu'il est canon, parce qu'il respire le sexe, parce qu'il est lui… Et je ne m'étais pas trompée : ça a été la partie de jambes en l'air la plus extraordinaire de mon existence. Intense, brûlante, enivrante, d'une incroyable sensualité… J'ai l'impression de le sentir encore partout sur ma peau, comme s'il m'avait marquée au fer rouge.

Comment je vais faire, maintenant ?

Je ne veux pas d'une relation. Ma liberté est mon moteur dans la vie. Mais, quand on a goûté à un champagne millésimé, difficile de revenir à un basique mousseux rosé… Sans compter que, le millésimé en question, je vais le voir tous les jours. Tous les jours !

Ou presque. J'ai envie de me taper la tête sur le volant, comme dans ces films dont l'héroïne n'a pas trouvé plus efficace pour se remettre les idées en place.

Au lieu de ça, je regarde le bâtiment qui me fait face et soupire. Si mon esprit et mon corps ne sont pas près d'oublier la « mise au point » de ce matin, la clinique des Lilas, elle, va se charger de me faire atterrir. Comme tous les vendredis après-midi, une semaine sur deux, j'y rends visite à ma mère. Ce bâtiment me fait froid dans le dos. Mais il paraît que c'est le meilleur institut de la région.

Comme tous les quinze jours, je descends de la voiture et me dirige vers les escaliers. Comme tous les quinze jours, je gravis ces quelques marches qui me séparent de la double porte vitrée. Comme tous les quinze jours, je pénètre dans le hall où trône inexorablement le même ficus défraîchi, près du comptoir. Un discret hochement de tête à la réceptionniste et je me dirige vers l'aile ouest. Les murs sont toujours aussi gris, aussi fades. Des patients déambulent dans les couloirs, certains, le regard vide, d'autres, l'œil méfiant. Cet endroit est lugubre, je le déteste. C'est ici que les cas les plus lourds sont traités. C'est pour ça que j'ai pris, il y a presque deux ans, la décision la plus difficile que j'ai eu à prendre : y faire interner ma mère.

Je frappe à la porte de la chambre 118 et entre sans attendre qu'elle m'y invite : elle ne répond jamais, de toute façon. Elle est à sa place habituelle : sur sa chaise, près de la seule fenêtre qui apporte un peu de lumière à la pièce. Chose incroyable, elle me paraît encore plus maigre que la dernière fois.

— Bonjour, maman.

Elle jette un œil dans ma direction pour m'adresser un regard empli de dédain, avant de contempler de nouveau le paysage. J'ai l'habitude de son mépris pour moi ; en réalité, j'ai grandi avec. Je pose mon sac à main et approche pour poser mon cadeau sur son chevet. J'ai trouvé une nouvelle édition d'*Orgueil et Préjugés*, son roman préféré. Elle s'en empare et le lance immédiatement dans la poubelle, sans prendre le temps de regarder ce que c'est. Ça aussi, j'en ai l'habitude.

— Va-t'en, je ne veux pas de toi ici.

Comme tous les quinze jours, je ne l'écoute pas, m'assieds sur son lit et l'observe. Je ne la reconnais plus : son visage porte les stigmates des nombreuses années qu'elle a passées noyée dans l'alcool, son corps est amaigri par son anorexie, qui n'est pas loin de la tuer. Elle perd ses cheveux, elle qui les avait magnifiques. Maria Esperez était une vraie beauté espagnole dans sa jeunesse : grande, brune aux cheveux bouclés, le teint mat, les yeux chocolat. Aujourd'hui, elle n'est plus qu'une enveloppe vide.

— Ton corps ne tiendra pas le coup si tu n'avales rien, maman.

Elle reste figée en direction de la fenêtre, murée dans son silence, dans ses souvenirs. À dix-sept ans, quand elle a fait la connaissance de mon père, Marc Deltino, brillant chirurgien esthétique de quinze ans son aîné alors en vacances en Andalousie, ma mère était une danseuse de flamenco à la carrière prometteuse. Ils sont très rapidement tombés amoureux, ont vécu une relation passionnée qui les a rendus fous tous les deux. Ma mère a tout quitté pour le rejoindre en France et vivre sa grande histoire.

Malheureusement pour elle, le conte de fées s'est rapidement mué en cauchemar. En moins de temps qu'il n'en faut pour le dire, ma mère s'est retrouvée coupée du monde et de sa famille en Espagne, enfermée dans sa maison à jouer à la femme au foyer modèle, à l'épouse parfaite. Très vite, la jalousie a pris beaucoup de place dans leur couple. Mon père a commencé à se montrer violent avec elle : d'abord dans les mots. Puis, un jour, ça a été une gifle, et ainsi de suite. Le schéma classique. Il y avait les disputes, les coups, les séparations et ensuite les déclarations enflammées, les retrouvailles passionnées. Petit à petit, l'alcool s'est frayé un chemin dans leur duo, décuplant ou anesthésiant leurs émotions.

Dire que je n'étais pas une enfant désirée est l'euphémisme de l'année. Comme mon père, ma mère a vécu sa grossesse comme la pire des injustices. Ils m'ont tout de suite considérée comme une intruse dans leur « bonheur » conjugal, alors j'ai été livrée à moi-même très tôt. Heureusement pour moi, nous habitions dans la maison voisine de celle des Louriet, les parents de Mona et Lili. Nicole et Jacques ont très rapidement compris la situation et m'ont prise sous leur aile au même titre que leurs deux filles. Je passais énormément de temps chez eux. C'est ce qui m'a sauvée dans mes jeunes années.

Mon père est décédé il y a deux ans : sa cirrhose l'a tué. L'alcool est venu à bout de cet homme et sa mort ne m'a fait ni chaud ni froid. Pour ma mère, c'est une autre histoire. Elle est aux antipodes de ce que l'on pourrait appeler « une bonne mère ». Mais elle reste ma mère. Avant l'emprise néfaste de cet homme, j'aime à penser qu'elle a été une femme merveilleuse.

Je sais qu'elle me déteste pour l'avoir enfermée ici. Mais je n'avais pas le choix. Quand mon père est décédé, elle a complètement pété les plombs. Elle a mis le feu à la maison en comptant brûler avec, pour le rejoindre. Parce que son bourreau était toute sa vie, et que sans lui elle était perdue. Au lieu de se sentir libre, elle a sombré. Les pompiers l'ont sortie des flammes, mais elle était à la limite du coma. Comme elle représentait un danger trop grand pour elle-même et pour autrui, la décision a été prise par le corps médical et le tribunal de la faire hospitaliser d'office en institut psychiatrique. Mais, pour ce faire, il leur fallait la signature d'un proche de la famille : moi. J'étais, je suis, la seule personne qui lui reste. Alors j'ai signé.

Depuis, elle me voue une haine sans bornes.

Je ne sais pas pourquoi son rejet continue à me faire mal. Malgré tout ce que j'ai vécu, je continue à espérer. Mais aujourd'hui la douleur est plus forte que d'habitude. J'ai les nerfs à vif depuis ce matin. Ange m'a rendue vulnérable, sensible, il m'a bouleversée, et je n'aime pas ça. Il a fait remonter trop d'émotions et j'ai plutôt intérêt à retrouver ma carapace rapidement si je ne veux pas être submergée. Le silence est pesant dans la chambre, mais je reste une dizaine de minutes de plus avec elle, à lui parler de la pluie et du beau temps, à meubler ce silence assourdissant. Je finis par me lever puis récupère mon sac.

— Je reviendrai te voir dans quinze jours.

Je la regarde mais elle reste de marbre. Je ne m'approche pas pour l'embrasser, elle ne veut aucun contact physique avec moi.

— À bientôt, maman.

— Ne m'appelle pas comme ça, je te l'interdis, me crache-t-elle, véhémente. Si tu étais ma fille, tu ne m'aurais jamais enfermée dans cet établissement de tarés. Alors dégage !

Elle hurle. Choquée, je quitte rapidement la chambre, croisant l'infirmière dans le couloir sans m'arrêter.

Je me hâte jusqu'au parking pour me réfugier dans ma voiture et filer sans demander mon reste. La clinique est à une heure de chez moi. C'est le temps qu'il me faudra pour évacuer ma colère, ma douleur. Pile ce qu'il me faut pour baisser la garde et laisser s'exprimer la petite fille abandonnée qui sommeille en moi. C'est, comme tous les vendredis après-midi, une semaine sur deux, le seul moment où je m'autorise à laisser couler mes larmes silencieuses. Sauf qu'aujourd'hui le silence n'est pas de mise.

Le cliquetis de la porte d'entrée résonne en moi comme un soulagement. Je m'adosse au battant pour expirer longuement : c'est la fin de cette interminable journée. Mitou vient m'accueillir, se frottant à mes jambes dans un ronronnement qui me réchauffe le cœur. Cet animal est tout ce que j'ai. Quand les autres rentrent chez eux dans leur foyer joyeusement bruyant et chaleureux, moi, je n'ai que cette boule de poils au physique ingrat, mais au très grand cœur. C'est triste à dire, mais je pense que sans mon chat je deviendrais complètement folle... Enfin, encore plus que je ne le suis. Je gratte rapidement son dos, puis pose mon sac et mes clés de voiture. Mes larmes se sont taries mais le sentiment de vide, lui, met toujours plus de temps à se dissiper.

Je donne un tour de clés et vérifie à cinq reprises que la porte est bien verrouillée. C'est toujours le même rituel quand je vois ma mère : mes TOC ont tendance à s'intensifier. Certains psys mettraient certainement cela sur le compte du sentiment d'insécurité qui m'a habitée toute mon enfance et que, sans le vouloir, elle réveille à chacune de mes visites. Quant à moi, je préfère ne pas me demander d'où me viennent toutes mes bizarreries.

Une fois certaine que la porte d'entrée est fermée à double tour, j'allume la télévision : j'ai le besoin constant d'avoir un fond sonore chez moi. C'est plus fort que moi, je ne supporte plus le silence : une autre bizarrerie. Je file ensuite dans ma chambre afin de passer une tenue plus confortable, mais je m'arrête, pétrifiée, sur le seuil : mon lit est encore défait, les draps froissés. Il y a des fringues éparpillées sur le sol, un véritable bordel.

Bordel dans la pièce et bordel dans ma tête.

Mon appartement était mon sanctuaire. *Était…* Où qu'ils se posent, mes yeux ne voient que lui. En me concentrant bien, j'arrive même à sentir son parfum si particulier. Il est partout : autour de moi, dans mon esprit, dans mon corps. Il n'est pourtant pas le premier mec que je ramène chez moi, mais là c'est différent. En quoi ? Je n'en sais rien. Peut-être parce qu'il est différent, tout simplement. Direct, sincère, instinctif… chaud bouillant.

Mais la force tranquille qu'il dégage en fait un homme dangereux pour moi, car elle est synonyme de réconfort. *Réconfort ? Mes fesses ! Tu n'es qu'une « mise au point » pour lui, je te le rappelle. Une passade, un moment déjà oublié. Comme d'habitude, Anaïs Deltino ne mérite que d'être de passage…*

Un sanglot se bloque dans ma gorge ; je parviens à le retenir de justesse, et tente de canaliser le flot de larmes qui menace de me submerger. Parce que là, sans prévenir, la solitude devient extrêmement pénible à supporter. *Non, Anaïs, tu n'es plus cette pauvre petite chose fragile ! Ne laisse pas un homme t'affaiblir, plus jamais. Réagis, allez, merde !*

C'est réussi. La colère l'emporte sur le reste. J'entre comme une furie dans ma chambre, attrape mes fringues, les lance dans le panier à linge sale et me mets à récurer les moindres recoins de mon appartement. Je dépoussière, frotte, brique le sol comme une malade. Je veux effacer toutes les traces de ce qui s'est passé ce matin. Une heure et demie plus tard, je suis transpirante, essoufflée de m'être acharnée comme une cinglée avec mes pauvres chiffons. Je jette un œil rapide autour de moi, satisfaite du travail accompli. Il ne me reste que les draps à changer.

J'approche lentement du lit, effleure le tissu du bout des doigts comme s'il s'agissait de reliques précieuses, avant de m'autoflageller mentalement pour ma faiblesse. Bien décidée à mettre à nu mon matelas, j'agrippe fermement les draps, forme une boule avec toute la parure et me dirige les bras chargés vers mon lave-linge. Une fois devant, je m'accroupis face au hublot ouvert jusqu'à ce que le parfum épicé d'Ange se rappelle à moi. Des flashs de nos ébats me reviennent instantanément en pleine figure : ses caresses, sa chaleur, son intensité, sa puissance... Et je bloque de nouveau, figée comme une idiote devant ma machine à laver.

La télé continue à déblatérer des inepties dont tout le monde se fout, à commencer par moi. Franchement, qui est-ce que je cherche à tromper avec mes artifices ? Moi, seulement moi, puisque je suis seule dans cet appart.

Tout à coup, je me sens vraiment épuisée. Je m'affale au sol, dos au mur. Je soupire. Pour une fois, je ne vais pas résister ; pour une fois, je décide de ne pas me battre contre moi-même. Après tout, il n'y a personne ici, à part mon chat, et je suis certaine que Mitou ne me dénoncera pas.

Je serre la boule de draps contre moi, en respire l'odeur comme une droguée en manque. *Pourquoi ? Parce qu'il te plaît, pauvre niaise, tout simplement.* Je plonge mon visage dans le tissu, et en retire un maigre réconfort. Je me shoote au souvenir de cette parenthèse hors du temps que j'ai vécue dans ses bras, savoure la douce chaleur que cela me procure, et décide que ça ne me tuera pas d'attendre demain pour redevenir une femme forte et indépendante, une femme qui n'a besoin de personne, et surtout pas d'un homme. Je me lève et retourne dans ma chambre, prenant mon temps pour refaire mon lit tranquillement, avec beaucoup de minutie. Cette nuit, je garderai encore un peu Ange avec moi. J'en suis consciente : c'est pathétique. Alors que je lisse le dernier pli du plat de la main, la sonnette retentit. Je me rends dans l'entrée et jette un œil par le judas avant de sourire, le cœur serré. Avec tout ce qui s'est passé aujourd'hui, je les avais complètement oubliées. Finalement, je ne suis pas si seule.

J'ouvre la porte et mes amies me serrent immédiatement dans leurs bras. Mona et Lili collent toutes les deux un bisou sur chacune de mes joues avant d'entrer chez moi sans un mot. Elles posent leur manteau sur une des chaises de la cuisine, puis se dirigent vers le canapé sur lequel elles s'affalent. Mona jette un paquet de bonbons sur la table basse, pendant que Lili attrape la télécommande pour nous dégoter notre film antimorosité : *Mange, prie, aime*. Je me cale entre elles, ma tête sur les cuisses de Mona, mes jambes sur celles de Lili. Avec elles, je n'ai pas à me cacher : elles savent tout de moi. Parce qu'elles sont mes meilleures amies, parce qu'elles sont en fait comme mes sœurs, parce qu'elles ne me jugent pas, parce qu'on s'aime d'un amour fraternel et inconditionnel, parce qu'à presque trente ans elles débarquent à pas d'heure chez moi, en pyjama, juste parce que j'ai besoin qu'elles soient là. Comme tous les vendredis après-midi, une semaine sur deux.

Chapitre 9

Ange

Paniqué, je me redresse dans un sursaut pour jeter un regard autour de moi avant de découvrir avec soulagement que je suis chez moi, en sécurité. Un coup d'œil au réveil m'indique qu'il est 4 heures du matin.

— Fait chier...

Je me laisse retomber dans le lit, le bras sur mon front. Ce n'est pas encore aujourd'hui que je vais faire une nuit complète, paisible et reposante. Ça me fout en rogne : je suis crevé. Les cauchemars sont récurrents depuis ma blessure ; c'est une véritable plaie. Je n'ai pas vécu en mission un drame abominable qui pourrait me hanter nuit et jour. Certains gars connaissent cela, pas moi. Pourtant, comme tout militaire, j'ai assisté à des choses que je préférerais oublier. Quasiment toutes les nuits, des images des horreurs que j'ai dû vivre ces dernières années en mission me tirent de mon sommeil. En général, je me réveille en sueur. Cette fois-ci ne fait pas exception.

Je ne peux pas aller me doucher, je réveillerais mon colocataire. Car, non, je ne vis pas seul. Mes absences sont nombreuses, souvent prolongées, alors financièrement la colocation est la solution la plus raisonnable. Je n'ai jamais vraiment eu d'appart à moi. D'habitude, quand je viens en permission, je loge chez mon père.

Un petit mois, c'est mon maximum sur place. Mais ce coup-ci, à cause de mon genou, le petit mois se transformera peut-être en une année. Et, même si j'aime très fort mon paternel, l'idée de squatter chez lui, de m'immiscer dans son intimité si longtemps, ne me plaît pas du tout.

Comme à chacun de mes retours au pays, j'ai contacté Fangio, mon vieux pote d'enfance, éternel célibataire, et accessoirement mon meilleur ami. Nous avions douze ans quand nous nous sommes rencontrés, alors qu'il venait d'emménager dans la région. Un branleur issu d'une famille friquée, prêt à toutes les conneries. Nous avons passé la totalité de notre adolescence à faire les quatre cents coups, pour faire disjoncter nos parents respectifs.

Fan absolu de tout ce qui a un moteur, je suis certain que, s'il l'avait pu, il aurait appris à conduire sa bécane avant d'apprendre à marcher. Avec notre bande de potes de l'époque, nous l'avons très vite surnommé Fangio, en hommage au célèbre pilote argentin, quintuple champion du monde de Formule 1 dans les années 1950. Ce surnom n'était pas usurpé, puisqu'il a aujourd'hui son propre garage et passe ses journées le nez dans les moteurs.

Mais, quand il n'a pas les mains dans le cambouis, elles sont occupées à attraper tout ce qui porte une jupe.

Deuxième passion de Fangio : les femmes. Avec son look motard baroudeur, son léger accent hispanique qui lui vient de son père colombien, ses tatouages et son bagou naturel, pas une ne lui résiste. Je l'ai vu à plusieurs reprises ramener des femmes magnifiques sans qu'aucune ait réussi à éveiller chez lui un intérêt autre que celui de finir dans son lit. Enfin, il y en a bien eu une qui a compté plus que les autres, mais c'était il y a longtemps, très longtemps... Depuis, on dirait qu'il est vacciné contre les sentiments amoureux. Et, si sa mère désespère de le voir un jour casé, pour ma part, j'estime que ça ne me regarde pas et que je suis mal placé pour le juger. En revanche, je plains la femme qui tombera éperdument amoureuse de lui : qu'elle se prépare à vivre un enfer.

Il vit seul dans un immense loft : trois chambres, deux salles de bains, une cuisine neuve, tout équipée, une vue imprenable sur la mer et, comme chez tout mec qui se respecte, un énorme écran plasma. À chacune de mes permissions, il me propose de venir squatter chez lui. J'ai toujours refusé, jusqu'à aujourd'hui. Après une matinée entière de négociations, il a accepté que je participe au loyer. J'ai signé pour un an. Après, on verra bien.

Après... Je déteste l'idée de ne pas savoir de quoi mon avenir sera fait. L'armée a toujours rythmé ma vie : lever, coucher, heures des repas, permissions... Maintenant, non seulement je n'ai plus à avoir cette rigueur horaire, mais en plus je ne suis pas certain de la retrouver un jour. Là où avant je n'avais pas une minute à moi pour me poser et réfléchir à la direction que prenait ma vie, j'ai maintenant tout le loisir de constater le vide et la tristesse de mon existence. Quel mec se vanterait de se retrouver à trente-quatre ans en coloc, sans famille, bousillé physiquement, abîmé psychologiquement ? Personne. J'ai tout donné à l'armée, et il est fort probable qu'elle me jette sans un regard, comme une vieille chaussette usagée. Et le pire c'est que c'est ce que j'ai le sentiment d'être : une vieille carcasse dont la date de péremption aurait été dépassée. *Putains de cauchemars...* Ces insomnies vont me rendre dingue. Voilà bien un truc que je déteste : gamberger dans mon pieu comme un pauvre nase.

Je me lève, enfile un pantalon de jogging, et vais dans la cuisine me faire un café. Je le bois sur le balcon, face à la mer, appuyé à la balustrade, le regard perdu dans l'immensité noire de l'océan Atlantique. Le bruit du ressac, lent et régulier, m'apaise. Je prends une gorgée de café puis me laisse bercer. Comme à chaque fois, les tensions dans mon corps se calment.

Sauf qu'aujourd'hui, quand je ferme les yeux, je la vois, *elle*. L'image de nos deux corps reflétés dans son miroir ne veut pas me lâcher. Ses yeux pleins de désir, ses délicieuses courbes, son cul absolument fabuleux... J'entends encore ses gémissements, je sens son parfum... Bon, finalement, il s'avère que mon corps n'est pas capable de se détendre. Je réajuste mon pantalon, et termine mon café d'une traite. Il faut que j'aille prendre l'air.

Et voilà comment on passe en très peu de temps d'une hygiène de vie irréprochable à courir seul le long d'une plage, en pleine nuit.

Le samedi, la salle de sport n'ouvre ses portes au public que l'après-midi. J'ai donc décidé d'y aller dès le matin pour prendre mes marques tranquillement, m'imprégner du lieu.

Quand j'arrive, à 8 heures, le parking est vide. *Parfait.* Je gare ma moto et me dirige vers les portes. Au moment de glisser la clé dans la serrure, je m'aperçois qu'elles sont ouvertes. *C'est quoi, ce bordel ?*

Je jette un œil autour de moi mais je suis vraiment seul sur ce parking. Ce qui signifie que Stéphane n'a pas verrouillé la salle en partant hier soir, ce dont je doute fort, ou que quelqu'un s'y est introduit. Je sais que le boss ne peut pas être sur place ; il rend visite à son père, en maison de retraite, tous les samedis matin. Il y a donc quelqu'un d'autre. Et il n'y a qu'un seul moyen de savoir qui. L'adrénaline bouillonne en moi alors que je pousse lentement le battant. Sitôt qu'il est ouvert, une musique assourdissante me surprend. Je reconnais immédiatement *Lonely Day* de System of a Down, un de mes groupes préférés. Je soupire. De deux choses l'une : soit j'ai affaire au braqueur le plus con de l'histoire, soit c'est elle ; nous ne sommes que trois à avoir les clés de cet endroit. Aiguillé par le fond sonore, j'opte pour la seconde possibilité, tout en me demandant si je n'aurais pas préféré la première, finalement.

J'entre. La salle est immense mais je la vois immédiatement. Elle ne m'a ni vu ni entendu, ce qui me donne tout le loisir de l'observer à ma guise. Il faut dire que le spectacle qu'elle offre me laisse sans voix : elle est en train de danser, et elle est époustouflante. Ses gestes sont fluides, suivant le rythme comme si la musique possédait son corps ; elle semble vivre chaque note, chaque parole. La grâce guide chacun de ses mouvements. Elle garde les yeux clos, comme plongée dans sa bulle.

À cet instant précis, je me sens comme ces bestioles hypnotisées par les pièges électriques à lumière bleue les nuits d'été. Vous savez, ces instruments de torture vers lesquels elles sont irrésistiblement attirées et qui les conduisent à une mort foudroyante ? Électrocutées alors même qu'elles atteignent ce qu'elles ont tant désiré...

Quand la chanson se termine et que les premiers accords de *Chop Suey !* se font entendre, elle ouvre les yeux. Son visage est fermé. Elle se rue sur les sacs de frappe, comme si elle cherchait à se débarrasser de toutes les émotions provoquées par la danse. C'est la première fois que je vois quelqu'un mêler danse et sport de combat, mélange totalement inattendu mais étrangement naturel pour elle. Je la regarde bouger avec sensualité son corps parfait, puis mettre toute la puissance, la hargne dont elle est capable dans ses coups, et je me dis que je suis mal barré. Quand elle se met à chanter à tue-tête, je suis amusé de constater que son talent pour le chant est très loin d'égaler celui qu'elle a pour la danse.

Elle se laisse aller, sans retenue aucune, et je trouve ça fascinant.

Je sais à ce moment-là qu'elle n'a rien de commun avec les autres femmes. Sa force de caractère, son esprit de répartie, ces trucs bizarres qu'elle fait par moments : danser sur de la musique metal, frapper les gens avec une casserole, ou recueillir un chat monstrueux. Il y a la vulnérabilité qui cohabite avec la colère au fond de ses yeux, ses vêtements toujours très colorés qui contrastent avec la noirceur de son regard... Autant de paradoxes qui font de cette femme le plus grand de tous les mystères. Elle ne devrait pas provoquer autant de curiosité chez moi. Toutes ces questions sans réponse, cet intérêt limite dérangeant que j'ai pour elle et qui, je le sais maintenant, n'est pas seulement charnel.

Passé mon moment de sidération, je suis contrarié de constater qu'elle n'a toujours pas remarqué ma présence. Une femme seule dans une salle de sport, en plein cœur d'une zone industrielle déserte, devrait faire preuve d'un peu plus de prudence. Elle a de la chance que ce soit moi, ça aurait pu être n'importe quel fou passant dans le coin.

Pour notre premier entraînement en commun, cet après-midi, j'avais l'intention de voir ce dont elle est capable. Mais, puisqu'elle est là, je décide de lui donner sa première leçon, dès maintenant. Je pose mes affaires sur une chaise, près du ring, et retire ma veste puis mes chaussures, avant de m'avancer en silence. Une fois tout près d'elle, je constate qu'elle est toujours concentrée sur son sac de frappe et l'attrape par le poignet pour l'immobiliser contre moi. Ma main plaquée sur sa bouche étouffe son cri. Elle se débat de toutes ses forces mais ne fait pas le poids, face à moi.

— Leçon numéro un en *self-defence*, Princesse, lui glissé-je à l'oreille : toujours être pleinement conscient de son environnement.

Une douleur fulgurante me transperce le doigt et je la relâche aussitôt.

— Tu m'as mordu ? demandé-je, incrédule.

— Non mais tu es complètement malade ! s'écrie-t-elle. Tu m'as flanqué une de ces trouilles.

Le regard enragé, elle attrape ses gants de boxe, qu'elle avait posés au sol, pour me les jeter à la figure avant de se ruer sur moi. Je la bloque de nouveau, oubliant la douleur. Cette fois, nous sommes face à face, ses mains emprisonnées par les miennes dans son dos. Elle explose.

— T'es vraiment un psychopathe, tu sais ! Ça t'amuse, de faire ça ? Lâche-moi tout de suite !

Préférant attendre qu'elle se raisonne, je l'observe se tortiller dans mes bras, et les gesticulations de son corps contre le mien commencent à provoquer des réactions physiques inappropriées vu la situation.

— Mais calme-toi, bon sang ! finis-je par dire, excédé.

Elle redresse la tête pour mieux me fusiller du regard.

— Me calmer ? Tu veux que je me calme ? crie-t-elle, à moitié hystérique. Alors lâche-moi, putain !

— Si tu promets de rester tranquille.

Elle me fixe quelques instants, la bouche pincée, avant de hocher discrètement la tête. Je desserre progressivement ma prise, scrutant le moindre de ses mouvements. Avec elle, je m'attends à tout : un œil crevé, mes couilles broyées, ma peau lacérée... Quand je la lâche complètement, je me recule très lentement d'un mètre, les mains en l'air, en signe de paix. Relâchant les épaules dans un mouvement sec, elle se redresse et pose sur moi un regard un peu plus doux. Je soupire de soulagement. Elle en profite pour m'administrer une droite en plein ventre, me coupant le souffle.

— Bordel de m...

J'ai à peine le temps de me remettre de son coup qu'elle se jette de nouveau sur moi, ivre de colère. Nous luttons avec acharnement l'un contre l'autre. Cris, coups, insultes, elle se débat comme une tigresse, et sa rage reste difficile à maîtriser, même pour un mec comme moi. Je réussis à la faire chuter au sol, et je me positionne aussitôt sur elle, me servant du poids de mon corps pour l'immobiliser. Je bloque ses cuisses entre les miennes, ses poignets plaqués sur le sol autour de sa tête, et malgré ça elle continue à lutter, portée par sa colère.

— Anaïs, arrête ! ordonné-je d'une voix tranchante dans un ultime effort.

Elle se fige, essoufflée, en sueur, magnifique sous mon corps plus que réceptif au sien. Ses yeux bouleversés trouvent les miens, comme si elle semblait tout à coup prendre conscience de la situation. La musique tourne à plein régime, mais on s'en fout complètement, parce que là, tout de suite, il n'y a que notre proximité qui compte. Sa fébrilité fait écho à la mienne, et le temps semble suspendu.

Un désir sourd me prend aux tripes. Mon corps est en alerte, mes muscles, tendus, et mes sens, en ébullition : je crève d'envie de la caresser, de respirer son parfum si doux, de goûter à nouveau sa peau sucrée, de la dévisager alors que ses yeux se voilent de plaisir, d'entendre ses doux gémissements quand je m'enfonce en elle... Ses prunelles dilatées descendent sur mes lèvres et je devine les images qui traversent son esprit : le mur de son salon, son lit aux draps froissés, le miroir... Ma trique me fait un mal de chien, et je serais tenté de la soulager genre tout de suite, mais je sais que ce n'est pas la chose à faire. Quand deux êtres sont attirés l'un par l'autre sans raison, comme deux aimants, les sentiments peuvent très vite entrer dans la partie et je ne veux pas de ça. Mon objectif est de retourner en mission. Rien d'autre ne doit compter. Alors, pour couper court à une nouvelle « mise au point », je fais ce que je fais toujours avec les autres : je me conduis comme un connard.

— Me fracasser la mâchoire à coups de casserole ne t'a pas suffi, il a fallu que tu me mordes les doigts aussi. Dis-moi : tu te conduis toujours comme une hystérique, ou c'est encore un privilège que tu me réserves ?

— Quoi ? répond-elle distraitement, les yeux toujours rivés à ma bouche.

— Est-ce qu'il t'arrive de te conduire comme un être humain normal ?

— Mmh, mmh...

Je soupire. Elle ne me rend pas la tâche facile.

— Anaïs, tu veux bien te concentrer, s'il te plaît ? Arrête de me reluquer comme un morceau de viande, je ne suis pas une de tes malheureuses victimes.

OK, c'était un coup bas. Mais efficace. Pourtant, je préférais la voir les hormones en émoi plutôt que prête à m'émasculer.

— Pardon ? me dit-elle d'une voix calme, trop calme.

— Bien, tu es revenue avec moi. Je peux me relever, ou tu comptes encore me frapper ?

— Pour quelqu'un qui est censé avoir mal, je te trouve plutôt en forme. Dis-moi, ajoute-t-elle d'un ton sarcastique, tu bandes toujours quand tu agresses une femme ? C'est ton truc ? Parce que ça fait vraiment pervers.

— Simple réaction physiologique, lui dis-je en me relevant. Je ne suis qu'un mec, et tu te tortillais comme une folle contre moi. Sans compter que je t'ai déjà vue...

— Ne le dis pas !

— ... nue.

Gentleman, je lui tends la main, pour l'aider à se redresser, mais elle la repousse aussitôt. Une fois debout, elle rajuste sa queue-de-cheval en me fusillant du regard. Elle va couper la musique avant de revenir à moi et de s'arrêter, les bras croisés.

— Qu'est-ce que tu fiches ici ? me demande-t-elle sèchement. À part agresser les femmes seules, bien sûr.

— Je ne t'ai pas agressée. Je voulais juste te faire comprendre combien c'était stupide de ta part de ne pas t'enfermer à clé, alors que tu es seule dans un endroit isolé.

— Oh, je t'en prie ! Il n'y a jamais personne ici, c'est fermé, le samedi matin.

— Justement ! Tu n'as même pas remarqué ma présence ! Tu as eu de la chance que ce ne soit que moi. Ça aurait tout aussi bien pu être un taré.

— Je saurai me débrouiller en cas d'agression, précise-t-elle, les dents serrées.

— Comme tu l'as fait avec moi ? répliqué-je avec ironie. Tu étais complètement tétanisée quand je t'ai ceinturée !

— Je n'étais pas tétanisée ! J'étais en colère, ça, c'est sûr. Surprise aussi, oui. Mais j'ai tout de suite su que c'était toi : j'ai vu les cicatrices sur tes bras, j'ai reconnu ton parfum, ton souffle chaud dans mon cou et j'ai...

— Tu as quoi ?

Son regard se ferme brusquement.

— Rien. Alors, pourquoi me faire l'honneur de ta présence ?

— Je travaille ici, au cas où tu l'aurais oublié.

— Ça ne me dit pas ce que tu fabriques ici ! Attends, continue-t-elle, visiblement paniquée, tu étais là depuis combien de temps, exactement ?

La peur que je lis dans ses yeux m'indique qu'elle ne serait pas très heureuse d'apprendre que j'ai assisté à son petit spectacle de danse.

— Assez pour savoir que le chant n'est pas ton domaine de prédilection, dis-je d'un ton détaché. Et toi ?

— Quoi, moi ?

— Qu'est-ce que tu fiches ici ? Tu t'entraînes pour le prochain concours de l'Eurovision ? Je ne suis pas un spécialiste, mais si tu veux mon avis...

— Non, je ne le veux pas.

— ... il y a encore du boulot.

Elle fulmine, les mains sur les hanches.

— C'est bon, j'arrête, lui dis-je dans une tentative de paix. Mais avoue que c'est quand même tentant.

— C'est officiel : je te déteste.

Elle va chercher une bouteille d'eau, quelques mètres plus loin, avale deux grandes rasades puis se retourne vers moi, pensive.

— Tu sais quoi ? reprend-elle. Je n'ai pas à avoir honte de ce que tu as vu. C'est ce que je suis. J'aime la musique, et toutes les émotions qu'elle peut me procurer. J'aime travailler en rythme, j'aime me laisser porter. Ça me vide la tête. Et là, vois-tu, j'ai *vraiment* besoin de me vider l'esprit ! Alors non, je n'ai pas honte.

Elle revient vers moi et pose son index au milieu de mon torse avant de reprendre d'un ton sans équivoque :

— Moque-toi autant que tu le voudras, mais n'oublie jamais, GI Joe, que la vengeance est un plat qui se mange froid...

Je ne sais pas comment elle fait, vraiment. Je voulais la tenir à distance, et maintenant je ne pense plus qu'à l'embrasser.

— Tu ne me prends pas au sérieux ? Je te déconseille de me sous-estimer.

— Au contraire, lui dis-je, sarcastique, je tremble de peur.

Amusé, je souris, détaillant les traits de son visage contrarié.

— Arrête de me regarder comme ça !

— Comme quoi ?

— Comme si j'étais une pauvre petite chose incapable de se défendre. C'est tout le contraire !

Elle se redresse pour me regarder de haut, avant d'ajouter :

— D'ailleurs, maintenant que tu ne peux plus me surprendre, je suis sûre que je pourrais te mettre au tapis en un rien de temps, si je le voulais.

— Ah oui ?

— J'ai de l'entraînement, me répond-elle avec son port de tête de reine.

Étrangement, notre conversation prend la même tournure que celle d'hier. Espérons juste qu'elle ne se termine pas de la même façon.

— Montre-moi.

— Maintenant ?

— Maintenant. Je suis ton nouvel entraîneur. J'ai pu constater que tu avais pas mal de choses à travailler pour ton self-control, mais je veux voir de quoi tu es capable quand tu es concentrée.

— Très bien.

Elle se dirige vers les tapis de sol. Je la suis et mon regard descend involontairement jusqu'à ses jolies petites fesses. Elle s'arrête, retire ses chaussures, sa veste et son pantalon de jogging, pour m'apparaître dans une tenue entièrement noire qui épouse la moindre courbe de son corps délicieusement tonique. Je suis scotché. On dirait une de ces espionnes super sexy des films hollywoodiens. Elle s'approche de moi, s'immobilise vraiment très près, et passe son pouce au coin de ma bouche.

— Arrête de baver, ça casse ton image de dur à cuire.

Elle m'adresse un clin d'œil avant de mettre un pied sur le tapis. Deux, trois mouvements d'étirement, et elle se tourne vers moi :

— On peut commencer, ou tu comptes rester planté là toute la matinée ?

Merde. Elle a raison : il faut que je me reprenne. Concentré, je m'avance sur le tapis, faisant mine de m'étirer le cou. Elle me fixe, les yeux écarquillés, ses lèvres rouges entrouvertes, et plus j'approche, plus sa respiration se fait lente et profonde.

— Prête à mordre la poussière, Princesse ?

L'amusement que je lis sur son visage me fait penser qu'elle est vraiment dans son élément. Elle ne se départit pas de son regard de guerrière.

— Sache que tu ne m'impressionnes pas, GI Joe. Toi et tes muscles n'êtes rien, comparés à mon arme secrète.

Je lève légèrement le sourcil, dubitatif. Elle a beau être grande, je n'en reste pas moins le plus massif des deux. Et le plus entraîné.

— Quelle arme secrète ?

— Mon corps de femme, me susurre-t-elle à l'oreille avant de reculer.

Elle délie ses épaules et se positionne pour le combat, un léger sourire aux lèvres. Ses yeux sont concentrés, son corps, tendu. Elle est... dangereuse.

Tout autant que la lumière bleue.

Mon ADN de mec n'est pas programmé pour affronter

ça sans dérapage, j'en suis convaincu. Entraînement militaire ou pas.

— Va chercher tes gants.

Mon ton est sec. Elle se redresse, légèrement surprise.

— Mais je pensais que...

— Tes gants !

— D'accord, dit-elle en levant les mains en signe de paix. J'y vais, pas la peine de t'énerver.

Elle s'éloigne en marmonnant quelque chose, et j'en profite pour me reconcentrer. Il est trop tôt pour le combat rapproché, surtout après ce qui s'est passé tout à l'heure... Nous avons établi des règles, mes règles. À moi de faire en sorte que nous nous y tenions. Elle revient vers moi, terminant d'enfiler ses gants. Cette fois, elle ne joue plus.

— Prête, annonce-t-elle.

Je la place face à moi et tends mes mains.

— Montre-moi de quoi est capable la boxeuse qui sommeille en toi. Pense à tout ce qui t'emmerde et évacue la colère. Je veux que tu donnes tout. Ne te freine à aucun moment. Ne réfléchis pas. Ressens, et attaque.

Elle frappe un premier coup, puis un autre. Elle enchaîne. Il ne me faut que quelques secondes pour me rendre compte qu'elle retient ses coups.

— Stop.

Elle s'arrête, baisse les bras en soupirant. Je m'énerve.

— Qu'est-ce que tu es en train de me faire, là ? Je t'ai dit de tout donner ! On dirait un petit chaton qu'on aurait privé de son jouet préféré. Pourquoi tu te retiens ?

— Je ne me retiens pas ! s'offusque-t-elle.

— Foutaises ! Sache que je n'ai pas de temps à perdre. Soit tu te donnes à 200 %, soit je te sers une bonne raison de vouloir me frapper. Alors maintenant tu vas te concentrer, arrêter de te conduire comme une gamine fragile, penser à la raison pour laquelle tu dois te « vider la tête », et te remettre en garde. Compris ?

Son regard s'assombrit, son sourire s'envole. Elle fixe mes mains, lève les gants avant de frapper. La force de son coup me surprend. Un deuxième arrive, puis un troisième. Elle accélère le rythme. Je la suis, m'adapte, la relance et la stimule pour qu'elle donne plus. J'observe sa rage, sa détermination. Elle m'a oublié. Je vois sa colère teintée d'amertume. Une forme de douleur dans son regard, qui me renvoie à celle que j'ai déjà remarquée hier matin. *Est-ce qu'elle regrette ? Est-ce que je l'ai blessée ?*

Un nouveau coup, plus puissant que les précédents, me ramène à l'instant présent. Je dois rester concentré, pour elle. Je la pousse encore plus. Elle est sur le point de lâcher prise, quand enfin je la vois. Elle frappe, grimace, souffre, forçant sur ses bras jusqu'à crier par moments. Elle m'impressionne. Au bout de quelques minutes, l'intensité de ses coups commence à diminuer.

— Stop.

Elle s'arrête, essoufflée, puis, jetant la tête en arrière pour reprendre un peu d'air, pose les mains sur ses hanches. Je continue à l'observer. Comme si elle l'avait senti, elle se redresse, et ses yeux retrouvent les miens. J'y lis une certaine retenue, peut-être même de la gêne. Elle a tout donné, s'est exposée, et, tout comme hier matin, elle n'est pas à l'aise avec ça. J'aimerais comprendre ce qui la pousse à autant de colère. Mais pour ça il va me falloir du temps. Un bon bout de temps, à mon avis.

— Alors ? me lance-t-elle, sur la défensive.

Je l'observe quelques secondes, cherchant comment ne pas la braquer...

— Tu frappes vraiment comme une gonzesse.

Chapitre 10

Anaïs

— Stop.

Épuisée, je m'arrête, tentant tant bien que mal de reprendre mon souffle. Bien trop consciente de m'être laissé emporter, j'essaie de revenir à l'instant présent, sans oser le regarder. La honte me submerge.

Il m'a vexée, m'a mise en colère. Je ne suis pas une petite fille fragile. Je l'ai été, je ne le suis plus. L'image de ma mère, telle que je l'ai vue hier après-midi, a fini de faire éclater ma rage. Tout m'est revenu en bloc : mon enfance, mon présent, mes peurs, mes faiblesses... Je n'ai plus vu Ange, toute à l'amertume qui m'est si familière, à ce sentiment d'insécurité qui me prend à la gorge sitôt que je baisse ma garde. Toute à la lassitude de devoir me battre contre moi-même en permanence.

Il a voulu voir ce dont j'étais capable, je le lui ai montré. Et j'ai bien senti combien je l'ai surpris. Je ne sais pas comment il s'y prend. Jusqu'à aujourd'hui, Stéphane est bien le seul à m'avoir jamais vue dans cet état. Et c'était il y a six ans.

Voilà deux fois, en vingt-quatre heures seulement, qu'Ange parvient à fissurer ma carapace, et, très franchement, je déteste ça. Il n'a pas besoin de savoir, de comprendre combien je suis bousillée de l'intérieur. Pas besoin de comprendre à quel point Anaïs Deltino n'est qu'une coquille vide. Je n'ai pas envie qu'il me prenne pour une folle furieuse, ou, pire, qu'il me prenne en pitié ! Pas la peine de l'observer bien attentivement pour savoir qu'il se doute qu'il y a quelque chose qui cloche chez moi. Avec ma démonstration de force, je me suis grillée toute seule. *Quelle conne…*

Heureusement, il ne m'a pas vue danser.

Danser, c'est un peu mon rituel du samedi matin. Mon appartement étant trop petit, je profite d'avoir la salle d'entraînement pour moi seule pour laisser libre cours à mes envies. Je choisis toujours la musique en fonction de mon humeur et, après la journée d'hier, *Lonely Day* ne m'avait jamais semblé si appropriée. Quand je danse, j'extériorise complètement mes émotions, et c'est pendant ces moments-là que mes faiblesses prennent le dessus, m'exposant au grand jour. Il m'arrive parfois de terminer en pleurs, si je me laisse submerger par ce que je ressens. C'est pour cette raison que je ne me permets de danser que quand je suis seule.

J'ai ça dans le sang, au sens littéral du terme puisque ma mère était danseuse, elle aussi, avant de rencontrer mon père. Lorsque j'étais enfant, nous dansions parfois : c'était le seul moment où elle m'autorisait à faire ce que j'aimais, le seul moment où nous partagions quelque chose, elle et moi. Même si elle me dénigrait constamment, elle me laissait danser. Par chance, j'étais vraiment douée, cherchant sans cesse à m'améliorer pour qu'une fois dans sa vie elle me regarde avec fierté. Ce qui était au départ le seul moyen pour moi de me rapprocher d'elle s'est transformé, à force de travail, en véritable passion. Mais ça aussi on me l'a enlevé. La dernière fois que j'ai dansé devant un public remonte à plusieurs années, et je ne suis pas près de recommencer, quand je vois ce que ça m'a coûté.

Cherchant à me blinder avant d'affronter Ange, je

ferme les paupières un instant, souffle longuement, puis lève enfin les yeux.

— Alors ?

La tête haute, je l'observe attentivement mais ne parviens pas à savoir ce qu'il peut penser de ma prestation. J'essaie de ne pas paraître gênée ; en réalité, j'ai profondément honte. Entre ça et mon concert de tout à l'heure, je préférerais être cachée au fond d'une grotte à l'autre bout de la planète plutôt qu'ici. J'attends sa réponse, prête à me défendre, même si, soyons honnête, je doute que mon plaidoyer soit efficace. Si jamais il ose me dire que...

— Tu frappes vraiment comme une gonzesse.

Alors, celle-là, je ne m'y attendais vraiment pas. Je m'attendais à des questions, à de l'incompréhension, je m'attendais à... À tout sauf à ça, en fait.

Je le fixe, stupéfaite. Prise de court, j'ai besoin de quelques secondes avant d'éclater de rire. Un rire incontrôlable, nerveux mais étrangement libérateur ! Je ris alors que lui reste très sérieux. Mais je m'en fiche ! Je suis sûre qu'il se retient. Quoique, à le regarder de plus près, pas sûr... Je me pince les lèvres et me calme, mais mon sourire ne me quitte plus. Et ça fait un bien fou ! Il n'y a pas une minute, j'étais prête à montrer les dents pour me défendre, maintenant, je suis juste bien.

Je ne sais décidément pas comment il s'y prend : ce mec est bien plus perspicace que je ne le pensais. Mais qui dit « perspicacité » dit « danger ». Parce que, pour la première fois de ma courte existence, un homme ne s'arrête pas à mon physique. Il contourne, évalue, passe les obstacles et appuie juste là où il faut pour grappiller un peu plus de terrain. Et, pendant que je prends conscience de tout ça, j'ai l'impression de le voir pour la première fois.

Mon cœur fait un bond dans ma poitrine et la peur

me prend aux tripes. Une peur sournoise, irréfléchie, paralysante. Mais, plutôt que de la laisser s'exprimer, je fais ce que je fais le mieux : je la ravale, je fais semblant.

Distance et inaccessibilité, Anaïs, distance et in-ac-ces-si-bi-li-té !

— Je te remercie, GI Joe. Tu ne pouvais pas me faire plus beau compliment !

Il croise ses bras délicieusement musclés, relève un sourcil.

— Vraiment ?

— Évidemment ! Pourquoi ? C'est une insulte, pour toi, « frapper comme une gonzesse » ?

— Non, mais...

Il est surpris, mais je ne lui laisse pas le temps de poursuivre.

— Parce que sache qu'à mes yeux une femme est parfaitement capable d'accomplir des tâches habituellement réservées aux hommes. Elle les accomplira à son rythme et à sa manière, mais elle est capable de le faire ! Tu ne pouvais donc pas me faire plus beau compliment, et je te remercie.

Le fait qu'il ne dise rien et qu'il me regarde bizarrement devrait certainement me faire comprendre que je parle trop. Mais je suis nerveuse. Et, quand je suis nerveuse, je déblatère.

— ... Et puis, de toute façon, je suis une « gonzesse », non ? J'ai à peu près quinze mille vernis à ongles différents chez moi, quand je sors, je porte des talons qui me détruisent les orteils, du coup, j'emporte toujours une paire de tongs dans mon sac à main, j'adore les pyjamas en pilou, je fais semblant d'aimer le thé alors que je déteste ça, mon premier amour était un chanteur de boys band, j'ai au moins six plaids sur mon canapé parce que j'ai toujours froid, je pleure comme une madeleine devant *N'oublie jamais*, et je prétends que j'adore le chocolat noir alors que je préfère le chocolat blanc, mais il est bien plus calorique...

Arrête-toi, Anaïs, arrête-toi, arrête-toi...

— ... et, ça va de soi, j'ai un vagin et des nichons !

Voilà. Je suis allée trop loin. Beaucoup trop loin. Pour la distance et l'inaccessibilité, on repassera.

Je ferme les yeux un moment, me recueille et m'adresse les pires reproches. Puis je les ouvre, pour découvrir Ange en train de reluquer d'un regard de braise lesdits nichons. Je déglutis. Une chaleur fulgurante s'empare de mon entrejambe. Je jette un œil au sien, et constate avec joie que nous sommes sur la même longueur d'onde.

Il s'approche de moi, attrape tour à tour chacun de mes poignets pour retirer mes gants de boxe. Sa peau chaude contre la mienne m'électrise. Je ne rêve plus que de ses lèvres : charnues, expérimentées, obsédantes... Nous sommes tout proches : trop près et trop loin à la fois. Il est tendu, moi aussi. Son corps est raidi, il lutte de toutes ses forces. Je le sais parce que je mène le même combat.

— Dis-moi d'arrêter, me demande-t-il d'une voix rauque.

— Non.

— Anaïs... me supplie-t-il.

Je plonge mes yeux dans les siens.

— J'en ai envie.

— Tu ne me rends pas la tâche facile.

— Je sais.

— On avait dit une seule fois.

— Je sais.

— Ce n'est pas une bonne idée...

— Je sais.

— Et, si on se laisse aller, on recommencera.

— Je sais.

Mon gant atterrit sur le sol alors que le pouce d'Ange caresse l'intérieur de mon poignet. Il me fixe de ses pupilles d'encre avant de passer sa langue sur ses lèvres, comme hier alors qu'il s'apprêtait à plonger sa tête entre mes cuisses. On dirait qu'il cherche une ultime raison de ne pas céder, sans pour autant se départir de son « regard de baise ».

Putain, il est vraiment… hot.

Alors que je le sens enfin sur le point de craquer, le claquement de la porte de la salle nous tire de notre bulle. Ange recule à un bon mètre de distance et recouvre aussitôt son sang-froid, toute chaleur disparaissant de ses yeux. Cela m'agace au plus haut point. J'essaie de faire bonne figure, moi aussi, mais la tâche s'avère beaucoup plus laborieuse pour moi : mon cœur bat à tout rompre, mes joues sont certainement de la couleur de mes gants de boxe et je suis frustrée comme jamais je ne l'ai été. Quelle que soit la personne qui a franchi cette porte, elle a plutôt intérêt à passer rapidement son chemin.

— Anaïs ?

Non, pas possible… La frustration laisse place à un sentiment de joie immense.

— Yon ?

— Démasqué ! me dit-il alors qu'il apparaît devant moi.

Mon ami jette son énorme sac avant d'écarter les bras. Il s'avance, un sourire lumineux aux lèvres. Trop heureuse de le retrouver, je cours vers lui et me précipite dans ses bras. Mes bras entourent son cou, et, dans l'élan de mon saut, mes jambes enserrent sa taille : on dirait une moule accrochée à son rocher. Il m'a tellement manqué ! Je le serre contre moi, et il me rend mon étreinte avec cette chaleur qui le caractérise si bien. Son rire grave résonne dans la salle.

Yon est la quatrième roue de notre carrosse. Il y a Mona, Lili, Yon et moi. Il est notre meilleur pote, et le seul membre masculin de notre groupe. Enfin, avant l'arrivée de Mike. Mais Mike n'occupera jamais la même place que lui. Yon, avec ses deux ans de plus, est un peu comme notre grand frère. On vit quasiment ensemble, tous les quatre, même si nous avons chacun notre appartement : on travaille ensemble, on sort ensemble, on fait la fête ensemble, on drague ensemble...

Cela fait un mois et demi que je ne l'ai pas vu. Il est parti faire un périple en Amérique du Sud. Pour « se retrouver », ou un truc comme ça. Son voyage devait durer deux mois, d'où ma surprise de le voir aujourd'hui. Je lui dépose un baiser sonore sur la joue.

— Mais qu'est-ce que tu fais là ? Quel bonheur de te voir ! lui dis-je en le serrant une dernière fois dans mes bras avant de le lâcher.

— J'ai écourté mon séjour. Vous me manquiez trop ! me flatte-t-il avec un clin d'œil. On est samedi matin, je savais que je te trouverais ici.

— Et te voilà, complété-je, sincèrement heureuse, en lui caressant la joue.

De manière générale, je ne suis pas tactile avec les hommes, hormis quand ils sont dans mon lit ou que je suis dans le leur. Mais avec Yon c'est différent. D'abord parce qu'il est le frère que je n'ai jamais eu, ensuite parce qu'il est à l'homosexualité ce que je suis à l'hétérosexualité : un croqueur d'hommes. D'ailleurs, il nous arrive très souvent de comparer nos conquêtes.

Yon prend mon visage entre ses deux grandes mains, avant d'embrasser tendrement mon front. Il agit toujours ainsi avec Mona, Lili et moi. Mais contrairement à son habitude, cette fois, il ne s'attarde pas. Il me lâche en mettant même un peu de distance entre nous. Surprise, je grimace pourtant tout de suite quand je comprends pourquoi : *merde... Ange.*

Quand je me retourne, la femelle qui est en moi ronronne de bonheur, pendant que la féministe lui colle une énorme gifle pour la ramener dans le droit chemin. Si des yeux pouvaient tuer, je serais déjà en train de pleurer le décès tragique de mon meilleur ami.

— J'ai interrompu quelque chose ? me questionne Yon, amusé.

Ma voix se mêle à celle d'Ange :

— Non, sifflé-je entre mes dents.

— Oui, avance-t-il d'un ton ferme.

J'ai beau regarder GI Joe pour essayer de lui faire comprendre qu'il n'a pas à se conduire comme un homme des cavernes, il garde les yeux rivés sur Yon.

Pour sa défense, il faut préciser que mon ami est grand, bel homme, baraqué, tatoué, et que son homosexualité n'est pas facile à deviner de prime abord. Alors, évidemment, il en joue, et s'amuse régulièrement à rendre dingues mes conquêtes. Parfois, il nous sert même d'alibi, à Mona, Lili ou moi, quand nous cherchons à nous débarrasser d'un mec trop lourd en soirée. Alors avant que mon Corse ne tue mon ami à mains nues, ce dont il est bien capable, j'en suis certaine, je me décide à faire les présentations.

— Ange, je te présente Yon, un ami. Yon, voici Ange, mon nouveau coach.

Sitôt prononcés, et avec une hésitation trop perceptible, ces mots me laissent un arrière-goût amer. Je sens Ange se tendre ; mais d'un autre côté il s'attendait à quoi ? Je ne peux décemment pas le présenter comme une « mise au point » ! Ils se serrent tous les deux la main, un peu trop longtemps à mon goût. Le regard de Yon passe de moi à Ange. Il doit certainement sentir qu'il se passe un truc d'inhabituel. J'essaie de me conduire normalement, mais il me connaît par cœur. Ils finissent par se lâcher les mains, et je souffle. Je ne m'étais pas rendu compte que je retenais ma respiration.

— Je vais vous laisser, finit par dire mon ami. Apéro à 19 heures, chez moi, ce soir ? demande-t-il en se tournant vers moi. J'ai des tas de choses à te raconter et toi aussi, visiblement. Un nouveau coach, ce n'est quand même pas rien !

Il s'amuse de la situation. Je vais le tuer. *Oui, mais bon, tu ferais la même chose à sa place…* Je jette un œil discret à Ange, qui est toujours aussi stoïque. *Et en rogne. Et intense. Et sexy…* Yon pose un baiser franc sur ma joue avant de partir en sifflotant. Il passe la porte et un silence de plomb s'abat sur la salle. Je me retourne vers GI Joe, qui me fixe de ses yeux féroces, pendant que mon ventre s'amuse à faire des pirouettes. Inutile de préciser que toute la tension sexuelle qui nous dévorait tout à l'heure s'est fait la malle en même temps que Yon.

— Dis-moi, tu as beaucoup d'autres « amis » sur lesquels tu te jettes comme ça ?

— Pourquoi ? Tu es jaloux ?

Pas question d'entrer dans ce petit jeu : j'ai horreur de la jalousie. Et puis on n'est même pas ensemble ! Je n'ai pas à me justifier. Qu'il aille se faire voir.

— Je devrais l'être ? me répond-il tout aussi vite.

Sa réponse me prend au dépourvu ; je ne sais pas quoi en penser.

— Bien sûr que non ! lui dis-je avec sincérité.

Je m'apprête à lui expliquer le lien qui nous unit, Yon et moi ; à lui dire qu'il est homosexuel… Il ne m'en laisse pas le temps.

— Évidemment que non, ironise-t-il. Pourquoi ton

coach serait-il jaloux d'un autre mec ? Ça n'a pas de sens.

Sans un mot de plus, il s'éloigne et se dirige vers le bureau. Je le regarde gravir les marches, interloquée. Il claque la porte ; le message ne peut être plus clair. Je récupère mes affaires et quitte la salle sans attendre.

Mais, putain, qu'est-ce qui vient de se passer ?

Il est 18 h 45. Je suis devant chez Yon, une bouteille de vin rouge à la main. Le doigt sur la sonnette, je repense à la scène surréaliste de ce matin : je n'y comprends toujours rien. Le cliquetis de la clé qu'on tourne résonne dans le couloir, et la porte s'ouvre sur un Yon vêtu d'une simple serviette de toilette noire, dévoilant à mes yeux blasés son corps d'apollon.

— Tout serait tellement plus simple si tu étais hétéro..., lui dis-je en lui plaquant la bouteille sur le torse.

Je le pousse pour entrer dans l'appartement et l'entends rire en fermant la porte. Il me dépasse alors que je retire ma veste pour la laisser sur le dossier d'une chaise, avant d'aller chercher des verres à pied dans le placard au-dessus de l'évier.

— C'est ce que Mona n'arrêtait pas de me dire avant de rencontrer son Viking. Merci pour le vin, me dit-il en m'embrassant sur la tempe.

— De rien. Tu sais que le rendez-vous est à 19 heures ? Qu'est-ce que tu fiches encore à poil ?

— Tu es en avance. Et j'ai fait un peu de rangement. Un mois et demi sans revenir ici : il y avait un brin de ménage à faire. D'ailleurs, je te remercie beaucoup de t'être occupée de mes fleurs, me dit-il, ironique, en désignant une orchidée complètement desséchée.

Je grimace, versant du vin dans nos deux verres.

— Je t'avais prévenu que je n'avais pas la main verte.

— À ce niveau-là, il ne s'agit plus d'avoir la main

verte ou pas ! Tu sais que je pourrais te poursuivre pour négligence et non-assistance à plante en danger ?

Pour me faire pardonner, je lui souris et lui tends son verre.

— On trinque ?

— Bien sûr, me répond-il, enthousiaste.

Nous faisons tinter nos verres.

— À ton retour !

— À ton nouveau mec ! me répond-il du tac au tac.

Manquant m'étouffer, je recrache ma gorgée et tousse, les larmes aux yeux, alors qu'il me tapote le dos, hilare. Je finis par reprendre mon souffle pour lui préciser, d'une voix hachée :

— Ce n'est pas mon mec.

— Bien sûr ! Et moi je ne suis pas ton ami.

— Mais non ! Je te le jure, on n'est pas ensemble. C'est vraiment le nouveau collègue de Stéphane !

— Ne me prends pas pour un abruti. Je sais ce que j'ai vu. Tu aurais vu son regard quand tu m'as sauté dessus : on aurait dit qu'il allait m'écorcher vif, et donner mes restes à des animaux sauvages. Il en faut beaucoup pour m'impressionner, mais pour une fois j'étais bien content que tu te sois placée entre lui et moi.

— Puisque je te répète qu'il n'y a rien entre nous, lui dis-je, les doigts croisés dans le dos.

— OK. Donc tu n'as pas couché ou envisagé de coucher avec lui ?

La bouche grande ouverte, je suis prête à lui répondre, mais aucun son ne veut sortir...

— C'est compliqué, finis-je par articuler en avalant une autre gorgée.

— J'en étais sûr ! En tout cas, tu l'as bien choisi, il est vraiment... intense. Il va de soi que tu vas tout me raconter, puisque je...

— Non. Va t'habiller ! Te voir à moitié nu me

rappelle combien la vie peut être cruelle, alors, je t'en prie, va me couvrir tout ça ! lui dis-je en le désignant de haut en bas.

— Mais...

— J'ai dit non ! Dommage...

— Tu ne vas pas t'en tirer comme ça ! Le renfort, il était temps, clame-t-il lorsque retentit la sonnette. À nous trois, on te fera tout avouer d'ici la fin de la soirée, sois-en sûre.

Il s'éloigne vers la porte et je le rattrape par le bras, in extremis.

— Yon, je t'en supplie, ne dis rien aux filles !

Il fronce les sourcils, surpris.

— Pourquoi ?

— S'il te plaît... J'ai besoin d'y voir plus clair avant. Si jamais elles l'apprennent, elles ne me lâcheront pas. Tu les connais. Je t'en prie.

Je le supplie avec mon air de labrador en manque d'amour, celui auquel il ne résiste jamais. Il soupire.

— D'accord. Mais à une condition.

— Je t'écoute.

— Tu devras tout me raconter. Absolument tout. Et tu devras le dire dans les quinze prochains jours aux filles, parce que je déteste leur mentir.

— Marché conclu, lui dis-je en lui tendant la main, souriante.

— Marché conclu, me répond-il en la prenant dans la sienne.

Il s'éloigne pour accueillir Mona et Lili.

Aujourd'hui, c'est soirée entre anciens. Seulement nous quatre. Yon ne parlera pas d'Ange, qui reste encore un peu dans mon jardin secret, et cette perspective me soulage plus que je ne l'aurais cru. Je me détends enfin, sirotant mon verre : de l'or liquide ! Alors que Yon ouvre la porte, la voix exaspérée de Lili me parvient :

— Mais, bordel, pourquoi faut-il toujours que tu te balades à poil ? Pousse-toi, j'ai besoin d'un verre !

Je ris toute seule dans la cuisine. Notre quatuor est réuni. Je n'ai besoin de rien de plus.

Pour le moment.

Chapitre 11

Ange

Ses longs cheveux bruns étalés sur le tapis, elle se mord la lèvre tandis que je me frotte à son entrejambe, incapable de résister à ses courbes envoûtantes. Elle a raison : son corps est une arme redoutable. Alors qu'elle se cambre sous ma caresse, je m'enflamme. Mes mains parcourent son délicieux ventre avant de remonter son débardeur jusqu'à dévoiler à mon regard affamé sa poitrine tendue pour moi, rien que pour moi. Sans plus attendre, j'aspire son téton entre mes lèvres et me retrouve propulsé au septième ciel. Ses gémissements, son corps tendu, ses mains sur mes épaules, son regard voilé, son sourire lascif... Ma queue me fait un mal de chien.

Je la veux. Maintenant.

Me redressant, je la toise de toute ma hauteur, et ordonne :

— Déshabille-toi.

Elle se lève à son tour avant de quitter un à un chacun de ses vêtements, me fixant de ses yeux intenses. Une fois nue, elle s'avance d'une démarche sensuelle. Ses paumes chaudes s'abattent sur mon torse, puis descendent jusqu'à l'élastique de mon pantalon. Je retiens ma respiration alors qu'elle plonge sa main dans mon boxer, agrippant fermement mon érection, qui n'attendait qu'elle. Sa langue passe sur ses lèvres avec gourmandise tandis qu'elle caresse mon sexe sur toute sa longueur...

Et brusquement tout devient clair : c'est elle, ma foutue lumière bleue ! Fascinante, paralysante, déconcertante... Irrésistible.

Ma bouche se pose sur la sienne, avide, mes doigts glissent dans ses cheveux alors que les siens resserrent plus fermement leur prise. Je grogne tandis qu'elle sourit contre mes lèvres, satisfaite de m'avoir à sa merci. Je voudrais que ça ne s'arrête jamais. Alors que je m'apprête à baisser mon futal pour la prendre jusqu'à l'épuisement, un bruit sourd résonne autour de nous. Elle se détache aussitôt de moi, tourne la tête en direction de la porte, et son visage s'illumine. Sans un regard pour moi, elle s'éloigne et court vers un autre mec. Je tente de la rattraper, retiens sa main, qu'elle retire immédiatement. Elle s'avance vers lui, nue, magnifique, jusqu'à coller son corps au sien, et l'embrasse passionnément.

La rage inonde instantanément mon corps. Je veux la ramener à moi, mais mes jambes ne me portent plus. Mon genou flanche et je m'écroule lamentablement. Je crie mais aucun son ne sort de ma bouche. Jamais de toute ma vie je n'ai connu un tel sentiment d'impuissance. Mon corps pèse une tonne. Guidé par la rage, je rampe, m'accroche au moindre objet pouvant me permettre de la rejoindre, et, alors que je grappille quelques précieux centimètres, je vois l'autre enfoiré m'adresser un putain de doigt d'honneur dans le dos d'Anaïs...

— Ange !

Je me redresse d'un bond, en sueur, essoufflé, pour découvrir mon coloc, la gueule endormie à côté de mon lit.

— Désolé de te réveiller, mais tu faisais un tapage d'enfer. J'ai bien cru que tu allais ameuter tout le quartier.

Il me faut quelques secondes pour me remettre les idées en ordre. *Un rêve, ce n'était qu'un rêve.* Mon pote me dévisage avant de bâiller à s'en décrocher la mâchoire.

— Je ne sais pas où tu étais, mais ça avait l'air sacrément intéressant, se moque-t-il en désignant ma trique sous le drap d'un léger mouvement de tête. Je commençais à désespérer de te voir céder un jour au chant des sirènes. Comment s'appelle l'heureuse élue ?

— Fous-moi la paix, tu veux, répliqué-je d'un ton maussade. J'ai eu une longue semaine.

— Tu plaisantes ! Je ne t'avais pas entendu pousser des gémissements dans ton sommeil depuis... Depuis toujours, en fait. Je la connais ?

— Fangio, dégage !

— Mais comme vous êtes susceptible, depuis que votre petit cœur fait « boum », Princesse ! OK, c'est bon, je file ! lance-t-il, tandis que je le fusille du regard, prêt à l'étrangler.

Il quitte enfin ma chambre, hilare. Je jette un œil au réveil à côté de mon lit : cinq heures et demie ; je n'ai dormi que quatre heures. Mes yeux fatigués me brûlent, mon quota de manque de sommeil est en train de grandir à la vitesse grand V, et pourtant je sais déjà que ce n'est pas la peine d'essayer de me rendormir. Autant dire que mon humeur du jour risque de ne pas être des plus agréables. Je me lève, enfile un boxer et un pantalon avant d'aller dans la salle de bains. Après une toilette rapide, je rejoins la cuisine où je retrouve mon coloc en train de préparer du café : lui non plus ne dort pas beaucoup. Je m'installe sur un des tabourets de l'îlot central, alors qu'il prend place en face, faisant glisser une tasse jusqu'à moi. Je souffle sur le liquide noir brûlant et grimace en le voyant mettre trois sucres dans son café.

— Tu devrais arrêter le sucre.

— Et toi, de faire la gueule.

Je souris, puis bois ma première gorgée. Il bâille de nouveau tout en se grattant le ventre.

— Alors, est-ce que tu t'es décidé à m'expliquer pourquoi je me retrouve face à ta tronche renfrognée, plutôt que bien au chaud, sous ma couette ?

— Je ne comprends pas pourquoi tu t'es levé. Comme si tu n'avais pas l'habitude que je fasse des cauchemars...

Je quitte mon siège pour aller chercher un paquet de gâteaux dans un des placards, avant de revenir m'assoir. Fangio déchire aussitôt l'emballage, en avale deux, puis me dit, la bouche pleine :

— Ne me prends pas pour un con. Ce n'était pas un de tes cauchemars. Alors, reprend-il en haussant les sourcils pour faire glisser sa bouchée, qu'il accompagne d'une gorgée de café : elle est comment ?

— Fous-moi la paix.

— Non.

— T'es vraiment chiant, tu sais ?

— Faux. De nous deux, *tu* es le mec chiant et ennuyeux, alors que moi je suis le beau brun ténébreux au sourire irrésistible, corrige-t-il en me gratifiant dudit sourire, celui qui les fait toutes craquer. Alors, c'est qui ?

Dépité, je secoue la tête. *Quelle plaie...* Mon ami me fait parfois l'effet du poil à gratter : irritant, agaçant ; et, dans ces moments-là, j'ai beau tout essayer, je n'arrive pas à m'en débarrasser. Exactement comme maintenant. On a des caractères radicalement différents, au point qu'il m'arrive souvent de me demander comment notre duo peut fonctionner. Et pourtant ça marche, depuis des années. Il croise les bras en s'affalant sur le dossier de sa chaise.

— J'ai tout mon temps, m'informe-t-il en regardant l'horloge du micro-ondes.

— J'ai juste rêvé d'une fille que j'ai baisée une fois. Fin de l'histoire, rien à ajouter.

Après un instant de silence, c'est à son tour de me regarder d'un air dépité, tandis qu'il ajoute d'un ton blasé :

— J'avais raison : tu es vraiment un mec chiant.

Je marque une pause, agacé.

— Bon, OK. On a couché ensemble une fois, et ça a été... Putain, c'était vraiment génial. Mais, tu vois, dès que le sexe ne fait plus partie de l'équation, c'est la femme la plus bizarre que j'aie jamais rencontrée. Elle est imprévisible, maladroite, bornée, elle a un sale caractère... Sans compter qu'elle me déteste. J'ai l'impression que tout est compliqué avec elle, je ne sais jamais à quoi m'attendre quand on est ensemble. Elle souffle le chaud et le froid, me dit oui après non, un coup, on est amis, la fois suivante, elle ne me calcule plus... On dirait que son objectif est de me faire péter un câble. À moi ! Tu te rends compte ? Elle est exaspérante.

Le sourire radieux qu'il affiche ne me dit rien qui vaille.

— Quoi ?

— Il y a donc bien une femme. Pas un simple plan cul, précise-t-il. Une femme. Et, d'après ce que je peux voir, elle t'a déjà mis dans sa poche. Putain, ce n'est pas croyable : tu sors enfin de ta caverne ! Je la connais ?

— J'espère pas. Et arrête de sous-entendre que je vis comme un ermite.

— Je ne sous-entends rien du tout, je constate.

— Alors arrête de constater.

— Tu me la présentes quand ? enchaîne-t-il sans se soucier de ma mauvaise humeur.

— Quoi ? Pas question de te la présenter, puisqu'il n'y a rien entre nous. On a franchi la limite une fois, mais on s'est promis de ne pas recommencer. C'était juste un moment d'égarement.

Pensif, il me fixe quelques instants avant de sourire.

— Parfait. Si elle n'est rien pour toi, ça ne devrait pas te poser de problème que je la rencontre. Tu sais combien j'adore les femmes qui ne se laissent pas facilement amadouer. Ça nous rappellera le lycée, quand on partageait nos conquêtes !

— Je n'ai jamais dit qu'elle n'était rien pour moi, répliqué-je, les dents serrées.

— Si, c'est ce que tu viens de faire. Il n'y a rien entre vous, ton « moment d'égarement » est donc libre comme l'air. À moins que... Mais oui ! Elle a déjà un autre mec, c'est ça ? Tu n'as jamais supporté la concurrence.

L'image de ce « Yon » m'apparaît et je me rembrunis un peu plus.

— Tu m'emmerdes.

La lueur de fierté qui luit dans son regard me donne envie de l'étrangler. Au lieu de céder à mes pulsions, je finis mon café, avant de me lever pour aller poser ma tasse dans l'évier. J'attrape un deuxième paquet de gâteaux, le premier n'étant déjà plus qu'un lointain souvenir, le lance sur l'îlot et me rassieds. Fangio continue à me fixer.

— Je fais quoi, maintenant ? lui demandé-je, agacé par ma faiblesse.

— Commence par admettre qu'elle te plaît.

— Et après ? Évidemment, elle me plaît. Mais ça ne changera rien, puisque je vais repartir, tu le sais aussi bien que moi. L'armée est toujours ma priorité : je ne vais pas foutre en l'air la fin de ma carrière pour un béguin. Enfin, merde ! Je la connais depuis quoi, dix jours ? Et puis quelle femme voudrait d'un mec de trente-quatre piges qui vit en coloc, qui n'a rien à lui offrir à part un peu de bon temps, et qui se comporte comme un vrai connard quatre-vingts pour-cent du temps ?

— Quatre-vingt-dix pour-cent…

— Ferme-la. Si, comme tu le dis, elle me plaît vraiment, le mieux qu'il me reste à faire, c'est de la laisser tranquille. Elle mérite d'avoir un mec qui la comprenne, pas un homme qui soit juste obsédé par elle.

— Tu ne crois pas que c'est à elle d'en juger ?

— Peut-être. Mais je préfère prendre les devants.

— Dans ce cas, agis en conséquence, reprend-il d'un ton sérieux. Et dès maintenant. Si tu cèdes le moindre millimètre de terrain, tu seras foutu. À ta place, je l'éviterais au maximum. Sur ces belles paroles, ajoute-t-il en se levant, je retourne au pieu. Cette petite discussion était très intéressante, mais il est temps pour moi de retrouver mes couilles !

Il prend la direction de sa chambre en sifflotant, me laissant seul avec mes pensées. Toujours autant de questions, toujours trop peu de réponses. Mais j'ai au moins pris une décision à laquelle je compte bien me tenir : fini les conneries. Il a raison, je dois me conduire en mec responsable avant qu'il ne soit trop tard. *Mouais… En mec chiant, quoi.*

Quand je reviens de mon jogging, mon esprit est beaucoup plus clair. Ma décision est prise : priorité absolue à l'armée. Aucune femme, aussi obsédante soit-elle, n'a jamais interféré dans ma carrière, et ce n'est certainement pas aujourd'hui que cela va commencer. J'ai failli déraper hier, et reconnais finalement que l'« ami » d'Anaïs est arrivé à point nommé. Il m'a fallu quelques longues minutes de solitude pour tenter de comprendre pourquoi j'ai réagi comme un petit ami jaloux sans trouver d'explication. Jusqu'à ce que j'arrête de me voiler la face, pour me rendre à l'évidence : cette femme est ma foutue lumière bleue. La nécessité de garder une distance professionnelle avec elle s'est alors imposée comme une évidence. Ça ne sera pas simple, mais rien ne l'est jamais, dans la vie.

Nous sommes un lundi après-midi de début septembre et pourtant il y a encore plein de touristes sur la jetée. J'essaie de pousser le fauteuil de mon père sans trop d'à-coups, mais la tâche s'avère difficile, et l'incivisme des gens commence à me taper sur le système. Entre les surfeurs et leur planche, les vélos, les chiens en laisse, les skates et autres promeneurs, se balader en fauteuil roulant relève du parcours du combattant. On dirait que le handicap n'est visible aux yeux des autres que quand ça les arrange. Malheureusement pour les personnes qui nous croisent, je n'ai ni la patience ni la politesse de mon père. Pour ne rien arranger, je suis d'une humeur de chien, et j'essaie de me persuader que ce n'est pas à cause d'Anaïs, que je n'ai pas vue depuis plus d'une semaine. C'est à croire qu'elle a disparu. Aucune nouvelle : pas d'appel, pas de texto, pas d'entraînement... Rien. Juste mes nerfs et ma frustration pour me tenir compagnie. Quand un énième mec nous bouscule sans s'excuser, je commence à bouillir très sérieusement.

— Ange, arrête de regarder les gens comme si tu étais prêt à les étriper, me sermonne mon paternel de sa voix rauque. Tu leur fais peur.

— Si ça peut nous permettre d'avancer sans que tu tombes de ton fauteuil..., maugréé-je dans ma barbe.

Mon père, Gilles, a eu un grave accident de moto, il y a un peu plus d'un an : un camion lui a coupé la route ; le chauffeur a assuré à la police qu'il ne l'avait pas vu arriver. Résultat : il est passé à deux doigts de la mort.

Il a toujours vécu pour la moto, c'était d'ailleurs un des sujets de dispute récurrents de mes parents. Qu'il pleuve, qu'il vente ou qu'il fasse 40 °C, il partait toujours avec sa bécane. Il ne prenait la voiture qu'en de rares occasions, quand il y était obligé. Ma mère détestait ça. Elle s'inquiétait sans cesse pour lui et, quand mon père a commencé à nous impliquer, ma sœur et moi, la dispute est devenue quasi quotidienne. On a grandi avec les motos dans un monde de motards. Dès que nous avons été en âge d'apprendre à conduire, il nous a posés sur sa Harley. C'est de lui que je tire mon amour pour les deux-roues. Mais voilà qu'à cinquante-huit ans il a subi une blessure à la moelle épinière qui l'a privé de ses jambes pour le reste de sa vie.

Au bout d'un quart d'heure à circuler au milieu de cette foule compacte, les nerfs en pelote, je finis par m'éloigner jusqu'à un banc isolé au bout de la jetée. Je place le fauteuil à côté, face à la mer, avant de m'affaler en soupirant de soulagement. Les yeux bleus de mon père se perdent un instant dans l'océan. Il respire lentement les embruns et je sais très exactement ce qu'il est en train de faire : il vit. Nous restons un long moment silencieux, avant qu'il annonce de sa voix bourrue :

— Ils me laissent rentrer à la maison.

Surpris, je tourne la tête vers lui, mais son regard reste figé sur l'horizon. Il semble perdu dans ses pensées.

— Quand ?

— D'ici trois semaines, normalement. Le temps de

me faire un dernier check-up complet et d'organiser mon retour. Ils ne me laisseront pas sortir sans aide à domicile. Tu te rends compte : cinquante-huit ans, et obligé de laisser entrer des inconnus chez moi pour me materner comme si j'étais un gamin...

— Tu l'as dit à Lina ?

— Pas encore, soupire-t-il. Tu la connais. Quand elle le saura, elle voudra tout gérer, et je ne veux pas de ça. Elle passe déjà sa vie au travail, alors je préfère qu'elle garde son temps libre pour elle, pas pour s'occuper de sa vieille carne de père handicapé.

Ma sœur Lina est de cinq ans ma cadette. Brillante avocate, elle a les cheveux sombres et le regard bleu de ma mère, le caractère invivable de mon père. Sans doute est-ce à cette forte personnalité qu'elle doit aujourd'hui d'être aussi douée dans son boulot. Quoi qu'il en soit, je ne tiens pas à me frotter à elle au sujet du possible retour de mon père chez lui.

— Ne compte pas sur moi pour la prévenir à ta place, lui indiqué-je d'un ton railleur. Si j'étais toi, je n'attendrais pas trop longtemps, sans quoi, elle va te botter les fesses dans les règles de l'art, handicapé ou pas.

Un léger sourire se dessine sur ses lèvres. Quand j'étais enfant, son calme, sa force tranquille me rassuraient. J'ai grandi dans l'insouciance la plus totale jusqu'à la séparation de mes parents. Leur divorce m'a appris qu'on ne pouvait pas vivre indéfiniment de ses acquis, et que la vie pouvait se révéler très désagréable. C'est à ce moment aussi que j'ai appris que mon modèle masculin, que j'adulais, trompait en fait ma mère presque à chacune de ses missions. La claque a été terrible. Quand je me suis engagé, l'armée ne m'a pas laissé le temps de m'apitoyer sur mon sort, et c'était exactement ce que je recherchais alors : ne pas réfléchir, me contenter de suivre les ordres. Aujourd'hui, je suis passé à autre chose, même si j'en ai voulu à mon père pendant un long moment.

Quand j'ai revêtu l'uniforme, ma mère et ma sœur m'ont proposé à plusieurs reprises de m'installer avec elles en Corse : j'y aurais eu un foyer chaleureux où rentrer pendant mes permissions. Mais j'ai préféré rester au Pays basque, la région dans laquelle nous avons grandi. Je ne voulais pas m'éloigner de mon père, m'éloigner de mes racines. J'avais besoin de ce point d'ancrage, et de retrouver mes repères pour pouvoir garder la tête sur les épaules.

Avec le temps, j'ai appris à relativiser, et, en mûrissant, à pardonner. Lorsqu'on devient adulte, on prend conscience qu'un homme reste un être humain, qu'il a ses failles, ses douleurs, et qu'il n'y a rien de plus compliqué au monde que les relations humaines. Et puis qui suis-je, moi, pour le juger ?

— Et toi, continué-je, tu te sens comment à l'idée de rentrer ?

Il hausse les épaules, le visage grave.

— Je ne sais pas trop, répond-il, hésitant. Je me plais bien au centre de rééducation, tu sais. Ça fait des mois que j'y suis et je me suis habitué à voir du monde, à vivre avec les autres patients. J'ai appris à apprécier les soignants, j'ai même une profonde affection pour certaines de mes infirmières. Elles vont me manquer, c'est sûr, ajoute-t-il pensivement. Mais bon, ainsi va la vie, non ? Je n'ai pas le choix ; je vais devoir réapprendre à vivre seul en acceptant le fait que je ne suis plus complètement autonome.

— Tu ne seras pas seul, lui dis-je spontanément. Je serai là.

— Tu ne comptes pas repartir ? s'étonne-t-il.

À mon tour de fixer l'horizon. La réponse à cette

question devrait être évidente. Pourtant, je suis agacé de constater que ce n'est pas à mon commando mais bien à *elle* que j'ai pensé en premier.

— Si, bien sûr. L'armée est toujours ma priorité. Mais j'ai encore pas mal de boulot avant que mon genou récupère 100 % de ses capacités. Et, même si je progresse bien avec la kiné, c'est une chance d'avoir la salle, à côté, pour entretenir ma forme physique et m'occuper. Sinon, je deviendrais dingue.

— À qui le dis-tu, me répond-il d'une petite voix.

Je me sermonne intérieurement : *quel abruti.*

— Désolé.

— Ne t'inquiète pas, me rassure-t-il. Je commence à m'y habituer. Je dois m'y habituer. Ma psy me bassine suffisamment avec ça. Tout se passe bien, là-bas ? Je veux dire : à la salle. Tu t'y fais ?

— Ça va. Stéphane est sympa, et l'endroit est agréable, même si l'ensemble n'est pas assez sécurisé à mon goût. Par contre, au niveau paperasse, c'est un vrai bordel. Mais bizarrement je m'en fous. J'ai décidé de prendre les choses comme elles viennent, et de me laisser du temps.

Mon père me regarde avec un petit sourire, visiblement amusé.

— Mais qu'as-tu fait de mon fils ? Tu sais, ce militaire obsessionnel de l'organisation qui ne laisse jamais rien au hasard ?

— Figure-toi que je me pose la même question, rétorqué-je dans un soupir. Il y a encore quelques semaines, j'aurais pris le taureau par les cornes. Mais là... Je ne sais pas comment dire. J'ai l'impression d'être à un tournant de ma vie, sans trop savoir pourquoi. Et je déteste ça. C'est comme une intuition sans aucun fondement. Juste une foutue intuition.

Il hausse les épaules.

— Tu sais, je pensais aller m'acheter un paquet de clopes et je me retrouve le cul vissé à un fauteuil. Si ça m'a bien appris quelque chose, c'est qu'on n'est sûr de rien, dans la vie. Alors, que ce soit fondé ou pas, fais ce qui te semble être le mieux pour toi.

— Je sais ce qui est le mieux pour moi : c'est l'armée. Ça l'a toujours été. J'ai besoin de mes hommes, et eux aussi ont besoin de moi.

— Faux. L'armée n'est qu'un employeur, fiston. Si elle a été la réponse à tes questions, à un moment précis de ta vie, tant mieux. Mais peut-être qu'elle ne l'est plus aujourd'hui. Tu sais, j'ai été comme toi, et puis j'ai vieilli. Et en vieillissant on se rend compte qu'un job ne t'accueille pas chez toi, pas plus qu'il ne te tient chaud la nuit. Ne soit pas aussi con que moi, c'est tout ce que je te souhaite.

J'observe cet homme que j'admire et respecte profondément, et qui aujourd'hui me met en garde comme quand j'avais six ans et que je croyais que faire du vélo les yeux bandés ferait de moi un gamin super cool. Il s'est avéré qu'il avait raison, c'était une idée pourrie...

Mon père regarde sa montre : il est 18 heures et nous devons rentrer au centre de rééducation. Je le ramène, fulminant de nouveau quand nous traversons la foule. Puis, luttant contre la nausée que déclenchent immanquablement chez moi les hôpitaux, je le conduis jusqu'à la pièce sans couleur qui lui sert de chambre depuis plusieurs semaines. On voit que Lina est passée par là : il y a une photo de nous enfants sur le chevet, des bouquins empilés sur le rebord de la fenêtre, des magazines de moto et une couverture polaire qui vient de la maison, ainsi que son oreiller. Mon père fait avancer son fauteuil jusqu'au bord du lit médicalisé, puis il s'immobilise. Alors qu'il s'apprête à passer sur le matelas, je m'approche pour l'aider. Il m'arrête en levant la main.

— Laisse-moi faire, je dois apprendre à me débrouiller seul.

J'obéis, mais reste près de lui, pour le cas où il aurait besoin d'aide. Pourtant, je constate rapidement qu'il n'a absolument pas besoin de moi. Il a de la volonté, et visiblement les soignants l'ont aidé à regagner son autonomie : il est prêt à rentrer chez lui, et c'est plutôt rassurant pour la suite. Une fois que je le vois installé confortablement, je m'apprête à lui dire au revoir, pressé de sortir d'ici au plus vite, quand on frappe à la porte. Nous n'avons pas le temps de répondre qu'elle s'ouvre sur le mec de la salle en tenue médicale, le soi-disant « ami » d'Anaïs, qui s'immobilise quand il remarque ma présence. *Génial...* Ma mauvaise humeur s'accroît et mes mâchoires se serrent un peu plus quand il se met à afficher un grand sourire. *Apparemment, ça l'amuse...* Il entre dans la chambre pour se diriger vers mon père, qui a l'air visiblement ravi de le voir.

— Yon, s'exclame mon père, enthousiaste, en lui serrant la main.

— Comment ça va, Gilles ? Je vous ai raté en début d'après-midi. On m'a dit que vous étiez parti vous balader.

— Oui, j'avais besoin de prendre un peu l'air. Mais qui est de service avec toi, ce soir ?

Puis, se ravisant, mon père enchaîne :

— Que je suis bête ! Je ne vous ai même pas présentés. Yon, voici Ange. Mon fils. Ange, voilà Yon, l'un de mes deux anges gardiens.

Un vacarme terrible retentit soudain à l'entrée de la

chambre, nous surprenant tous les trois. Je lève la tête pour me retrouver happé par deux grands yeux noirs.

On dirait bien que l'ange gardien numéro deux est arrivé.

Chapitre 12

Anaïs

— Oh ! Mince.

Je me baisse pour ramasser le plateau que je viens de faire tomber, ainsi que les comprimés éparpillés sur le sol.

J'étais vraiment heureuse de reprendre le travail aujourd'hui. Non pas que je n'aime pas les vacances, au contraire : le soleil, le farniente, les mojitos... Pour dire vrai, après quinze jours de congés d'été, dont la moitié passée à éviter un certain mec aux yeux sombres, retrouver mon poste était même pour moi un soulagement. Passer presque dix jours à jongler pour ne pas tomber sur Ange à la salle a été bien plus fatigant que je ne le pensais. J'ai même dû me faufiler dans le bureau de Stéphane, en lui mentant au passage, pour trouver le planning de son nouvel associé et me débrouiller pour organiser mes entraînements en dehors de ses horaires. Toute une histoire. Alors retrouver mon job et ne pas avoir à me préoccuper d'éviter de le croiser durant quelques heures s'apparentait au paradis. Je croyais bêtement que, sur mon lieu de travail, mon esprit se mettrait en veille. Un bref moment de répit sans penser à lui. Mais apparemment il a décidé de se mettre partout sur mon chemin.

Son fils ?

En général, il n'est pas difficile pour moi de maintenir une distance professionnelle avec mes patients. Mais il y a parfois des rencontres évidentes, et Gilles en fait partie. Sa simplicité, son humour en toute circonstance, son franc-parler et son côté calme et serein m'ont conquise. Quand on s'occupe d'une personne pendant plusieurs semaines, des liens se créent, forcément. Pourtant, si Mona, qui travaille avec moi, est proche de Gilles au point de lui confier beaucoup de choses, pour ma part, je préfère garder mon jardin secret. C'est ce que je fais avec tout le monde : je laisse les gens m'approcher jusqu'à une certaine limite, une limite que *je* fixe, sans jamais les laisser la franchir. Enfin, tout ça, c'était vrai jusqu'à récemment, puisque, depuis ce fameux jour dans le bureau, garder le contrôle ou gérer ma vie sereinement ne font plus partie de mes compétences.

— Visiblement, deux semaines de vacances, ça n'était pas assez, se moque Gilles pendant que je pose son traitement sur sa table de chevet.

— C'est ce que je me tue à dire à ma chef, mais elle n'a pas l'air du même avis !

Ravie de le revoir, je m'avance pour lui faire une bise. Lorsque je me redresse, il me désigne Ange, le regard empli de fierté.

— Anaïs, je te présente Ange, mon fils.

Cela fait des mois que Gilles me parle de son fils « militaire biker ». Des mois. Et si, jusque-là, je trouvais le profil du fiston plutôt intéressant, je peux aujourd'hui affirmer sans une once d'hésitation que je suis la nana la plus poissarde qui ait jamais existé. Les yeux sévères de GI Joe se posent sur moi alors que Yon, qui se tient sagement dans un angle, observe cette situation totalement absurde et tente tant bien que mal de contenir son rire. Un petit sourire empreint de malaise se dessine sur mes lèvres. Je me râcle discrètement la gorge, avant d'expliquer à Gilles que nous nous sommes déjà rencontrés.

— Ah bon ? s'enquiert-il, surpris. Quand ça ?

— Il y a deux petites semaines, précisé-je. Dans la salle d'entraînement de Stéphane.

— Mais oui, que je suis bête ! ajoute-t-il en se frappant le front de la main. C'est vrai que tu m'avais dit que tu t'entraînais souvent là-bas. Il faut croire que ma mémoire commence à me jouer des tours. Et alors, vous avez eu le temps de discuter ?

— En fait, m'empressé-je de répondre avant qu'Ange ne dise quoi que ce soit à son père, on s'est juste croisés.

— Ange, pourquoi tu ne m'as rien dit ? Je t'avais parlé d'Anaïs, pourtant.

Mon Corse aux yeux noirs me dévisage intensément, la mine sombre. J'ai beau lui faire les gros yeux pour lui signifier de la fermer, je l'entends répondre à son père, le plus sérieusement du monde :

— Peut-être parce qu'en quinze jours elle m'a frappé au visage avec une casserole, traité comme un criminel, mordu la main et mis dans le plexus une droite digne de Mohamed Ali. Et tout ça sans jamais s'excuser, bien entendu. Je ne t'en ai pas parlé parce que j'étais trop occupé à essayer de survivre à celle que tu appelles ton « ange gardien ». Un véritable danger ambulant, en réalité.

Non, il n'a pas osé... Alors que je sens mes joues s'empourprer, je vois Gilles nous regarder l'un, puis l'autre, avant de partir dans un grand éclat de rire. Yon le suit instantanément. Après plusieurs secondes qui me paraissent durer une éternité, il s'essuie une larme au coin de l'œil, et souffle un grand coup.

— Eh bien, ma belle, commence-t-il, je savais que

tu avais du tempérament, mais tu es bien la première femme à ne pas te laisser impressionner par mon fils !

— Je n'appellerais pas ça « avoir du tempérament », précise Ange sans que son père lui prête la moindre attention.

— Tu sais, GI Joe, si tu ne t'amusais pas à te faufiler partout comme un fantôme, je n'aurais pas eu besoin de me défendre ! C'est sa faute, précisé-je en me tournant vers Gilles : il passe son temps à me surprendre.

— Excuse-moi d'être un mec discret, ironise-t-il.

— Excuse-moi d'être une femme réactive ! répliqué-je aussi sec.

— Tu n'es pas réactive, tu es impulsive.

— Faux.

— Oh, mais je t'en prie ! Personne ne réagirait comme tu le fais. Une casserole, Anaïs, tu m'as frappé avec une casserole ! Au visage, qui plus est.

— Mais c'est ta faute ! Commence par arrêter de me faire peur et tu verras que je peux me conduire comme un être humain normal.

— Si tu étais plus consciente de ton environnement, tu n'aurais pas eu peur.

— Mais je suis consciente de mon environnement, m'énervé-je. C'est juste toi qui te débrouilles toujours pour passer inaperçu.

— Je mesure un mètre quatre-vingt-quinze, j'ai le crâne rasé, des cicatrices sur tout le corps, et je passe inaperçu... Alors, là, c'est une première.

— Il faut un début à tout.

Nous nous toisons tous les deux du regard, les bras croisés : hors de question que je sois la première à baisser les yeux. Un silence de cathédrale règne dans la chambre. Soudain s'élève la voix surprise de Gilles.

— Eh bien, les enfants, si vous ne m'aviez pas dit que vous vous connaissiez depuis deux semaines, j'aurais pu penser, à vous voir, là, comme ça, que vous vous connaissez depuis bien plus longtemps que ça.

— Figurez-vous, Gilles, que je me suis fait la même réflexion, précise Yon d'un ton amusé.

Ange fulmine, allant même jusqu'à se masser les tempes.

— Bon, je vais y aller, finit-il par lancer à Gilles. Je repasserai te voir dans la semaine, d'accord ?

— Quand tu veux, lui répond son père en lui faisant une bise. J'appellerai Lina dans quelques jours pour la prévenir. Elle va vouloir venir, c'est sûr. Surtout si tu es là.

Lina ? C'est qui, ça, Lina ?

Ignorant le petit pincement de jalousie qui m'étreint le cœur, j'observe Ange, qui passe à côté de moi sans même me regarder puis quitte la chambre. Partagée entre déception et soulagement, je m'excuse auprès de Gilles et rejoins le couloir pour aller m'occuper de mes autres patients. Alors que je m'apprête à pousser mon chariot de soins jusqu'à la chambre suivante, je vois GI Joe réapparaître au coin du couloir. Il s'avance vers moi, le visage grave, et le premier scénario qui me vient en tête est celui dans lequel il me rejoint pour m'embrasser jusqu'à plus soif, s'excusant de s'être comporté comme un connard. Le cœur tambourinant dans la poitrine, je déglutis alors qu'il s'arrête en face de moi, avec cet air taciturne qui le caractérise si bien. *Attention, la Reine des neiges est de retour...*

— J'ai besoin de toi vendredi.

Pourquoi s'embarrasser avec des formalités ?

— Pourquoi ? Enfin, je veux dire, où ça ?

— À la salle, évidemment.

— Évidemment... répété-je dans un murmure.

— J'ai un cours de *self-defence* avec un nouveau groupe à 14 heures, continue-t-il, visiblement pressé d'en finir. Stéphane m'a dit que tu l'assistais toujours dans ces cas-là. Je sais que je peux me débrouiller seul, et que tu déploies des trésors d'ingéniosité pour m'éviter, mais il a insisté pour que tu sois présente. Comme c'est le boss, je n'ai pas le choix. Je te le demande donc : est-ce que tu es dispo ?

Au moins, je ne peux pas lui reprocher son manque de franchise... Passant outre le fait qu'il soit distant et agacé par ma présence, donc très désagréable, je décide de me conduire de façon tout à fait courtoise, alors que mon envie de lui rendre la politesse me démange.

— Je dois aider une amie à déménager, vendredi, à partir de midi. Donc non, désolée, mais je ne suis pas disponible.

— Et si je décale le cours à 11 heures ? C'est faisable, car il n'y a qu'une quinzaine d'inscrits. S'il te plaît, ajoute-t-il après une pause.

J'observe cette montagne de muscles qui attend patiemment ma réponse et me délecte de la situation : pour une fois, j'ai l'avantage sur Ange, ce qui ne m'était pas arrivé jusqu'à présent avec lui. La sensation est plutôt agréable...

— Excuse-toi.

— Pardon ? me demande-t-il, incrédule.

— Excuse-toi. Tu sais, ce truc que font les gens normaux, du style : « Pardon, Anaïs, je suis désolé de t'avoir fait passer pour une folle furieuse devant un de tes patients. »

— Tu es sérieuse ?

Je croise les bras sur ma poitrine et le fusille du regard. Il lève les yeux au ciel puis soupire.

— OK, c'est bon. J'ai été con, je n'aurais pas dû dire ça à mon père. Je m'excuse. Satisfaite ?

— Mouais, lui dis-je, dubitative. On va dire que ça ira pour cette fois.

— Bon. On peut en revenir à notre sujet ?

— OK pour moi à 11 heures.

— Merci beaucoup, soupire-t-il de soulagement.

— Mais je le fais pour Stéphane, et pour ce nouveau groupe, m'empressé-je d'ajouter. Pas pour toi. Que ce soit bien clair !

— Rien n'est jamais clair avec toi, c'est bien ça, le problème.

Il s'éloigne sans plus de cérémonie, me laissant seule et incrédule. Je regarde son joli cul musclé prendre le large, perdue dans mes pensées, quand Yon me rejoint et me rappelle qu'on a encore du pain sur la planche. Soulagée d'avoir de quoi m'occuper, je prends tout de même conscience d'une idée essentielle : quand travailler devient mon seul moyen d'évasion, c'est que quelque chose cloche très sérieusement dans ma vie...

Après trois jours à bosser comme une folle trois fois douze heures, j'ai gardé mon jeudi off pour me reposer. Résultat des courses : vendredi est arrivé sans que je ne m'en aperçoive. Je devais travailler ce week-end, mais pour le déménagement de Mona, qui s'installe chez Mike aujourd'hui et pend la crémaillère ce soir, j'ai posé deux jours de congé et reporté ma visite à ma mère d'un ou deux jours. C'est l'avantage d'avoir sa meilleure amie en couple avec son patron : on peut prendre une journée de congé alors que l'on rentre tout juste de vacances !

Une fois arrivée à la salle de sport, j'envoie un message à Mona pour lui annoncer que je risque d'être un peu en retard ; je range mon portable dans mon sac puis referme mon casier au vestiaire. Détaillant mon reflet dans le petit miroir pendu au-dessus du lavabo, je resserre ma queue-de-cheval avant de souffler longuement, comme pour me donner du courage. Je n'ai pas encore croisé Ange, mais la fébrilité qui me saisit soudain me fait penser qu'il ne doit pas être bien loin. Mon intuition se confirme quelques secondes plus tard à peine, lorsque la porte s'ouvre sur lui. Mon cœur fait un bond. Quand il me voit, un sourire franc et sincère se dessine sur sa belle gueule et l'évidence me frappe : il m'a manqué. Et ce sourire... Je ne m'y attendais tellement pas qu'il me faut quelques secondes pour comprendre que c'est à moi qu'il est destiné.

— Salut, me dit-il d'une voix douce.

— Salut.

Il entre dans le vestiaire et referme derrière lui. Nous voilà isolés du reste du monde et je n'ai qu'une envie : me blottir dans ses bras. Pas de confrontation ni de sexe, juste un moment tendre. Perturbée par cette émotion totalement inédite pour moi, je me concentre sur mon reflet, et ces petits frisottis que j'essaie de dompter. Il s'approche de moi jusqu'à se placer dans mon dos. Nos yeux se retrouvent dans le miroir et les images de notre étreinte devant ma glace jaillissent dans ma mémoire. À la façon dont sa mâchoire se crispe, je devine que les mêmes images lui viennent à l'esprit. Il déglutit avant de me demander :

— Tu es prête ? Merci pour le coup de main, au fait.

— Je t'en prie.

— Je suis désolé pour l'autre jour, au centre. Ça n'excuse pas tout, mais j'étais crevé, et j'ai pété les plombs. Mon père, ton petit ami qui était là aussi...

— Mon petit ami ? Qui ça, Yon ?

— Oui. Je ne te juge pas, les choses étaient claires entre nous. Et puis beaucoup de couples ont des relations libres de nos jours, et je...

— Yon est un de mes meilleurs amis, le coupé-je.

Et il est homo. Je te l'aurais dit si tu m'en avais laissé le temps.

Il fronce les sourcils quelques instants alors que j'éclate de rire. *Bon sang, ce que ça fait du bien…*

— On dirait que je n'ai besoin de personne pour me ridiculiser…

— Ne t'inquiète pas, tu n'es pas le premier à te laisser berner. Et puis ça te donne un côté un peu plus humain, j'aime bien. On y va ? enchaîné-je pour changer de sujet avant de dire la phrase de trop.

— On y va.

Nous quittons le vestiaire pour rejoindre le groupe, une dizaine de femmes. La popularité des cours de krav maga a monté en flèche ces dernières années. De nos jours, les femmes assument de plus en plus qui elles sont, ce qu'elles veulent, et elles n'ont plus peur de prendre leur destin en main. Je regarde ces nouvelles venues observer Ange du coin de l'œil, certaines avec gourmandise, d'autres avec crainte.

Je me tiens légèrement en retrait tandis qu'Ange commence à expliquer les bases et donne ses premières consignes. Il est avenant, doux, et, bien qu'il garde son sérieux, je suis agréablement surprise de constater qu'il sait exactement comment s'y prendre, même avec les plus craintives. En moins de cinq minutes, il réussit à gagner leur confiance malgré son physique impressionnant.

Stéphane me demande toujours de m'impliquer dans ce genre de séances. Pendant qu'il donne son cours de *self-defence*, j'observe les participantes pour pouvoir lui faire un compte rendu détaillé, et noter si des femmes ont besoin d'aide. Et, par « femme ayant besoin d'aide », j'entends femme qui sert de punching-ball à son taré de compagnon. J'ai un sixième sens pour ça, et il n'est pas rare que des femmes en détresse cherchent à prendre ce genre de cours.

Je me glisse donc au milieu du groupe, discutant avec les unes, puis avec les autres, avant de m'arrêter à une élève en particulier. Petite, blonde, menue, réservée. Elle porte une tenue grise, sobre, à manches longues. Je l'ai remarquée à cause de sa posture légèrement prostrée ; et surtout à son regard fuyant. Elle n'est pas très concentrée, surveille continuellement les alentours, comme si elle était poursuivie. Mon sixième sens se réveille.

J'engage la conversation l'air de rien, comme je le fais à chaque fois. Sa voix est douce ; elle est d'une grande gentillesse mais reste plutôt discrète quand on la questionne, comme souvent dans ces cas-là. J'apprends tout de même très vite qu'elle s'appelle Mary « avec un *y* », qu'elle a une trentaine d'années et un petit garçon de six ans, Tim. Je ne cherche pas à en savoir plus pour le moment, me contentant de suivre le cours comme toutes les autres. Quand le travail en duo commence, je me propose pour être avec elle.

À 13 heures, le cours s'achève. La salle est vide : elle n'accueille personne entre midi et deux. Alors que je récupère ma serviette pour m'éponger le front et le cou, je vois les participantes quitter une à une le bâtiment après avoir salué Ange. Assise sur un banc, au bord des tapis de combat, Mary est seule, en train de lacer ses chaussures ; je m'assieds à côté d'elle.

— Alors, qu'est-ce que tu as pensé de ce premier cours ?

Elle tourne la tête vers moi, mi-surprise et mi-gênée de voir que je continue à discuter avec elle.

— Intéressant. Mais je dois y aller, désolée.

Je me lève en même temps qu'elle et pose délicatement la main sur son bras. Elle s'arrête net pour me fixer, méfiante. J'ai l'habitude de ce genre de réaction. Mary n'est pas la première femme victime de violences conjugales que j'aborde ici. Je sais également qu'il est inutile de tergiverser durant des heures, aussi je décide de lui parler posément, mais avec franchise.

— Depuis quand ?

— Pardon ?

— Depuis quand est-ce qu'il s'en prend à toi ?

Elle blêmit.

— Je ne vois pas de quoi tu parles, s'empresse-t-elle d'affirmer avec conviction.

— Mary, je peux t'aider, mais pour ça il faut que tu acceptes de te confier à moi. Tu es là, et j'ai conscience que c'est déjà un pas énorme pour toi. Si tu me le permets, j'aimerais t'aider à rester sur cette voie. Tu peux me faire confiance.

Elle jette un regard paniqué autour de nous, comme si elle avait peur que quelqu'un m'ait entendue. De l'autre côté de la salle, Ange me dévisage, les sourcils froncés, et je lui fais signe que tout va bien.

— Personne ne peut m'aider, réplique-t-elle à voix basse d'un ton sec.

— Si, moi. Je sais ce que c'est. Mon père aussi frappait ma mère. Comment crois-tu que j'ai deviné pour toi ?

— Ta mère ? répète-t-elle, presque dédaigneuse. Tant que ce n'est pas toi, tu ne sais pas ! Alors laisse-moi tranquille. Et puis qui es-tu pour te permettre de t'immiscer ainsi dans ma vie ?

Comme elle se dirige vers la sortie, je la rattrape.

— S'il te plaît ! Promets-moi de revenir prendre d'autres cours.

— C'est bon, merci.

— Mary, je t'en prie, écoute-moi, au moins. Je suis

là si tu as besoin de moi, jour et nuit. Tu as un fils, penses-y.

Jouer la carte des enfants n'est pas une bonne idée, je le sais. Mais parfois c'est la seule qu'il nous reste. Elle se fige avant de se retourner vers moi, furieuse. Heureusement, il ne reste que nous trois dans la salle et Ange a compris qu'il devait garder ses distances.

— Non mais pour qui tu te prends ? hurle-t-elle. Qu'est-ce que tu crois ? Que je ne pense pas à mon fils ? Il est toute ma vie ! C'est pour lui que je me lève tous les matins, pour lui que je décide de vivre alors que je ne pense qu'à crever. Je t'interdis de me juger ! Je me suis toujours débrouillée toute seule. Alors laisse-moi tranquille.

— Tu n'as pas à être seule, je peux t'aider.

— Toi ? On se connaît depuis deux heures, et tout à coup Mère Teresa pense qu'elle peut me sauver ? Laisse-moi rire. Tu sais quoi ? Je suis vraiment désolée pour ta mère. Ne te vexe pas, mais avoir été la fille d'une femme battue ne te donne pas plus de légitimité pour comprendre l'enfer que je vis !

Sans un mot de plus, elle se dirige vers la sortie. Si elle passe la porte, je sais que je ne la reverrai plus ; elle ne me laisse pas le choix. Comme chaque fois que je m'apprête à parler de Javier, mes mains deviennent moites, mon corps pèse une tonne et j'ai une boule qui me broie l'estomac. Droite comme un I, je me mets pourtant à parler d'une voix forte et bien distincte :

— Il faisait un compte à rebours.

Elle s'arrête et se tourne vers moi, ses sourcils blonds froncés comme si elle avait déjà compris.

— Mon ex, lui précisé-je. Il faisait un compte à rebours.

Je marque une pause, le temps de me laisser le courage d'affronter ce qui va suivre.

— À dix-huit ans, j'ai quitté mes parents pour m'installer avec l'homme de ma vie, et fuir toutes les horreurs de mon enfance. Il était beau, grand, protecteur, extrêmement prévenant et doux. Tu l'aurais vu, il était... parfait. Tout le contraire de mon père. Enfin, c'est ce que je croyais. Quelle conne, quand j'y repense... Bref. Aussitôt qu'on s'est installés ensemble, il a commencé à changer. Il ne lui a fallu que six mois pour me montrer son vrai visage et faire de ma vie un enfer.

Je souffle un grand coup, tentant de me détacher de mon corps parce qu'il n'y a que comme ça que j'arrive à bloquer mes larmes.

— Tous les soirs, il rentrait du travail à 17 h 15. Il posait sa sacoche sur la petite desserte de l'entrée, puis inspectait tous les recoins de l'appartement à la recherche de la moindre saleté, du plus petit grain de poussière. Il passait tout en revue et, en fonction de ce qu'il trouvait, il décidait de ma punition. D'abord, la manière : ceinture, poing, coups de pied, ou les trois, les soirs où il était en forme. Ensuite, la durée. Et pour finir il choisissait son heure. Une fois qu'il avait tout planifié, il faisait un compte à rebours. Il passait derrière moi en me susurrant à l'oreille « tic-tac, tic-tac, Anaïs. Plus qu'une heure trente ». Je faisais à manger, « plus que trente minutes, j'ai hâte », rangeais le linge, « encore deux minutes »...

Je marque une pause.

— Quand l'heure arrivait, je le laissais m'emmener. J'ai bien essayé de me cacher, les premières fois. Mais, à chaque fois que je fuyais ma punition, il me battait encore plus violemment. Alors je le laissais faire. Ça a duré quatre ans.

Les larmes aux yeux, Mary me regarde avant de me demander d'une voix étranglée :

— Comment tu t'en es sortie ?

— Il a failli me tuer. Et tu sais ce qui est le pire ? C'est que j'ai pensé que la mort était la meilleure solution, une libération, même. J'avais vingt-deux ans. Les médecins ont pu me sauver in extremis, mais j'ai été dans le coma. Ensuite, il m'a fallu presque un an de rééducation, et, quand j'ai été à peu près rétablie physiquement, il a fallu que je trouve un exutoire pour ne pas devenir folle. Mes amis étaient présents, ils m'ont aidée, mais, comme tu l'as dit toi-même, ils ne pouvaient pas comprendre.

Je ravale péniblement les larmes qui menacent de m'échapper.

— Je n'ai jamais eu le courage de partir, tu comprends ? Je ne pouvais pas le quitter, son emprise sur moi était trop forte. J'avais la conviction que je ne pouvais pas vivre sans lui, et que je méritais chacune de ses punitions. Il a complètement effacé ma personnalité, je n'étais plus que l'ombre de moi-même. Mon seul courage a été de ravaler ma honte et de pousser les portes de cette salle. Ça a été la meilleure décision de toute ma vie. Stéphane a tout de suite compris, et il m'a aidée à sortir la tête de l'eau.

— Il est où, aujourd'hui ? Ton ex ?

— En prison. Il a pris quinze ans et en a déjà fait cinq. Un jour, il sortira. Je sais très bien qu'il cherchera à me retrouver. Mais je serai prête à lui rendre la monnaie de sa pièce. En attendant, je me bats pour que les autres femmes victimes d'hommes violents ne soient pas seules comme j'ai pu l'être.

Je rejoins Mary pour lui tendre un papier sur lequel sont notées mes coordonnées.

— Je suis là pour toi. Prends le temps d'y réfléchir.

Elle fixe ma carte quelques instants avant de la récupérer d'un geste vif.

— Merci, me répond-elle brièvement en quittant la salle d'un pas rapide.

Tremblante, je la regarde passer la porte puis m'effondre sur le sol. J'entoure mes jambes de mes bras et prends de grandes inspirations. Je ne raconte jamais mon histoire. Jamais. Il n'y a qu'avec d'autres victimes que je me permets de le faire, dans le seul but de gagner leur confiance. En dehors de ce cadre-là, je ne m'y autorise pas : parce que j'ai honte, parce que ça fait mal, parce que je ne veux plus jamais ressentir ça, parce que c'est du passé et parce que je sais qu'un jour il va sortir et que je vais devoir l'affronter. La vérité, c'est que je suis tétanisée à cette idée, alors je fais l'autruche. Je fixe un point, sur le tapis bleu entre mes jambes, me balançant d'avant en arrière et serrant mes mollets de toutes mes forces avec mes mains. La douleur m'aide souvent à reprendre contact avec la réalité.

Alors que j'expire une nouvelle fois longuement, je sens une douce chaleur envelopper mon dos et de grands bras couvrir les miens. Ange s'est installé derrière moi pour entourer mon corps du sien. Je suis surprise de voir combien son souffle chaud contre mes cheveux m'apaise, me rassure. Je ferme les yeux pour mieux savourer sa présence et profiter de sa force, qui me rend un peu de la mienne. Au bout de quelques minutes, je parviens à me calmer un peu. Nous nous balançons doucement l'un contre l'autre dans un silence apaisé, et un sourire fugace se dessine sur mes lèvres quand il embrasse mes cheveux.

Finalement, je l'aurai eu, mon câlin.

Chapitre 13

Ange

Sonné. Voilà comment je me sens.

Blottie contre moi, elle se laisse bercer. Je l'enveloppe, cherchant à apaiser son corps parcouru de spasmes. Des images de son visage tuméfié, de ses membres inertes, ou encore de ses magnifiques yeux d'encre éteints m'assaillent. Je bous intérieurement : de rage, d'incompréhension, de douleur aussi. Pour elle. Pour toutes les autres. Aucune femme ne devrait avoir à subir les foudres d'un homme, encore moins lorsqu'il est supposé l'aimer.

Je n'ai pas tout de suite compris qu'elle parlait d'elle-même. Comment cette nana au tempérament de feu a-t-elle pu servir de punching-ball pendant quatre ans à un espèce de taré ? Si elle n'en avait pas parlé à Mary, jamais je n'aurais pu l'imaginer. Soit je suis le mec le moins observateur qui existe sur cette planète, soit c'est elle qui est incroyablement maligne pour cacher son jeu. J'opte sans hésiter pour la seconde hypothèse.

Les pièces du puzzle sont en train de s'assembler doucement : la façon dont elle s'est fermée à moi, la première fois dans le bureau, quand je me suis montré plus incisif ; la panique dans ses yeux à l'idée de changer de position, lors de notre « mise au point » ; cette volonté de se défendre coûte que coûte lorsqu'elle est surprise...

Cela explique pas mal de ses bizarreries, même si j'ai peur d'être encore très loin du compte. Dans tous les cas, cela ne change rien au constat : elle a vécu l'enfer, c'est une ancienne victime. *Victime...* Je n'aime pas ce mot. Les femmes qui résistent et continuent à vivre malgré la violence, les coups, les insultes ne sont pas des victimes. Ce sont des battantes, des survivantes qui font preuve d'une grande force.

Cherchant à me calmer, je pose mes lèvres sur ses cheveux et ferme les yeux un instant pour me concentrer sur la douceur de son parfum. La magie opère, et je parviens à reprendre le contrôle de mes émotions. Tout devient alors très clair.

— Ce type ne t'approchera plus.

— Comment peux-tu en être aussi sûr ? réplique-t-elle, sarcastique.

— Parce que j'y veillerai.

Elle se crispe.

— Non.

Son ton est ferme et elle quitte mes bras, se relève, comme pour confirmer sa détermination. Elle jette un coup d'œil rapide à la grande horloge en acier trempé qui trône sur l'un des murs de la salle avant de se diriger d'un pas ferme vers le vestiaire. Je la suis sans hésiter.

— Fais-moi confiance, lui dis-je en la rattrapant. Je sais toujours ce que je fais et pourquoi je le fais. Si je te dis qu'il ne t'approchera plus, c'est qu'il ne t'approchera plus.

— Ce n'est pas une histoire de confiance. C'est juste que ça ne te regarde pas.

— Bien sûr que si, je suis ton ami.

Ces mots sonnent tellement faux entre nous qu'ils me font grimacer. Anaïs s'arrête d'un coup pour se tourner lentement vers moi : à la tête qu'elle fait, je comprends qu'elle est du même avis.

— Tu n'es pas mon ami. Tu ne me connais pas.

— Oui, c'est ce que je viens de comprendre. Mais ça ne veut pas dire que je ne peux pas l'être. Laisse-moi être là pour toi.

— Non.

Elle reprend sa course et s'engouffre dans le vestiaire, dont la porte claque. Je la rouvre, entre dans la pièce, puis nous enferme tous les deux. Ma patience commence à s'émousser.

— Tu peux m'expliquer le problème ?

— Ce n'est pourtant pas compliqué ! Il n'y a pas d'histoire d'amitié entre nous. Ça ne pourra pas marcher. Jamais.

— Très bien. Alors, si je ne suis pas ton ami, je suis quoi ?

— Tu es... Je ne sais pas ce que tu es, s'énerve-t-elle. Voilà le véritable fond du problème !

Elle récupère hâtivement ses affaires avant de mettre la bretelle de son sac à dos sur son épaule. Une fois ses clés de voiture en main, elle s'avance vers moi.

— Tu n'étais pas censé entendre ça, commence-t-elle sur un ton agressif. C'est à Mary que j'ai pris la décision de me confier, pas à toi. Alors, s'il te plaît, fais comme si tu n'avais rien entendu. Je dois y aller. Je suis en retard.

Elle me dépasse sans un regard, mais s'arrête, la main sur la poignée de la porte, quand elle m'entend lui répondre :

— Je ne peux pas faire ça.

— Eh bien, tu prends sur toi et tu fais en sorte d'y arriver, parce que cette histoire ne te concerne absolument pas.

— Non. Je peux te protéger, alors c'est ce que je ferai.

Visiblement furieuse, elle se retourne avant de me rejoindre en me pointant du doigt.

— Écoute-moi bien, GI Joe. Ça fait six ans que je m'entraîne comme une tarée. Six ans que je n'ai plus qu'un seul but : lui rendre la monnaie de sa pièce. Pourquoi crois-tu que je pratique les sports de combat ? Parce qu'il y a six ans, Mary, c'était moi ! explose-t-elle. J'étais une danseuse, une pauvre petite chose qui se laissait marcher sur la gueule à longueur de journée. Il m'a tout pris ! Mes rêves, mes ambitions, et jusqu'à mon envie de vivre.

Elle marque un temps pour reprendre d'une petite voix :

— Alors je ne chercherai pas à le retrouver, ça, c'est sûr. Mais lui le fera, je le sais. Ce jour-là, je serai prête à l'écraser à mon tour. Je ne suis plus la même femme que celle qu'il a connue. Et, le jour où il me retrouvera, personne, je dis bien personne, ne me privera de ma vengeance. Est-ce que c'est clair ?

Le souffle court, les yeux brillants, elle inspire un grand coup, puis se redresse sans me quitter du regard.

— Je n'ai pas besoin qu'un homme me protège. Aujourd'hui, c'est moi qui me sers des hommes, pas l'inverse.

Je la fixe quelques instants avant de lui demander très sérieusement :

— Et tu n'es pas fatiguée de vivre avec toute cette rage ?

— Pas le moins du monde, m'assure-t-elle. Elle me motive, elle me donne envie d'être chaque jour un peu meilleure. Depuis que *je* décide, je profite pleinement de ma vie.

— Faux. Tu t'inventes une vie de mensonges pour mieux passer à côté de la tienne.

Ses yeux s'écarquillent, elle perd son assurance. Je fais un pas vers elle, puis un autre, et plus j'avance, plus elle recule. Lorsqu'elle s'arrête, bloquée par la porte dans son dos, je saisis son menton et lève son visage vers le mien.

— Ange, arrête..., demande-t-elle alors que je caresse l'arrondi de sa joue.

— L'être humain est programmé génétiquement pour chercher le bonheur, Princesse, et cela passe bien souvent par la recherche de sa moitié. Nous ne sommes pas faits pour vivre seuls, ni dans une colère permanente. Nous sommes faits pour vivre avec les autres êtres humains, pour échanger, partager, rire, aimer.

— Très bien. Alors tu peux me dire où elle est, ta charmante épouse à toi ? Où sont cachés tes deux adorables bambins aux yeux noirs ? Et ton chien ? Ta baraque à la pelouse impeccablement tondue ? se défend-elle, véhémente. Où est ta vie, Ange ?

Nous nous toisons du regard pendant de longues secondes.

— Je l'ai donnée à l'armée.

— Oh ! Bien sûr... Alors écoute, puisque tu as un avis très tranché sur ma propre situation : on va arrêter de se voiler la face, pour se poser les bonnes questions. Tu es partant ?

— Vas-y.

— Parfait. Si, par exemple, je te demande de céder à cette attirance entre nous, si je me laisse aller à vouloir vivre quelque chose avec toi, si je me force à dépasser mes peurs les plus profondes pour toi, est-ce que tu obéiras à ta « programmation génétique » ?

— Ma carrière n'est pas terminée, répliqué-je, les dents serrées.

— Tu as par conséquent l'intention de repartir, dit-elle dans un murmure, en secouant la tête. Je me trompe ?

— Je sers une cause noble et utile.

— Je vois, ricane-t-elle. Dans ce cas, moi aussi : je sers le féminisme. Ça aussi, c'est une cause utile.

— Utiliser des hommes ne fait pas de toi une féministe.

— Et vouloir sans cesse désobéir aux ordres pourtant clairs que je te donne ne fait pas de toi un bon soldat. Je te le demande donc pour la dernière fois : ne t'occupe pas de mes affaires, et laisse-moi gérer ma vie comme je l'entends ! Tu n'es pas mon mec.

Je me mords la lèvre pour éviter d'en rajouter, et la laisse me repousser, puis ouvrir la porte. Elle a tapé pile là où ça fait mal. Je suis à un carrefour de ma vie, et je n'arrive pas à voir au-delà de ce carrefour. D'un côté, l'armée : le service, la fraternité, le dévouement, un engagement dont les limites me paraissent de plus en plus floues. De l'autre côté, ma vie : le désir d'amour, l'envie de fonder enfin ma propre famille, et, paradoxalement, la sensation d'être l'exact opposé de ce qu'est un père idéal et accompli. Elle a raison : je devrais balayer devant ma porte avant de lui suggérer comment balayer devant la sienne. Et, putain, je déteste qu'elle ait raison.

Après avoir vérifié que la salle est en ordre, j'enfile mon blouson en cuir, récupère mon casque et m'apprête à rentrer chez moi pour me poser quand je me rends compte qu'Anaïs est toujours sous le porche, devant la porte du bâtiment. Il pleut des cordes, et elle se tient là, le regard perdu face au mur d'eau qui se dresse devant nous. Les bras ballants, elle a lâché son sac, qui gît à ses pieds. Je me place à côté d'elle comme pour lui prouver que je reste là, en soutien. Quand elle remarque ma présence, elle tourne la tête vers moi avant de me sortir un laconique :

— Il pleut.

Toute trace d'animosité a quitté ses yeux. Elle paraît

fatiguée, lasse, ce qui lui confère une certaine douceur. La voir ainsi me réchauffe le cœur. Pour la première fois depuis notre rencontre, elle ne cherche pas à se cacher de moi. Elle a même quitté sa posture altière et laissé ses épaules s'avachir un peu.

— On dirait bien, réponds-je, amusé par son enthousiasme débordant.

— On est en août.

— C'est vrai aussi.

— Et il ne devrait pas pleuvoir en août.

— C'est ce qui donne tout son charme à une pluie d'été : son imprévisibilité.

— Mouais, me répond-elle, peu convaincue. Mais franchement pas pratique quand on doit aider sa meilleure amie à déménager. Je suppose que je vais devoir faire avec.

Elle soupire, et passe sa veste en jean sur son débardeur rose pâle avant de m'adresser un clin d'œil.

— À bientôt, GI Joe, me salue-t-elle d'une voix forte tout en courant sous les gouttes en direction de sa voiture.

Enfin, une voiture... Ce truc a tout d'une épave. Je l'entends d'ailleurs démarrer, et il me semble percevoir un petit bruit inhabituel dans le ronronnement du moteur ; mais avec la pluie rien n'est sûr. Pourtant, lorsqu'elle passe devant moi, le cliquetis qui m'inquiétait devient franchement perceptible. Je m'apprête à lui faire signe de s'arrêter, quand je repense à notre dispute, et au ton catégorique qu'elle a employé pour me dire qu'elle n'avait pas besoin des hommes. Souriant à l'idée qu'une panne lui ferait les pieds, je monte sur ma bécane, prêt à rentrer à l'appart.

Mais j'ai à peine démarré que mon regard se tourne vers la direction dans laquelle elle est partie. Je soupire : pas question de la laisser seule. Mon estomac crie famine dans un grognement mécontent, mais il va devoir attendre. Je prends la décision de la suivre. De loin : il ne manquerait plus qu'elle me remarque et me traite de psychopathe ! La pluie tombe à verse, je suis déjà trempé jusqu'aux os. Je rêve d'une bonne douche, de mon canapé et de la pizza qui m'attend, mais je me résigne. *Pfff, je sens que la journée va être longue...*

Garé dans le virage d'une route paumée du Pays basque où il est impossible de faire se croiser deux voitures, j'observe Anaïs. Elle n'est qu'à une centaine de mètres de moi, et je l'entends presque bougonner lorsqu'elle envoie un coup de pied furieux à sa voiture, qui fume sur le bord de la chaussée. Comme prévu, je l'ai suivie, et bien entendu j'avais raison : après avoir fait une halte dans une immense maison aux volets clos pour récupérer quelques cartons pliés, et réussi à faire redémarrer sa voiture au prix de cinq tentatives infructueuses, la voilà échouée sur la chaussée devant son épave. Et l'orage s'est un peu calmé, mais la pluie tombe toujours.

Alors qu'elle jette un regard circulaire alentour, à la recherche d'une aide, certainement, je me décide à la rejoindre. Je démarre la moto et suis la route jusqu'à son tacot. Si Anaïs affichait un grand sourire de soulagement lorsqu'elle s'est aperçue que quelqu'un approchait, elle a clairement déchanté quand elle m'a reconnu. Résultat : quand je coupe le moteur de la Harley, elle me fixe de son air hautain et visiblement très agacé, avant de plonger le nez sous le capot. Il semblerait qu'elle ait décidé de gérer la situation à la manière d'une gamine capricieuse prise la main dans le sac. *La princesse est de retour, génial...*

Le tas de ferraille se met à couiner lorsque je prends appui dessus. Prête à me passer un savon, elle me fusille du regard puis se ravise : elle a besoin de moi. L'œil peu amène, elle me toise et revient à son moteur. Agacé par son entêtement, je décide d'en finir au plus vite ; mais, avec Sa Majesté, mieux vaut y aller progressivement.

— Besoin d'aide, Princesse ?

— Ne m'appelle pas comme ça ! réplique-t-elle aussi sec. Laisse-moi tranquille, je vais me débrouiller toute seule.

Quelle tête de mule... Je tente de la raisonner.

— Parce que tu t'y connais en mécanique, peut-être ?

— C'est une vieille voiture, ça ne doit pas être sorcier. Je n'ai pas besoin de toi.

Cherchant à dissiper la fumée, elle agite une main devant elle tout en prenant appui de l'autre sur le rebord du capot. Pas besoin d'être devin pour comprendre qu'elle et la mécanique ça fait deux. En revanche, elle et l'orgueil ne font qu'une seule et même entité, aucun doute là-dessus.

— Laisse-moi deviner : ce qu'un homme peut faire, tu peux le faire aussi... Je me trompe ?

Apparemment, ma voix ne porte pas. Elle continue à m'ignorer, ce qui m'agace au plus haut point. Comment peut-on être aussi borné ? Il est clair que cette fille a conscience de ses limites, tout comme il est clair qu'elle ne pourra pas se débrouiller toute seule cette fois-ci : je suis sa seule option. Et pourtant non. Madame continue à bouder. Je m'impatiente :

— Mais qu'est-ce que tu fabriques ?

— À ton avis ? s'énerve-t-elle en se redressant enfin. Je profite du beau temps, ça ne se voit pas ? Fiche-moi la paix, tu me déconcentres.

— Comme tu voudras.

Ange, reste calme... Je ne suis pas un homme très patient. En règle générale, je n'ai aucune difficulté à me faire obéir des autres, et au doigt et à l'œil. Je n'ai jamais à attendre. Et là je me retrouve à moto, sous la flotte, à courir après une nana qui ne veut pas avoir affaire à moi, dans le seul but de la dépanner alors qu'elle ne veut pas de mon aide. Tout ça parce que je m'inquiète. *Moi !*

Je croise les bras pour tenter de me contenir, puis ajoute calmement :

— Préviens-moi quand tu en auras terminé avec tes caprices, que je puisse te ramener. Cette pluie commence à me taper sur les nerfs.

— Et, moi, c'est toi qui commences à me taper sur les nerfs, ose-t-elle me lancer à la figure. Je ne t'ai rien demandé ! Tu n'as qu'à monter sur ton engin de malheur et repartir comme tu es venu...

— Non.

Se tournant vers moi, les poings sur les hanches, elle daigne enfin m'accorder son attention.

— Bon sang ! Mais c'est quoi, ton problème ? crie-t-elle.

Excédé par toute cette mauvaise foi, je me redresse et la domine de toute ma hauteur. Pourtant, lorsque mes yeux croisent les siens, je n'y lis aucun trouble.

— Mon problème, commencé-je d'un ton chargé de menace, c'est cette foutue flotte qui n'en finit pas de tomber. Mon problème, c'est le manque de sommeil qui me rend franchement moins patient. Et, mon problème, ce sont les femmes caractérielles qui, sous couvert d'un pseudo-féminisme à deux balles, se conduisent comme des divas en refusant mon aide, tout ça parce que je suis l'heureux propriétaire d'un pénis !

Dans ses pupilles, l'envie de tuer se mue en désir pur. *Merde...* Mon corps réagit malgré moi au sien. Mes yeux descendent sur sa poitrine : elle est moulée dans un débardeur rose pâle que la pluie s'évertue à faire disparaître. Je me reprends immédiatement, mais elle m'a grillé. La seule carte qu'il me reste à jouer, si je ne veux pas que tout cela dérape, reste celle de l'indifférence.

— Va te faire foutre, me répond-elle, hargneuse.

— C'est une proposition ? répliqué-je sérieusement, cherchant à lui prouver combien cette situation est stupide.

Ma répartie tombe à plat, et ses joues prennent une jolie teinte rosée, alors que la tension entre nous s'épaissit. Elle me dévisage, et le désir que je lis dans ses yeux est le même que celui qui me tord le ventre. Il nous est visiblement impossible de nous engueuler sans que cela ne vire au sexe.

Elle s'approche de moi, le regard rivé sur mes lèvres. Je tente de rester impassible mais la tâche s'avère ardue. Ma lumière bleue est de retour, et je me retrouve tout aussi con que l'autre jour, à la salle. C'est quand elle pose ses mains délicates sur mes épaules et que mon corps tressaille que j'en ai la certitude : je suis en train de perdre le contrôle. Tout s'emballe très vite. Son corps fond contre le mien, sa bouche s'approche dangereusement de la mienne, et, lorsque je sens son souffle chaud caresser mes lèvres, je me fais cette réflexion : elle est à sa place.

Réfléchis bien à ce que tu veux, mon pote...

Ma conscience se rappelle amèrement à moi et, alors que je n'en ai aucune envie, ma raison l'emporte : je détache ses poignets de ma nuque et les replace le long de son corps.

— Ne fais pas ça, lui dis-je d'une voix éraillée. On en a déjà parlé.

Le regard perdu, elle me fixe quelques instants avant d'écarquiller les yeux, et de me lâcher comme si elle s'était brûlée.

— Oh, merde, lance-t-elle, visiblement choquée.

La magie disparaît. En quelques secondes seulement, je vois se dresser de nouveau entre nous les forteresses derrière lesquelles Anaïs a pris l'habitude de se barricader. Elle rejoint alors sa voiture d'une démarche raide. Je sais que j'ai fait ce que j'avais à faire. Mais je sais aussi que j'ai royalement merdé : elle a toujours besoin de moi, et maintenant il est clair qu'elle me déteste encore plus. *Putain, quel con…* Je ferme un bref instant les yeux pour me sermonner, avant de tenter de rattraper le coup :

— Anaïs…

— Non !

— Laisse-moi te ramener.

— Et, toi, laisse-moi tranquille ! réplique-t-elle sèchement. Je te l'ai déjà dit, il me semble, et pourtant tu es encore là. Qu'est-ce qui ne va pas chez toi ?

— Attends…

M'ignorant avec superbe, elle récupère ses affaires dans le tacot, referme énergiquement la portière, sur laquelle elle dépose un baiser, puis prend la route sans un regard pour moi. « Agacé » n'est pas un terme assez fort pour décrire mon état actuel : « excédé » convient sans doute mieux. La voyant avancer d'un pas rapide, déterminée à refuser mon aide, je remonte sur ma bécane, la rattrape et lui bloque la route. *Fini les conneries !*

— Monte sur cette moto.

— Non.

— Anaïs, monte sur cette bécane !

— Non ! Il paraît que je suis une diva, autant me conduire comme telle, réplique-t-elle d'un ton sarcastique.

— Très bien, comme tu voudras. Mais sache que je ne te lâcherai pas avant de te savoir arrivée et en sécurité. Il ne nous reste donc que deux issues : soit tu montes avec moi et nous serons chez ton amie en cinq minutes, soit tu t'entêtes dans ton petit caprice et tu supportes ma présence pendant la prochaine demi-heure. Alors, cinq minutes, ou une demi-heure avec moi ? Que choisissez-vous, *Princesse* ?

Alors qu'elle me fusille du regard, je retire mon casque pour le lui tendre, attendant patiemment de savoir si oui ou non j'ai remporté ce round. Elle finit par soupirer. La colère laisse place à la résignation et elle attrape mon casque pour l'enfiler, puis grimper enfin sur la moto non sans marmonner un « Je te déteste » au passage. Je souris : je crois bien que je viens de remporter ma première victoire.

Nous roulons pendant quelques kilomètres ; mon corps ne parvient pas à se concentrer sur autre chose que la chaleur du sien. Comme je l'avais prédit, et heureusement pour moi, nous arrivons devant chez son amie en à peine plus de cinq minutes. Une camionnette aux portières arrière grandes ouvertes laisse voir un tas de cartons : le déménagement est déjà bien avancé. Dès que j'ai coupé le moteur, Anaïs descend de la bécane et me tend mon casque, la mine renfrognée.

— Ça t'arrive, de dire merci ? la questionné-je, agacé par son envie plus que pressante de me voir débarrasser le plancher.

Elle fronce les paupières, puis secoue de nouveau mon casque sous mon nez, le bras tendu. Je l'ignore et continue à la provoquer :

— Vas-y, essaie, tu vas voir, c'est facile : « Merci, Ange, de m'avoir dépannée. »

— Merci, Ange, de m'avoir forcé la main.

Cette femme est la mauvaise foi incarnée... Elle pose mon casque sur la selle, et me tourne le dos pour partir en direction de l'immeuble, dont la porte est maintenue ouverte par un carton. Je descends de la moto, que je cale sur sa béquille. Au bruit métallique de la fermeture Éclair de ma veste, que je suis en train d'ouvrir, elle se retourne et fronce les sourcils, avant de prendre un air contrarié quand elle comprend ce que je m'apprête à faire.

— Qu'est-ce que tu fais ? me demande-t-elle alors d'un ton sec.

— Je t'accompagne.

La réaction ne se fait pas attendre.

— Hors de question !

À mon tour de la dévisager : elle est trempée jusqu'aux os, tout comme je le suis. Ses longs cheveux bruns collés au visage, son maquillage qui a coulé sous ses yeux, faisant ressortir la noirceur de son regard, ses vêtements qui découpent sa silhouette au plus près... Elle est... *sexy*. Agacé de n'être au fond qu'un homme, je soupire avant de m'approcher d'elle :

— Écoute-moi bien, Princesse. Je veux bien être patient et compréhensif, mais j'ai aussi mes limites. Ça fait bientôt une heure que je suis sous cette flotte pour tes beaux yeux. Et tout ça pour que tu me prennes de haut, et me traites comme un moins-que-rien, parce que tu n'es pas fichue d'accepter l'aide d'un homme. Alors que, soyons honnêtes, sans moi, tu serais toujours sur le bord de la route. Voilà la vérité que tu refuses d'entendre : les femmes ont parfois besoin des hommes, et inversement. Tu aimerais avoir ma force physique, tu aimerais pouvoir te substituer à n'importe quel mec, mais je vais peut-être te surprendre : tu es et resteras toujours une femme ! Alors, oui, tu peux plus ou moins faire la même chose que nous. Mais il arrivera toujours un moment où tu auras besoin d'un homme à tes côtés. Il est temps que tu l'acceptes.

La mâchoire crispée, les bras croisés sur la poitrine, elle me fusille du regard avant de me demander, les dents serrées :

— C'est bon, tu as fini ?

— Non, répliqué-je en secouant la tête. Tu sais que j'ai raison, et c'est ce qui te met tellement en colère. Tu me détestes parce que je suis le premier qui ne s'arrête pas à tous tes artifices d'amazone castratrice. Je te vois, Anaïs Deltino, conclus-je en m'approchant d'elle et en capturant son menton entre mes doigts pour plonger mon regard dans le sien.

Le souffle court, elle ne cherche plus à mentir, sa détermination semble vaciller. Je caresse sa lèvre du bout du pouce, continuant d'une voix plus douce :

— Voilà donc ce que nous allons faire. Je vais te suivre, et entrer avec toi dans cet immeuble. Parce que tu m'importes et que c'est pour toi que je me retrouve dans cette situation. Je veux juste me sécher, attendre que la pluie se calme, et boire un café. Est-ce que c'est trop te demander ?

— Je ne suis pas prête à ce que tu les rencontres, avoue-t-elle d'une petite voix pincée.

— Pourtant, c'est exactement ce qui va se passer.

— Ce n'est pas toi qui décides, GI Joe, reprend-elle avec plus d'aplomb. Ce sont mes amis !

— Ça tombe bien : moi aussi.

Voyant que je ne compte pas céder, elle dégage son menton d'un mouvement sec, puis prend la direction de l'immeuble, non sans jeter autour d'elle une bordée de jurons. Une fois seul, je retrouve mes facultés intellectuelles, et deux constats s'imposent à moi. D'abord, la pluie s'est enfin arrêtée, et ce n'est pas trop tôt. Et surtout, plus important : Anaïs n'est pas prête à me présenter à ses amis les plus proches, et il n'y a qu'une seule explication à cela. Un sourire s'étire lentement sur mon visage, même si je sais que je ne devrais pas me réjouir : il semblerait que j'aie perdu mon statut de « nouveau coach » pour endosser celui de « petit secret bien gardé d'Anaïs Deltino ».

Chapitre 14

Anaïs

Calme-toi ma fille, calme-toi… Tu lui accordes bien trop d'importance !

Je passe rageusement la porte du hall, furieuse d'être aussi transparente, en colère contre moi, contre lui et sa foutue perspicacité.

« Je te vois », qu'il dit ? Merde !

Alors que j'atteins les escaliers, je manque de peu de percuter Mike, qui arrive les bras chargés d'un énorme carton. Il lève sa magnifique tête de dieu scandinave et me dévisage de ses yeux bleus comme si j'étais une folle furieuse.

— Tout va bien ? se risque-t-il à demander d'une voix hésitante.

— Oh oui, tout est pour le mieux, répliqué-je avec ironie.

— Je vois ça, continue-t-il avec un petit sourire au coin des lèvres.

— Ne t'avise pas de te moquer de moi, le Viking ! Ma journée est suffisamment longue et pénible sans que tu en rajoutes !

Mon corps étant totalement libre de ses actes depuis deux semaines, je ne peux l'empêcher de jeter un œil à Ange, pour voir si oui ou non il a bougé de sa fichue moto. Malheureusement pour moi, le temps que je me rende compte de ce que mes yeux sont en train de faire, Mike a suivi mon regard. Il passe d'Ange à moi, scrute nos vêtements imbibés, et se marre.

— Je vois, répète-t-il d'une voix plus affirmée en affichant un grand sourire. Tu as quelque chose à nous annoncer ?

Les poings sur les hanches, je le fusille du regard.

— Il n'y a rien à dire. Rien, tu m'entends ? Pas de conclusions hâtives à tirer, ni de raccourcis à faire. Rien !

— Même si tes joues rougissent à la simple vue d'un mec qui, sommes toute, a l'air assez sympa ? me nargue-t-il.

— Sympa ?

— Il conduit une Harley qui m'a l'air bien entretenue, me dit-il dans un haussement d'épaules. C'est forcément un mec bien.

Évidemment... Entre motards, on se comprend !

— Je me demande franchement ce que peut bien te trouver Mona !

— Je sais la rendre folle comme personne, précise-t-il en jouant des sourcils. Mais on s'éloigne du sujet. Ça fait longtemps, vous deux ?

— *No comment.*

Alors que son rire grave résonne dans le hall, je file dans les escaliers, monte en quatrième vitesse jusqu'au deuxième étage, et entre dans l'appartement comme une furie. Évidemment, je me cogne le pied sur la desserte de l'entrée, manquant faire tomber tous les bibelots que Lili a posés dessus. Je rattrape le tout de justesse, non sans insulter la terre entière, avant de m'affaler sur le canapé en retirant ma veste en jean trempée et qui me colle au corps. Alors que je me débats avec le tissu alourdi de trois kilos par la pluie, Mona et Lili débarquent en courant, ameutées par mon raffut. Quand je les vois apparaître, je prends conscience que, si elles s'étaient donné la peine de s'inquiéter de mon absence et de me chercher, Ange ne serait certainement pas là, en bas de l'immeuble, prêt à les rencontrer.

Ange... « Tu es et resteras toujours une femme », ou comment vous remettre à votre place en un claquement de doigts. Je sais qu'il a raison ! Mais merde, à la fin, c'est quoi, ce discours machiste ? *Et cette satanée veste qui ne veut pas quitter mon bras !* Ça y est, je sens que je m'énerve plus que de raison. Et que fait une femme qui panique, s'énerve, se débat avec sa veste ? Elle balance tout ce qui lui passe par la tête...

— Les hommes ne sont que des merdeux trop gâtés, des machos qui ne savent pas ce que c'est que réfléchir avec autre chose que leur engin, des fils à maman, trop immatures pour avoir une conversation d'adultes...

— Anaïs, me coupe doucement Mona, tu devrais peut-être...

— ... des connards misogynes, qui de toute évidence ne savent pas la fermer quand il le faut ! hurlé-je.

Je m'arrête, essoufflée, boudeuse, et légèrement honteuse de m'être laissé emporter. Le point positif, c'est que ma veste a enfin rejoint le canapé. Mes amies m'observent avec de grands yeux, quand Mona me lance :

— OK... Tu nous expliques, ou tu veux que je fasse appel à mes superpouvoirs de télépathie ?

C'est une blague ?

— Tu n'as pas remarqué, je ne sais pas, moi... Que je n'étais pas là, alors que je t'avais dit que je viendrais t'aider ?

— Si tu avais regardé ton portable, tu te serais rendu compte que j'ai essayé de t'appeler au moins une demi-douzaine de fois ! réplique-t-elle avec agacement.

Mon portable ! Je sors rapidement mon téléphone avant de soupirer bruyamment : il ne s'allume plus.

— Merde, continué-je d'un ton accablé, il a pris la pluie. Excuse-moi de t'avoir crié dessus.

— Ce n'est pas bien grave. Mais si tu pouvais nous expliquer, dit-elle en me désignant de haut en bas, ça serait sympa. Parce que là tu es en train de nous faire flipper...

— Ma voiture m'a lâchée à vingt minutes à pied d'ici. Fumée sous le capot et tout le bazar. Je me suis retrouvée en panne au milieu de nulle part, sous des tonnes d'eau. Et pas de réseau, évidemment.

Elle fronce ses sourcils châtains, inquiète.

— Comment as-tu fait pour arriver jusqu'ici ? Ta voiture a redémarré ?

— Non, elle est morte. J'ai ouvert le capot, essayé de voir si je pouvais trouver la panne, mais je n'y connais rien en mécanique !

— D'accord, insiste-t-elle. Mais, du coup, comment tu as fait pour venir...

Ses mots s'éteignent dans un murmure, ce qui met aussitôt mes détecteurs en route. *Oh non...* Pas besoin de me retourner, je sais qu'il est là. Mon cœur tambourine comme un dingue à l'idée de ce qui va se passer. En rencontrant mes amis, il entre dans mon univers, dans ma vie. Rien que cette idée m'angoisse. Je sais que, ce pas franchi, aucun retour ne sera plus possible. Mona m'empêchera de le laisser croupir dans la petite case que je lui avais prévue, avec la légende : « coach, entente cordiale, certes sexy, certes très doué, mais à tenir éloigné autant que faire se peut ».

Mon amie fixe la porte, dans mon dos, et je vois très distinctement les rouages de son esprit se mettre à tourner à plein régime. Sauf qu'en ce moment son esprit nage dans le bonheur pétillant et scintillant de l'amour tout nouveau tout beau, ce bonheur qui donne envie de faire celui des autres malgré eux. Tout cela ne sent pas, mais alors vraiment pas bon pour moi. Voyant qu'elle n'arrive pas à décrocher ses yeux de la porte, je me tourne dans la direction qu'ils m'indiquent, et il est là.

Grand, intense, il me dévore des yeux alors que Mike est en train de lui parler. Son T-shirt noir, plaqué sur son torse par la pluie, en moule chaque muscle... *Ma fille, tu es une cause perdue.* Son regard m'hypnotise quelques secondes avant que je me souvienne où je suis et surtout avec qui. Je me retourne immédiatement, les joues en feu. Évidemment, Mona l'a remarqué. Je préfère couper court :

— Je n'ai pas redémarré. On m'a raccompagnée.

Avant qu'elle puisse ajouter quoi que ce soit, je la plante là, pour aller jusqu'à la salle de bains me chercher une serviette. Devant le miroir, je m'essuie les cheveux et les épaules, ignorant superbement mon amie, qui m'a suivie pour s'installer, les bras croisés, contre le lavabo.

— Tu comptes m'en dire plus ? me demande-t-elle, un petit sourire aux lèvres.

— Non.

— Il est canon... ajoute-t-elle d'une voix suggestive.

— Tiens ! la coupé-je en lui tendant une serviette sèche. Donne-lui ça et mets-le dehors.

— Je la lui donnerai si tu me dis qui c'est, et pourquoi il te met dans tous tes états !

Malgré mon regard meurtrier, elle n'en démord pas. Je capitule, agacée.

— C'est mon nouveau prof de *self-defence.* Maintenant, fais-le partir !

Je lui colle la serviette dans les bras pour prendre

la direction du salon. Mais elle ne me laisse pas le temps de passer la porte, me retenant par le poignet.

— Quoi, c'est tout ? s'offusque-t-elle. Je veux plus de détails !

Bien décidée à en finir avec ce stupide interrogatoire, je fais face à mon amie et lui dis d'une voix basse mais ferme :

— Écoute, c'est mon nouveau coach. Je le connais depuis deux semaines, et crois-moi, quand je te dis que ce mec est une véritable plaie, je pèse mes mots. Il est impatient, exigent, inflexible, et j'en passe ! Alors donne-lui cette fichue serviette et fais-le partir. Tu veux bien faire ça pour moi ? S'il te plaît ?

Je n'en reviens pas de devoir la supplier ; je ne supplie jamais. Mona me jauge, pensive, alors que je retiens mon souffle : elle peut parfois être très bornée. Elle hoche enfin la tête et je respire, soulagée. Nous rejoignons l'entrée, où Mike accueille sa dulcinée avec un baiser sur la tempe et le sourire d'un homme heureux. Je reste légèrement en retrait et, pour une fois, décide de garder le silence.

Mona donne la serviette à Ange, qui la remercie d'un sourire à vous faire tomber par terre, ce qui ne manque pas de me faire lever les yeux au ciel. Ils se serrent poliment la main avant que mon amie ne désigne le Scandinave qui lui ceinture la taille :

— Je vois que vous avez déjà rencontré Mike, mon compagnon. Je suis Mona, une très bonne amie d'Anaïs. Et vous êtes ?

— Ange, lui répond-il de sa voix de charmeur de serpents.

— Ange..., répète-t-elle d'une voix piquée de curiosité.

J'en suis à prier pour que cette mascarade prenne fin au plus vite quand je sens le regard de Mona peser sur moi. Je lui fais les gros yeux histoire de lui dire de se bouger un peu les fesses lorsqu'elle me lance un petit « Oui, c'est bon » silencieux. Je prends une grande inspiration et faillis m'étouffer quand je l'entends demander à GI Joe, de sa voix doucereuse de maîtresse de maison :

— Dites-moi, Ange, vous faites quoi ce soir ?

Un sourire gagne le visage de mon « sauveur » avant que ses yeux se posent sur moi. J'ai beau lui faire non de la tête, lui sortir mon regard le plus menaçant, je comprends vite qu'il fera comme il lui plaira.

— Rien de particulier, répond-il à mon amie.

— Parfait. Dans ce cas, tu es officiellement invité à notre crémaillère. Mike ?

— OK pour moi. À vrai dire, je suis même soulagé qu'un autre mec vienne en soutien ce soir... Mon frère n'arrive que demain, ce qui fait que je me retrouvais seul avec le club des quatre. L'angoisse.

Elle lui lance un petit coup de coude dans les côtes avant de se retourner vers Ange.

— Super ! On te compte parmi nous, alors. Je me permets de te tutoyer, ça ne te gêne pas ?

— Pas de souci, lui répond-il, amusé.

— Après tout, tu as sauvé Anaïs du déluge et d'un long moment de solitude, continue-t-elle, tout sourire. Et puis surtout tu en es sorti vivant. Rien que pour ça, tu mérites toute notre considération.

— Mona, sifflé-je, les dents serrées, je peux te parler ?

— Non, on n'a pas le temps, intervient Lili. Les cartons sont chargés, il y a tout à ranger dans la nouvelle maison, et après il faudra encore tout préparer pour la soirée. Ange, tu serais OK pour aider Mike à décharger tout ce qui est trop lourd pour nous ? minaude-t-elle. On pourrait y arriver, bien sûr, mais si un autre mec peut nous aider je ne dis pas non ! On gagnera du temps. En plus, j'en ai déjà plein le dos. Excuse-moi, ajoute-t-elle en tendant la main à Gi Joe, je ne me suis même pas présentée : je suis Lisa, la petite sœur de Mona, mais tu peux m'appeler Lili !

C'est un complot... Une vaste machination visant à me réduire au silence. Je ne vois que ça. Ange serre la main à Lili avec autant de chaleur qu'il en a mis pour sa sœur.

— Aucun problème, je vous aiderai avec plaisir. Je vais juste aller acheter quelque chose à manger avant de vous rejoindre.

Puis, levant le visage vers moi, un sourire étudié aux lèvres, il ajoute :

— Je te prends un sandwich, Princesse ?

Trois têtes se tournent aussitôt vers moi, dont deux la bouche grande ouverte. Pour ma part, je reste focalisée sur GI Joe, que j'ai envie d'étrangler à mains nues.

— Veuillez nous excuser.

Remontée comme un coucou, je l'attrape par le bras pour le conduire à la salle de bains.

— Surtout, prenez votre temps ! nous crie Mona d'un ton ravi, depuis le salon. On vous attend à la maison !

Je claque la porte dans notre dos.

— À quoi tu joues ?

— J'aime bien tes amis. Ils sont sympas et on voit qu'ils tiennent à toi.

Il retire son T-shirt pour l'essorer au-dessus du lavabo, avant de passer la serviette sur son torse nu. La vue de son dos musclé et de ses larges épaules me fait prendre conscience que son corps me manque terriblement... Vraiment terriblement...

— J'ai deux choses à te dire, continué-je comme si de rien n'était. Un : rhabille-toi, s'il te plaît. Deux : si tu t'avises de m'appeler encore une fois Princesse devant mes amis, je te broie les couilles, tu m'entends ?

Il se tourne vers moi, tout sourire, puis renfile son T-shirt.

— C'est une menace ?

— C'en est une !

— C'est mignon..., ricane-t-il en sortant de la salle de bains.

— Ange ! Je ne plaisante pas !

— Oui, oui, j'ai bien compris, me crie-t-il en s'éloignant vers l'entrée. Bon, on y va ? Ils vont nous attendre.

— Je ne pars pas avec toi !

— Ah oui ? Et tu comptes y aller comment ? me demande-t-il, tout en jetant un œil par la fenêtre qui donne sur le parking. Ils sont déjà partis.

Je le rejoins et regarde à mon tour dehors. *Réflexion faite, je vais aussi étrangler Mona...*

— Merde...

— Voilà ! On peut y aller, maintenant ? J'ai vraiment la dalle.

Vaincue, j'acquiesce, puis nous passons la porte, que je ferme à clé avec le jeu que Lili m'a laissé sur la desserte de l'entrée. Nous descendons ensuite les escaliers pour nous retrouver dans le hall. Une fois dehors, Ange me tend une nouvelle fois son casque et passe sa veste. La mienne est encore humide de notre trajet précédent, et je dois me contorsionner pour l'enfiler. Heureusement pour nous, le soleil est en train de percer. Mais alors qu'il enfourche sa moto je l'arrête.

— Attends. Il faut que je m'occupe de ma voiture, je ne peux pas la laisser sur le bas-côté de la route !

— Déjà fait, me dit-il sur un ton impatient. Mon coloc est garagiste ; il s'occupe de la remorquer et va y jeter un œil.

— Tu n'es pas un peu vieux pour avoir un coloc ?

Il m'adresse un regard torve alors que je me pince les lèvres pour ne pas rire.

— Un simple « merci » aurait suffi, ajoute-t-il, excédé.

Je m'avance vers lui, m'appuie sur le haut de ses cuisses et prends mon temps pour l'embrasser sur la joue, à deux petits millimètres du coin des lèvres. Son corps se raidit lorsque je recule légèrement, tout sourire, pour lui dire d'une voix enjôleuse :

— Merci beaucoup, GI Joe.

— C'était quoi, ça ? me demande-t-il après une grande inspiration.

— C'était pour le T-shirt dans la salle de bains. Arrête de me provoquer, tu seras perdant à coup sûr ! On peut y aller, maintenant ? Moi aussi, j'ai vraiment la dalle.

Bon. Ça me fait mal de l'admettre, mais notre après-midi déménagement s'est très bien passé. Après avoir acheté de quoi manger, nous avons rejoint les autres, pour terminer ce qu'il y avait à terminer. Ange a tout de suite été intégré à notre petit groupe, et les sœurs Louriet n'ont pas arrêté de me tanner pour me dire combien il était « génial », « sexy », « gentil », et j'en passe... Ajoutons à cela le soleil qui nous a fait l'honneur de sa présence tout l'après-midi, contraignant Ange à se mettre torse nu tout le temps qu'il a soulevé, porté, déposé, fait des trucs de mec, quoi... Résultat, à la fin de l'après-midi, j'étais agacée, titillée, frustrée, angoissée, enivrée et complètement... paumée.

Après cette longue journée, je n'ai qu'une envie : rentrer chez moi retrouver Mitou, et m'étaler sur mon lit pour n'en sortir que dans seize heures. Au lieu de ça, je suis dans la salle de bains de Mike et Mona, occupée à me préparer pour leur petite soirée. Non mais franchement, quelle idée, de pendre la crémaillère le soir même d'un déménagement ! La bonne nouvelle, c'est que mon téléphone est revenu à la vie dans l'après-midi. *C'est déjà ça…*

Heureusement, je n'ai pas eu à repasser par chez moi. J'avais tout prévu : une petite robe bleue légère et une paire de tongs, ça ne prend pas beaucoup de place dans un sac à main ! Me voilà donc habillée après une douche rapide. Pour une fois, je vais assouplir ma règle d'or et ne sortir que légèrement maquillée : le minimum syndical de fond de teint, un petit coup de mascara et un gloss nacré. C'est une soirée entre amis, pas besoin d'en faire trop. Et puis ça fait du bien de temps en temps de se retrouver un peu. La chaleur est encore écrasante, malgré la tombée de la nuit, alors je décide de nouer mes cheveux en une longue tresse que je fais reposer sur mon épaule. Satisfaite de mon reflet, que je trouve simple et efficace, je rejoins les autres sur la terrasse.

Mike fait chauffer le barbecue, des bougies ont été allumées, et la table, dressée. Des bols avec quelques crudités ornent une table basse autour de laquelle se trouve tout un salon de jardin en rotin avec de grands coussins blancs. Le vin rouge a été débouché, les verres, sortis autour d'un assortiment de tapas. La soirée s'annonce douce et plaisante. Je cherche Ange des yeux, mais il n'est pas encore revenu : lui aussi a dû aller se changer. Heureusement pour moi, l'arrivée de Yon fait aussitôt taire la petite pointe de déception qui commençait à me serrer le cœur. Il s'avance vers moi, tout sourire :

— Waouh ! s'exclame-t-il en m'embrassant sur le front. Ça te va drôlement bien, d'être simplement toi !

— Euh… Merci, même si je ne sais pas trop comment le prendre.

— Ne commence pas à chercher la petite bête. Accepte le compliment et ferme-la.

— Moi qui pensais que ta retraite spirituelle t'aurait rendu plus zen... Quoi ? lui dis-je, agacée de le voir me dévisager avec son petit sourire satisfait.

— Il va falloir que je remercie Ange : il fait du super boulot avec toi.

— Pardon ?

Je n'ai pas le temps de lui en demander plus que déjà Lili lui tombe dessus :

— Quoi ? Tu savais, pour le coach sombre et sexy, et tu ne nous as rien dit ?

— Anaïs m'a demandé de garder le secret ; je suis son ami : je me tais.

— Mais... Mais... Tu n'as pas le droit ! Depuis quand le club des quatre est-il réduit à deux membres ?

— C'est parce qu'Ange compte pour elle. C'est une bonne chose qu'elle ne nous ait rien dit, renchérit Mona en serrant Yon dans ses bras. Ça va, toi ?

— Super, lui répond-il. Merci pour l'invitation. Et ta sœur a raison, ajoute-t-il à l'intention de Lili : si Anaïs n'a rien dit, c'est parce qu'elle en pince pour lui.

— En même temps, je la comprends, continue Lili après quelques secondes de réflexion. Ce mec est génial.

Les regarder déblatérer sur ma vie en faisant comme si je n'étais pas là me donne la sensation d'être spectatrice d'un mauvais téléfilm. Hébétée, je les fixe en prenant lentement conscience que c'était une énorme connerie de ma part de tenir Ange éloigné de mon cercle d'amis. Ils me connaissent sur le bout des doigts et savent que, si j'ai fait ça, c'est qu'Ange a fait exploser tous mes repères. Alors forcément ils en tirent les conclusions qu'ils veulent en tirer. Je passe de l'hébétude à la panique quand je me rends compte que j'aimerais qu'Ange soit là pour me soutenir. Dans ma vie, je n'ai toujours compté que sur moi-même. Depuis l'enfance, et jusqu'à aujourd'hui. Mais, là, j'aurais besoin de lui pour me soutenir face à mes propres amis ?

Ma gorge se serre, mes paumes deviennent moites, je commence à manquer d'air. L'angoisse me ronge. Des images de Javier me reviennent en flashs. Forcément : la dernière fois que j'ai cherché avec un besoin viscéral le soutien d'un homme, ça a été pour lui. C'est aussi la dernière fois que j'ai été amoureuse, et ça a failli me tuer.

— Excusez-moi, bredouillé-je à mes amis avant de rebrousser chemin vers la maison.

— Anaïs ? s'inquiète Mona, faisant taire les deux autres. Tu veux que...

— Non ! l'arrêté-je alors qu'elle s'avance vers moi. Laissez-moi un moment. Je... J'ai besoin d'air.

Yon s'avance à son tour, mais Mona le retient d'une main ferme. Elle sait très bien ce qui se passe, elle était là à ma dernière crise d'angoisse, il y a trois ans. Elle sait que je n'ai pas envie de m'afficher, elle sait que je vais arriver à gérer ; j'y arrive toujours, mais j'ai besoin d'être seule pour ça.

Je les remercie d'un discret hochement de tête, avant de passer la grande baie vitrée à galandage. Je traverse le salon, poursuis vers la cuisine, puis trouve l'escalier qui mène à l'étage et à la suite parentale que Mike est en train d'aménager. Je pousse la bâche en plastique qui masque l'entrée de la chambre, pour aller me réfugier sur leur future terrasse, qui donne sur l'océan Atlantique. Leur maison a un charme fou. C'est une bâtisse à toit plat avec d'immenses ouvertures vitrées, aux murs plaqués de bois aspect chêne blanchi, qui se fond très bien dans le décor naturel qui l'entoure. Elle est d'aspect moderne mais conçue dans un esprit résolument respectueux de l'environnement. Et surtout elle bénéficie d'un accès privé à l'une des plus belles plages du Pays basque. Quand Mike a acheté cette maison absolument magnifique, elle n'avait pas d'étage. Il a fait faire des travaux pour que son chez-lui devienne leur chez-eux ; Mona a participé à tout le projet.

Les coudes sur la balustrade, la tête dans mes paumes, je souffle, tremble, me balance d'avant en arrière à un rythme soutenu pour tenter de me calmer. Je cherche à chasser Javier de mon esprit, à le dégager de ma tête, à défaut de pouvoir faire en sorte qu'il n'ait jamais traversé ma vie. Des larmes me brûlent les yeux mais je les retiens, comme toujours, me mordant la lèvre presque jusqu'au sang. Cette épée de Damoclès au-dessus de ma tête m'épuise.

Fatiguée. Je suis fatiguée.

D'être forte, de toujours paraître inébranlable, légère, alors que je ne me suis jamais sentie aussi près du précipice. Ma mère, sa haine, les fantômes du passé, les comptes à rebours, l'alcool, le coma, la douleur, mes rêves détruits, mes baises sans visage, la solitude, cette obscurité qui m'enveloppe, me poursuit, m'engloutit...

— Princesse ?

Les vibrations graves de la voix d'Ange me tirent un long frisson, alors que mes doigts se crispent davantage sur la balustrade. *Oh non, par pitié...*

— Pas maintenant, Ange, lui dis-je sans me retourner.

Mon combat intérieur pour maintenir la panique à distance me prend suffisamment d'énergie, sans qu'en plus j'aie à gérer GI Joe.

— OK.

Le froissement de la bâche résonne dans le silence. Il est reparti avec les autres, et je ne me suis jamais sentie aussi seule. Comme un sanglot monte en moi, je ferme les yeux, me concentre, quand une douce chaleur, sur ma droite, attire mon attention. Ange s'est installé près de moi, le regard perdu dans l'océan. Son visage est concentré. Ses bras croisés sur la balustrade frôlent les miens, son parfum à la fois fort et frais m'envahit et m'apaise. Le voir faire sa tête de mule m'agace. Mais, ce qui me surprend le plus, c'est de me rendre compte que c'est exactement ce que j'attendais de lui. Malgré l'émotion, je tâche de faire bonne figure, et le provoque.

— Tu es le soldat le plus nul que je connaisse. Est-ce qu'il t'arrive parfois d'obéir aux ordres ?

Son regard d'encre plonge dans le mien avec une intensité qui me coupe le souffle. Ses traits paraissent plus durs, marqués par la clarté de la lune et l'obscurité naissante. Lorsque ses doigts effleurent ma joue, je sens mon cœur accélérer.

— À l'armée, je suis le chef, commence-t-il. Je n'obéis pas, j'ordonne. Et puis je ne suis pas un simple soldat, je fais partie des forces spéciales.

— Tu cherches à m'impressionner ? lui demandé-je d'une voix étranglée, alors que sa main suit la courbe de ma gorge.

— Pourquoi ? Ça fonctionne ?

Déconnectées de mon cerveau, mes paumes retrouvent son torse. Elles remontent sur ses épaules solides pour rejoindre sa nuque. Mon corps se retrouve lové contre le sien alors que ses grandes mains se posent sur mes reins. Son désir évident pour moi me réchauffe, me libère totalement de mon angoisse. J'oublie tout ce qui m'a amenée à m'isoler ici : ne reste que lui. Je loge mon visage dans son cou, le respire.

— Non, murmuré-je contre sa peau.

Ses doigts agrippent mon menton pour mieux relever mon visage vers le sien. Son pouce caresse l'arrondi de ma joue alors que ses yeux sont occupés à me dévorer.

— Dommage.

Il me sourit et tout le reste disparaît.

Chapitre 15

Ange

J'ai mis un temps infini à décider ce que je porterais à cette fichue soirée. Fangio, peu habitué à me voir batailler autant pour quelque chose d'aussi futile, ne s'est pas gêné pour se foutre de moi. Tout cela pour finir avec mon éternel T-shirt noir et mon jean gris élimé... Quelle perte de temps ! Après avoir copieusement insulté mon coloc pour son manque de délicatesse, j'ai pris mon casque et suis parti sans demander mon reste.

Quand j'arrive à la soirée, je ne suis pas à mon aise. Porter des cartons, bouger quelques meubles, ça n'a rien de bien sorcier. Être invité à une soirée dont on ne connaît pas bien les hôtes et faire semblant de s'intéresser à leurs petites histoires, c'est une autre affaire. Les amis d'Anaïs sont sympas. Cela faisait un petit moment que je n'avais pas passé un après-midi aussi agréable, sans prise de tête. Mike est un mec cool, on a pas mal discuté. Quand j'étais garé devant l'immeuble de Mona et qu'Anaïs venait de me planter sur le parvis, il est venu vers moi, curieux de voir ma bécane, et nous n'avons pas eu besoin de plus pour nous entendre. Passé le moment de surprise, les filles, elles, m'ont réservé un accueil plus que chaleureux. C'est un peu comme si je faisais déjà partie de leur petite troupe. L'idée est plutôt tentante, mais je ne suis pas le genre de mec à m'emballer au premier regard. *Enfin, en temps normal...*

Si j'ai accepté de les aider, ce n'est pas exactement parce que je les considérais comme des amis potentiels. Non, c'est surtout pour passer un peu plus de temps avec Anaïs. Rencontrer ses amis, c'est apprendre à la connaître davantage. Cette femme est encore un mystère pour moi, même si la journée a été riche en révélations. J'ai vu combien elle a été affectée après sa confession à Mary. J'ai vu sa douleur, sa peur, et toute l'énergie qu'elle déployait pour contenir et maîtriser le tout. Personne ne peut vivre dans un tel contrôle. C'est profondément malsain. Une vie de faux-semblant n'est pas une vraie vie, et Anaïs mérite de vivre la sienne.

Une fois ma moto garée, je rejoins les autres à l'arrière de la maison, une bouteille de whisky dans une main, une de vin blanc dans l'autre. Lorsque Mona m'aperçoit, elle vient m'accueillir avec un sourire sincère. Elle me serre brièvement dans ses bras avant de me remercier quand je lui tends les bouteilles. Je ne suis pas particulièrement fan des effusions en public, mais j'ai vite compris que c'était comme ça que fonctionnent les deux sœurs. Elles s'entendraient très bien avec Lina, aucun doute là-dessus. Quand je suis solitaire, froid et un poil trop raide, ma petite sœur est souriante, avenante, chaleureuse... Un vrai rayon de soleil.

Mike est occupé au barbecue, je le salue d'un hochement de tête, ainsi que Lili, puis Yon. Je suis poli, courtois, mais en réalité je m'en fous complètement, parce que là, la seule chose qui me préoccupe, c'est l'absence d'Anaïs. Elle devait rester sur place, je le sais. Alors où est-elle ? Mon sixième sens me titille et je n'aime pas ça. Quand Mona entre dans la maison pour aller ouvrir la bouteille que j'ai amenée, je la suis.

Elle fouille dans un tiroir de la cuisine, à la recherche d'un tire-bouchon, lorsque je la rejoins.

— Ange ! Tu devrais goûter les...

— Où est-elle ? la coupé-je sans plus de cérémonie.

Ses doigts se crispent sur la bouteille. Mauvais réflexe ; maintenant, je suis sûr qu'il y a un problème. Concentrée sur l'opercule qu'elle est en train de retirer au couteau, il ne fait aucun doute qu'elle est en train de réfléchir à ce qu'elle pourrait bien me répondre. Je reprends plus calmement :

— Mona, s'il te plaît, dis-moi où elle est.

Elle daigne enfin poser son couteau et m'adresse un regard méfiant.

— Elle a besoin de cinq minutes, finit-elle par m'avouer. Tu devrais aller rejoindre les autres, elle va arriver.

— Non.

Son regard, jusque-là soupçonneux, devient soudain suspicieux. Elle me jauge, se demandant sans doute si elle peut me faire confiance.

— Ange, elle a besoin d'être seule. Laisse-lui un moment.

— Écoute, commencé-je d'une voix calme, toi et moi, on ne se connaît pas. Mais sache que je suis un mec déterminé. Soit tu me dis directement où elle est, et on gagne tous les deux un temps précieux, soit je retourne ta baraque pour la trouver. Personnellement, je n'ai pas de temps à perdre.

Nous nous toisons du regard quand un doux sourire se dessine sur son visage.

— Tu tiens à elle, pas vrai ?

— Où est-elle ?

— À l'étage, finit-elle par m'avouer dans un soupir en m'indiquant le couloir. Fais attention à toi, c'est en travaux...

Je ne l'écoute plus et gravis l'escalier quatre à quatre. J'ai un mauvais pressentiment. Quand je passe la bâche, à l'entrée de ce que je devine être une future chambre, je la trouve immédiatement. Elle est sur le balcon, éclairée par la lune, de dos, habillée d'une robe bleue qui dévoile ses jambes interminables. Ses cheveux sont ramenés sur le côté et sa nuque délicate attire mon œil. Mon désir pour elle explose, violent. Hypnotisé, je m'approche quand je prends conscience que ses doigts sont crispés sur la balustrade, que son corps se balance d'avant en arrière comme ce midi après le départ de Mary. Finalement, sa confession de tout à l'heure a eu un impact bien plus profond que je ne l'aurais cru. L'inquiétude me saisit. Cherchant à ne pas la brusquer, je m'approche doucement.

— Princesse ?

Les balancements s'arrêtent.

— Pas maintenant, Ange.

— OK.

Quelle tête de mule… Je vais replacer la bâche, que j'avais laissée ouverte, et la cale de manière à être averti par le bruit du plastique, si quelqu'un vient. Je rejoins ensuite Anaïs et m'accoude à la balustrade. Nos bras se frôlent, je crève d'envie de la toucher mais m'abstiens. Ce n'est pas le moment, et telle que je la connais elle m'enverrait balader. Et puis je sais reconnaître une crise d'angoisse quand j'en vois une. Si je l'aborde de façon frontale, elle risque de paniquer. Alors me voilà, le regard perdu dans l'océan qui nous fait face. Je sens ses yeux interrogateurs se poser sur moi. Sans même s'en rendre compte, elle est déjà moins crispée.

— Tu es le soldat le plus nul que je connaisse, commence-t-elle d'une petite voix. Est-ce qu'il t'arrive parfois d'obéir aux ordres ?

Elle a renoncé pour ce soir à son maquillage trop voyant, et j'en profite pour observer ses traits au naturel. Mon cœur en prend un coup. C'est un peu comme si je la voyais pour la première fois : elle est magnifique. Poussé par un désir que j'ai de plus en plus de mal à contrôler, je ne résiste pas à l'envie de caresser sa joue.

— À l'armée, je suis le chef, précisé-je. Je n'obéis pas, j'ordonne. Et puis je ne suis pas un simple soldat, je fais partie des forces spéciales.

Son parfum sucré m'envoûte irrésistiblement. Ma main longe sa gorge délicate. Son souffle s'accélère, son cœur s'affole sous mes doigts.

— Tu cherches à m'impressionner ? me demande-t-elle dans un murmure.

— Pourquoi ? Ça fonctionne ?

Un sourire discret aux lèvres, elle secoue la tête dans un mouvement léger, avant de se lover contre moi. Ses mains remontent sur ma nuque, les miennes se posent sur ses reins. Soulagé de voir qu'elle me fait confiance, je la serre plus étroitement contre moi. Lorsque son souffle chaud caresse mon cou, l'évidence me frappe : je la veux. Maintenant. Ce soir. Notre petit manège a assez duré. Alors qu'elle se détend à mon contact, je lutte contre mon propre corps pour continuer à me comporter en putain de gentleman. Mais, quand elle chuchote un « non » provocateur contre ma gorge, je sais que je suis fichu. Je place son visage face au mien. Les dernières bribes d'angoisse disparaissent au fond de ses yeux. C'est la deuxième fois aujourd'hui qu'elle ne dresse aucune barrière entre nous, et se montre telle qu'elle est réellement.

Captivé par la sensualité qu'elle dégage, je m'entends lui répondre, dans un sourire effronté :

— Dommage.

Moi non plus, je n'ai plus envie de me cacher. Il faut qu'elle voie, qu'elle sente à quel point je la veux. Ses yeux s'agrandissent, son souffle se fait court. L'air entre nous s'épaissit quand elle me fait comprendre que son désir pour moi est tout aussi violent que le mien. Sans s'en rendre compte, elle lèche sa lèvre en regardant les miennes, et ses pupilles se dilatent alors qu'elles parcourent mon torse jusqu'à mon entrejambe... Son corps parle pour elle et je ne perds pas une miette de ce discours muet. Mon sexe, comprimé dans mon jean, me fait un mal de chien ; je ne suis pas loin de perdre pied.

Mon sourire disparaît et mon regard descend mécaniquement sur sa poitrine tendue vers moi, sur ses tétons dressés, que le fin tissu de sa robe ne parvient pas à cacher ; il explore ce corps magnifique qui n'attend que moi.

— Tu es magnifique, lui murmuré-je dans un souffle.

Un rire sans joie s'échappe aussitôt de ses lèvres, brisant la magie de ce moment.

— Pas magnifique. Baisable.

Qu'est-ce que c'est que ces conneries ? Agacé de la voir se dévaloriser à ce point, je ne peux m'empêcher de lui demander froidement :

— C'est quoi, ton problème avec les compliments ?

— Disons que j'ai plutôt l'habitude des raccourcis.

Son sourire s'efface quand elle voit que son cynisme ne me fait franchement pas rire. Un silence de plomb s'installe entre nous, entrecoupé par les rires lointains des autres, qui nous viennent de la terrasse, en contrebas. Anaïs soutient mon regard avec l'aplomb que lui ont sans doute donné les années passées à se cacher.

— Tu es belle, commencé-je d'un ton tranchant.

— Ange...

Elle recule, le ton et le regard menaçants. Pourtant,

je ne la laisse pas s'éloigner. En deux pas, je parviens à la bloquer contre la balustrade. Mes bras l'encerclent et mes yeux plongent dans les siens.

— As-tu la moindre idée de ce que j'ai pu ressentir dans ce bureau, la première fois que je t'ai vue ? la questionné-je à voix basse.

— Je...

— Non, tu ne peux pas savoir. J'étais là, dans cette nouvelle vie que je n'ai pas choisie, à me morfondre comme un pauvre con sur ma situation. Et tu as déboulé comme une furie dans cette pièce minuscule. Une femme magnifique...

— Arrête !

— Magnifique, insisté-je en haussant le ton. Un visage déterminé, une silhouette à se damner. Je t'ai voulue dès que je t'ai vue, dès que j'ai senti ton parfum, qui depuis me rend fou. Dès que tes yeux noirs ont croisé les miens. Je n'ai rien vu venir ! Et, putain, ce que j'étais en colère après moi, d'être aussi peu maître de moi-même !

— Tu plaisantes ? Tu étais glacial. Si tu avais pu...

— ... Je t'aurais prise immédiatement, sur le bureau. Mais tu avoueras que ça fait mauvais genre, pour un premier jour de boulot.

Interdite, elle me fixe quelques instants avant de détourner le regard.

— C'est bien ce que je dis, reprend-elle d'un ton amer : baisable.

— Désirable.

— C'est pareil, affirme-t-elle, soudain plus véhémente.

— Non, la coupé-je d'un ton sec. Je maintiens : désirable. Tu es enivrante, avec un petit je-ne-sais-quoi qui me fait complètement perdre la tête. Depuis que je te connais, je ne me reconnais plus, bordel ! Tu crois vraiment que je suis le genre de gars à suivre aveuglément une fille sous une pluie torrentielle parce que je m'inquiète pour elle ? Je ne suis pas un mec qui s'inquiète, Anaïs. Tu comprends ? Alors oui, tu es un million de choses : bornée, souvent chiante, sensuelle, téméraire, volontaire, déterminée, et j'en passe. Mais seulement « baisable », certainement pas. Je t'interdis de penser ça. Tu n'es pas un morceau de viande !

La surprise dans ses yeux interrogateurs me fait comprendre que je suis allé trop loin.

— Tu es dingue, murmure-t-elle.

— C'est ce que je n'arrête pas de me dire depuis deux semaines, lui avoué-je dans un soupir. Mais tu sais quoi ? À cet instant précis, c'est une autre facette de moi dont je voudrais que tu prennes conscience.

D'abord étonnée, puis amusée, elle se décide à entrer dans mon jeu.

— Euh... Quelle facette ? Ta gentillesse ?

— Oh, je t'en prie, grimacé-je, je suis tout sauf gentil ! Autre chose.

— Voyons... Tu es un peu trop perspicace ?

— Peut-être. Après ?

— Caractériel ? Non, je sais ! Têtu !

Comme je hoche la tête pour refuser sa proposition, elle avance, hésitante :

— Sexy ?

— Ça, c'est une évidence. Autre chose.

Elle rit avant de faire mine de réfléchir, le menton entre les doigts.

— Déterminé ? Agaçant ? Sérieux ?

— Non, non et non.

— D'accord, GI Joe. Il va falloir m'aider, là. Tu es...

Sa voix traînante, ses yeux taquins... Tout m'attire vers elle. J'approche mon visage du sien et je suis agréablement surpris de voir qu'elle ne recule pas. Quand mes lèvres s'amusent à effleurer les siennes et qu'un léger soupir s'en échappe, je puise dans mes dernières réserves de volonté pour redresser la tête et murmurer :

— Baisable, Princesse. Je suis un mec plus que baisable, et il est temps de t'en souvenir.

Son regard s'enflamme et je sais que tout le reste a disparu. Elle se hisse sur la pointe des pieds ; nos yeux sont quasiment à la même hauteur. Les bras autour de ma nuque, elle retient un sourire gourmand en se mordillant la lèvre. Mes doigts sont toujours fermement accrochés à la rambarde de la terrasse, et c'est sans doute mieux comme ça.

— Ange, murmure-t-elle.

— Quoi ? répliqué-je, la mâchoire serrée.

— Ça me fait mal de l'admettre, mais il semblerait que je sois un peu trop petite pour... Peut-être que tu pourrais...

N'y tenant plus, je l'embrasse avec une avidité qui me surprend autant que le besoin physique que je ressens. Elle me rend aussitôt mon baiser, et sa fougue est plus forte encore que la mienne. Mes mains retrouvent ses fesses, et je la soulève alors que ses jambes encerclent naturellement ma taille. Nos corps se retrouvent enfin. *Bordel, qu'est-ce qu'elle m'a manqué...* Un long gémissement lui échappe quand je me frotte à son entrejambe. J'ai la sensation que je vais exploser tout entier.

— Anaïs, tout va bien ?

Nous nous figeons, essoufflés, alors que la voix de Mona nous interrompt ; il semblerait qu'elle soit juste en dessous du balcon. De là où elle est, elle ne peut pas nous voir. Anaïs me dévore du regard, les cheveux légèrement décoiffés, les lèvres gonflées... Je la serre plus fermement contre moi alors qu'elle pince fortement les lèvres. Ses difficultés à contenir son désir me font sourire.

— Anaïs ? insiste son amie.

— Alors, Princesse, chuchoté-je à son oreille. Est-ce que tout va bien ? Je crois qu'elle attend ta réponse...

Cherchant à la déstabiliser davantage, je descends dans son cou, parcourant la ligne délicate de sa gorge du bout des lèvres. Sa tête se déporte en arrière pour accompagner ma caresse, alors que son souffle se fait de plus en plus saccadé. Quand je remonte jusqu'à son oreille, et l'embrasse juste en dessous, ses ongles s'enfoncent dans la chair de mes épaules, provoquant un reflux violent de sang dans mes veines.

— Anaïs, si tu ne me réponds pas, je monte ! nous crie Mona.

Mes dents mordillent doucement son lobe, quand je l'entends retenir in extremis un gémissement.

— Euh... Oui ! finit-elle par répondre d'une voix éraillée. Tout va bien ! Je... J'ai encore besoin de cinq minutes.

Je redresse aussitôt la tête, le regard menaçant.

— Dix, se reprend-elle... Encore dix minutes ! Je descends dans dix minutes.

Satisfait, je replonge dans son cou, lorsque nous parvient la voix hilare de Mona.

— OK, je te laisse. Une dernière précision... Ange, pas contre les murs de la chambre, la peinture est fraîche de cet après-midi !

Son rire s'éloigne enfin, mais je déchante rapidement quand Anaïs commence à vouloir quitter mes bras.

— Elle a raison, commence-t-elle. On ne peut pas faire ça ici ! C'est leur future chambre !

— Et alors ? Il faut bien que quelqu'un l'inaugure.

— Ange !

— Quoi ?

— Non, tranche-t-elle. Je refuse.

Ses jambes quittent ma taille alors que je la repose sur le sol. Il n'est pas question de la forcer à quoi que ce soit. Continuant à la dévisager, je soupire et finis par me faire une raison.

— Tu boudes ? me demande-t-elle en pinçant ses lèvres pour ne pas rire. Parce que, si c'est le cas, est-ce que je peux te prendre en photo ? J'imagine que c'est quelque chose qui ne doit pas t'arriver souvent, alors...

Mes lèvres la réduisent au silence. Je n'aime pas qu'on me provoque et elle le sait parfaitement. Elle gémit quand ses mains retrouvent ma nuque. Je me perds dans ce baiser, que ma bouche rend aussi profond que ma frustration. Dans un accès de pur égoïsme, je me sers, joue, prends, rends ce que je veux... Je la domine. Au bout de quelques longues secondes, je me redresse avant d'accrocher ses pupilles dilatées par le désir.

— Tourne-toi, ordonné-je d'une voix calme.

Ses yeux s'agrandissent de surprise. J'ai conscience de ce que je lui demande, de ce que ça représente pour elle. La dernière fois, c'est un refus franc et non négociable qu'elle m'a opposé. Cette fois-ci, elle me fixe, pensive, la respiration lente. Je ne cherche pas à raviver ses angoisses ; je lui laisse le choix de me faire confiance ou pas. Mon cœur tambourine comme un fou. Ça n'a l'air de rien, mais nous sommes tous les deux bien conscients que cet instant sera déterminant pour la suite.

Elle finit par prendre une profonde inspiration avant de poser ses lèvres douces sur les miennes. Son baiser est léger, sorte de pacte tacite entre nous. Lorsqu'elle se recule et m'offre un discret sourire, je lis l'appréhension dans son regard. Alors, quelque chose explose dans ma poitrine : elle va le faire, elle va vraiment le faire.

Anaïs se tourne, lentement, puis replace sa longue

tresse sur son épaule, dégageant tout le côté droit de sa nuque délicate. Son regard se perd à l'horizon, alors que ses doigts agrippent la balustrade en bois. Elle reste silencieuse, même lorsque j'approche, et que mon corps frôle le sien. Son parfum s'insinue en moi, frais et fruité. À partir de cet instant, il n'y a plus qu'elle. Tout le reste disparaît.

Le nez dans ses cheveux, je la respire. Mues par leur propre volonté, mes mains couvrent les siennes et nos doigts s'entremêlent spontanément.

— Juste toi et moi, glissé-je au creux de son oreille.

Sa respiration se fait alors plus fébrile et son émoi me pousse à poser mes lèvres sur sa peau sucrée. Sa tête ne tarde pas à retrouver mon épaule, dans une invitation silencieuse. Un doux gémissement lui échappe lorsque ma main caresse sa cuisse avant de remonter sous sa robe. Le contraste saisissant entre mes doigts calleux et sa peau veloutée m'électrise.

Mais c'est lorsqu'elle décide de ramener nos deux mains toujours enlacées sur son sein tendu et de le serrer dans sa paume que je perds totalement pied. N'y tenant plus, je retrouve la dentelle de sa culotte, et la chaleur de cette peau qu'elle couvre à peine. Je plaque fermement mon érection entre les globes de ses fesses, et la caresse à travers le tissu avec une possessivité qui me paraît maintenant naturelle. Cette femme est faite pour moi, rien que pour moi. Son corps se tend délicieusement contre le mien alors qu'elle mord furieusement sa lèvre pour ne pas faire de bruit et éveiller les soupçons des autres invités, dont on entend des bribes de conversation au loin.

Sa tête s'étire davantage sur mon épaule, me laissant caresser de la langue sa gorge offerte. J'en mordille la peau délicate, et elle murmure, avec un plaisir évident :

— Ange...

— Tu m'as manqué, lui glissé-je à l'oreille d'une voix que je ne reconnais plus.

Mon bassin imprime de lents mouvements de va-et-vient contre ses fesses, alors que sa main lâche son sein pour s'accrocher à ma nuque, qu'elle griffe du bout des ongles. Son téton retrouve la chaleur de ma paume et, incapable de résister à la tentation, j'en pince la pointe érigée, lui tirant un cri de plaisir qu'elle n'a pas pu retenir.

Lorsque l'odeur de son désir me parvient, entêtante, obsédante, je suis à bout. Je ne pense plus qu'à la prendre sans retenue et me perdre en elle. À cet instant, je prends conscience que je n'ai été qu'un pauvre con : résister pendant deux longues semaines à quelque chose qui était de toute façon inéluctable... N'importe quoi ! Mais pour le moment il est temps que je me calme et reprenne le dessus, sans quoi je risque de jouir dans mon pantalon comme un bleu. Je souffle longuement. Quand mes doigts glissent enfin dans sa culotte, retrouvant ses plis, je la découvre trempée de désir.

— Putain de merde, Anaïs...

— Toi aussi, tu m'as manqué, me répond-elle d'une voix saccadée, alors que sa prise sur ma nuque se raffermit. Maintenant, bouge !

Le nez dans ses cheveux, je ne peux retenir un sourire victorieux. Son impatience, qui fait écho à la mienne, est la plus belle des récompenses. Mon sexe palpite dans mon jean, prêt à exploser. Mais je n'en ai plus rien à faire. Là, tout ce qui m'importe, c'est elle. Je veux la sentir jouir sous mes doigts, la voir perdre pied et contrôler son plaisir.

— Ce que femme veut...

Mes doigts retrouvent son clitoris, que je caresse sans m'arrêter un seul instant, ne lui laissant aucun répit. Ni son corps, cambré contre le mien, ni ses supplications silencieuses, ni même sa main qui enserre mon poignet pour tenter de me faire ralentir n'entament ma détermination. Ses gémissements, qu'elle ne parvient plus à retenir, me gargarisent, me rendent fou. Des perles de sueur descendent le long de mon dos... Cette femme, qui se plaque et se frotte contre moi sans retenue, est loin de se rendre compte du pouvoir qu'elle a sur moi. *Il me la faut.*

— Ange, me supplie-t-elle.

— Chut, Princesse. Ne fais aucun bruit, à moins que tu ne veuilles que tes amis nous surprennent, lui susurré-je à l'oreille. Personnellement, je préfère te garder toute à moi.

— Je ne peux pas... J'ai presque... S'il te pl...

Sans lui laisser le temps de finir, je la tourne face à moi, lui tirant un cri, avant de reprendre mes caresses sur son clitoris, plus lascivement encore. Ses pupilles dilatées, voilées par le désir, dévorent mon visage, puis ses paupières se ferment et sa tête part lentement en arrière.

— Non. Regarde-moi, lui ordonné-je d'une voix ferme.

Elle s'exécute aussitôt. La voir ainsi, totalement soumise, me ferait presque défaillir. Je m'approche, ne voulant aucune distance entre nos deux corps. Une fois mon front contre le sien, nos regards s'accrochent pour ne plus se lâcher. Sa bouche pulpeuse m'appelle, son souffle chaud, qui se mêle au mien, est une véritable torture pour mon self-control. Mes doigts se font de plus en plus autoritaires, de plus en plus fermes, alors que les siens s'agrippent à mes bras, que ses ongles s'enfoncent dans ma chair.

Quand je la sens sur le point d'exploser, je la pénètre de deux doigts et déclenche son orgasme. Je plaque brutalement mes lèvres contre les siennes, avalant son cri de plaisir, qui fond délicieusement dans ma gorge. Son corps parcouru de spasmes tremble contre le mien. Mon bras entoure machinalement sa taille fine pour la serrer davantage. Je ne veux rien perdre de son plaisir, rien perdre de son abandon : parce que, putain, elle n'est jamais aussi belle que quand elle jouit sous mes doigts.

Alors que je la sens encore se contracter, elle enveloppe ma nuque de ses deux mains, et me rend mon baiser avec une urgence qui me fait vibrer. Nos langues se retrouvent, nos dents s'entrechoquent, mordillent nos lèvres comme si nous essayions chacun de marquer l'autre avec une possessivité tout animale. Nous finissons par mettre un terme à notre baiser, essoufflés, en sueur ; elle est échevelée, moi, prêt à éclater.

Un silence de cathédrale s'installe entre nous, alors que nos yeux ne parviennent pas à se quitter. Je profite de ce moment hors du temps pour retirer mes doigts de son étroit fourreau, frôlant au passage son clitoris rendu très sensible, avant de les porter à ma bouche avec ravissement. Totalement hypnotisée par mon geste, que certaines femmes trouveraient obscène, Anaïs, elle, préfère passer sa langue sur ses lèvres comme si elle s'apprêtait à me dévorer.

Face à son expression extatique, je ne peux retenir un sourire : elle a l'air complètement stone. Je remets ses vêtements en place, puis, du pouce, je libère sa lèvre inférieure, qu'elle n'a pas conscience de mordiller. Ce geste suffit à la ramener à moi. Un sourire lumineux éclaire alors son visage, et c'est à mon tour de me sentir chavirer. Elle m'offre ensuite un baiser d'une délicatesse inouïe, avant de s'écarter légèrement de moi, fébrile, et de me demander d'une voix peu assurée :

— Et maintenant ?

Chapitre 16

Anaïs

Je m'attendais à devoir une contrepartie. Quel homme n'en exigerait pas ? Au lieu de ça, Ange a replacé une mèche de cheveux derrière mon oreille, m'a embrassée sur le bout du nez avant d'enlacer ses doigts aux miens pour m'entraîner vers le rez-de-chaussée.

— Allez viens, tu dois avoir faim, a-t-il simplement répondu.

Je l'ai suivi sans un mot, comme si c'était la suite logique des choses, comme si j'étais guidée par un instinct naturel qui coupait court à toutes mes craintes. Logique qui n'est pas sans ironie : l'objet de ma crise de panique en a également été la clé, ce qui, en temps normal, ne manquerait pas de me faire rebrousser chemin à toute vitesse. Mais, au lieu de replonger tête baissée dans mes travers, je me sens étrangement apaisée. Alors je me contente de me concentrer sur la chaleur que dégage sa paume contre la mienne, sur son parfum, qui m'enveloppe quand je marche dans son sillage, et sur cette sensation de plénitude qu'il m'a procurée, et dont lui seul a le secret.

En bas, la prise de conscience que notre bulle est sur le point d'éclater me terrifie : je ne suis pas prête.

— Attends, lui demandé-je en le retenant par le bras.

Il se retourne et son regard chargé de questions finit

de me faire fondre. Je me glisse entre ses bras. Ma tête sous son menton, mon oreille contre son cœur. Mon corps le ceinture et le sien finit par me rendre mon étreinte, me plaquant encore plus étroitement contre lui.

Je ne suis pas une femme câline, je ne l'ai jamais été. Mes parents ne m'ont pour ainsi dire jamais câlinée, pas plus que mon ex violent. Quant à mes baises d'un soir, inutile de préciser... Pourtant, à cet instant, j'ai vraiment besoin de me lover contre lui, de puiser dans sa force, dans sa chaleur... J'ai besoin de lui. Pourquoi ? Je n'ai pas envie d'y réfléchir. Dans notre étreinte muette, je prends conscience que son désir pour moi n'a rien perdu de sa vigueur. Son érection pulse contre mon ventre, me tirant un sourire de contentement. Oui, cet homme sombre et magnifique a envie de moi, et, oui, je meurs d'envie de le satisfaire. Pourtant, tout ce que j'ai à l'esprit, c'est que lui ne m'oblige à rien. Encore mieux, son attitude ne me fait pas sentir qu'il attend quelque chose de moi. Il me laisse le choix. Et, ça, c'est une première.

Alors, quoi ? Est-ce que je dois le remercier ? Est-ce que je lui suis redevable d'avoir calmé ma crise d'angoisse ? Par le sexe, en plus... Qu'est-ce que je suis censée faire ? J'ai tellement l'habitude de me débrouiller seule que je me retrouve démunie face à lui. Cependant, lui dire merci me paraît être le plus convenable à faire, ne serait-ce que pour son absence de jugement. Mais dire merci à un homme parce qu'il vous a donné un orgasme, c'est bien trop réducteur pour la féministe en moi.

— Ça va ?

Sa voix grave coupe court à mes réflexions. Surprise, je redresse la tête pour me retrouver face à son visage soucieux. *Bon sang, cette petite ride entre ses deux sourcils froncés est à croquer... Ne te laisse pas déconcentrer, Anaïs ! Attends, pourquoi est-ce qu'il me regarde comme ça ?* Je prends alors conscience du léger tremblement de mon corps ; mon cœur bat trop vite, mes poings serrent le tissu de son T-shirt comme si je ne pouvais plus le lâcher, comme si je ne voulais plus le lâcher. Moi. La nana qui n'a besoin d'aucun homme dans la vie ! Quelle ironie… *Allez, ma fille, c'est le moment, dis-lui merci et on passe à autre chose. « Merci », c'est facile : deux petites syllabes de rien du tout…* Ma bouche s'ouvre mais aucun son ne veut en sortir. Je n'arrive pas à m'y résoudre, et l'idée que mon comportement est ridicule me noue la gorge. *Dis-le ! « Mer-ci » !*

— Anaïs…

— Pourquoi ?

— Pourquoi pas ? me répond-il du tac au tac, comme si tout n'était qu'évidence.

Et voilà, la bombe est désamorcée. Fin de l'effet boule de neige à la Deltino. Deux mots de lui et je reprends pied. Plus j'y réfléchis, plus je me dis qu'il a raison : pourquoi pas, après tout. Pas besoin d'explication, pas besoin de se donner des raisons. Son « juste toi et moi », glissé à mon oreille tout à l'heure, me revient en mémoire et finit de me convaincre.

— OK, finis-je par lui dire en desserrant lentement mes poings.

— OK.

Je m'écarte, lisse un pli inexistant sur ma robe histoire de reprendre contenance face à ce début de je-ne-sais-quoi entre lui et moi. Alors que je replace ma tresse sur mon épaule, il me tend la main, me laissant encore une fois libre de décider. J'observe cette grande main calleuse qui m'attend, et décide finalement d'y glisser la mienne, mêlant mes doigts aux siens. Il porte aussitôt mon poignet à ses lèvres pour mieux en mordiller l'intérieur, déclenchant une vague de chaleur en moi. Son visage remonte jusque dans mon cou, qu'il respire avant d'y déposer un baiser qui me fait frissonner. Puis il se redresse, et revêt son masque de gros dur que rien n'atteint. Quant à moi, je suis complètement retournée par ce qui vient de se passer ces dernières trente minutes.

— Prête ?

Pas du tout… Pourtant, j'acquiesce. Il m'embrasse furtivement et m'entraîne à sa suite. GI Joe l'imperturbable est de retour, ce qui a plutôt tendance à me rassurer : tout rentre dans l'ordre. Après un court passage par la salle de bains, où nous nous rafraîchissons rapidement, nous rejoignons les autres sur la terrasse.

Une fois devant la baie vitrée, Ange s'écarte pour me laisser passer avant de me guider à l'extérieur, sa paume posée au creux de mes reins. La fête bat déjà son plein, chacun vaquant çà et là à ses occupations. Et, si tout le monde a remarqué notre arrivée, personne ne se permet pour autant de nous questionner sur ce qui s'est passé à l'étage. Mona se contente de m'adresser un petit sourire complice par-dessus son verre alors que Yon et Mike poursuivent leur discussion près du barbecue. Au moment où nous approchons de la table dressée pour le repas, Lili vient vers nous, tout sourire, un verre de vin dans chaque main.

— C'est pas trop tôt ! Vous voilà enfin, nous taquine-t-elle en nous tendant les deux verres. On va pouvoir trinquer comme il se doit à la nouvelle vie de nos deux tourtereaux.

Elle fait une pause, et adopte un ton théâtral pour achever son toast.

— Et à toutes ces nuits de sommeil que je vais enfin pouvoir savourer pleinement !

Lili éclate de rire, tout en esquivant de justesse deux

cacahuètes lancées par les tourtereaux incriminés. Je me retourne pour apercevoir Mona, qui la fusille du regard. Elle lève ensuite les yeux au ciel, lorsque sa cadette riposte en lui tirant la langue. Je ris de les voir faire, toutes les deux. Leurs chamailleries de frangines et leur espièglerie m'ont toujours émue. Pour moi qui suis fille unique, cette complicité est un bien extrêmement précieux, d'autant plus que les Louriet sont ma famille d'adoption. Je ne sais pas où je serais sans eux. Ange me tire de mes pensées.

— Tu veux manger quelque chose ?

— Je veux bien, s'il te plaît, merci.

Il hoche la tête avant de s'éloigner en direction des amuse-bouche disposés sur la petite table du salon de jardin. Alors que je suis discrètement des yeux son joli cul musclé, moulé dans son jean, Lili vient se placer à côté de moi, un petit sourire ironique collé au visage.

— Quoi ? lui demandé-je en prenant une gorgée de vin.

— Alors, c'est lui ?

Attention, Lisa la Jolie Fleur bleue s'apprête à faire son entrée...

— Comment ça : lui ?

— Lui ! Celui qui va enfin te faire sortir de ce cycle infernal de baises sans lendemain. Celui qui va te faire tourner la tête, oublier tous les autres... Celui qui va briser tous tes repères, te permettre de voir la vie sous un jour nouveau.

— Ça y est, tu as fini ?

— Celui qui saura te voir telle que tu es vraiment, continue-t-elle plus sérieusement, sans relever mon sarcasme. Celui qui saura voir autre chose en toi que ce simulacre d'Anaïs que tu t'évertues à présenter au reste du monde.

J'en perds mon sourire. Ma petite sœur de cœur me

fixe, attendant sans doute une réaction. Je la scrute à mon tour, impassible. Sous ses airs angéliques, elle peut parfois se montrer très incisive. D'ailleurs, les gens ont souvent tendance à la sous-estimer. Ce soir, tout particulièrement, elle pourrait très facilement tromper son monde : de longues boucles blondes qui cascadent dans son dos, des yeux verts rehaussés par un discret fard à paupières irisé, des traits fins et délicats, une petite taille : elle a tout d'une fée. D'autant qu'elle porte une longue robe blanche fluide de laquelle ne dépassent que les semelles de ses nu-pieds dorés. Un ange. Ajoutez à cela un sourire qui ne la quitte jamais, de la bienveillance, de la spontanéité, un côté artiste bohème, et l'amour insatiable des belles histoires romantiques : vous obtiendrez ce cocktail explosif qui ne laisse pas la moindre chance à la gent masculine. Mais, moi, je sais pertinemment de quoi elle est capable. Voyant que je garde le silence, elle préfère continuer sur sa lancée, comme si de rien n'était.

— Je te félicite, tu l'as vraiment bien choisi.

— Je ne l'ai pas...

— Vous allez parfaitement ensemble, me coupe-t-elle. Ce côté sombre, mystérieux... Un peu trop ténébreux pour moi, mais pour toi... Pfff, évident ! Regarde-le ! Personne ne peut rivaliser avec un mec comme ça. Vous êtes faits l'un pour l'autre, ça crève les yeux, achève-t-elle, le regard rêveur.

— Tu n'as pas l'impression, je ne sais pas, moi, d'aller trop vite en besogne ? De tirer des conclusions trop hâtives ? D'autant plus que tu l'as rencontré il y a quoi... Six heures ! Quant à moi, je ne le connais que depuis deux semaines. Deux semaines, Lili, répété-je pour tenter de la raisonner.

Elle secoue la tête, têtue.

— Peu importe depuis quand. Le coup de foudre

ne répond à aucune loi : pas de logique, pas de raison, aucune notion de temps. Il ne répond qu'à ses propres règles.

— Très bien, maître Yoda, ironisé-je pour couper court à cette conversation saugrenue. J'abdique.

Alors que j'avale une grande rasade de vin, elle se tourne vers moi, radieuse, puis m'embrasse sur la joue.

— Je suis sincèrement heureuse pour toi. Personne ici ne mérite autant que toi de voir sa roue tourner.

Et, sans plus de cérémonie, elle me quitte pour rejoindre les autres, me laissant la gorge serrée par l'émotion. Ange, qui était jusqu'ici accaparé par Yon, revient vers moi, deux canapés dans la main.

— Tout va bien ? me demande-t-il d'un air soucieux en suivant Lili du regard.

— Oui. Enfin, je crois.

Il caresse machinalement ma joue dans un soupir.

— Fais-moi plaisir et arrête de réfléchir, tu veux ? Contente-toi de profiter de cette soirée, parce que c'est exactement ce que je compte faire. On en a besoin tous les deux. Et, quand tout ça sera terminé, je te ramènerai chez moi, où j'ai tout plein de projets en tête auxquels tu ne pourras pas résister.

Le sourire carnassier avec lequel il murmure ces mots me fait fondre. Il me tend un des deux petits-fours avant d'engouffrer l'autre d'une seule bouchée. J'en fais de même, et il essuie une petite miette de feuilleté au coin de ma lèvre dans un geste tout à fait naturel. Je ne peux m'empêcher de lui demander :

— C'est vraiment en train d'arriver ? Je veux dire : nous deux.

— On dirait bien que oui.

— Et ça ne te fait pas flipper ?

— On dirait bien que non.

Un petit gloussement m'échappe et je prends conscience

avec effroi que j'ai tout d'une minette énamourée. Mais je n'ai pas le temps de m'attarder sur ce point, puisque Ange me ceinture la taille de son bras puissant pour me faire avancer vers les autres.

— Allez, viens. Ils vont finir par penser que tu fais une contre-soirée à toi toute seule. Et puis, si je dois encore écouter Yon me bassiner avec l'équilibre parfait des saveurs d'un foutu toast apéritif, j'aime autant que tu sois là pour me distraire.

Riant cette fois-ci de bon cœur, nous rejoignons cette joyeuse bande qui constitue ma famille. Acclamés de cris approbateurs, nous trinquons tous ensemble à la nouvelle vie des deux hôtes de la soirée. Amoureusement enlacés, ces derniers ne se lâchent pas du regard, émus. J'en profite pour observer ma meilleure amie, qui ce soir tourne définitivement une page sombre de son histoire, pour s'ouvrir à un avenir bien plus prometteur. Elle est radieuse. Si l'amour a réussi à la rendre aussi lumineuse, j'en viens à penser qu'après tout c'est une expérience qui mérite considération. Mona, elle, a su affronter ses démons pour obtenir ce qu'elle voulait. Elle a fait face à ses peurs, mené de front son propre combat intérieur et fait preuve d'un courage dont je ne pense pas être capable. Avalant une gorgée de vin, je ne peux réprimer le petit pincement de jalousie qui étreint ma poitrine. La culpabilité m'envahit aussitôt : le bonheur de Mona devrait me combler de joie, pas me rendre envieuse au point de la jalouser. La jalousie dans une relation est le pire des poisons, je suis bien placée pour le savoir...

Alors que je me concentre sur mon souffle pour ne pas me laisser de nouveau envahir par la noirceur de mes souvenirs, une chaleur réconfortante envahit mon dos. Ange s'installe derrière moi, une main discrètement posée sur ma taille. Son pouce dessine de légers cercles sur ma hanche et je ne résiste pas à son contact apaisant. Reculant d'un demi-pas, je me love contre son torse, son menton retrouvant le sommet de ma tête. J'écoute sans l'entendre Mike qui nous remercie en quelques mots, trop concentrée sur le parfum de GI Joe, me gavant de la sensation de calme qu'il m'apporte. Qu'importent les regards en coin de mes amis, ou l'image de « couple » que nous affichons ouvertement. Il est exactement là où j'ai besoin qu'il soit : derrière moi. Un soutien inattendu, dans cette soirée où quelque chose est en train de changer, au plus profond de moi. Comme un début de « peut-être ».

Quand Mona se dirige vers la table, suivie de près par les autres, je consulte ma montre et me rends compte que nous avons passé bien plus de temps à l'étage que je ne le pensais. Effectivement, il ne reste rien de l'apéritif. Mais, au lieu de ressentir de la gêne, je souris à l'idée qu'Ange a en plus le pouvoir de faire disparaître le temps. Décidément, cet homme aux airs patibulaires est en train de gagner lentement mais sûrement ses galons. Cependant, les fameux « projets » qu'il m'a dit avoir pour cette nuit me reviennent en mémoire, et c'est à présent une tout autre chaleur qui s'empare de mes sens. Il est temps de lui signifier clairement que moi aussi j'ai des idées plein la tête pour ce soir. Faisant volte-face, je glisse mon nez dans son cou, avant de remonter jusqu'à sa mâchoire, que je mordille furtivement, lui coupant le souffle. Puis je recule, le regard aguicheur, alors qu'il me dévore des yeux, les lèvres pincées. Ravie du pouvoir que j'ai sur lui, je me retourne, beaucoup plus légère, pour me diriger à mon tour vers la table.

— Je te conseille de ne pas trop me titiller, Princesse, me glisse-t-il à l'oreille après m'avoir rattrapée. Quoi que... En y repensant, t'imaginer me supplier sans relâche quand ma langue se glissera entre tes cuisses est pour moi comme un avant-goût du paradis...

Je m'arrête brusquement, les joues sans doute aussi rouges que la couleur coquelicot de mon rouge à lèvres préféré. Ange, lui, se contente de me contourner comme si de rien n'était, et va s'installer sur une des chaises. *Foutu mâle dominant...* Cherchant à le contrarier, je décide de m'assoir sur le siège en face du sien. Mais, alors que je termine de déplier ma serviette sur mes genoux, je comprends que je viens d'avoir une très mauvaise idée : non seulement il a accès, en toute discrétion, à mes jambes dénudées, mais en plus, à cette place, il m'est impossible d'échapper à son regard. *Bien joué, Deltino...* Pour vérifier que je ne me suis pas trompée, je risque un coup d'œil à la montagne de sombre sexytude qui se trouve en face de moi... Et en conclus que, pour une fois, j'aurais préféré me tromper : il ne m'observe pas, il me dévore des yeux, tel un prédateur se délectant à l'avance de sa proie.

— Fais chier, ne puis-je m'empêcher de marmonner.

Assise à ma gauche, Lili, qui a visiblement tiré les mêmes conclusions que moi, contient difficilement son rire. Je sais avant même qu'il ait débuté que le dîner va être interminable. Yon, placé à la droite d'Ange, interroge Lili du regard. Heureusement pour moi, c'est le moment qu'a choisi Mona pour briller dans son tout nouveau rôle de maîtresse de maison.

— Les amis, commence-t-elle, se levant de sa chaise, en bout de table. Je suis vraiment très heureuse de vous avoir avec nous ce soir. On ne vous remerciera jamais assez pour votre aide et votre enthousiasme aujourd'hui. Ça compte énormément pour nous. Alors, cette petite pendaison de crémaillère n'est pas grand-chose, mais nous espérons que vous passez une bonne soirée, et que vous apprécierez tout autant le repas que nous vous avons concocté en guise de remerciement...

Je laisse de côté ce discours car mon portable se met à vibrer, me signalant l'arrivée d'un message. Soulagée par cette distraction plus que bienvenue, je m'empare discrètement de mon téléphone, que je consulte sous la table pour ne pas paraître trop malpolie.

Souris, Princesse. Elle va finir par croire que tu préférerais être partout sauf ici.

Ange... Évidemment.

Tiens, tu sais te servir d'un portable ? La vie ne cessera jamais de me surprendre.

La cabine qui lui sert de téléphone se met à sonner bruyamment à l'arrivée de mon texto. Alors que tout le monde se tourne vers lui, je peine à retenir mon rire quand je le vois marmonner des excuses hâtives. N'attendant pas de réponse, je repose mon appareil, qui se remet à vibrer, me tirant un sourire.

Je SUIS un homme plein de surprises.

Waouh ! Et en plus tu sais utiliser les majuscules. Pour un gars qui se balade avec un portable à touches, je suis plutôt impressionnée.

Je suis un mec simple : j'aime tout ce qui est en courbes et en reliefs.

Et je suis une femme tactile : je préfère la caresse subtile et mesurée de mes doigts sur une surface dure et lisse pour arriver à mes fins.

Une minute d'un long silence puis...

C'est bon, tu as gagné.

Cette fois, un rire m'échappe. Victorieuse, je lève la tête pour mieux observer Ange, qui se trémousse sur sa chaise, la mine renfrognée. Pour un peu, il me ferait presque pitié. *Presque...* Nos téléphones se retrouvent côte à côte, au centre de la table, et quand nos regards se croisent je sais exactement à quoi il pense : plus vite ce repas se terminera, plus vite nous nous retrouverons, nus, en sueur et emmêlés dans ses draps. Malheureusement pour nous, notre joyeuse tablée n'a pas l'air aussi pressée que nous de voir finir la soirée.

Alors que le repas s'étire en longueur, mon impatience me ronge de l'intérieur. Ange, lui, semble bien moins souffrir de l'attente, ce qui m'agace au plus haut point. J'ai bien essayé de le déstabiliser : mon pied a lentement remonté le long de sa jambe, cherchant à atteindre le cadeau qui m'attend, emballé bien sagement dans son jean. Mais, au lieu de se laisser distraire, il a continué de se passionner ostensiblement pour la conversation. Pire : il a attrapé ma cheville, emprisonnant mon pied, qu'il masse depuis avec une sensualité et une langueur qui me font frissonner. J'ai tenté de me libérer, mais c'est peine perdue : à chaque tentative, il remonte un peu plus haut sur mon mollet, approfondissant ma frustration. Alors je fais la seule chose qui me reste à faire : attendre et écouter, tout en veillant à ne laisser échapper aucun gémissement.

Je crois que je ne l'avais jamais entendu autant parler, pour le plus grand ravissement de Lili, qui le mitraille de questions. C'est ainsi que j'ai appris qu'enfant il avait un chien, un berger malinois du nom de Trust, que son parfum de glace préféré était la pistache, ou encore qu'il avait une aversion profonde pour les scooters à trois roues. En revanche, ce que je constate surtout, c'est qu'il a beau répondre au véritable interrogatoire que lui fait subir Lili, il ne dévoile que des détails insignifiants de sa vie, préservant habilement ce qu'il tient à garder secret, c'est-à-dire à peu près tout.

Nous achevons enfin le plat de résistance lorsque la sonnerie de la porte d'entrée retentit. Surprise, Mona jette un regard interrogateur à Mike, qui lui fait signe de ne pas bouger. Il se lève pour aller voir qui peut bien s'inviter à une heure aussi tardive. Alors qu'il disparaît dans la maison, nous reprenons nos conversations tout en empilant les assiettes pour débarrasser et laisser place au dessert. Quand j'ai fini de regrouper les fourchettes et les couteaux pour les tendre à Lili, Mike fait son retour sur la terrasse, l'air radieux. Il est suivi de près par un homme et une femme.

Tiens, c'est bizarre, ce mec me dit quelque chose... Je n'ai pourtant pas le temps de me poser plus de questions : effrayée par le bruit tonitruant des couverts qui s'effondrent sur le sol, accompagné du « merde, merde, merde » de Lili, je vois cette dernière disparaître sous la nappe en un dixième de seconde. Aussi sec, je jette un regard à Ange, qui comprend le message et lâche ma jambe. D'un bond, je suis sous la table, moi aussi : j'ai besoin d'en savoir plus.

— C'est quoi, le problème ? lancé-je à Lili de but en blanc.

— Quoi ? réplique-t-elle un peu trop vite. Oh, rien... Rien du tout ! Juste ma maladresse légendaire.

— Toi, maladroite ? Laisse-moi rire. Je te rappelle que c'est moi, le Pierre Richard de la bande. Tu connais ce mec ?

C'est Lili. Le problème vient donc forcément du mec... Elle arrête de ramasser frénétiquement les couverts avant de me regarder en grimaçant.

— Ça se pourrait...

— J'en étais sûre ! Mais quand...

— Tout va bien ?

La voix de Mike résonne dans le silence ambiant. Ne lui laissant pas le temps de paniquer davantage, j'attrape Lili par le bras et l'oblige à remonter à la surface avec moi.

— Désolée ! lance-t-elle aussitôt d'une petite voix aiguë, les joues écarlates. J'ai fait tomber les couverts, quelle maladroite ! Ils sont vraiment glissants, précise-t-elle avec un rire nerveux. Mais, je vous en prie, ne vous occupez pas de moi. Pas de quoi en faire tout un plat...

Effarée, je la regarde s'enfoncer à la vitesse de la lumière. Yon me fixe, les yeux exorbités, cherchant des réponses que je n'ai pas.

— Mike, tu nous présentes ? demande-t-il, pour venir à son secours.

— Oui, oui, bien sûr.

Lili soupire, sans doute soulagée que l'attention soit détournée d'elle. *Enfin, presque toute l'attention...* Le nouvel arrivant ne l'a pas encore lâchée des yeux. Il a l'air surpris.

— Les amis, reprend Mike d'une voix fière, je vous présente Ethan, mon frangin. Apparemment, il a finalement pu avoir son vol aujourd'hui.

Des acclamations s'élèvent autour de la table, auxquelles je me joins : chacun s'empresse de chasser la gêne ambiante et de saluer le nouveau venu. Tout le monde sauf Lili, qui reste figée sur sa chaise, se contentant d'éviter le regard dudit Ethan par tous les moyens. Inquiète pour elle, je m'apprête à lui demander une explication quand le Viking de Mona me coupe une nouvelle fois l'herbe sous le pied :

— Et voici... Ethan, tu nous présentes mademoiselle ?

Face au mutisme de son cavalier, auquel elle s'accroche avec une possessivité frisant le ridicule, la demoiselle en question s'empresse d'annoncer, tendant la main à Mike, une expression mielleuse sur le visage :

— Émilie.

Deux constats s'imposent immédiatement à moi. Et d'un, la prénommée Émilie a tout intérêt à stopper ses minauderies, sans quoi, Mona risque bel et bien de lui enlever toute envie de sourire, surtout à son mec. Et de deux, cette fille est l'exact opposé de Lili. Grande, taille mannequin, des yeux tout aussi noirs que ses cheveux, un carré plongeant dont aucun frisottis ne dépasse, et une froideur que son sourire ne parvient pas à atténuer. Ajoutons les talons vertigineux, son tailleur que je soupçonne de sortir d'une grande maison de couture et nous voilà aux antipodes de tout ce qui rend mon amie absolument irrésistible. C'est tellement évident que c'en est presque risible. *Vraiment bizarre…*

Ethan et sa reine des glaces s'installent en bout de table sur deux chaises que Mike a rapportées de la cuisine. Lorsque Mona se lève pour aller préparer le dessert, je m'empresse de la suivre.

— Tu sais quelque chose ? me demande-t-elle aussitôt.

— Juste qu'elle a déjà croisé Ethan. C'est tout. Et toi ?

— Rien du tout, ajoute-t-elle en soupirant. C'est la première fois que je vois ma sœur dans cet état. Non, mais regarde-la : elle est complètement à l'ouest !

— Je sais, ça m'inquiète, moi aussi. Mais on ne peut pas en discuter avec elle maintenant, il va falloir attendre un peu.

— Je ne comprends peut-être rien à ce qui se passe, mais je te jure, il a beau être le frère de Mike, s'il lui a fait du mal…

— T'inquiète : on sera deux à lui tomber dessus. Le pauvre chou ne s'en remettra pas.

Scellant notre accord d'un hochement de tête, nous retournons auprès des autres sur la terrasse, où nous terminons le repas dans une ambiance plutôt tendue. Soudain, Lili se redresse d'un bond pour proposer d'une voix forte :

— Et si on sortait ce soir ? On va dans un bar, boire des coups à n'en plus finir, faire la fête, quoi ! Après tout, c'est une crémaillère. Le début de la nouvelle vie de ma sœur !

L'enthousiasme un peu surjoué dont elle fait preuve nous surprend. Personne ici n'avait prévu de faire la fête jusqu'à pas d'heure. Pourtant, je vois Yon marmonner un petit « Oui, pourquoi pas », Mona ajouter « Ça me paraît être une bonne idée »... Mais, alors que je m'apprête à tenter moi aussi d'apaiser Lili, je sens un léger coup de pied contre ma cheville. Ange me dévisage avec un air qui ne laisse pas de place au doute : il compte toujours concrétiser ses « projets ». Un agréable frisson plein de promesses court le long de ma colonne vertébrale, accentué par sa voix grave :

— Anaïs, je peux te parler ?

J'acquiesce mais il est déjà en train de se lever pour s'éloigner dans le jardin. Alors que je range ma chaise, son portable se met à sonner.

« Lina ».

Je fronce les sourcils, tentant de me remémorer en quoi ce prénom m'est familier. Mais Ange revient déjà sur ses pas pour prendre l'appel, ses yeux s'éclairant brièvement à la lecture du prénom sur l'écran. Une alarme retentit aussitôt dans ma tête, mes mains deviennent moites. Pendant que mon cœur martèle ma poitrine dans un dernier sursaut d'espoir, je l'observe s'éloigner de la table à l'abri des oreilles indiscrètes, sans que cela suffise toutefois à m'épargner son « Salut, ma puce » au ton beaucoup trop doux et bas à mon goût. C'est à cet instant que je me souviens : Gilles, le père de cet homme magnifique dont je suis petit à petit en train de tomber amoureuse, Gilles a parlé d'*elle*, disant combien elle serait « ravie » de retrouver mon Corse aux yeux noirs.

J'ai pleinement conscience de n'avoir aucune légitimité à me comporter comme une petite amie jalouse. Pourtant, l'espoir fait place à l'amertume dans mon cœur. Ma gorge se serre. J'étais à deux petits doigts de céder, de déroger à tous mes principes, de faire taire mon instinct de préservation, qui, je le sens, reprend déjà le dessus. *Garde le contrôle. Respire…*

Finalement, il m'a presque rendu service. Le suivant du regard, figée par la déception, je suis frappée par cette évidence : il n'est pas question de gérer la situation différemment de ce que j'ai toujours fait… Même pour lui.

— Tu sais quoi ? m'entends-je répondre à Lili. C'est une excellente idée. On va aller se préparer… Tout de suite.

Chapitre 17

Ange

J'ai beau chercher, je n'ai pas le début d'une foutue explication. Non, vraiment pas. Tout ce que je sais, c'est qu'au lieu de me retrouver nu avec Anaïs, chez moi, je suis assis dans une boîte de nuit, à essayer de comprendre ce qui a bien pu passer par la tête de ma jolie brune, pour qu'elle préfère finalement s'accouder au bar avec un autre mec, un peu plus loin. Mike, son frère et l'insupportable copine de ce dernier me tiennent compagnie sur le canapé en velours rouge qui nous sert de quartier général. Je n'ai pas encore touché au whisky qui m'attend au milieu des autres verres, sur la petite table ronde devant laquelle nous nous tenons depuis au moins trois quarts d'heure. Pas le temps pour ça. Je suis bien trop occupé à contenir mon envie de flanquer une bonne fessée à Anaïs pour ce qu'elle est en train de m'imposer. Avant de la jeter sur mon épaule, pour l'éloigner de l'autre connard BCBG qui est en train de lui faire du gringue. Les lumières stroboscopiques et la musique électro assourdissante ne m'aident pas franchement à me calmer, et ma patience s'émousse à vue d'œil. Pourtant, je continue à observer, remerciant intérieurement ma formation militaire, qui m'a appris la maîtrise de soi. Analyser, réfléchir, planifier et, enfin seulement, agir.

— Tu attends quoi pour t'occuper de cet abruti ?

Le ton sérieux de Mike me tire un début de sourire.

— Le bon moment.

— Pauvre gars, ricane-t-il. Il va se faire dessus.

Y a des chances… Anaïs rit aux éclats, rejetant en arrière ses longs cheveux noirs, qu'elle a lâchés. Je serre les dents. *Bordel, mais à quoi elle joue ?*

Tout à l'heure, quand j'ai terminé mon coup de fil avec Lina, elle avait disparu dans la maison avec Lili. Je me suis dit en toute logique qu'elle était partie soutenir son amie, qui a grillé un fusible à l'arrivée d'Ethan. Elle est réapparue quelques minutes plus tard, métamorphosée : des talons aiguilles vertigineux, une robe bleu électrique qui ne laissait aucune place à l'imagination, et un lissage parfait, qui absorbait toutes ses petites mèches folles ; enfin, son rouge à lèvres cerise, celui qui ne la quitte jamais. Plus de tresse, plus de robe bleu pastel, plus de pieds nus… La diva avait fait son retour, m'ignorant avec superbe. Pas d'explication, uniquement un regard glacial m'intimant de dégager le passage. Voyant que je ne cédais pas, elle a fini par lâcher un « Les amis d'abord » que je n'ai pas pu contester, à moins de passer pour un gros connard égoïste. Ravalant mon agacement, je me suis écarté pour la laisser passer.

À ses côtés, Lili était méconnaissable, apprêtée comme une clubbeuse aux intentions inavouables. Son accoutrement sophistiqué n'a d'ailleurs pas échappé au reste du groupe, et tout particulièrement au frère de Mike, qui semble à présent tout aussi heureux que moi d'être là. Tendu comme un arc, il ne quitte pas des yeux la petite blonde qui se déhanche sur la piste de danse. Avec elle, sa sœur, Yon… Et ma brune à moi.

L'autre zigue s'est dangereusement rapproché d'elle, ses doigts frôlant d'un peu trop près les genoux d'Anaïs.

J'attrape mon verre, le descends d'une traite avant de me lever pour les rejoindre. Une, deux, trois marches, puis j'avance dans la foule. Les gens s'écartent sur mon passage, craintifs, me confirmant ce que je sais déjà : j'ai l'air d'un mec résolu à obtenir ce qu'il veut, coûte que coûte. En général, quand je suis dans cet état, mes hommes ne la ramènent pas. Alors un pauvre fils à papa coincé dans son pantalon à pinces au pli impeccable, en polo et mocassins... Je ris intérieurement.

Une fois à leur hauteur, je me place dans le dos d'Anaïs. Aussitôt, son parfum fleuri m'envahit, renforçant ma détermination. Assise sur un tabouret face à celui qui aurait été sa prise du jour si je n'avais pas été là, elle ne me voit pas. Pourtant, ses épaules se crispent légèrement à mon arrivée : elle a senti ma présence. Mais je n'ai pas le temps de m'en réjouir. Accoudé ainsi au bar, je ne peux pas rater la main du connard, qui a migré jusqu'à la cuisse d'Anaïs. Au moment où mon regard remonte lentement sur le blondinet, je m'aperçois qu'il ne m'a pas encore remarqué, trop occupé à faire des sourires à celle que je considère comme ma nana. Pour la première fois de ma vie, je sens la jalousie s'infiltrer dans toutes les cellules de mon corps, ne me laissant qu'une envie : faire ravaler son sourire à l'autre con. Plutôt que de lutter, je la laisse m'envahir, m'en gargarise pour arriver à cet instant parfait où l'esprit se fait plus fort que le corps et où plus rien ne peut lui résister.

D'un calme olympien en apparence, bras croisés sur le torse, visage impassible, je fixe mon adversaire, attendant patiemment la confrontation. Pour mon plus grand bonheur, elle ne se fait pas attendre. Comme s'il l'avait senti, il lève la tête et blêmit aussitôt ; pour un peu, j'en serais presque déçu. Il retire sa main comme s'il s'était brûlé, et son regard passe plusieurs fois de moi à Anaïs. *C'est bien, mon gars, tu piges vite.* Je ne bouge pas d'un cil alors qu'il commence à se trémousser sur son siège, mal à l'aise. Il a complètement oublié sa partenaire, l'ignorant certainement par peur que je lui en colle une si jamais il relâche son attention. Malheureusement pour moi, Anaïs en a décidé autrement : claquant des doigts devant son visage, elle tente de le ramener à elle.

— Bertrand ? Hé oh, tu es avec moi ?

Voyant qu'elle n'obtient pas de réponse, elle attrape son menton pour le placer en face du sien. Je serre les mâchoires, jurant intérieurement pour qu'elle arrête de toucher ce mec. Mais ce n'est pas pour autant que je bouge : l'intimidation a toujours été ma carte maîtresse.

— Bertrand, regarde-moi, continue-t-elle alors que l'autre abruti accède enfin à sa requête. Écoute-moi bien. On va reprendre notre conversation et tu vas gentiment ignorer l'homme qui est derrière moi, OK ? Crois-moi, il ne te fera rien. Parce que, s'il bouge ne serait-ce qu'un petit doigt, je l'émascule. Tu comprends ? Tu ne risques rien.

Le Bertrand en question jette un regard inquiet dans ma direction avant de déglutir ; il est livide.

— Anaïs, commence-t-il d'une voix peu assurée. Tu es une fille super mais, tu vois, j'avais juste prévu une soirée entre potes. C'était vraiment sympa de te rencontrer, crois-moi. Mais, là, mes amis doivent se demander où je suis. Donc... je vais y aller. Peut-être une autre fois...

Il se lève précipitamment et s'apprête à l'embrasser sur la joue avant de se raviser, lui administrant une simple tape sur l'épaule. Lorsqu'il disparaît dans la foule, je laisse libre cours à ma satisfaction et m'autorise un début de sourire.

Raide comme la justice, Anaïs agrippe le comptoir à s'en blanchir les phalanges pour se tourner et se retrouver face à moi. Si un regard pouvait tuer, je serais mort, à l'heure qu'il est. Elle me fusille des yeux, les pupilles noires, furieuse, avant de tendre la jambe devant moi dans un geste brusque.

— Allez vas-y ! m'ordonne-t-elle, la voix chargée de colère.

Sa rage me redonne espoir. Au moins, elle ne m'ignore plus.

— OK... Là, il va falloir m'expliquer.

— Quoi ? Tu ne vois vraiment pas ? explose-t-elle. Pourtant, tu as été on ne peut plus clair ! C'était quoi, tout ce cirque ? Parce que pour moi tu t'es conduit comme un putain de mâle dominant qui cherche à marquer son territoire. Alors vas-y, je t'en prie, pisse sur ma jambe, on gagnera du temps !

— Il me semblait pourtant avoir suffisamment « marqué mon territoire », sur le balcon de Mona et Mike. Et c'était il y a à peine deux heures, rétorqué-je d'un ton sec.

Nez à nez, nous nous dévisageons, puis elle pousse un grognement rageur et s'éloigne en direction de la sortie. Je la suis : après tout, je mérite une explication. Un vent du sud nous accueille à l'extérieur, chassant l'ambiance étouffante de la boîte de nuit. Anaïs longe d'un pas déterminé la foule des fêtards qui attendent de pouvoir entrer. Des sifflements moqueurs s'élèvent à mon passage.

— T'es dans la merde, mec ! lance une voix ironique.

Je ne m'arrête pas et rattrape Anaïs, que je tente de retenir par le bras.

— Lâche-moi ! hurle-t-elle en me frappant aussitôt avec son sac.

— Pas avant que tu m'aies dit ce que tu foutais là-dedans !

Elle se fige, presque essoufflée. Ses cheveux soulevés par le vent sont ébouriffés, son maquillage est un peu passé... Je rêve de lui enlever ce qui lui reste de rouge à lèvres pour retrouver enfin la femme que je tenais dans mes bras plus tôt dans la soirée.

— Ne me touche pas, m'ordonne-t-elle d'une voix glaciale.

Je lève les mains en signe de reddition. Nous nous toisons du regard, et la pointe de vulnérabilité que je lis dans ses yeux ajoute à mon envie de la ramener contre moi. Mais elle ne m'en donne pas le temps, se détournant d'un mouvement sec pour reprendre sa route. Je ne la laisse parcourir que quelques mètres.

— Anaïs !

Elle s'arrête d'un coup. J'en profite pour la rejoindre, me plaçant dans son dos. Son attitude figée, sa respiration saccadée, le léger tremblement des doigts de sa main droite... Tout me pousse vers elle, irrésistiblement. Mais je me contente du parfum de ses cheveux, ne m'octroyant rien de plus.

— À quoi tu joues, Princesse ? lui glissé-je doucement à l'oreille.

Elle me surprend en calant sa tête sous mon menton. Mon soulagement est de courte durée puisque, au lieu de se lover contre moi comme je m'y attendais, elle me décoche un foudroyant coup de coude dans les côtes, me coupant le souffle.

— Bordel de...

— À quoi est-ce que *moi* je joue, Ange ? me coupe-t-elle en se retournant, hargneuse. Tu es sérieux ?

Je masse du bout des doigts mon côté endolori avant de me redresser de toute ma hauteur, furieux.

— Je ne l'ai jamais autant été.

Ma détermination doit se lire sur mon visage, puisque sa colère devient surprise en quelques secondes. Puis elle part d'un long rire sans joie, les bras croisés sur la poitrine, comme si elle cherchait à se protéger de je ne sais quoi. Visiblement nerveuse, elle danse d'un pied sur l'autre. Son regard se pose partout sauf sur moi. Sa lèvre inférieure blanchit dangereusement sous le mordillement de ses dents, lèvre qu'elle finit par libérer dans un sourire qui n'atteint pas ses yeux.

— Anaïs, qui était ce type au bar ? tenté-je pour la ramener à moi.

— Personne.

— Alors quoi ?

— Alors, rien du tout. Juste un passage à vide, qui n'est dû qu'à la fatigue d'une journée bien trop longue. D'ailleurs, je vais rentrer.

— Non.

Ses yeux retrouvent enfin les miens.

— Non ? reprend-elle d'un ton menaçant.

— Non. Je veux que tu m'expliques ce qu'on fiche ici, dans la rue, à 1 heure du matin plutôt que d'être chez moi, comme c'était prévu.

La semi-obscurité qui nous environne ne m'aide pas, mais je jurerais que ses joues rosissent. Pourtant, elle continue d'un ton égal :

— Je ne t'aurais pas suivi dans ton lit, Ange.

Elle affirme cela avec un tel aplomb que, sans rien en montrer, je suis déstabilisé.

— Pourtant, je pensais...

— Quoi ? Que c'était dans la poche ? Ah ! Mais oui, c'est vrai : tu as « marqué ton territoire », ajoute-t-elle d'un ton sarcastique, mimant des guillemets. En toute logique, je suis alors censée te suivre aveuglément, et écarter les cuisses pour toi. Je suis ta propriété, après tout. C'est bien ça ?

Cette conversation prend une tournure complètement insensée.

— Bien sûr que non ! répliqué-je avec colère. Tu sais parfaitement que je ne te traiterais jamais comme ça !

— Comme quoi ?

— Un objet, un acquis, un putain de territoire, mon jouet personnel... Je continue ?

— Oh non, tu es bien trop respectueux des femmes pour ça ! Le soldat au grand cœur et à la conduite toujours exemplaire !

Je ris face au ridicule de la situation.

— Ravie de pouvoir te distraire, GI Joe.

— Excuse-moi, mais je suis complètement largué. J'essaie vraiment de te suivre, mais je n'y arrive pas. Viens-en aux faits. Parce que là, vois-tu, j'ai la désagréable impression d'être le fautif, alors que c'est bien toi qui te trouvais au bar à faire les yeux doux à un abruti en costard sous mon nez.

— Je suis une grande fille libre de prendre ses décisions.

— Et moi je ne partage pas.

— Moi non plus, je ne partage pas !

— Nous sommes au moins d'accord sur ce point.

Son visage à quelques centimètres du mien, fermé et déterminé, renforce ma volonté de ne pas céder. Nous nous toisons du regard, perdus dans un combat dont je ne saisis pas toutes les nuances, quand soudain elle se jette à l'eau :

— Qui est Lina, Ange ?

— Lina ?

La question est inattendue et me prend quelques instants au dépourvu, puis tout s'éclaire.

— Oh ! C'est pas vrai...

De la jalousie. Une bonne vieille jalousie... J'en

rirais presque si je n'étais pas si furieux contre elle. Voyant que je ne réponds pas, elle continue à déblatérer.

— Oui, Lina ! Celle dont ton père dit qu'elle sera ravie de te retrouver, celle que tu surnommes affectueusement « ma puce », celle dont le prénom te fait sourire lorsqu'il s'affiche sur ton fichu téléphone ! Cette Lina !

— En fait, elle s'appelle Catalina.

Mon ton sec la surprend. Sa bouche s'arrondit, ses yeux s'écarquillent un instant, avant de laisser place à l'amertume.

— Tu ne nies pas... Plutôt noble de ta part, GI Joe. J'apprécie ta franchise, précise-t-elle, alors que son regard blessé indique tout le contraire.

Je fais un pas vers elle, l'obligeant à lever la tête.

— Serais-tu... jalouse ?

— Pas du tout, répond-elle un peu trop rapidement. Enfin, si ! Merde, Ange, je mérite que tu me respectes, et là, tu vois, tu ne me respectes pas du tout !

— Ah non ?

— Non ! Si nous avons une relation, je veux l'exclusivité. Pas question que tu t'appliques l'adage : « Une femme dans chaque port » ! Pas pour moi, pas pour nous. Tu m'entends : c'est hors de question, GI Joe. En revanche, si tu n'es pas d'accord avec ça, ce n'est pas la peine de continuer. D'ailleurs, je ne suis même pas sûre qu'il y ait quelque chose à continuer...

Je la fais taire, scellant mes lèvres aux siennes dans un baiser trop rude pour être apprécié. Elle se crispe, tente de me repousser, les deux mains sur mon torse, mais je ne la laisse pas faire. Elle se débat quelques secondes avant de se raidir complètement. Je finis par la lâcher, agacé de la voir garder son air buté. Sitôt libérée, elle recule et passe une main rageuse sur sa bouche, comme pour effacer les dernières traces de ce baiser intrusif, avant de pointer un index furieux sur moi :

— Comment as-tu pu...

— C'est ma sœur.

Elle s'arrête aussitôt.

— Quoi ?

Je ne résiste pas, j'approche mon visage du sien pour ne rien perdre de ce qui va suivre.

— Lina, répété-je d'un ton posé, Lina est ma petite sœur.

Ses grands yeux noirs emplis d'incrédulité me fixent avant de se fermer.

— Merde...

Sa confusion juste murmurée ne suffit pas à apaiser ma colère.

— Exactement, merde ! Putain, mais tu me prends pour qui ?

— Ange, je...

— Tu quoi ? Tu t'es dit que, parce que je suis un homme, je me tapais tout ce qui bouge ? Que ma queue prendrait forcément le pas sur les sentiments que je pourrais avoir pour toi ? Que je ne méritais que ta foutue vengeance au lieu de me laisser une chance de m'expliquer ? « Un prêté pour un rendu », c'est ce genre de conneries qui te guide ? Le problème, comme tu vois, c'est qu'il n'y a rien à rendre !

— Je...

— Si je me conduisais comme le connard que tu penses visiblement que je suis, je peux t'assurer que ma mère n'hésiterait pas une seule seconde à quitter sa précieuse île pour venir me botter le cul. Mais ça n'arrivera pas puisque, surprise : je suis un mec qui a des principes, une éducation et un profond respect pour les femmes. Mais pour t'en rendre compte il faudrait que tu t'intéresses à moi. À *moi*, Anaïs ! Arrête un peu de ne voir en moi qu'un mec.

Les bras enroulés autour de sa taille, elle baisse le menton, les lèvres tremblantes.

— Je suis désolée.

— Je pensais avoir gagné ta confiance. Je pensais, comme le pauvre con que je suis, qu'on avançait tous les deux. Bordel, je ne comprends pas ce que je fous ici, à me disputer avec toi pour un truc aussi ridicule.

— Je suis désolée...

— S'il te plaît, arrête de t'excuser, lui dis-je, la voix tendue.

— Mais c'est vrai ! Je suis sincèrement désolée, Ange. J'ai déraillé. Quand j'ai vu l'éclat de joie dans tes yeux lorsque tu as lu son nom sur ton écran, j'ai perdu pied. Je ne m'attendais pas à ça de ta part, et je...

— Tu t'attendais à quoi, bordel ? Avant de t'attendre à quelque chose, accorde-moi déjà le bénéfice du doute !

— Pardon, s'empresse-t-elle d'ajouter. Je me suis mal exprimée. C'est juste que je tiens à toi, Ange, je tiens vraiment à toi, mais je... C'est le bazar dans ma tête. Je n'arrive même pas à trouver une explication rationnelle à mon comportement de tarée.

— Tu n'as aucune confiance en moi, c'est ça, ta foutue explication.

— Je t'ai blessé, constate-t-elle dans un filet de voix.

— Non, tu m'as déçu.

Elle inspire brusquement et l'éclat combatif qui ne la quitte jamais disparaît de ses prunelles. Mon cœur se serre mais le besoin de reprendre mes esprits est le plus fort. Une engueulade de cette ampleur, avec une femme, c'est une grande première pour moi. D'aussi loin que je me souvienne, je n'ai jamais laissé une relation avec une femme aller jusque-là, et il est évident que j'ai quelques difficultés à gérer ça correctement. Et puis je ne laisse pas de place à l'impulsivité dans ma vie. Mon problème, et c'est sans doute pour ça que je perds mes moyens, c'est que cette femme est l'impulsivité incarnée. Je suis vraiment mal barré. Me calmer et reprendre le contrôle au plus vite relève donc de la nécessité la plus absolue. Je soupire :

— Écoute, la journée a été longue et je suis crevé. Je vais te raccompagner jusque dans la boîte, et rentrer chez moi me pieuter comme je comptais le faire avant de te voir partir de la salle d'entraînement dans l'épave qui te sert de voiture.

Comme elle acquiesce sans rien dire, je la raccompagne devant la porte. Elle se tourne alors vers moi.

— Ange.

— Quoi ? soufflé-je.

— Je ne mérite pas toute l'attention que tu me portes. Je ne l'ai jamais méritée. Je... Je ne suis pas habituée à ça. Alors merci, sincèrement.

Elle disparaît dans l'atmosphère lourde et bruyante de la boîte de nuit, sans un regard de plus vers moi. Je rejoins ma moto, ne savourant qu'à moitié le silence qui épaissit à mesure que je m'éloigne. Le sentiment d'inachevé qui me ronge me laisse un arrière-goût amer. Je repense à la tournure invraisemblable qu'a prise cette soirée, avant de me dire que la nuit porte conseil. Déterminé à rejoindre mon lit et les bras de Morphée au plus vite, j'enfourche ma bécane et démarre. Pourtant, alors que le rugissement du moteur vient perturber le calme de la nuit, j'hésite, jette un œil en direction du club avant de me sermonner intérieurement et d'accélérer.

Ouais, la nuit porte conseil... À condition de trouver le sommeil.

Chapitre 18

Anaïs

Un long frisson parcourt mes bras dénudés, provoqué par la fraîcheur du petit matin cumulée à la fatigue d'une journée sans fin. Le métal froid de l'escalier sous mes fesses accentue mon inconfort et je commence à grelotter. *Je suis ridicule…* Cela fait un peu plus d'une heure que j'attends Ange devant chez lui. Il ne sait pas que je connais son adresse, et ne s'attend certainement pas à me trouver là, à faire le pied de grue à 5 heures du matin, telle une groupie transie d'amour. Pourtant, je suis là, seule, sur ma marche, à espérer que le premier homme à me rendre si intensément vivante accepte de m'écouter. Ce mec au regard impénétrable, fort, imperturbable, et que j'ai pourtant réussi à blesser. La honte me ronge. La déception que j'ai lue dans son regard tout à l'heure a suffi à m'anéantir.

Il a sans doute besoin d'air pour faire le point et j'aimerais pouvoir lui laisser cette liberté-là, je vais la lui laisser. Mais pas avant qu'il m'entende. Je ne peux pas accepter d'avoir tout foutu en l'air avant même d'avoir essayé de vivre ce quelque chose entre nous. Je dois me battre, pour lui. Faire taire mes peurs, museler mon tempérament qui me pousse sans cesse à mordre la première, et laisser de côté mes doutes, mes automatismes. Accepter de plonger sans filet. Et laisser Ange me rattraper. *Enfin, s'il veut encore de moi...*

Je scrute les alentours mais toujours rien. Juste un quartier calme profitant encore quelques instants de la sérénité qu'apportent les premières lueurs du jour. Un rapide coup d'œil à ma montre m'indique que cinq minutes supplémentaires viennent de s'écouler, de quoi augmenter un peu plus ma nervosité. Je frotte mes bras, cherchant comme je peux un semblant de réconfort. Le bruit de l'océan tout proche ne suffit pas à m'apaiser. Mes pensées tournent en boucle dans ma tête, et plus je reviens à cette soirée et à ma réaction viscérale de jalousie, plus je me dis que finalement j'ai bien plus en commun avec mes parents que je ne le croyais. Un nouveau frisson me parcourt, mais cette fois-ci le froid n'y est pour rien. Cherchant à faire taire mes pensées, je me concentre sur ce qui m'entoure et souris. Dès l'instant où j'ai récupéré son adresse, dans son dossier au club, j'ai tenté d'imaginer à quoi pouvait bien ressembler l'appartement d'Ange. Où peut donc vivre cet homme qui met tant d'énergie à ne rien dévoiler de sa vie privée ? Je ne savais pas trop à quoi m'attendre, mais certainement pas à ce petit immeuble style ancienne usine rénovée, et dont tout le rez-de-chaussée accueille un garage auto avec voitures et motos de collection en tout genre. C'est à la fois surprenant et intrigant, tout comme l'homme qui vit là. Enfin, *les* hommes, puisqu'il a un colocataire, colocataire dont je ne sais rien, comme pour le reste. Par déduction, je pense que son appartement occupe le premier étage. On y accède par un escalier métallique sur le côté de la bâtisse, comme dans ces immeubles new-yorkais que l'on voit dans les séries télé. Je me demande si l'intérieur est ordonné avec toute la rigueur militaire dont peut faire preuve Ange, ou si c'est une véritable garçonnière, avec tout ce que l'on peut s'attendre à trouver : canapé en cuir noir, écran plasma au mur, chaussettes sales sur le sol, les deux tiers du frigo remplis de bières et de restes de pizza...

Des bruits de pas me sortent de mes élucubrations et mon cœur se met à battre plus fort. J'attrape la rambarde et commence à me relever lorsque Ange apparaît au coin de la rue, courant à petites foulées dans ma direction. Il est en jogging gris, la tête cachée sous la capuche de sa veste, mais je le reconnaîtrais entre mille. Sa carrure athlétique et cet accoutrement lui donneraient presque des airs de prédateur, dans la semi-pénombre ambiante. Mon ventre se serre : il est magnifique. Mais j'ai tout gâché. Arrivé au pied de l'escalier, il s'arrête pour reprendre son souffle, et lève enfin les yeux vers moi. La surprise passe sur son beau visage aux traits durs. Nous nous figeons alors que son regard me cloue sur place. J'aimerais lui dire tout ce que j'ai minutieusement préparé durant l'heure qui vient de s'écouler, mais les mots restent bloqués dans ma gorge. Mon courage m'abandonne lâchement, et au pire moment.

Voyant que je ne parviens pas à quitter ma léthargie, il commence à monter, et s'arrête deux marches plus bas, pour se trouver à ma hauteur. Les secondes s'étirent dans un silence pesant, jusqu'à ce qu'un nouveau frisson me parcoure, mélange de peur, de désir, de froid... Je suis à la fois engourdie et bien trop consciente de sa présence : sa respiration encore rapide, la puissance de son regard, les gouttes de sueur qui longent son large cou... Je déglutis avant de désigner la porte du pouce.

— Je... J'ai sonné mais personne n'a répondu, alors...

— Depuis combien de temps es-tu ici ?

L'inquiétude qui perce dans sa voix ne suffit pas à masquer son agacement. Je me sens tout à coup très conne d'être là, et la sensation déplaisante d'être une imposture à moi toute seule n'y est pas pour rien.

— Un peu plus d'une heure, avoué-je en frottant mon bras nerveusement.

Ses yeux suivent le mouvement de ma main et ma peau se couvre de chair de poule.

— C'est pas vrai, tu es gelée !

Il tend les doigts vers moi avant de se raviser et de les resserrer dans son poing, me mettant un coup au cœur. C'est alors qu'il descend la fermeture de sa veste et la retire pour m'en couvrir, me dévoilant son torse nu. Je déglutis péniblement.

— Tu aurais dû m'appeler, continue-t-il sans se soucier de mon émoi.

— Je n'ai pas voulu te déranger dans ce que tu faisais, et puis je n'étais pas sûre que tu répondrais, de toute façon...

— Bon sang, Anaïs !

La tension dans son corps augmente. Il ferme brièvement les yeux avant de les reposer sur moi :

— Je suis désolé. Je n'aurais pas dû partir comme ça, tout à l'heure. J'ai été con.

— Quoi ? m'écrié-je, surprise. Non ! Non, tu as bien fait. C'est moi qui ai un problème. Un gros problème, même. Normal que tu aies pris la fuite... N'importe quel mec aurait...

— Je ne suis pas n'importe quel mec.

La puissance de son regard me tétanise. Mes doigts me démangent. Je crève d'envie de le toucher mais m'abstiens, me souvenant de la raison de ma présence.

— Non, il n'y en a pas deux comme toi, en effet, lui accordé-je, la gorge serrée par l'émotion.

— Si tu es là pour t'excuser, ce n'est pas la peine. Je me suis montré excessif, c'est ma faute. C'est juste que te voir avec l'autre connard m'a mis hors de moi bien plus vite que je ne l'aurais cru.

— Ne cherche pas à diminuer ma part de responsabilité, s'il te plaît. J'ai mérité ta colère. Si j'avais été à ta place, je n'imagine même pas ma réaction.

— Je crois que je préfère ne pas la connaître, dit-il d'un ton plus doux, tout en mimant un frisson.

La bienveillance dans son regard et sa tentative d'humour pour apaiser ma nervosité, me font monter les larmes aux yeux. L'inquiétude reprend aussitôt sa place sur son visage.

— Princesse ?

— La vérité est tellement pathétique qu'elle ne mérite pas d'être dite, et pourtant je te la dois. Parce que tu comptes pour moi. Je... Je te dois une explication.

— Bien sûr que non.

Ignorant son ton de protestation, j'inspire profondément pour me donner du courage avant de me désigner de haut en bas.

— Écoute, Ange : ça, tout ce que tu vois là, c'est tout ce que je sais faire. Un maquillage prononcé, des fringues colorées... Ce sont mes seules armes. Plus c'est tape-à-l'œil, moins les gens regardent de près. C'est le seul moyen que j'aie trouvé pour garder le contrôle de ma vie.

Sans que j'en aie conscience, ma main frôle sa joue. Il ne s'écarte pas. Hypnotisée par le chemin tracé par mes doigts, je poursuis :

— Au fond, je n'ai pas envie de ces talons, ni de ces robes moulantes ou de ces coiffures sophistiquées. Je déteste toutes ces conneries. Mais, grâce à ça, je contrôle les hommes. Ils s'arrêtent à la nana facile, et moi je les utilise, comme on m'a utilisée autrefois. Quant aux femmes, elles me cataloguent dans la catégorie de celles qui ne méritent pas leur considération, ce qui m'évite de les affronter.

Je déglutis, alors qu'une première larme roule sur ma joue.

— Il faut que tu comprennes que ce n'est même pas une histoire de vengeance. Je n'ai pas voulu te faire de mal. Tu es tellement... Bon sang, je suis allée jusqu'à te frapper ! Je suis vraiment dérangée...

J'essuie mes larmes d'un geste rageur, avant de reprendre d'une voix hachée :

— Finalement, je ne vaux pas mieux que les monstres qui ont régi ma vie et je me déteste pour ça.

— Anaïs...

— Tu as raison, le coupé-je. Je me planque. Mais au moins, quand je suis Anaïs la diva, je n'ai pas à me préoccuper d'Anaïs la femme brisée, d'Anaïs la femme battue, trompée. Cette chose faible et terrorisée que j'exècre... Je n'ai pas à faire face à cette femme-là, et à la regarder droit dans les yeux. C'est lâche, à l'image de tout ce que j'ai été toute ma vie. Sans mes artifices, je me sens nue, tu comprends ? Comme si tout le monde pouvait voir jusqu'à la moindre de mes failles, pour mieux les exploiter ensuite. Et, ça, je ne pourrais pas le supporter, pas une nouvelle fois. Je me retrouverais exposée, et c'est absolument terrifiant, lui confié-je d'une voix tremblante. Alors je prends les devants, sans réfléchir aux dommages que je peux causer chez les autres. Cela ne m'a jamais posé problème. Jusqu'à aujourd'hui.

Je lève des yeux emplis de larmes pour affronter les siens. Il me scrute avec une grande concentration, ne laissant rien paraître de ce qu'il pense de ma confession. J'ai si peur qu'il me rejette que j'en suis pétrifiée : je ne supporterais pas qu'il m'abandonne. Alors que son inspection silencieuse s'éternise, la panique me gagne.

Malgré tout, je me sens étrangement délestée d'un poids : finalement, rendre les armes est peut-être une première étape vers la guérison. Sans plus d'hésitation, je caresse sa joue et lui adresse un sourire fatigué.

— Au revoir, GI Joe, finis-je par murmurer d'une voix lasse, avant de laisser retomber ma main pour lui rendre sa liberté.

Alors que je m'apprête à rentrer chez moi, il grimpe la dernière marche qui nous sépare et me soulève, me tirant un petit cri de surprise. Son nez glisse contre mon cou et une onde de chaleur me traverse. Mes jambes se placent autour de sa taille, mes bras enlacent sa nuque. Son torse collé à ma poitrine me donne la sensation de retrouver mon cocon protecteur. Ses mains plaquées sur mes reins m'apaisent, et je respire profondément, soulagée pour la première fois depuis bien longtemps. La vulnérabilité que j'éprouvais quelques secondes plus tôt s'envole au profit d'une certitude : celle d'être à ma place. Happée par ce sentiment de bien-être, je remarque à peine que nous nous déplaçons. Alors que nous atteignons son palier, je prends appui sur ses épaules pour descendre mais il resserre sa prise sous mes fesses, me maintenant plus fermement contre lui. Nous nous dévisageons et le sérieux affiché sur son visage me donne des frissons.

— Ange, qu'est-ce que tu fais ? lui demandé-je doucement, alors qu'il sort un trousseau de clés de sa veste.

Le bruit de la serrure qui cède claque dans le calme du petit matin.

— Je concrétise mes projets.

Mon cœur manque un battement. Nous passons la porte d'entrée, qu'il referme en la poussant du pied. Il se débarrasse de ses clés et avance dans l'appartement. Je ne jette pas même un œil autour de moi ; je ne vois que lui, je ne sens que lui, n'entends que lui. Ses yeux noirs rivés aux miens m'hypnotisent. Sa détermination m'enveloppe et me réchauffe, sa peau nue me brûle. Je le laisse m'emmener sans me poser de questions et avec une profonde admiration : il a réussi. Il est le premier, le seul, à avoir su gagner ma confiance. Une confiance aveugle, grisante, et terrifiante malgré la certitude absolue qu'il ne me fera jamais de mal. Du moins, pas physiquement... Mon cœur, lui, est déjà perdu. Mais je l'accepte. Et c'est à ce moment-là que j'ai conscience d'avoir enfin remporté mon premier combat contre moi-même.

Une lumière douce envahit la pièce dans laquelle il s'est arrêté, me laissant tout le loisir de dévorer des yeux son visage encore en sueur. Ange n'avance plus, se contentant de me rendre mon regard, comme si lui aussi avait besoin de graver mes traits dans sa mémoire. Pas un bruit dans la maison. Tout semble figé, un peu comme si le temps s'était arrêté pour nous laisser ce moment-là, rien qu'à nous ; pour nous laisser le temps de nous trouver. Comme si tout ce que nous avions vécu par le passé avait pour seul et unique but d'aboutir à cet instant. *C'est trop fort, trop perturbant...*

Sentant une nouvelle crise pointer le bout de son nez, je préfère me concentrer sur ce qui m'entoure et me rends compte que nous sommes dans sa chambre. Une pièce au parquet foncé et chaleureux, des teintes bleu marine sur les murs et des meubles en bois clair au style épuré. Je déglutis lorsque mes yeux se posent sur son lit immense aux draps blancs impeccablement lissés et dans lesquels je nous visualise sans difficulté. Aucun doute : la rigueur avec laquelle Ange construit et range son espace est en totale contradiction avec le chaos qui règne en moi. Là où il n'est que lignes droites, je me vois comme l'œuvre d'un enfant de trois ans : un gribouillis sans début ni fin. *Ça ne marchera jamais...*

Ses doigts agrippent avec douceur mon menton pour me ramener à lui. La sincérité que je lis dans ses iris me donne tout à coup l'impression d'être sale. Il ne mérite pas que je continue à lui mentir. Il mérite beaucoup mieux que l'imposture que je suis. Pour la première fois depuis longtemps, je ressens le besoin urgent de me débarrasser de mes fringues beaucoup trop moulantes, de mon maquillage, de ce rouge à lèvre suggestif, dont la couleur clinquante me donne à présent la nausée... J'ai envie de me gratter la peau jusqu'à retrouver, dessous, celle que je suis véritablement, quitte à gratter jusqu'au sang. Envie d'effacer jusqu'à la dernière trace de cette mascarade que mon passé m'a forcée à devenir. Je veux juste redevenir *moi.* Pour lui. Le seul problème, c'est que je ne suis pas sûre de savoir qui je suis : je me suis perdue depuis bien trop longtemps. Ce constat me glace et me tire un frisson.

— Merde, tu as besoin de te réchauffer.

Sans rien ajouter, Ange me pose sur le sol. Aussitôt, le vide m'envahit et j'ai envie de protester contre cet abandon, mais n'en fais rien. Lorsque le bruit caractéristique de la douche résonne, dans la pièce adjacente, un tout autre type de frisson traverse mon corps. Ange réapparaît et s'avance vers moi, la démarche posée, assurée : le prédateur prêt à fondre sur sa proie me revient brusquement. *Il a tort : cette douche, j'en ai besoin, mais pas pour me réchauffer.* Mon désir pour lui a largement rempli cette partie-là du contrat. Lorsqu'il s'arrête en face de moi, je suis à mille lieues de ressentir le calme qu'il affiche : mon cœur bat trop vite, mes muscles sont tendus, ma respiration, trop rapide alors que je frotte mes cuisses l'une contre l'autre, cherchant à soulager le tsunami qui est en train de se réveiller entre mes jambes.

Lorsqu'il m'ôte sa veste des épaules, mes seins pointent sous le tissu fin de ma robe. Il les fixe, et, pour la première fois depuis hier, paraît avoir des difficultés à conserver son self-control. Sa langue passe avec envie sur sa lèvre inférieure, alors qu'il continue à me dévorer des yeux. Ma gorge s'assèche. Les secondes s'égrènent et mon corps, qui fond sous son regard insistant et intense, laisse échapper un petit gémissement de frustration. Il se redresse aussitôt, avant de reculer d'un pas. Ce geste me donne envie de hurler : chaque parcelle de ma peau semble appeler le contact de la sienne. Lorsqu'il passe derrière moi, je ne bouge pas, de peur que le moindre de mes mouvements ne fasse éclater cette bulle fragile que nous nous sommes créée. Ses chaussures atterrissent contre un meuble dans un son mat, puis plus rien, jusqu'à ce qu'une chaleur puissante et enivrante enveloppe mon dos. Pas de contact. Seulement ses doigts qui agrippent la fermeture de ma robe avant de la faire lentement glisser. Mon souffle se bloque. J'ai douloureusement conscience de la proximité de nos corps.

— La salle de bains est sur ta droite, me glisse-t-il à l'oreille. Prends tout ton temps.

Quoi ? Il m'embrasse sur la tempe avant de rebrousser chemin, me laissant interdite. Ma robe plaquée fermement contre ma poitrine, je me retourne et l'interpelle avant qu'il ne quitte la pièce :

— Tu... Tu ne viens pas ?

Un sourire paresseux se dessine sur son visage, me donnant immédiatement des vapeurs. Il revient vers moi, me soulève le menton pour caresser lentement ma lèvre inférieure de son pouce.

— Crois-moi, ce n'est pas l'envie qui me manque.

Mais aujourd'hui je te veux dans mon lit, pas contre un mur, à la va-vite. Si je passe cette porte avec toi, ajoute-t-il en indiquant la salle de bains, je n'aurai jamais assez de volonté pour résister. Je suis un homme plein de bon sens, ma douce, mais j'ai mes limites.

Un clin d'œil et le soulagement, la chaleur étreignent de nouveau mon cœur. Je lui rends son sourire alors qu'un éclat de satisfaction brille dans son regard.

— C'est très sage, effectivement. Mais tu as besoin d'une douche, lui précisé-je en désignant son torse en sueur.

— Mon coloc est aux abonnés absents. Sa salle de bains, par contre, est toujours là.

— Je crois que je ne l'aime pas beaucoup...

— Qui ça ? Mon coloc ?

— Non. Sa salle de bains.

Un clin d'œil et je lui tourne le dos, pressée de faire disparaître la diva.

J'ai perdu la notion du temps, mais je dirais qu'il ne m'a fallu que dix minutes pour prendre ma douche. À présent, la sensation de souillure que j'ai pu ressentir quelques minutes plus tôt a laissé place à l'apaisement. L'odeur du savon d'Ange, partout sur ma peau, dans mes cheveux, est grisante. Et, si je suis maintenant impatiente de retrouver Ange, mon corps, lui, l'est encore plus. Enroulée dans sa serviette de bain, je passe ma main sur le grand miroir pour en retirer la buée. Ça laissera des traces, c'est sûr, mais l'idée qu'Ange puisse penser à moi lorsqu'il les verra me plaît. Une touche de désordre dans son univers trop bien rangé, ça ne peut pas faire de mal.

Cependant, je jette un œil à mon reflet dans le miroir, et mon regard terni par la fatigue, mes traits tirés, mes boucles désordonnées réveillent malgré moi mes démons : il y a beaucoup trop de défauts, je ne peux pas sortir comme ça. « Tu as vu ta gueule ? Tu vois ce que tu m'infliges, tous les matins ? Estime-toi heureuse que je t'accepte comme tu es. Avec ta tronche, jamais aucun autre homme ne voudra de toi. » Sur le point de perdre l'équilibre, je m'agrippe fermement au lavabo, ferme les yeux et me concentre sur ma respiration pour éloigner l'effroi qui me gagne.

Cela faisait des mois que je n'avais pas entendu sa voix. Il y a toujours les cauchemars, mais, sa voix qui se rappelle à moi alors que je suis parfaitement réveillée et en pleine possession de mes moyens, je pensais que c'était terminé, que j'avais passé ce cap. *Respire, Anaïs. Il est en prison. Tu es plus forte que lui. Il ne peut plus t'atteindre. Ange n'est pas comme lui, tu peux lui faire confiance. Respire…*

Je me regarde dans les yeux. J'ai l'impression que Javier est de nouveau avec moi. Mon souffle s'accélère, je commence à étouffer. Je me jette sur mon sac à main en tremblant pour en sortir mon nécessaire de maquillage, qui se déverse sur le meuble. Le tube de fond de teint me glisse entre les doigts. Je le récupère plus fermement avec une urgence qui frôle l'hystérie. *Tu ne peux pas lui imposer ça. Une femme doit respecter son homme. Elle ne doit pas lui faire honte. Ange n'a pas à…* Je me fige. *Ange.* Ses yeux noirs, sa chaleur, sa bienveillance. Comme si je m'étais brûlée, je lâche mon fond de teint, qui tombe dans un grand fracas. *Putain, mais c'est quoi, mon problème ?* Je recule d'un bon mètre, constatant les dégâts. Le carrelage clair est maintenant taché de beige, et de nombreux petits éclats de verre sont dispersés ici et là. *Merde, merde, merde…*

— Tout va bien ?

Des coups sourds frappés à la porte me font sursauter.

Je fixe le panneau de bois, paniquée à l'idée qu'Ange puisse me voir dans cette situation.

— Anaïs, j'ai entendu du bruit. Je ne sais pas ce que c'était et je m'en fous. Mais dis-moi au moins que tu n'es pas blessée.

Silence. C'est la panique. Non seulement je ne tiens pas à ce qu'il me réprimande pour ma maladresse, mais en plus je ne suis finalement pas sûre d'être prête à ce qu'il me voie au naturel. L'idée qu'il puisse être déçu, ou qu'il se moque, me donne la nausée. Des réminiscences de mon passé me reviennent en flashs, déclenchant en moi des sueurs froides.

— Anaïs, je vais entrer...

— Non !

Ma réponse un peu trop hâtive a certainement fini de le convaincre, puisque la poignée commence à s'abaisser. Je me précipite pour actionner le verrou.

— Écoute, ça commence à être ridicule, s'impatiente-t-il. Je vais franchir cette porte, ce n'est pas toi qui m'en empêcheras. Soit tu ouvres, soit je l'enfonce. Et sache pour ta gouverne que je n'ai pas du tout envie de payer une nouvelle porte. Je te laisse dix secondes. Dix...

Non, non, non. Ça n'était pas censé se passer comme ça !

— Sept...

Je veux tenir mes résolutions, et ne plus rien lui cacher de moi. Mais à ma façon : dans sa chambre, avec une lumière douce qui ne soulignerait pas mes défauts, pas sous la lumière crue de sa salle de bains que j'ai transformée en champ de bataille.

— Quatre...

Il va le faire, je sens sa résolution dans sa voix. Je n'ai plus le temps.

— Deux...

Respire, Anaïs, tout va bien se passer.

— Un...

— OK, ça va, ça va ! Je vais t'ouvrir, mais à une condition... S'il te plaît, ne te moque pas de moi.

— Mais pourquoi est-ce que...

— Ange, s'il te plaît ! C'est important. Promets-moi.

— Très bien, soupire-t-il. Je te le promets. Maintenant, ouvre, que je m'assure que tu es encore entière.

Je prends une grande inspiration avant de tourner le verrou et d'entrouvrir le battant. Ange passe aussitôt le seuil. Je m'écarte, la tête basse : mes cheveux sont mon dernier rempart avant ce qui va suivre. Quelques secondes de répit durant lesquelles il observe en silence l'étendue des dégâts, devant le meuble vasque. Puis je vois ses pieds s'orienter vers les miens et mon cœur s'emballe.

— Je suis désolée, m'empressé-je de m'excuser. Je ne l'ai pas fait exprès et je vais tout nettoyer. Ta salle de bains sera impeccable, je te le promets.

Un long silence me répond. Ma nervosité est à son comble.

— Ne te fâche pas. Je sais que tu as vu mon appartement, et qu'il était loin d'être nickel, mais crois-moi quand je te dis que je sais récurer les maisons à fond comme personne. Je suis une spécialiste en la matière et je...

— C'est quoi, ça ? demande-t-il enfin.

Instinctivement, mon corps se crispe, prêt à recevoir sa punition, alors que ma tête ne peut pas rentrer davantage dans mes épaules. Mon souffle accélère, et je fais tout mon possible pour trouver une solution et me sortir d'ici avant qu'il n'aille trop loin. *Je ne pourrai pas le maîtriser, c'est une évidence. Il est beaucoup trop grand et trop bien entraîné. Mais je peux le repousser, ce qui me permettrait de... Attends deux secondes. Qu'est-ce que... ?*

La paume douce et chaude de sa main s'enroule délicatement autour de ma cheville droite. J'ouvre les yeux. Il est à genoux devant moi, l'air soucieux. Ce n'est qu'à ce moment-là que je remarque les traces de sang. L'incrédulité se mêle au soulagement. L'obscurité fait place à la lumière, et je laisse échapper le souffle que je n'avais pas conscience de retenir. Ange n'est pas Javier. Il ne va pas me frapper parce que j'ai sali sa salle de bains. *Il s'inquiète parce que tu es blessée, pauvre cruche.*

— Merde, ma belle, tu as dû marcher sur un éclat de verre. Attends, on va soigner ça.

En un rien de temps, je me retrouve dans ses bras, portée comme la fichue princesse dont il s'évertue à me donner le nom. Les mains sur sa nuque, j'observe avec tendresse la petite ride d'inquiétude entre ses sourcils.

— Je vais désinfecter la plaie en espérant que...

Il s'arrête, et je prends conscience que son attention s'est reportée sur mon visage. Le temps que je comprenne, un lent et magnifique sourire se dessine sur sa belle gueule. Il mordille sa lèvre inférieure, et resserre sa prise comme pour ne plus me laisser m'échapper. Alors, avant même qu'il ait dit quoi que ce soit, je le mets en garde d'un doigt menaçant :

— Ange, tu as promis !

Chapitre 19

Ange

Des taches de rousseur.

Elle en a tout un tas. Sur le haut des pommettes, sur le nez... Réparties harmonieusement, elles sont clairsemées et j'adore ça. Les taches de rousseur, c'est mon péché mignon. Je ne comprends pas pourquoi elle cherche à les cacher. Elle devrait les assumer, au contraire. Sans, elle est magnifique. Avec, elle devient carrément irrésistible.

Comme promis, je ne lui en ai pas parlé. Nous avons rejoint mon lit sur lequel je l'ai confortablement installée. Son corps, enroulé dans une minuscule serviette blanche, m'appelait irrésistiblement ; j'ai dû lui demander d'enfiler quelque chose pour ne pas me déconcentrer. Le temps d'aller chercher la trousse de premiers secours, je l'ai retrouvée dans mon T-shirt préféré : elle était magnifique, vêtue de ce vêtement bien trop grand pour elle, sur mon lit, ses longs cheveux étalés sur mon oreiller. Et complètement, totalement endormie.

Dire que je me suis d'abord senti frustré est un euphémisme... Mais je n'ai pas eu le temps de m'appesantir là-dessus, puisque sans crier gare la fatigue m'a rattrapé. J'ai tout de même pris le temps de soigner son pied, qui heureusement était tout juste égratigné.

Après l'avoir couverte, je me suis allongé auprès d'elle, en gardant un bas de jogging sur moi : il y a des limites à ce qu'un homme peut endurer. Elle s'est alors calée contre moi, entourant mon torse d'un bras possessif. J'ai souri avant de l'embrasser dans les cheveux, et de sombrer à mon tour.

C'était il y a un peu plus de six heures. Lorsque je me suis réveillé, au bout de cinq heures, contre ses courbes douces, je ne m'étais jamais senti aussi reposé et serein. Pas de cauchemars, la femme que j'attends depuis des semaines entre mes bras, un week-end entier devant nous... L'idée de tout ce temps libre à passer ensemble, en plus du fait de la tenir contre moi à demi nue, a rapidement changé ma sérénité en un désir mordant. J'ai caressé sa peau, lui tirant un gémissement ensommeillé auquel mon corps a immédiatement réagi. Sentant qu'il me serait difficile de me contenir, j'ai préféré quitter le lit, nettoyer la salle de bains, prendre une longue douche froide, qui n'a pas suffi à calmer mes ardeurs, et boire un café brûlant. Trois, en fait. Je suis ensuite revenu m'installer dans le fauteuil d'angle de ma chambre pour attendre.

Et me repaître de la vision d'Anaïs endormie dans *mon* pieu. Je passe de longues minutes à l'observer dormir, à détailler son visage apaisé, à contenir mon envie de tirer sur le drap qui couvre la moitié de son corps... Je n'avais jamais compris l'intérêt que trouvaient les mecs à regarder leur nana quand elle dort. Jusqu'à aujourd'hui. Voir Anaïs alanguie, sur le ventre, dans mon lit comme si c'était le sien, me procure un intense sentiment de satisfaction. *Et une érection d'enfer...*

Je souris en la voyant marmonner : même endormie, elle n'arrête jamais. Patienter le temps qu'elle quitte les bras de Morphée s'avère plus difficile que je ne le pensais. Attendre, c'est avoir tout le temps d'imaginer la façon dont je vais la déshabiller, le moment très précis où elle me suppliera de la toucher, celui où elle se cambrera quand je la prendrai... Je soupire en consultant mon téléphone, alors qu'un klaxon retentit dans la rue. Elle redresse aussitôt la tête dans un mouvement vif, avant de s'appuyer sur ses avant-bras. *Enfin...* Ses yeux, aveuglés par la lumière du jour, scrutent un instant les alentours.

— Mais où est-ce que...

Son regard plissé croise le mien et s'arrondit lorsqu'elle comprend où elle se trouve. Quelques secondes à nous dévisager, puis elle replonge aussitôt la tête dans mon oreiller, où elle étouffe quelques mots. Je prends appui sur mes coudes, croisant les mains devant ma bouche pour lui cacher le sourire qui ne ferait qu'aggraver sa gêne. Elle inspire profondément avant de se tourner vers moi, et de s'asseoir en tailleur, repoussant le drap de ses jambes interminables.

Le tableau qu'elle m'offre alors provoque une montée violente de désir : ses yeux ensommeillés, ses cheveux indisciplinés, la marque de mon oreiller sur sa joue, ses taches de rousseur... Et en prime, une petite culotte grise Star Wars que j'ai eu le temps d'apercevoir, et sur laquelle on peut lire : « Que la force soit avec toi. » Inattendu. Comme elle.

Anaïs au réveil possède ce genre de charme naturel qui vous pousse à commettre des folies dès le matin. Elle est si loin de sa sophistication habituelle, et pourtant je ne l'ai jamais trouvée si désirable. J'ai envie de la prendre dans mes bras pour l'embrasser jusqu'à plus soif, d'arracher ses vêtements, et de m'enfoncer en elle jusqu'à la garde pour ne plus en sortir. Un raclement de gorge me tire de mes pensées libidineuses. Anaïs, les joues rougies par mon inspection, me dévisage avant de déglutir.

— Hum... Il semblerait que je me sois endormie.

— On dirait bien, rétorqué-je en me calant au fond de mon fauteuil.

— Et quelle heure est-il ? reprend-elle d'un ton hésitant.

— Midi.

— Midi ! Oh, merde, Ange, je suis désolée, dit-elle en cachant son visage derrière ses mains.

— Ne le sois pas. Tu es trop mignonne quand tu dors.

Elle redresse aussitôt la tête, la mine contrariée.

— Attends, depuis combien de temps es-tu en train de me regarder dormir ?

— Je ne sais pas trop. Un peu plus d'une heure, je dirais.

— Tu plaisantes ? s'offusque-t-elle. Tu aurais dû me réveiller !

— Tu sais que tu dors la bouche ouverte ?

Cette fois, j'éclate de rire face à sa mine scandalisée, et manque tomber de mon fauteuil lorsque je reçois un oreiller en pleine figure. Surpris, je redresse la tête, pour trouver une Anaïs hilare dans le lit. Perdu dans le spectacle qui s'offre à moi, je n'ai tout à coup plus du tout envie de rire. *Bordel de merde. Je suis foutu...*

Elle est entrée dans ma vie comme un boulet de canon. Elle a foutu un énorme coup de pied dans tout ce que j'ai connu jusqu'ici, et, alors que je devrais me battre comme un acharné pour tout ce que j'ai toujours défendu, je décide de déposer les armes aux pieds de cette Vénus aux yeux noirs. Et je sais qu'aucun retour en arrière ne sera possible. Je veux ses éclats de rire tous les jours, je veux ses courbes parfaites chaque matin, je veux son parfum sur mes draps, je veux sa voix dans tout mon appartement... Je *la* veux. Et, une fois que j'aurai plongé en elle, je scellerai mon destin au sien. Chaque fibre de mon corps me le crie, ma tête me l'ordonne, même mon foutu palpitant s'en mêle. Chaque jour avec elle m'éloignera un peu plus de celui que j'étais. Je vais la prendre à m'en retourner la tronche et, une fois que se sera terminé, je lui appartiendrai. Corps et âme. Parce que c'est *Elle*. Sans mise au point, sans ultimatum, sans barrières. C'est *Elle* et aucune autre. J'en ai une conscience aiguë ; Anaïs, sûrement pas...

— Ange, est-ce que ça va ? Tu me regardes bizarrement.

Est-ce que ça va ? Je n'en ai aucune idée. La seule chose dont je sois sûr, c'est que je vais faire l'amour à cette femme. Maintenant. Je me lève et un silence lourd s'abat sur nous. J'avance en direction du lit et l'inspiration profonde qu'elle prend fait écho à la faim insatiable que je ressens pour elle. Elle détaille avec force mon torse nu, descend jusqu'à mon pantalon tendu, avant de remonter avec lenteur sur mon visage. Sa langue rose caresse sa lèvre et c'en est trop pour moi. Noyé dans ses yeux sombres, je pose un premier genou sur le matelas. Elle agrippe le bas du T-shirt qu'elle porte et commence à le retirer.

— Non, lui ordonné-je d'un ton catégorique. Garde-le. Je veux te prendre dans mes vêtements... Putain, tu es tellement sexy dedans !

Le sourire lascif qu'elle m'adresse alors que je m'allonge sur elle signe ma perte définitive. Sa chaleur m'attire comme un aimant : je dois la toucher. Calé sur mon avant-bras, je dégage une mèche de cheveux de son cou pour y glisser mon nez. Son parfum m'enivre et annihile mes dernières réserves de bon sens. Mes lèvres se posent sur sa peau et je la goûte enfin, me délectant de sa saveur sucrée, alternant baisers et mordillements légers.

— Oh, mon Dieu, laisse-t-elle échapper dans un souffle.

Je continue à la travailler lentement, méthodiquement. Au contact de ma langue, elle laisse échapper un long gémissement qui me galvanise. Son corps se met à bouger paresseusement, me forçant avec plus d'urgence encore à garder une immobilité sans laquelle je ne pense plus pouvoir répondre de rien. Mes muscles tendus à l'extrême commencent à trembler, alors que ses hanches se meuvent dans une danse sensuelle, rapprochant, avec une langueur exquise, l'objet de tous mes désirs de l'érection qu'elle seule sait provoquer avec une telle intensité.

— Ange, s'il te plaît...

Sa plainte lascive me décide. Je plaque mon bassin au sien pour la caresser de toute ma longueur, nous tirant à tous deux un cri. Nos deux corps se mêlent, s'accompagnent, se répondent pour ne plus se lâcher. Anaïs agrippe fermement ma nuque avant de se frotter contre moi, m'enjoignant à continuer. Je descends ma main et la fais remonter sous le T-shirt. Mes doigts frôlent la peau délicate de sa hanche, glissent le long de son flanc, puis s'enroulent autour de son sein dont je pince délicatement la pointe érigée. Elle se cambre, halète.

— Tu es... parfaite.

Je ne reconnais plus ma voix, rendue rauque par mon désir dévorant pour elle. Ses joues rosissent à mon compliment, et je me retrouve dans un état de semi-conscience, noyé dans l'aura sexuelle, sensuelle de cette femme.

— Je ferais tout pour toi, laissé-je échapper.

Elle se raidit, paraissant surprise par mon aveu.

— Absolument tout, continué-je avec sérieux, les yeux plongés dans les siens.

Figés l'un contre l'autre, nos respirations anarchiques pour seule compagnie, nous nous regardons pendant de longues secondes. Alors que je m'apprête à reprendre la parole, elle pose le doigt sur mon torse, me repousse légèrement, et fait glisser sa culotte le long de ses jambes. Puis, lentement, elle se rallonge avant de remonter son T-shirt sur le haut de sa poitrine. Ainsi étendue entre mes bras, elle soumet à mes yeux affamés ses seins délicieusement galbés, sa taille finement dessinée, et son sexe, dans lequel je rêve de me perdre. Ma gorge s'assèche. Comme pour m'achever, elle place ses bras au-dessus de sa tête, le visage empreint d'une gravité que je ne lui avais jamais vue.

Elle s'offre à moi. Ni plus ni moins.

Je n'ignore rien de ce que cela implique pour elle, et son abandon ne fait qu'ajouter à mon besoin déjà obsédant de la faire mienne. Cette vision me hantera pour le restant de mes jours, c'est certain. Je me relève à la hâte pour retirer mes vêtements. Mon sexe libéré pointe vers elle avec avidité. Je laisse ses yeux m'observer à loisir, avant de m'avancer au pied du lit sur lequel je prends appui. Mes mains remontent lentement ses jambes puis les écartent au maximum, calant ses pieds sur chacun des bords du matelas. Elle observe mes lèvres quand je les approche de son sexe offert. Plus ma tête avance entre ses cuisses, plus son regard se voile. Sa langue tremble entre ses lèvres, m'ordonnant inconsciemment de mettre la mienne à l'œuvre. J'approche encore, et sa respiration s'accélère, tandis qu'un frémissement lui échappe. Mais au lieu de lui donner satisfaction je me contente de souffler sur son sexe impatient. Elle laisse échapper un grognement de frustration, puis ferme les yeux.

— Plus tard, ma belle. C'est promis.

Au contact de ma bouche sur son ventre, elle

agrippe mes épaules. Quand ma langue glisse entre ses seins, elle y plante les ongles, et lorsque mon bras glisse sous ses reins elle soupire d'impatience. Mes lèvres effleurent les siennes, son regard s'ancre dans le mien pour ne plus le lâcher. Je me fige, savourant la fébrilité que je provoque en elle. Nous nous regardons quelques secondes, le silence nous enveloppant de tous ses non-dits. *On y est.*

— Ange, s'il te plaît, m'implore-t-elle.

— Est-ce que tu prends la pilule ?

Cette question venue de nulle part semble la sortir de sa léthargie.

— Attends, tu n'as pas de capote ?

— Anaïs, dis-je d'une voix étranglée, la pilule ?

— Oui, je... Enfin, non, j'ai un implant. Mais c'est pareil. Ange, c'est la première fois que je fais ça sans préservatif.

— C'est ce que je voulais t'entendre dire, lui avoué-je, soulagé. Je suis clean, pas de problème.

— Attends, m'ordonne-t-elle en m'immobilisant.

— Quoi ? Tu as quelque chose à m'avouer ?

— Non ! Bien sûr que non. Mais c'est juste que... On ne devrait peut-être pas aller si vite et le faire déjà sans capote. Ce sont les couples de longue date qui font ça.

— Écoute-moi bien, l'interromps-je avec sérieux, j'ai l'impression de t'avoir attendu toute ma foutue vie. C'est flippant ? Oui. Incompréhensible ? Complètement. Logique ? Absolument pas. C'est comme ça, c'est tout. Alors maintenant je vais te prendre et sans latex. Je ne veux plus de barrière entre nous, ma douce. Donc si tu n'es pas OK avec ça ou que tu as quelque chose à me confier, dis-le-moi tout de suite. Je ne veux pas attendre une seconde de plus.

— Mais tu ne me connais pas. Comment peux-tu prendre un tel risque avec mon passé...

— J'ai confiance en toi. Tout de suite, Princesse.

Une lueur de gratitude traverse son regard. Le silence qui s'ensuit est la plus douce des réponses. Alors, lentement, très lentement, je la pénètre. Mon corps se tétanise, luttant contre lui-même pour ne pas céder à l'euphorie de l'instant. Les yeux dans les yeux, je progresse centimètre après centimètre puis, n'y tenant plus, m'enfonce entièrement, d'un mouvement sec. Son cri fait écho au grognement qui m'échappe alors que je laisse ma tête retomber dans son cou. Elle agrippe fermement mes épaules, noue ses chevilles dans mon dos afin de me maintenir plaqué contre elle. Mon sexe pulse si fort que j'ai peur de ne plus tenir bien longtemps.

— Quel putain de paradis, murmuré-je, les dents serrées.

— Ne ressors plus jamais, je t'en supplie, lâche-t-elle d'une voix étranglée.

Je souris contre sa peau, heureux. Ses mains remontent sur ma nuque et me caressent avec une possessivité qui me ferait presque grogner de satisfaction. Mon souffle se fait plus rauque lorsque je lui chuchote à l'oreille.

— Serait-ce une déclaration d'amour, Princesse ?

Elle gémit, se tortille à mesure que ma langue remonte le long de sa mâchoire.

— La ferme, GI Joe.

— Je considère ça comme un oui.

Je la prends alors avec force, voracité ; avec émotion. Nous ne formons plus qu'un confus mélange de membres entremêlés, de gémissements, d'extase... Ma peau claque contre la sienne. Je m'apprête à la marquer de la manière la plus intime qui soit, et cette idée suffit à elle seule à me pousser dans mes derniers retranchements. Je redresse sa jambe pour la caler sur ma hanche et gagne ainsi quelques précieux millimètres en elle. Cambrée, la tête rejetée en arrière, elle est époustouflante. Je détaille avec ardeur le mouvement de ses seins qui tressautent sous mes à-coups, la sueur sur sa peau, ses yeux voilés de plaisir, ses bras écartés dont les mains tirent violemment sur les draps... J'ai tellement attendu ce moment que je voudrais le faire durer une éternité, mais mon corps arrive au bout de ses limites. À la façon dont ses muscles se contractent autour de moi, je devine que c'est le cas du sien aussi. Je resserre ma prise sous ses reins et soulève son bassin. Ces dernières secondes sont les plus savoureuses : je déconnecte et me donne entièrement à elle. La frénésie l'emporte sur le reste, et, très vite, ses ongles se plantent dans ma peau alors qu'elle laisse son orgasme exploser dans un cri qui ferait pâlir d'envie n'importe quelle femme. Nos mains s'égarent, empoignent et griffent. Son sexe aspirant le mien signe ma perte et je me laisse à mon tour souffler par l'extase. Je m'abandonne. À elle, à son corps complètement fou, à nous. Un dernier coup de reins satisfait, et je m'écroule sur elle, à bout de souffle.

Puis nous restons de longues minutes sans bouger.

Si j'avais eu des cheveux, Anaïs serait en train d'y glisser les doigts paresseusement. Au lieu de ça, elle m'offre le massage de crâne le plus délicieux qui soit : je ne suis pas loin de vouloir l'épouser.

— Ange ?

— Mmh mmh...

— On l'a fait sans capote.

— Mouais, et c'était fabuleux.

— Tes petits soldats de la vie sont en train de se balader librement dans mon corps...

Je me redresse, un sourire moqueur aux lèvres. Le regard excédé qu'elle me renvoie ajoute à mon amusement.

— Mes « petits soldats de la vie » ? répété-je. Quoi, tu n'arrives pas à dire sperme ?

Elle rougit. J'adore.

— Bon, OK... Ton *sperme* ne va pas tarder à me dégouliner entre les cuisses. Satisfait ?

Mon sourire s'élargit.

— Très.

Elle lève les yeux au ciel avant de sourire à son tour. Ses lèvres m'appellent et je n'y résiste pas.

— Qu'est-ce que tu fais ? s'enquiert-elle en m'arrêtant avant que j'aie atteint mon but.

— Je vais t'embrasser.

— Non.

— Et pourquoi ça ? lui demandé-je, le sourcil levé.

— C'est ce que j'essayais de te dire : j'aurais besoin de me rafraîchir. Le corps et la bouche.

— Drôle de façon de t'exprimer.

— OK : tu veux du clair et du limpide ? Très bien ! L'haleine du matin, ça te parle, GI Joe ? Tu m'as vue sans maquillage, pas coiffée, avec ma culotte de secours, et tu as assisté au spectacle affligeant où je bave sur ton oreiller...

— C'était incroyable.

— La ferme.

Elle me fusille du regard avant de soupirer.

— J'essayais de trouver un moyen élégant de te demander si je peux utiliser ta salle de bains, sans ajouter une nouvelle pointe de ridicule au tableau déjà catastrophique d'Anaïs Deltino au réveil.

Cette fois, je ne lui laisse pas le choix, et fonds sur sa bouche. Un doux gémissement lui échappe et fait vibrer nos lèvres. Ma langue caresse la sienne et notre baiser se fait plus profond. Très vite, notre frénésie passée repointe le bout de son nez, aussi je décide d'arrêter avant de passer le point de non-retour. Je détache ma bouche de la sienne.

— Pour info, ta culotte de secours est le truc le plus bandant que j'aie jamais vu.

— Tu es un piètre menteur.

— Je suis un fan de *Star Wars*.

Elle éclate de rire, et je meurs d'envie de lui refaire l'amour là, tout de suite. Mon bon sens me retient. Je sors du lit et lui tends la main.

— Allez, c'est l'heure de la douche, Princesse. Je vais me faire un plaisir de frotter chaque parcelle de ta peau nue.

Le regard de nouveau plein de désir, elle se lève et mêle ses doigts aux miens tout en se dirigeant vers la salle de bains. Je la suis de près, ma queue dressée contre ses fesses, mon nez dans son cou. Elle s'arrête brusquement à la porte. Surpris, je redresse la tête. Elle est en train de fixer le lavabo.

— Tu as tout nettoyé, balbutie-t-elle.

— Bien sûr, j'ai tout nettoyé.

— C'était à moi de le faire, répond-elle, la voix blanche.

— Non.

Elle se retourne vers moi.

— Mais... C'était ma bêtise !

— Et c'est mon appartement.

Je la regarde sans comprendre. Elle me dévisage, bouche bée, et je me souviens alors de ce qu'elle a dit de son ex, qui se faisait un plaisir de la battre au moindre grain de poussière. *Putain, mais à quel point est-elle encore sous l'influence de ce connard ?* Si je suis son premier mec sérieux depuis ce taré, il va falloir que je me prépare à faire remonter tout un tas de merde de son passé. J'ai intérêt à me montrer très patient. Et très prudent. Je prends son visage entre mes mains pour en caresser l'arrondi, et mets les choses au point, d'un ton doux mais ferme.

— Tu n'es pas à mon service, ma belle. Tu ne le seras jamais. Je suis un grand garçon, je sais me débrouiller tout seul, tu sais.

Un sourire aussi furtif que timide passe sur ses lèvres. Elle me regarde comme si elle ne pouvait y croire. Un violent besoin de la protéger me prend aux tripes. Je me fais alors une promesse : le jour où il sortira de taule, si jamais l'idée stupide lui prend de la retrouver, je le taillerai en pièces. Il va falloir que l'on aborde ce sujet sérieusement, Anaïs et moi. Mais pour le moment, la seule personne dont je veux me préoccuper, c'est elle. Il n'y a pas de place pour lui dans cette journée, je ne le laisserai pas tout gâcher.

Je lui adresse un sourire séducteur, la lèvre coincée entre les dents.

— Quoi ? me demande-t-elle, le regard suspicieux.

— Rien. Je me disais juste que peut-être que, si tu enfilais un costume de soubrette en restant totalement nue dessous, je reviendrais sans doute sur ma décision.

— Dans tes rêves.

Les fantômes dans ses yeux ont disparu. Je me taperais presque le torse à la manière d'un gorille pour me féliciter.

— Ange ?

— Tu as changé d'avis ?

— Jamais !

— Mince...

— File sous la douche, GI Joe, ordonne-t-elle. Je vais me faire un plaisir d'utiliser la moindre parcelle de ta peau nue pour te prouver toute ma gratitude... Et avec ma bouche.

Et c'est ce qu'elle a fait.

Puis j'ai pris le relais.

Sous la douche. Sur le lavabo. Sur la commode dans la chambre. Au pied du lit…

Il était près de 22 heures lorsque nous nous sommes enfin décidés à manger quelque chose. Après un rapide coup d'œil dans le frigo presque vide, j'ai proposé à Anaïs de commander des pizzas. Une fois livrés, nous nous sommes installés sur le canapé devant la télé, parce que, d'après elle, il n'y a pas d'autre façon d'apprécier une pizza à sa juste valeur. Nous faisons rapidement disparaître la première, avant d'attaquer la seconde, que nous ne terminerons pas.

Rassasié, je m'affale dans les coussins. Je fais semblant de suivre la comédie américaine qui passe à la télé, alors que, tout ce qui m'intéresse, c'est la femme installée sur ma droite. Ma nana, qui a revêtu mon T-shirt et relevé ses cheveux dans un chignon approximatif, lui donnant un air décontracté dont je ne pourrai jamais me lasser. Le dos calé contre l'accoudoir du canapé, Anaïs tend ses jambes nues, et pose ses pieds aux orteils vernis sur mes cuisses. Je m'en empare et commence à les masser. Elle gémit de contentement sous mes doigts, avant de rire à la blague du type, à l'écran. Après le marathon de sexe que nous avons vécu cet après-midi, je pensais que mon corps aurait réclamé une pause, mais visiblement ça n'est pas le cas. De toute façon, peu importe ce que je veux, celui d'Anaïs *doit* se reposer. Je redresse mon bassin de manière à ce qu'elle ne sente pas le début de mon érection dans mon pantalon de sport. Son rire résonne de nouveau dans l'appartement, et me ramène à elle. Je l'observe et, comme si elle l'avait senti, elle tourne la tête vers moi.

— Quoi ? me demande-t-elle, tout sourire.

J'agrippe ses chevilles pour la tirer jusqu'à moi.

Son cri de surprise se meurt lorsque je l'installe à califourchon sur mes cuisses ; ses bras entourent aussitôt mon cou. Elle me fixe, le sourcil relevé, et j'en déduis qu'elle veut savoir pourquoi je me comporte en égoïste et la prive de la fin de son film.

— Tu étais beaucoup trop loin, marmonné-je dans ma barbe.

Mon argument foireux semble lui convenir, puisqu'elle me sourit de nouveau. Elle a l'air heureuse, et j'aime l'idée que ce soit grâce à moi. D'autant que je ne suis pas le genre de mec à permettre à qui que ce soit de s'épanouir, encore moins les femmes. Ses yeux brillants me scrutent avec tendresse ; une tendresse dont je ne suis pas coutumier non plus. Mais je pourrais très vite m'y habituer. Je caresse sa joue alors qu'elle love son visage au creux de ma paume. Ma main me paraît trop rêche, trop grossière contre sa peau délicate.

— J'adore tes taches de rousseur, lui avoué-je en les caressant du bout du pouce. Tu sais que c'est mon péché mignon ?

Ses joues prennent aussitôt une teinte rosée, alors que son sourire s'envole. *Merde, j'ai parlé sans réfléchir...* Elle baisse le menton et tente de se soustraire à ma caresse mais je ne la laisse pas faire.

— Ne te cache pas de moi, ma belle. Jamais.

— Je ne me cache pas, affirme-t-elle.

— C'est quoi, le problème, alors ?

— Où est-ce que tu vois un problème ?

— Anaïs, soupiré-je. On va arrêter de tourner autour du pot. Je sais que je t'ai promis de ne pas en parler, mais je ne comprends pas pourquoi je devrais me taire. Je te trouve magnifique avec, pourquoi les cacher derrière des montagnes de fond de teint ?

Elle garde le silence. Je crois que je sais pourquoi et je n'aime pas du tout ça.

— C'est à cause de lui, c'est ça ? demandé-je, les dents serrées par la colère.

Elle paraît hésiter, puis finit par hocher lentement la tête, avant de m'offrir un regard des plus sérieux.

— Il n'admettait que la perfection, explique-t-elle d'une voix neutre. Du coup, j'ai appris à être parfaite en toute circonstance. Ça m'a évité bien des ennuis.

— Tu sais que c'est une véritable connerie, n'est-ce pas ? La beauté d'une femme réside dans toutes ses petites imperfections, c'est ce qui fait son charme. Et c'est aussi ce qui la rend unique.

— Oui, sans doute, me répond-elle, peu convaincue. Mais c'est comme ça que je fonctionne.

— Non. C'est comme ça que *lui* fonctionnait.

— Ange...

— Si tu t'apprêtes à me dire qu'il n'avait pas totalement tort, je préfère que tu t'abstiennes. La Anaïs que j'ai devant moi vaut un millier d'Anaïs version « poupée Barbie ».

Nous gardons un long moment nos regards rivés l'un à l'autre. Soudain, la porte d'entrée claque et nous fait sursauter. Avec tout ça, j'ai presque oublié que j'avais un coloc. Cette tête de nœud ne va plus me lâcher quand il va nous trouver dans cette position, c'est sûr.

— Cette conversation n'est pas terminée, lancé-je à Anaïs en guise d'avertissement, avant de lui planter un baiser furtif sur les lèvres.

Les bottes de Fangio font un tapage d'enfer à mesure qu'il approche, et Anaïs relève la tête. Le fait qu'elle se raidisse au moment précis où le bruit s'arrête aurait dû me mettre immédiatement la puce à l'oreille. Le reste se passe comme au ralenti : l'incrédulité d'Anaïs, la grimace de Fangio lorsque je me tourne vers lui, le « Toi ? » qu'elle lâche, se confondant avec son « Merde » à lui...

Mon sang se glace lorsque je comprends.

C'est quoi, ce putain de bordel ?

Chapitre 20

Anaïs

Le hasard est une drôle de chose. Maël, mon presque-coup d'un soir et potentiel nouvel ami, se tient devant moi, derrière le canapé. Son regard circule d'Ange à moi, alors que le sourire arrogant qui semble ne jamais le quitter réapparaît. Je n'en reviens pas que la situation l'amuse, et que ma poisse légendaire me rattrape une nouvelle fois : franchement, quelle était la probabilité pour que mon dernier plan cul soit le colocataire de mon nouveau petit ami ? J'en rirais presque...

Un raclement de gorge me tire de ma contemplation déplacée. Ange me dévisage, la mâchoire crispée. Ce que je peux aisément comprendre : à sa place, j'aurais déjà bondi hors du canapé. Pas besoin d'être Einstein pour comprendre qu'il y a eu quelque chose entre Maël et moi : nous nous sommes grillés tout seuls. Il passe nerveusement sa langue sur sa lèvre avant de me demander d'une voix tendue :

— Est-ce que vous avez...

— Non ! le coupé-je un peu trop rapidement. On a juste passé une soirée ensemble, mais on n'a pas fini au lit, si c'est ce que tu sous-entends. Dis-le-lui, toi !

— Eh bien, techniquement...

Mon regard meurtrier suffit à l'arrêter.

— OK !

Ange m'attrape par la taille pour me décaler sur le côté avant de se lever. Il se place face à nous, les bras croisés, à la manière d'un directeur d'école devant deux élèves fautifs. *Hyper sexy.*

— Je veux une explication, et je la veux maintenant.

Avec mon passif, cet accès de jalousie aurait dû m'effrayer. Pourtant, à ma grande surprise, il n'en est rien ; bien au contraire. S'il s'agissait de Javier, Maël serait déjà à terre avec au moins le nez cassé. Quant à moi... Je préfère ne pas y penser. La différence, c'est qu'Ange, lui, essaye d'éclaircir la situation. Et, quand bien même la réponse ne lui plairait pas, je sais au fond de moi qu'il ne me fera jamais de mal. Une douce chaleur m'étreint la poitrine. Son ton autoritaire et l'éclat possessif de ses prunelles me donnent envie de ronronner. Il est jaloux. GI Joe l'imperturbable est perturbé ! À cause de moi, qui plus est.

— Ravi que ça t'amuse, Princesse, me dit-il, pince-sans-rire.

Ses yeux levés au ciel me font prendre conscience que je suis en train de sourire béatement.

— Attends une seconde, intervient Maël en faisant le tour du canapé pour se placer à côté d'Ange. C'était Anaïs, *la* nana dont tu m'as parlé l'autre jour ? Celle qui te faisait disjoncter ?

À mon tour de croiser les bras et d'attendre une explication.

— Alors c'est vrai, vous vous connaissez, soupire Ange.

— Bien sûr, qu'on se connaît, continue Maël, la mine enjouée. Je l'ai ramenée chez elle après une soirée plus qu'arrosée, et on a dormi ensemble.

OK : soit ce mec n'a aucun instinct de survie, soit il est complètement stupide.

— J'aurais dû en profiter pour te couper la langue

et la donner à manger à mon chat, marmonné-je à son intention, agacée par son manque de subtilité.

— Et priver toutes les autres femmes de la planète de mes prouesses « linguistiques » ? me demande-t-il, faussement offusqué, la main sur le cœur. Mais quel genre d'égoïste es-tu ?

— À ce niveau-là, on ne parle plus d'égoïsme, mais d'empathie, mon cher. Je l'aurais fait pour toutes tes futures victimes, répliqué-je avec amusement.

— Tu ne dirais pas ça si tu avais pu la tester et prendre la pleine mesure de l'étendue de mon talent.

— Stop !

Nous nous tournons ensemble vers Ange, qui se pince l'arête du nez comme si une violente migraine lui comprimait le crâne. Maël en profite pour attraper une part de pizza restée sur la table basse, et en engouffre la moitié d'un seul trait. Je le sermonne silencieusement pour qu'il se tienne en lui lançant un regard noir, ce à quoi il me répond d'un nonchalant haussement d'épaules, agrémenté d'un clin d'œil amusé. J'ai envie de l'étriper.

— Si je comprends bien, reprend Ange après de longues secondes de silence, vous avez dormi dans le même pieu...

— Le sien, se sent obligé de préciser Maël sous mon regard meurtrier.

— Mais vous n'avez pas couché ensemble.

— C'est ça, confirmé-je en me levant pour rejoindre Ange. Pas de sexe. Il a eu la gentillesse de me ramener, car j'avais trop bu pour pouvoir rentrer seule, continué-je, quelque peu honteuse. Il était très tard, ou très tôt, peu importe. Du coup, il est resté dormir à la maison, le temps de récupérer un peu avant de reprendre la route.

— Tu l'as donc vu à poil, dit Ange dans un soupir dépité, en me désignant Maël du pouce.

— Oui, affirmé-je avec honnêteté.

— Et lui, est-ce qu'il...

— Seulement en sous-vêtements, mec, intervient le principal intéressé. Un magnifique souvenir...

Notre incrédulité ne suffit pas à le faire sortir de sa rêverie béate.

— Rassure-moi, Fangio, reprend Ange comme s'il s'adressait à un enfant, tu es bien conscient que c'est de ma nana que tu es en train de parler ?

— Bien sûr, de qui d'autre veux-tu que je parle ? Il n'y a pas d'autre femme dans cette pièce, nous fait-il remarquer en s'affalant sur le canapé après avoir attrapé un autre morceau de pizza. À moins que tu aies autre chose à m'avouer, petit cachottier... Attendez, vous n'avez pas sorti de bières ? Bon sang, il faut tout faire soi-même, ici !

Il s'éloigne en soufflant vers le frigo, avant de revenir au salon retrouver sa place, sa part de pizza à la main, un pack de bières dans l'autre. Il décapsule une bouteille et s'installe confortablement, les pieds croisés sur la table basse. Pendant tout ce temps, nous n'avons pas bougé d'un pouce.

— Il est toujours comme ça ? demandé-je à Ange.

— Malheureusement, oui, me répond-il laconiquement.

Un long soupir d'extase s'échappe de la bouche de Maël lorsqu'il avale une nouvelle bouchée. Il s'offre ensuite une grande rasade de bière tout en nous observant, l'œil calculateur.

— J'ai une question, commence-t-il, la mine sérieuse.

— Abstiens-toi, lui ordonne vainement Ange.

— Lequel de nous a la plus grosse ? Je n'ai pas vu la sienne depuis le lycée. Ce mec cache plus de secrets que le triangle des Bermudes.

Non ! Il n'a pas osé ! Hébétée, je le fixe quelques

secondes avant de partir dans un grand éclat de rire. Ange se contente de grogner.

— Putain, Fangio, tu ne peux pas la fermer ?

C'est officiel, ils sont plus que de simples colocataires, sans quoi, Ange lui serait déjà tombé dessus, je pense. Alors que je prends une longue inspiration pour me calmer, je vois que Maël attend toujours ma réponse.

— Attends, tu tiens vraiment à ce que je réponde ?

Le oui impatient de Maël croise le non catégorique d'Ange.

— Ange gagne haut la main, répliqué-je tout sourire sans réfléchir.

— Pfff, laisse échapper Maël, dépité. L'alcool a modifié ta perception de la réalité.

— J'ai une excellente mémoire visuelle, rétorqué-je avec conviction. Et sache pour ta gouverne que...

Mes pieds décollent du sol, et en moins de temps qu'il n'en faut pour le dire je me retrouve sur l'épaule de mon brun aux yeux noirs, qui se dirige vers la chambre, le pas assuré.

— Ange, qu'est-ce que tu fais ? m'écrié-je en riant.

— Je vais effacer ta mémoire visuelle pour que tu n'aies plus rien à comparer.

J'ai tout juste le temps de redresser la tête pour apercevoir Maël lever sa bouteille à ma santé, depuis le canapé, me lançant, railleur :

— Surtout, ne me remercie pas !

Mais déjà Ange a refermé la porte derrière nous, prêt à tenir toutes ses promesses.

Le lendemain matin, je me réveille entre les draps d'Ange, un sourire comblé aux lèvres, alors que mon corps engourdi par nos innombrables séances de sexe de ces dernières vingt-quatre heures se rappelle à moi de la plus exquise des façons. J'ai mal partout mais, ces courbatures-là, j'en veux tous les jours. Elles sont autant de preuves physiques de la dévotion que met Ange à me faire jouir. Je jette un œil attendri à l'homme qui est étendu prêt de moi, sur le ventre, magnifique dans sa nudité. Un rayon de soleil souligne à la perfection ses fesses divinement sculptées. J'ai envie de croquer dedans, mais je me raisonne et décide de le confier encore un petit peu à Morphée, pour qu'il récupère de tous ses exploits nocturnes. Le cœur léger, je quitte le lit, enfile ma culotte et le T-shirt d'Ange, avant de me diriger vers la cuisine, que je trouve déserte. Je suis agréablement surprise d'y trouver une cafetière tout ce qu'il y a de plus classique. Avec toutes les machines à expresso vendues de nos jours, la douceur du café filtre se fait rare. Après avoir fait le tour des placards et trouvé mon bonheur, j'enclenche la cafetière puis me lance dans la préparation d'un petit déjeuner de roi pour mon homme. Alors que je m'évertue à débusquer un presse-agrumes pour faire du jus d'orange frais, je découvre dans un des placards un nombre incalculable de paquets de gâteaux.

— Ne t'avise pas de toucher à ça, femme !

Surprise, je sursaute, avant de me retourner face à un Maël complètement débraillé, les cheveux en bataille et la marque du drap imprimée sur la joue. Même comme ça, il reste super sexy, ce con.

— C'est marrant, commencé-je, vu d'ici, je n'arrive pas à distinguer si tes yeux sont ouverts ou fermés.

— Très drôle, s'exclame-t-il, sarcastique, en s'asseyant sur un des tabourets de l'îlot central de la cuisine. Le sexe ne t'a dotée d'aucun pouvoir comique, sache-le.

Je lui envoie un baiser soufflé qu'il fait semblant d'attraper pour le déposer sur sa joue.

— Mon Dieu, m'exclamé-je, hilare, c'est tellement ringard… Une tasse de café ?

— La cafetière entière, tu veux dire… Notre Belle au bois dormant dort encore ?

— Oui, lui rétorqué-je avec un sourire comblé en le servant dans une tasse que j'ai posée devant lui. Je l'ai épuisé !

— La vie est injuste, soupire-t-il. Je n'ai pas fermé l'œil à cause de vous, et lui se repose comme un bienheureux. Quant à moi, c'est officiel : je suis épuisé, frustré, et de toute évidence dévoré par la jalousie.

— Ne le réveille pas, le pauvre : il a besoin de reprendre des forces…

Il s'étouffe en avalant une première gorgée, et repose sèchement la tasse tout en me fusillant du regard.

— Le pauvre ? s'écrie-t-il. Ôte-moi d'un doute : on n'est pas censés être potes, ou un truc du genre ? Après les textos affligeants d'invitation à la plage que tu m'as envoyés…

— La ferme !

— J'estime avoir droit à ton respect. Au nom de notre amitié. Donc non, tu n'as pas le droit de le plaindre ! *Moi*, j'ai besoin de reprendre des forces. Moi. Pas lui.

— Mal dormi, gueule d'amour ?

Le ton rauque d'Ange fait glisser dans mon dos un agréable frisson, un peu comme si mon corps était en permanence branché sur la fréquence grave de sa voix. Je lève la tête : il se tient à l'autre bout du salon, un pantalon de sport noir négligemment posé sur les hanches. Ma respiration s'emballe et mon estomac fait un looping, alors qu'il approche, ses yeux avides ancrés dans les miens. *Je crois que je suis en train de baver…* Lorsqu'il se place entre l'îlot et moi, je ne sais plus comment je m'appelle ; quand il m'ôte la cafetière des mains pour la poser derrière lui, je n'ai plus conscience des limites physiques de mon corps ; et à l'instant précis où ses mains emprisonnent mes joues, où sa bouche s'empare de la mienne, je ne suis plus qu'un battement de cœur violent et anarchique. Je m'agrippe de toutes mes forces à ses épaules, à sa nuque, lui griffe légèrement le cuir chevelu. Je ne veux pas que ça s'arrête, qu'il s'éloigne. J'ai plus envie de lui que de respirer, de manger ou de combler quelque autre besoin vital que ce soit. Pourtant, lorsqu'un raclement de gorge insistant, suivi d'une grossière quinte de toux, se fait entendre derrière nous, Ange détache à regret sa bouche de la mienne. Front contre front, nous nous dévisageons, essoufflés et heureux.

— Salut, me glisse-t-il, un sourire éclatant aux lèvres.

— Salut, répliqué-je dans un souffle de voix.

— Je ne peux pas croire que je suis en train d'assister à ça, s'exclame Maël d'un air faussement dégoûté. Vous êtes dégoulinants de mièvrerie ! Je vous préviens, je suis ici chez moi. Ne comptez pas sur moi pour quitter cette cuisine et vous laisser baiser sur le plan de travail. Vous m'avez privé de sommeil cette nuit, je ne vous laisserai pas en plus m'affamer !

J'éclate de rire avant d'embrasser furtivement Ange et de récupérer la cafetière.

— J'ai fait du café, tu en veux ?

— Avec plaisir, ma douce, me répond Ange en déposant un baiser dans ma nuque.

— Ma douce ? intervient Maël. Putain, mec, c'est pire que je ne le pensais...

Le paquet de gâteaux vole à travers la cuisine avant même que j'aie eu le temps de voir Ange l'attraper pour le lancer à la figure de son coloc. Après un échange plus qu'inventif de noms d'oiseaux, nous nous attablons. Nous faisons durer le petit déjeuner, profitant ensemble de cet instant. Nous rions, mangeons, commentons les frasques amoureuses de Maël, en évitant soigneusement de mentionner la nôtre. De toute ma vie, je n'avais que rarement passé un moment aussi simple et heureux. Jusqu'ici, il n'y a que Mona et Lili qui ont réussi à me donner de tels instants de bonheur. Mais, la grande nouveauté, c'est que mon bonheur actuel soit pleinement dû à un homme, *mon* homme. J'ai encore tellement de mal à accepter que ce soit en train de m'arriver, que je sois en train de tomber amoureuse... *Attends, quoi ?* Une chape de plomb vient plonger dans mon ventre illico, tandis que j'observe Ange rire à gorge déployée à une vanne de Maël. Putain, oui. Aucun doute. Amoureuse. C'est ce que je suis. Ma gorge se serre alors que je prends soudainement conscience de toute l'étendue du pouvoir qu'Ange a dorénavant sur moi...

— Ah, il y a un truc qui vibre ! s'exclame Maël d'un ton lourd de sous-entendus, me tirant de mes pensées. Tu nous caches des petits jouets, jolie brune ?

Son doigt indique mon sac à main, que j'ai totalement oublié sur le sol de l'entrée depuis mon arrivée. Je vais le récupérer pour en extirper mon téléphone. Mon cœur se serre quand je me rends compte que j'ai une vingtaine d'appels en absence, et sept messages vocaux, provenant tous de la clinique des Lilas.

— Merde, dis-je d'une voix blanche.

— Qu'est-ce qui se passe ? s'enquiert Ange.

Je le fais taire, levant un doigt devant mon visage alors que j'écoute le premier message. Les suivants sont du même acabit : l'état de ma mère se dégrade rapidement. On me somme même de venir dans les plus brefs délais. J'essaie de réfléchir, sans y parvenir : pourquoi me demander de rappliquer au plus vite, si ce n'est pour être présente dans ses derniers instants ? Le pire, dans tout ça, c'est que je n'arrive pas à déterminer si c'est une bonne ou une mauvaise nouvelle pour moi... Lorsque je relève la tête, toute trace d'hilarité a quitté le visage de Maël, et celui d'Ange est empreint de gravité, me donnant par là même une idée de la mine que je dois afficher.

— C'est ma mère, expliqué-je dans un filet de voix.

— Ta mère ? s'étonne Ange. Mais Stéphane m'a dit que tes parents étaient morts.

Je grimace à l'évocation de ce mensonge que j'ai fait et dont j'ai profondément honte. La vérité, c'est qu'à l'époque, après mon « accident », Stéphane a été le seul dont j'ai accepté pleinement l'aide, pour la simple et bonne raison qu'il ne connaissait rien de mon passé. Avec lui, je pouvais être moi sans jugement ni pitié. Juste moi et celle que je voulais devenir. Il ne m'a jamais rien demandé, et ça me convenait parfaitement ; c'était comme une sorte d'accord tacite entre nous.

Alors, le jour où un notaire a débarqué à la salle d'entraînement pour m'annoncer le décès de mon père, le sujet a été amené sur la table. Cela faisait des années que je n'avais plus de nouvelles de mes parents. À ce moment-là, Stéphane a pris conscience qu'ils étaient en vie au moment de l'accident, pendant toute ma rééducation et durant les longs mois d'enfer qui ont suivi. Mais il s'est surtout rendu compte que, durant toutes ces années, pas une seule foutue fois ils n'avaient pris de mes nouvelles. Et ça l'a rendu fou de rage. C'est face à sa colère d'une intensité inouïe que j'ai compris qu'il m'aimait comme sa propre fille. J'ai décidé de le protéger de mon passé. Parce que c'est ce que font les gens qui s'aiment.

Il était avec moi encore lorsque le notaire m'a informée de la tentative de suicide de ma mère, peu après la mort de mon père. Bien entendu, j'étais déjà au courant de tout ça, puisque j'ai été prévenue le soir même de l'incendie et que je m'étais rendue sur les lieux. Mais je n'ai pas osé l'avouer à Stéphane ; j'avais peur de sa réaction. En revanche, ce que nous ignorions tous les deux, c'est que ma mère s'en sortirait. Quand je suis rentrée de l'hôpital en pleurs, une semaine plus tard, il en a déduit qu'elle était décédée. La vérité, c'est que mes larmes coulaient car j'ai appris qu'elle allait s'en tirer, et qu'à partir de ce jour je ne pourrais plus l'écarter de ma vie. Je l'aurais préférée morte, et ce sentiment me causait une honte que je n'ai pas su assumer devant lui. Alors, plutôt que de démentir, je me suis accommodée de ce mensonge. Mais il paraît que la vérité finit toujours par éclater. Il y a bien un dicton là-dessus, non ? Je file dans la chambre, suivie de près par Ange.

— C'est ce qu'il croit, en effet. Je lui ai menti. Je ne voulais pas le mêler à tout ça, continué-je depuis la salle de bains tout en ramassant les affaires que j'y avais laissées, avant de revenir vers Ange pour lui caresser doucement la joue. Je ne veux mêler personne à tout ça.

Espérant que le message soit passé, je soupire et dépose un baiser rapide sur ses lèvres, avant de fouiller dans mon sac pour récupérer autre chose que mes fringues de la veille. Alors que j'enfile ma robe d'été bleu pastel, il vient se placer dans mon dos, puis entoure ma taille dans un geste de réconfort.

— Ma puce, où est ta mère ?

— Ange, ne fais pas ça.

— Réponds-moi. S'il te plaît.

Je sais ce qu'il est en train de faire : il me demande de lui faire confiance. Ma gorge se serre. Après tout ce qu'il a fait pour moi, je rêve d'accéder à sa requête, mais tant de choses m'en empêchent... Il resserre son étreinte comme pour me pousser à me confier à lui. La chaleur qu'il dégage apaise un peu mes tensions.

— Elle est… Merde ! Non ! Ma voiture !

Avec tout ça, j'ai réussi à oublier que j'ai laissé ma Coccinelle sur le bas-côté de la route, vendredi matin. Ça fait déjà plus de deux jours ! Mais comment est-ce que j'ai pu me laisser aller à ce point ? Ça ne me ressemble tellement pas, ce lâcher-prise. Sans ma bagnole, je n'ai aucun moyen de me rendre à la clinique : Lili n'a pas de voiture, Mona s'occupe déjà d'aller nourrir Mitou, comme je le lui ai demandé avant de quitter la boîte l'autre soir, sans compter qu'elle vient de déménager et a une tonne de choses à faire. Je ne veux pas dévoiler la vérité à Stéphane, pas comme ça. Je n'ai pas de quoi payer un taxi pour un si long trajet. Ne reste que GI Joe, mais il est absolument hors de question qu'il rencontre ma génitrice. Soudain, une idée me traverse l'esprit, et je me retourne sans plus attendre.

— Ange, j'ai besoin de ma voiture. Tu m'as dit que tu t'en étais occupé. Qu'est-ce que tu en as fait ?

Les bras croisés, il me fixe, visiblement mécontent que je l'écarte sans ménagement de mes problèmes.

— S'il te plaît, l'imploré-je à mon tour, la main sur son poignet.

— Elle est en bas, me répond-il dans un soupir en désignant le rez-de-chaussée.

— En bas ? Comme : en bas, au garage ? Dans ce garage ?

— Ouais. Maël est mécano. C'est lui qui l'a remorquée. L'immeuble est à lui.

Pas le temps de me demander comment il est possible que Fangio soit propriétaire de cet endroit ; je suis déjà dans la cuisine.

— Je t'en supplie, Maël, dis-moi que je peux récupérer ma voiture.

— *Nope*, réplique-t-il aussi sec. Elle est encore HS.

C'est la durite qui a pété. Je n'aurai pas la pièce avant demain. Désolé, ma belle.

— Oh non ! C'est pas vrai, lancé-je en m'affalant sur un des tabourets, la tête entre les mains. Comment je vais faire ?

— Maël, où sont les clés de ta dernière caisse ?

Je me redresse. Ange s'est habillé ; il porte un jean et un T-shirt noir, ses bottes déjà aux pieds. Il est en train de fouiller dans le tiroir d'un meuble de l'entrée. Maël se lève pour le rejoindre et lui donner un trousseau.

— Tu ne prends pas la moto ?

— Non, lui répond Ange en me désignant du doigt. Elle n'a qu'une robe sur le dos. Avant-hier, je n'avais pas le choix, mais aujourd'hui je ne veux pas lui faire prendre de risques sans équipement. Je préfère prendre la voiture.

— Excusez-moi... commencé-je, sans parvenir à m'imposer.

— Tu vérifieras le plein, continue Maël comme si je n'étais pas là, il me semble qu'il reste un peu plus de la moitié.

— D'accord. Merci, mec.

— Oh ! m'écrié-je pour leur rappeler que je suis moi aussi présente dans la pièce et la principale concernée. Vous faites quoi, là ? demandé-je une fois que je constate que j'ai réussi à retenir leur attention.

Ange me rejoint pour me déposer un baiser sur les lèvres avant d'attraper ses lunettes de soleil.

— Je t'emmène voir ta mère. Tu es prête ?

Un ricanement nerveux et des plus disgracieux m'échappe :

— Voyons, laisse-moi réfléchir... C'est non !

Il me dévisage quelques instants, visiblement agacé.

— OK, c'est quoi, le souci, cette fois ?

— Rien du tout. C'est juste que je suis une grande fille et que je n'irai pas avec toi. Je lui rends toujours visite seule.

— Eh bien, il y a un début à tout.

— Ange, arrête, ordonné-je d'un ton sec.

— Je ne te filerai pas ces clés tant que tu ne m'auras pas donné une explication valable. Vas-y, je t'écoute. Dis-moi pourquoi tu ne me laisses pas t'accompagner.

Son regard perçant pèse très lourd sur mes épaules. Une boule d'angoisse se loge au creux de mon estomac : il ne lâchera pas l'affaire sans une très bonne raison, que je refuse de lui donner. Que pensera-t-il de moi lorsqu'il saura ce que j'ai dû faire, les décisions que j'ai prises ?

— Ça y est, j'y suis, enchaîne-t-il. Le problème, ce n'est pas ta mère, c'est toi qui n'assumes pas notre relation. Tu as honte de moi, c'est ça ?

Blessée qu'il puisse penser pareille ineptie, je déglutis péniblement pour tenter de conserver mon calme. Les larmes aux yeux, je me lève et le menace de l'index.

— Écoute-moi bien, commencé-je les dents serrées, je n'aurai jamais honte de toi.

— Non, juste de nous, réplique-t-il, le regard froid. Tu sais quoi ? J'en ai ma claque, de toutes ces conneries. Puisque tu ne veux pas que je te conduise, tiens, voilà les clés.

Il me lance le trousseau avant de me tourner le dos. Le voir s'éloigner sans même m'adresser un regard me brise le cœur. Je ne supporte pas qu'il puisse penser que j'ai honte de lui ou de notre couple. Même Maël paraît gêné. Sentant que la situation m'échappe totalement, je finis par céder :

— Elle est dans un hôpital psychiatrique, OK ? m'écrié-je avec du ressentiment dans la voix. À cause de moi. Je suis celle qui l'y a fait enfermer. Sa propre fille !

Ma confession a le mérite de retenir l'attention d'Ange. Je laisse couler ma première larme de défaite.

— Je n'ai pas envie que tu la rencontres, parce qu'elle me déteste, Ange. Elle me hait si profondément qu'elle fera tout ce qui est en son pouvoir pour me blesser. C'est ce qu'elle a toujours fait.

Les deux colocataires échangent un regard interrogateur, mais gardent le silence pour mieux me laisser continuer :

— Je sais ce que tu te dis : pourquoi est-ce que je continue à m'inquiéter pour elle, si elle me déteste ? Je ne me l'explique pas moi-même. C'est juste que, quand je me retrouve avec elle, je redeviens systématiquement cette petite fille qui recherche des preuves d'affection de sa mère. C'est grâce à ça qu'elle m'a toujours tenue. Je pourrais m'en foutre, mais je n'y arrive pas, et elle le sait très bien. Alors, quand elle comprendra à quel point tu comptes pour moi, elle trouvera le moyen de t'utiliser contre moi. Parce que ma faille, aujourd'hui, c'est toi.

Mes mains encerclent son visage alors que je recouvre un peu mon calme.

— Je n'ai pas honte de toi. C'est juste que, t'exposer à elle, c'est risquer de te perdre, alors que je viens tout juste de te trouver. Et, ça, je ne le supporterais pas. Pas plus que je ne supporterais de voir changer le regard que tu portes sur moi. Je suis encore trop fragile psychologiquement pour ça.

Merveilleux... En moins d'une minute, je viens de lui prouver qu'en plus de mon passé de punching-ball humain je suis instable psychologiquement, que j'ai fait interner ma propre mère, laquelle m'a encore sous sa coupe malsaine, et que la tarée que je suis tient à lui par-dessus tout. Mon cœur bat la chamade en attendant que le couperet tombe. Ange me fixe, pensif, avant de me sourire et de m'embrasser. Son baiser est d'une émouvante tendresse. Lorsque ses lèvres quittent les miennes, son pouce caresse ma joue.

— Merci.

La sincérité de ce simple mot me réchauffe tout entière. Aussi, quand il reprend les clés de la voiture de mes mains, je le laisse faire. Quand il me tend la paume pour m'inviter à le suivre, je le suis. Et, quand ma conscience se rappelle à moi pour me hurler qu'il est sur le point de rencontrer ma mère et pénétrer dans mon enfer personnel, je la fais taire... et je croise les doigts en espérant que, pour une fois dans ma vie, j'ai pris la bonne décision.

Chapitre 21

Ange

Le paysage défile et Anaïs garde le silence depuis que nous sommes partis. Elle est assise à côté de moi, mais n'est visiblement pas avec moi. Si nous étions dans un film, le temps dehors serait gris et pluvieux, voire menaçant, à l'image de l'ambiance qui règne dans l'habitacle. Mais, comme nous sommes dans la vraie vie, c'est un soleil de plomb, une lumière estivale qui nous accompagnent. Et une chaleur excessive qui ne cadre pas avec une journée qui avait pourtant si bien commencé.

Caché derrière mes lunettes de soleil, je jette un œil discret à ma copilote, qui se renferme à vue d'œil au fil des kilomètres. À ce rythme-là, c'est accompagné d'un fantôme que je vais arriver dans cet hôpital. Le regard maintenant figé sur un point invisible du tableau de bord, elle ne semble pas avoir conscience que nous avons quasiment atteint notre destination. Les mains serrées sur les genoux, elle triture ses doigts depuis que nous avons quitté le loft. Je n'ai pas essayé d'engager la conversation : je me suis rapidement rendu compte que ce serait inutile. Elle est dévorée par l'angoisse, et ma présence lors de cette visite qu'elle redoute tant ne doit pas y être pour rien. Ça fait beaucoup pour elle.

J'ai donc préféré respecter son espace, et son mutisme. Peut-être à tort ; on verra bien.

Lorsque j'enclenche le clignotant pour tourner dans l'allée qui mène à la clinique des Lilas, je la sens se raidir sur son siège. Je récupère une de ses mains pour la porter à mes lèvres et y déposer un baiser.

— Tout va bien se passer.

— Non, et c'est bien ça, le problème, finit-elle par répondre dans un filet de voix, en récupérant sa main.

Lorsque je me gare et coupe le moteur, elle expire longuement. J'aimerais la soulager de son angoisse, mais quelque chose me dit que je vais m'écraser contre un mur si je tente quoi que ce soit pour le moment. Elle ne souhaitait pas ma présence, certainement pour de très bonnes raisons que je m'apprête à découvrir.

Le bâtiment gris dans lequel est hospitalisée sa mère me donne un avant-goût de ce qu'Anaïs vit lorsqu'elle passe un moment à ses côtés. Il réussit l'exploit de paraître lugubre malgré le soleil éclatant. Un parc arboré, agrémenté de parterres de fleurs, entoure la clinique, qui parvient néanmoins à me tirer un frisson des plus désagréables. Ce n'est pas ce genre d'endroit qui pourrait me guérir de mon dégoût des hôpitaux.

Voyant qu'Anaïs n'a toujours pas esquissé le moindre mouvement, je pose une main apaisante sur son genou, et la caresse du bout du pouce. Lorsqu'elle se tourne vers moi, je suis surpris de constater que la jeune femme que j'ai devant moi n'a rien de commun avec celle que j'ai connue jusqu'ici. Son regard est celui d'une petite fille apeurée, blessée et terriblement seule. Toute son assurance l'a désertée, au profit d'un malaise évident. Mon cœur se serre à l'idée de ce qu'elle a vécu pour avoir aujourd'hui cette tristesse dans le regard. Je caresse sa joue et elle en profite pour la lover au creux de ma paume, fermant les yeux, comme pour puiser de mon énergie.

— Tu es prête ? lui demandé-je calmement.

Son regard retrouve le mien. Elle embrasse ma main et se redresse pour délier ses épaules, à la manière d'un boxeur avant le combat. Puis, la main sur la poignée de la portière, elle m'adresse un sourire furtif :

— Je ne le suis jamais.

Nous quittons la voiture. Le silence lourd autour de nous n'est troublé que par le crissement des graviers sous nos chaussures. À quelques mètres de l'entrée, Anaïs attrape ma main pour mêler ses doigts aux miens et m'arrêter.

— Quoi qu'il se passe derrière ces portes, commence-t-elle d'une voix fébrile, promets-moi de me laisser ma chance. Je sais que je commets des erreurs et que je suis une estropiée de la vie affective, mais la femme que tu me fais entrapercevoir, cette femme-là, vaut le coup d'être connue. Tu m'as donné envie de la connaître. Et, si un jour tu décides malgré tout de me quitter, fais-le pour les bonnes raisons. S'il te plaît, ne me juge pas trop vite. Je n'y arriverai pas, sinon.

Son regard est terni d'une telle peur que je lutte contre l'envie d'entrer pour aller étrangler celle qui en est responsable. La colère me ronge ; la frustration également. Parce que je ne sais pas tous les tenants et aboutissants de son histoire ; parce que je ne peux pas l'aider à combattre ses démons comme je le voudrais ; parce que je sais que, malgré mes efforts, sa confiance ne m'est que partiellement acquise, pour le moment. Et surtout je suis consterné de constater que les réactions que je *pourrais* avoir continuent à la faire douter de moi. Il n'y a rien de rationnel là-dedans. Personne ne vit dans l'hypothèse de ce qui pourrait arriver. Nous avons encore beaucoup de chemin à parcourir tous les deux... Mais je n'envisage pas la situation autrement qu'en me battant pour elle : Anaïs *est* mon nouveau combat.

— Ça n'arrivera pas, affirmé-je avec sincérité. Toi et moi allons entrer dans ce bâtiment, affronter ta mère, et rentrer à la maison plus forts, plus soudés qu'à notre arrivée. Je suis ici pour toi, ma douce. Et en aucun cas je ne m'autoriserais à te juger.

Les yeux brillants, elle me dévisage avant de m'adresser son premier vrai sourire depuis qu'elle a reçu tous ces messages.

— OK, souffle-t-elle avec un peu plus d'assurance. Allons-y : plus vite on sera entrés, plus vite ce sera terminé.

Alors qu'elle commence à s'avancer vers les marches du perron, je la ramène à moi, l'enlace par la taille et m'empare de ses lèvres. Je les frôle, aspire leur parfum, en caresse la courbure, me délecte de sa saveur. Rien de passionné : un baiser intensément tendre. Lorsque je m'écarte d'elle, son sourire devient solaire.

— Merci.

— Pourquoi ? demandé-je, amusé de la voir encore les yeux fermés.

— Parce que c'est la première fois que je vais passer ces portes avec le sourire. Grâce à toi. Comme quoi tu avais raison, ajoute-t-elle comme si elle n'y croyait pas elle-même : il y a un début à tout.

Satisfait, je prends sa réplique pour ce qu'elle est : une petite victoire personnelle. Nous entrons enfin dans la clinique des Lilas. Si le sourire d'Anaïs a disparu sitôt le comptoir d'accueil atteint, la tension qui l'habitait paraît tout de même s'être un peu amoindrie. Une dame d'une petite soixantaine d'années aux cheveux grisonnants nous indique un couloir, après avoir signalé notre présence au médecin d'un bref coup de fil. Visiblement, Anaïs est une habituée des lieux, puisqu'elle n'a même pas eu à se présenter.

Au bout de quelques pas, nous nous trouvons face à la porte du bureau d'un certain Dr Coisson. Nous pénétrons dans une petite salle d'attente aux murs d'un vert fade et triste à pleurer. J'ai l'impression qu'ici tout est en demi-teinte, conférant au lieu une tristesse sans nom. Plutôt ironique quand on pense à l'objectif dudit lieu. Nous prenons place sur deux des six sièges qui constituent l'ameublement spartiate de la pièce. Alors que les premières minutes s'égrènent dans une lenteur pesante, la jambe d'Anaïs commence à vibrer, puis à tressauter à un rythme frénétique, signe indubitable que son angoisse regagne du terrain. Ma main trouve sa cuisse dans un geste d'apaisement. Le silence nous enveloppe, et, alors que je m'apprête à lui demander pourquoi sa mère est internée ici, elle prend la parole, le regard absorbé dans la contemplation d'une plante posée dans un angle de la pièce :

— Elle ne mange quasiment plus depuis qu'elle est ici. Elle refuse tout en bloc : les soins, les repas, mes visites...

— Ça fait combien de temps ?

— Deux ans, soupire-t-elle. Depuis que mon père est mort et qu'elle a décidé de mourir avec lui grâce à son plan infaillible qui consistait à cramer avec sa maison et ce qui constituait toute sa vie. Le problème, c'est qu'elle n'a pas pensé qu'elle avait une fille en vie dans ce monde. Fille qui refuse de la laisser crever malgré toutes les atrocités que lui a fait vivre sa génitrice. Pathétique, non ?

— Je dirais plutôt que c'est légitime.

— Je lui rends visite tous les quinze jours, continue-t-elle comme si elle ne m'avait pas entendu. En général, cela dure vingt minutes grand maximum. C'est assez rapide, puisqu'elle ne veut jamais me voir, me confie-t-elle dans un sourire triste. Ça ne devrait pas être beaucoup plus long aujourd'hui. Enfin, à moins que...

Elle ne finit pas sa phrase, et n'en a pas besoin. Les circonstances parlent pour elle. Sa mère va peut-être mourir. Elle va peut-être être plongée dans le coma, et priver par la même occasion sa fille de l'espoir de recevoir un jour une marque d'affection, un geste de pardon. On dit qu'à l'approche de la mort il n'y a plus de temps pour les querelles et les regrets. Sans doute Anaïs se dit-elle que, sur son lit de mort, sa chère maman se montrera plus clémente... Je me surprends à prier intérieurement pour ne pas voir disparaître cet espoir aujourd'hui.

— Toute ma vie, elle m'a considérée comme son fléau personnel, reprend-elle. J'ai passé mon existence à tenter de lui prouver que nous pourrions avoir une relation heureuse, enrichissante, mais je n'ai réussi qu'à ajouter l'anorexie à sa dépression et à son problème d'alcool.

— Ce n'est pas ta faute.

— Bien sûr que si ! Si je ne l'avais pas fait admettre ici, elle serait sans doute...

— ... morte.

La culpabilité qui crispe ses traits me fend le cœur. Je la prends dans mes bras. Le nez blotti dans mon cou, elle laisse échapper un sanglot.

— Si tu savais comme je suis fatiguée, m'avoue-t-elle.

— Pourquoi avoir enduré ça toute seule, pendant toutes ces années ? ne puis-je m'empêcher de lui demander.

— « Pourquoi infliger ça aux gens que j'aime ? » me paraît plus légitime, comme question.

— Anaïs, les proches, c'est fait pour ça.

— Pas dans mon monde.

— Ton monde est foireux.

— Ça, je n'avais pas besoin de toi pour le savoir.

Elle se redresse et essuie rapidement ses larmes, avant de souffler, sans doute pour se reprendre et retrouver cette ligne de conduite à laquelle elle tient tant et qui guide ses actes en toute circonstance. Elle met volontairement de la distance entre nous, comme si elle cherchait à me laisser le temps et l'espace nécessaires pour que je me fasse ma propre opinion d'elle et de ce qui va suivre. Ce revirement de comportement m'agace profondément.

— Excuse-moi, je ne cherchais pas à être blessant. Ce n'est pas ce que je voulais dire.

— Bien sûr que si. Ne t'excuse pas pour ton honnêteté, s'il te plaît, c'est ce que j'apprécie le plus chez toi. Tu n'es pas comme les autres, à mâcher tes mots pour ne pas me froisser. Leur condescendance me donne systématiquement l'impression de redevenir une petite fille. Toi, au contraire, tu me…

— … fais sortir de tes gonds ?

Elle m'adresse un sourire, et son regard s'adoucit.

— Oui, aussi.

— Mademoiselle Deltino ?

Un homme corpulent, vêtu d'une longue blouse blanche, se tient dans l'encadrement de la porte du bureau adjacent. Ses cheveux poivre et sel, les ridules autour de ses yeux, son regard fatigué, toute son apparence témoigne de ce qu'il a dû endurer dans sa carrière. Il en résulte sur son visage une lassitude bien visible. Anaïs se lève pour le saluer et s'apprête à entrer dans le bureau lorsque le médecin lui demande, en me désignant :

— Monsieur assiste au rendez-vous ?

Je reste sagement assis sur ma chaise, attendant de voir ce qu'elle va décider. Après quelques secondes de réflexion, elle hoche la tête et je retiens in extremis un sourire. Je ne peux m'empêcher de déposer un baiser sur le sommet de son crâne en guise de remerciement alors que nous entrons dans le bureau du doc. Nous nous trouvons dans une pièce à la décoration épurée : les murs sont couverts de livres de psychiatrie entassés sur des étagères en bois foncé ; sur le bureau trône de la paperasse à ne plus savoir qu'en faire. Des diplômes jaunis encadrés, un imposant fauteuil au cuir usé, et l'indispensable canapé sur lequel allonger les patients en proie à leurs démons complètent le tout. Rien de plus.

— Je suis content de vous voir, commence le psychiatre en s'affalant sur son fauteuil à l'assise creusée.

— Je tiens à m'excuser de ne pas avoir répondu tout de suite à vos appels, docteur. J'étais occupée... explique-t-elle en me jetant un coup d'œil.

— Peu importe. Vous êtes là, et c'est tout ce qui compte.

— Comment va-t-elle ?

— Mal, mais, ça, vous vous en doutez. Comme je vous l'ai expliqué dans mes messages, notre plus grand problème est qu'elle ne s'alimente plus du tout depuis presque une semaine. Nous nous sommes rendu compte qu'elle jetait sa nourriture par la fenêtre pour nous tromper. Vous savez qu'elle est au deuxième étage et que sa chambre donne sur l'arrière du parc, non loin des zones de livraison. C'est pour cette raison que nous ne nous en sommes pas aperçus tout de suite.

— Vous plaisantez ? Comment est-il possible que le personnel soignant n'en ait pas eu conscience plus tôt ? Un jour, je veux bien, mais une semaine entière ! s'exclame-t-elle dans une colère évidente. Si vous n'avez pas été fichus de voir ce qui est évident, comment l'avez-vous appris ?

— Ne le prenez pas sur ce ton, s'il vous plaît. Mes équipes font ce qu'elles peuvent, mais le manque de moyens règne en roi, ici. Vous connaissez ça, non ? Vous êtes infirmière, je crois.

Le ton infantilisant qu'utilise ce médecin pour s'adresser à Anaïs commence à me taper sur le système. On dirait qu'il la prend pour une gamine capricieuse. Suite à quoi je me suis souvenu qu'il n'y a pas si longtemps que ça c'était moi qui utilisais ce même ton avec elle... Elle semble ne pas en faire cas, comme si elle en avait l'habitude, ce qui m'agace d'autant plus.

— Lors de la pesée hebdomadaire, continue-t-il avec la même voix neutre, son poids avait encore diminué. Sans compter tous les signes cliniques associés. Sachez qu'en votre absence nous avons été obligés de prendre quelques mesures. Nous avons dû lui poser une sonde naso-gastrique.

— Attendez, c'est pour ça que vous m'avez laissé tous ces messages alarmistes ? Pour une sonde naso-gastrique ? Bon sang, docteur, j'ai cru qu'elle était à deux doigts de passer l'arme à gauche ! On ne laisse pas imaginer à un membre de la famille que le patient est proche de la mort, alors qu'il s'agit seulement d'avoir son aval pour une procédure médicale. En plus, vous n'avez même pas besoin de mon accord pour ça !

Le thérapeute baisse le regard. Sa gêne n'échappe pas à Anaïs, qui se raidit.

— Qu'est-ce que vous ne me dites pas ?

— Anaïs, soupire le médecin, j'ai tenté de vous prévenir...

— Qu'est-ce que vous ne me dites pas ? répète-t-elle avec plus de véhémence.

— Nous avons été obligés de l'attacher, pour qu'elle n'arrache pas sa sonde.

Un silence glacial envahit la pièce avant qu'Anaïs explose :

— Vous aviez promis de ne pas en arriver là !

— Nous n'avions pas le choix.

— C'est faux ! Vous savez que la condition expresse pour laquelle j'ai accepté son hospitalisation était qu'elle ne soit pas attachée. Elle me déteste suffisamment comme ça ! Comment voulez-vous que j'assume cet acte, que je la regarde droit dans les yeux, en faisant comme si je n'étais pas responsable de l'enfer qu'elle vit ? Comment avez-vous pu nous imposer ça ?

— Vous énerver ne sert à rien. Laissez-vous le temps de vous calmer, et prenez un peu de recul par rapport à la situation. Si nous ne la contenons pas, votre mère ne gardera pas la sonde et ne se nourrira plus. Alors elle va mourir. Rapidement. Elle n'acceptera pas une hospitalisation à l'hôpital général, vous le savez aussi bien que moi. C'est une décision médicale, rationnelle que nous avons eu l'obligation de prendre pour le bien-être de votre mère.

Le rire amer d'Anaïs vient couper la diatribe du médecin. Je garde le silence, par discrétion, mais manifeste mon soutien en prenant sa main dans la mienne, qu'elle serre avec force. Le léger tremblement de ses doigts s'accentue lorsque le médecin reprend la parole, après une légère quinte de toux :

— Mademoiselle Deltino, vous ne répondiez pas au téléphone. Nous avons dû prendre les mesures nécessaires. Maintenant, nous pouvons en discuter. Vous êtes sa tutrice légale, toute décision la concernant vous appartient.

Le psychiatre me jette un coup d'œil rapide avant de baisser la tête. Je connais ce regard, j'en ai l'habitude : je l'impressionne. À sa place, beaucoup se seraient déjà carapatés. Pour sa défense, l'austérité que j'affiche doit y être pour beaucoup. La politique de la maison qui consiste à attacher des gens « pour leur bien » me donne des envies de meurtre.

— Vous vous rendez bien compte, docteur, que mes seules options sont de lui laisser la sonde et de prolonger son calvaire, ou de la lui faire retirer et de la tuer. Comment voulez-vous que je prenne une telle décision ?

— Si je puis me permettre…

— Ne vous permettez rien de plus, le coupe-t-elle d'une voix tranchante. Vous en avez assez fait.

Anaïs ferme les yeux un bref instant, mordant sa lèvre inférieure sans que cela suffise à retenir la larme qui dévale sa joue. Je l'essuie, et elle tourne la tête vers moi, le regard perdu.

— Qu'est-ce que je fais, Ange ?

— Ce que tu peux, ma douce.

Quelle que soit sa décision, sa culpabilité vis-à-vis de sa mère n'en sera que décuplée. Aucun être humain ne devrait avoir à vivre pareille situation. J'ai connu le même enfer quand mon père était dans le coma et que les médecins nous ont fait signer, à Lina et moi, des autorisations pour le débrancher en cas d'arrêt cardiaque. L'un des instants les plus noirs de ma vie. De quoi renforcer mon besoin d'être présent pour elle :

— Anaïs, regarde-moi. Quoi que tu fasses, je sais que tu prendras la bonne décision. Parce que tu es une femme entière, forte et courageuse. Il n'y a que peu d'êtres capables de la persévérance dont tu as fait preuve pour tenir tête à toute cette merde que l'existence a placée sur ton chemin.

— Je l'ai enfermée ici.

— Tu lui as sauvé la vie. Tu as fait ce qu'il fallait à ce moment-là. Et je sais au fond de moi que tu feras de nouveau ce qu'il faut.

— J'ai la trouille.

— Je sais. Mais, quoi que tu décides, je serai là, avec toi. Tu n'es plus seule.

Elle hoche ostensiblement la tête, m'adressant un merci muet du bout des lèvres, avant de se tourner vers le médecin.

— Je voudrais la voir avant de prendre ma décision.

— Je ne crois pas que ce soit une bonne idée. Elle a repris des forces et…

— Et moi je ne vous demande pas la permission, je vous informe par pure politesse.

Le Dr Coisson la fixe quelques instants et je suis fier de voir qu'Anaïs lui tient tête. Il capitule le premier.

— Bien. Nous discuterons de ce qu'il convient de faire plus tard. Mais, je vous préviens, elle est plus instable que d'habitude.

Après avoir salué le médecin, nous quittons son bureau et suivons Paula, une des infirmières du service. Elle nous conduit jusqu'à la chambre 118, avant de nous quitter pour retourner à ses occupations. Alors que je pensais entrer dans cette chambre avec elle, Anaïs me surprend en se tournant vers moi pour me demander d'attendre dans le couloir.

— Tu es sûre que c'est bien ce que tu veux ?

— Oui. Laisse-moi y aller seule d'abord. Je te remercie pour ton aide et pour ton soutien, mais, ce qui se passe avec la femme qui se trouve derrière cette porte, c'est mon combat personnel.

Je la regarde d'un œil inquiet. Je n'aime pas du tout l'idée de la jeter sans protection dans la fosse aux lions. Voyant que je ne céderai pas facilement, elle pose sa main délicate sur mon bras, comme pour m'apaiser :

— Ne t'inquiète pas, commence-t-elle d'une voix douce, je vais m'en sortir. J'ai l'habitude de ses attaques.

— Je n'aime pas te savoir seule avec elle, surtout si elle est instable. Je peux rester dans un coin de la chambre, et…

— Non, Ange. C'est adorable, de vouloir jouer les chevaliers servants, mais j'irai seule. Elle ne s'attend pas à ce que je vienne avec un homme.

— Je n'ai rien d'un foutu chevalier servant, marmonné-je, agacé.

Elle m'observe avec tendresse, un léger sourire dessiné sur les lèvres.

— Si tu veux, je laisse la porte ouverte, comme ça, tu l'entendras si j'ai besoin de toi.

Je l'observe quelques instants, avant de capituler à mon tour.

— OK. Mais, si j'ai le moindre soupçon, je te préviens, je rentre dans cette chambre et tu ne m'en feras pas sortir sans toi.

— À vos ordres, monsieur le militaire autoritaire.

Sa bouche retrouve la mienne dans un baiser rapide, avant qu'elle ne se détourne pour resserrer ses doigts sur la poignée. Ses traits délicats sont tirés et un souffle fébrile s'échappe de ses lèvres.

— Bonne chance, ma puce.

Ma voix semble l'apaiser puisqu'elle sourit de nouveau ; enfin, si on peut qualifier de sourire un frémissement à la commissure de ses lèvres.

— Quoi ? ne puis-je m'empêcher de lui demander.

— Ce week-end est vraiment celui de toutes les grandes premières.

— Parce que je suis ici avec toi ?

— Parce que nous avons trouvé un compromis. C'est bien un truc de couple, ça, non ?

— Tu es fichue, Deltino. Quand nous sortirons d'ici, tu ne pourras plus te débarrasser de moi.

— Ça ne faisait pas partie de mes projets, de toute façon.

Elle actionne la poignée et entre sans que j'aie le temps de répondre quoi que ce soit à sa déclaration.

Gargarisé par cette dernière révélation, j'oublie un instant l'endroit où nous nous trouvons, et la raison pour laquelle nous sommes là, pour entrevoir ce que pourrait être notre avenir ensemble. Ce que je ne devine pas, en revanche, c'est l'enfer qu'elle s'apprête à vivre. Parce que, si j'avais su, jamais je ne l'aurais laissée pénétrer dans cette foutue chambre sans moi.

Chapitre 22

Anaïs

J'ai vu énormément de choses difficiles dans ma carrière : des visages défigurés par un accident, des plaies béantes, des corps estropiés ; j'ai vu le désespoir, la douleur... Je ne peux pas dire que je m'en accommode, mais j'apprends à faire avec. Parce que ça fait partie du métier et que derrière chacune de ces atrocités se cache un être humain qui a besoin d'aide. De mon aide. Avec l'expérience, j'ai appris à ne plus voir l'horreur pour me concentrer sur ce qu'il y a derrière : la personne.

Mais aujourd'hui je vois. Je vois tout.

Ma mère est allongée, livide. Une sonde part de son nez pour aller se brancher sur une pompe d'alimentation. Je vois son teint grisâtre, les os saillants, le visage brouillé par une fatigue extrême, des cernes creusés. Ses mains, aux ongles trop longs et vernis d'un rouge écaillé, ses poignets et ses chevilles cerclés de sangles attachées aux barrières de son lit. Elle ne m'a pas entendue arriver, puisque ses yeux restent clos. En m'approchant davantage du lit, je constate qu'elle a encore perdu des cheveux, même s'il lui en reste beaucoup ; mais ils n'ont plus le volume qui faisait leur beauté. Ni leurs boucles.

Face à ce spectacle, je laisse exploser ma culpabilité. Bientôt, j'ai la gorge comprimée au point de manquer d'air. La main sur la bouche, ce n'est qu'en sentant de l'humidité sur le bout de mes doigts que je me rends compte que je suis en train de pleurer.

— Mais qu'est-ce que j'ai fait ? soufflé-je en m'asseyant sur l'unique chaise de la chambre.

À cet instant, la Anaïs adulte n'existe plus. Je retrouve mes yeux hagards de fillette, et les pose, impuissante, sur le corps endolori de ma mère. Je suis redevenue cette enfant qui sanglote devant sa mère inconsciente et en sang, étalée sur le carrelage de la cuisine. Celle qui se cache et compte en boucle jusqu'à cent dans le placard de sa chambre pour échapper aux cris. Celle qui travaille avec constance et assiduité ses exercices de danse classique pour obtenir ne serait-ce qu'un éclat de fierté dans les yeux de sa maman. Un éclat qui ne viendra jamais. Celle qui hurle à en perdre haleine, dans la grande maison vide, parce que ses parents réconciliés sont sortis sans elle, après l'avoir ignorée toute la journée. Je retrouve l'enfant que j'étais, et, lorsque je l'observe, c'est avec la certitude que sa vie est un énorme gâchis.

— Je suis désolée, murmuré-je à son intention, en avançant ma main pour attraper la sienne.

Aujourd'hui, je vois tout. Absolument tout. Jusqu'à en oublier la personne qui se cache derrière ce masque de fragilité. Lorsque mes doigts effleurent les siens, elle se réveille dans un sursaut, me faisant bondir, moi aussi. Ma chaise métallique se renverse sur le sol dans un grand fracas. *Règle numéro un, Anaïs : ne jamais la toucher.* Alors que ce mantra, qui a régi toute mon enfance et ma vie d'adulte, revient avec insistance dans mon esprit, je me hâte de ramasser la chaise pendant que ma mère pose un regard encore ensommeillé sur moi. Quand elle comprend que c'est moi, elle referme les yeux pour se laisser retomber lourdement sur l'oreiller.

— Putain, il ne manquait plus que ça.

— Bonjour, maman.

Je ne reconnais pas ma voix tant elle est mal assurée. Je me déteste d'être toujours aussi pathétique en sa présence. Enfin, ça ne changera pas grand-chose au résultat : que je sois fragile ou pas, elle ne risque pas de s'attendrir ou de s'inquiéter pour moi. Après un raclement de gorge destiné à me redonner un peu de contenance, j'engage la conversation, sur un ton que je cherche professionnel :

— J'ai vu le médecin.

Sachant pertinemment qu'elle ne me répondra pas, je continue sur ma lancée :

— Il m'a parlé de tes repas jetés par la fenêtre et de...

— Tu n'as aucune parole, m'interrompt-elle.

Ses poings serrés à en être blanchis, sa voix pleine d'une colère tout juste contenue me font basculer sur un mode défensif. Le regard haineux qu'elle pose sur moi confirme ce que je sais déjà : je n'ai plus aucune chance de la voir me considérer autrement que comme un accident de parcours, dont le seul intérêt a été de faire de son existence une vie profondément merdique.

— Ce n'est pas ma décision, commencé-je dans une ultime tentative d'apaisement.

Son rire amer emplit désagréablement la pièce.

— Ma pauvre enfant... Bien sûr, que c'est ta décision. C'est bien ta signature en bas de ma demande d'internement, non ?

— Tu es injuste ! Tu sais bien qu'ils ne m'ont pas laissé le choix.

— On a toujours le choix. Mais, si ça t'aide à dormir la nuit de te dire ça, tant mieux pour toi.

Je me fige, le souffle court, alors que de sombres souvenirs me reviennent en force...

Deux ans plus tôt

Il est 2 heures de l'après-midi, et la pluie se déverse en trombes. Je regarde les gouttes s'écraser sur la fenêtre du couloir qui donne sur le parking de l'hôpital, tournant machinalement une touillette dans mon café, que je n'ai pourtant pas sucré.

Il y a une semaine, Nicole Louriet, la mère de Mona et Lili, m'a téléphoné, affolée, pour me dire que la maison de mes parents était en feu. Quand je lui ai demandé où était ma mère, elle n'a pas su me répondre, et l'angoisse m'a aussitôt saisi les tripes. Je n'ai pas eu besoin d'y réfléchir à deux fois et j'ai sauté dans ma voiture, pressée de retrouver ma mère pour m'assurer qu'elle allait bien. Je n'avais appris le décès de mon père que deux jours plus tôt.

Lorsque les pompiers l'ont retrouvée, inconsciente, dans la maison, elle était entourée de fumées denses et noires. Ils l'ont rapidement évacuée et je n'ai pas pu m'empêcher de l'accompagner dans l'ambulance, tenant dans ma main inquiète la sienne couverte de suie. À ce jour, elle est encore dans le coma, et je ne sais toujours pas ce qu'il adviendra d'elle. Si elle se réveille un jour.

— Mademoiselle Deltino ?

Je me retourne vers l'infirmière qui s'occupe de ma mère aujourd'hui, au service de réanimation.

— Oui.

— La police voudrait vous voir.

— Pardon ? Mais pourquoi ?

— Je ne suis pas habilitée à vous en parler, s'excuse-

t-elle à demi-mot. Veuillez me suivre, s'il vous plaît, ils vont vous expliquer quelle est la procédure dans ce genre de cas. Les médecins sont déjà avec eux.

— Les médecins ? De quels médecins vous parlez ?

— Le réanimateur et le psychiatre de l'hôpital.

Je n'aime pas du tout la tournure que prennent les événements. Qu'est-ce que la police vient faire là-dedans ? Le psychiatre, je veux bien ; après tout, il n'est pas simple de débrancher un parent dans le coma, et il me semble nécessaire en effet d'évaluer mon état psychique et mon équilibre mental avant de me faire signer n'importe quel papier. D'autant que cela faisait des mois que je n'avais pas vu ma mère.

Mais les flics ? Je finis par entrer dans le bureau que m'indique l'infirmière pour me retrouver face à quatre hommes : deux portent une blouse blanche, deux, un uniforme. Je me sens mal à l'aise : cela me rappelle un peu trop mon propre réveil dans une chambre d'hôpital, il y a quelques années.

— Messieurs, dis-je comme si de rien n'était.

Ils me saluent à leur tour, avant que le psychiatre n'engage la conversation. Au bout de dix minutes, je comprends très précisément l'intérêt de cette réunion. J'aurais très franchement préféré avoir à me demander s'il fallait la débrancher ou pas. Ma mère n'a pas été victime d'un accident. Elle a provoqué cet accident ; elle a cherché à se tuer. Ni plus ni moins. Moi qui pensais bêtement que nous allions enfin pouvoir commencer à vivre, à nous apprivoiser, elle et moi. J'avais sous-estimé l'attachement malsain qu'elle continue à avoir pour mon père.

Le reste est un peu flou. On me parle de troubles psychiatriques, de dépression, de tentative de suicide et de traitement. De mise en danger de la vie d'autrui, de droit pénal et de risques trop élevés. D'alcool, de drogues, de victimes potentielles. Au bout d'un moment, je me permets de les interrompre :

— Si je comprends bien, vous me dites que son état s'améliore et qu'il y a de très fortes chances pour qu'elle se réveille.

— Exact, me répond prudemment le réanimateur.

— Et vous voulez qu'une fois qu'elle sera physiquement rétablie je la fasse tout de suite interner ? « Pour son bien », dites-vous ?

— C'est un peu simpliste, comme résumé, mais c'est l'idée, me confirme le psychiatre. Mademoiselle Deltino, comprenez-vous bien les enjeux de la décision que vous avez à prendre ? Saisissez-vous tous les bienfaits que vous pourriez en retirer, votre mère et vous ?

— En quoi la faire enfermer dans un asile serait-il bénéfique ? répliqué-je, acide.

Loin de se laisser démonter, le psychiatre me jauge avant de reprendre calmement :

— De nos jours, on ne parle plus d'asile mais d'établissement psychiatrique. Mademoiselle Deltino, au-delà des risques encourus si nous ne l'hospitalisons pas, essayez d'imaginer cinq secondes le bénéfice que votre relation avec votre mère pourrait tirer de cette hospitalisation. N'avez-vous jamais rêvé de tisser des liens avec elle, une fois qu'elle serait débarrassée de ses « démons » ? Seule une thérapie peut lui permettre de retrouver celle qu'elle était avant de tomber dans toutes ses addictions.

— Vous ne pouvez pas me demander ça.

— Nous le devons, me coupe-t-il avec gravité.

— Et si je m'engage à l'emmener à tous ses rendez-vous médicaux ? tenté-je dans un ultime espoir. Si je la fais emménager chez moi, pour m'occuper d'elle ?

— Il faudrait que vous soyez présente vingt-quatre heures sur vingt-quatre pour que ça fonctionne. Cela me paraît compliqué, pas à vous ?

Sentant mon désarroi, il s'approche de moi et me pose une main sur l'épaule :

— Anaïs, vous êtes sa fille, et sa seule famille. Cette décision est difficile à prendre, mais vous la prendrez car c'est ce qu'il convient de faire. Avec ce genre de pathologie, sans un suivi constant, le taux de récidive est extrêmement élevé. Ne courez pas le risque de mettre votre mère, mais aussi d'autres personnes, en danger.

Il marque une pause avant de reprendre sur un ton doux :

— Nous vous laissons le temps d'y réfléchir. En attendant, ces messieurs de la police vont prendre votre déposition et recueillir diverses informations à propos de votre mère.

— Pourquoi ça ? Sans vouloir vous offenser, messieurs, je ne comprends pas l'intérêt de votre présence ici.

Après un échange de regards plus ou moins gênés, un des flics se décide enfin à me répondre :

— Le geste de votre mère a été qualifié de tentative d'incendie criminel, mademoiselle.

— Mais il n'y a pas de crime, puisque c'est elle qu'elle cherchait à tuer !

— La femme de ménage de vos parents était présente sur les lieux. Votre mère a dû l'oublier, puisqu'elle était ivre au moment des faits.

Un blanc abyssal se fait dans mon esprit, alors qu'un début de migraine s'installe dans mon crâne. Saisie par l'angoisse, je demande d'une voix neutre :

— Oh, mon Dieu… Et cette femme, est-ce qu'elle est… ?

— Elle s'en est sortie avec une légère intoxication à la fumée et une très grosse frayeur.

— Pour ce qui concerne les suites judiciaires qui seront données à cet incendie, nous pouvons jouer la carte de la maladie mentale, ajoute le psychiatre, comme si cela allait suffire à soulager ma conscience. Si elle suit correctement une thérapie, elle n'encourra rien de plus à sa sortie de l'hôpital.

— Mais ça n'était pas intentionnellement criminel, marmonné-je, comme pour moi-même, des larmes acides me brûlant les yeux.

— Nous n'avons pas voulu vous en parler tout de suite, car nous voulions vous laisser la liberté de rester auprès de votre mère durant la période critique, me précise l'autre policier.

— En somme, il me faut choisir entre deux voies. D'un côté, le procès, voire la prison, tout en sachant qu'elle risque de se tuer avant ; de l'autre, la psychiatrie. Super... En fait, il n'y a aucune décision à prendre.

— Mademoiselle Deltino...

— Là où vous parlez d'un choix, je ne vois qu'une sentence, docteur. La mienne.

Un rire nerveux m'échappe, alors que toutes les pièces du puzzle s'imbriquent enfin correctement dans mon esprit. La main tremblante, je prends appui sur le bureau et me lève pour m'adresser au psychiatre :

— C'est d'accord. Mais je veux poser mes conditions, si cela est possible. Elle était sous l'emprise de l'alcool au moment des faits et j'aime à croire que, si elle n'avait pas été ivre à ce moment-là, elle n'aurait jamais fait prendre de risques à sa femme de ménage. Ma mère a beaucoup de travers, mais elle n'est certainement pas une meurtrière. Aussi

j'accepte de signer vos papiers, mais à une condition : je refuse qu'elle soit attachée. Je ne lui épargnerai pas une prison pour qu'elle en connaisse une autre. Docteur ?

— Eh bien, d'un point de vue légal, vous ne pouvez pas imposer une telle condition. Cependant, en termes de confiance dans la relation thérapeutique, c'est d'accord ; je vous en fais la promesse.

— Parfait. Où est-ce que je dois signer ?

Qu'est-ce que j'ai pu être naïve ! Je les ai écoutés, j'ai fait ce qu'ils m'ont demandé, et me suis persuadée que je prenais la bonne décision. Ce que je n'ai appris que trop tard, c'est que, si j'avais refusé de signer, le psychiatre aurait pu quand même enclencher les démarches pour une « hospitalisation d'office ». Le résultat aurait été le même, concrètement. Ma vie, sans doute bien différente : ma mère ne m'aurait pas tenue pour responsable de son sort. Enfin, c'est ce que j'aime à croire...

— Arrête de me regarder comme ça.

Le timbre aigri de sa voix me ramène douloureusement dans le présent.

— Comme quoi ? soupiré-je avec lassitude.

— Comme le cadavre ambulant que tu m'as fait devenir.

— Pour la énième fois, je ne suis pas responsable de tout ça.

— Regarde ces sangles, ma fille, continue-t-elle d'un ton larmoyant. Regarde ce que tu as laissé faire. Comment as-tu pu ? Tu avais pourtant promis.

— C'est le médecin qui a promis ! Si tu avais correctement pris tes repas, si...

— Jamais je ne t'aurais crue capable d'arriver à de tels extrêmes, Anaïs. Quel enfant ferait ça à sa propre mère ? Il n'y a que quelqu'un de dérangé pour imposer pareille torture à un parent.

— Est-ce que, pour une fois dans ta vie, tu pourrais prendre tes responsabilités, maman ? explosé-je. Reconnaître que c'est toi qui as mis le feu à la maison et qui as failli tuer la femme de ménage ? Que c'est toi et ton putain d'alcool qui êtes responsables de tout ce merdier ? Si tu n'avais pas été dans un état aussi pitoyable, ça ne serait jamais arrivé ! C'est ta faute, et seulement la tienne, si tu es dans cette situation ! Moi, je n'ai jamais voulu tout ça ! Quand vas-tu reconnaître que c'est ta relation toxique avec papa qui t'a conduite là ? Quand ?

Choquée par ma propre virulence, je m'écarte du lit comme pour me protéger de l'ascendant si néfaste qu'elle conserve sur moi. Son visage blême se colore, mais c'est pour tourner au rouge violacé :

— Comment oses-tu ? hurle-t-elle. Je t'interdis de parler de lui de cette façon, espèce de sale ingrate. Nous t'avons donné la vie !

— Arrête avec ça. On sait pertinemment toutes les deux que s'il n'avait pas été trop tard tu aurais avorté.

— Ah ! Mais, ça, c'est certain, réplique-t-elle avec conviction. J'ai tout de suite su que tu allais me pourrir l'existence. J'aurais mieux fait de t'étouffer dans ton berceau, comme me l'a suggéré ton père à l'époque.

Abasourdie par sa confession, je la fixe, interdite.

— Quoi ? Oh, je vois..., ricane-t-elle. Tu n'étais pas au courant de cette petite anecdote.

— Tu mens...

— Tu aimerais bien. Mais non. Figure-toi, ma chère enfant, que ton père m'a proposé de prendre un oreiller pour le coller sur ton petit visage rougeâtre. Il aurait fait passer ça pour la mort subite du nourrisson. Il était médecin, après tout : qui aurait contredit son diagnostic ?

— Foutaises ! hurlé-je à mon tour.

— Ça te plairait, hein ? me crache-t-elle avec fierté. Que je te mente. Pourtant, c'est on ne peut plus vrai : tu es en vie grâce à moi. Ta *mère* t'a sauvé la vie. D'ailleurs, je me demande bien ce qu'il m'est passé par la tête quand je vois comment tu me remercies, achève-t-elle en relevant ses poignets entravés.

Le souffle court, je la fixe et ne vois plus qu'un monstre dans ce lit. J'ai l'étrange sensation d'être comme dédoublée, à côté de mon corps.

— Je crois que je vais rentrer, murmuré-je d'une voix blanche.

— Pas avant de m'avoir débarrassée de ça ! me somme-t-elle, en me désignant ses attaches.

— Si on te les enlève, on sait très bien ce qui va se passer. Tu veux être libérée ? Fais ce qu'il faut, et débrouille-toi avec le médecin. Ça n'est plus mon problème.

Sans un regard pour elle, j'attrape mon sac à main, que j'avais laissé sur la table de chevet. Alors que je m'apprête à passer la porte, elle réussit une fois de plus à m'arrêter.

— Tu n'en as jamais rien eu à foutre de moi, assure-t-elle avec mépris. Je peux bien crever la gueule ouverte...

Sentant la colère gagner progressivement chaque fibre de mon corps, je laisse tomber mon sac au sol, avant de me ruer vers elle :

— Comment peux-tu dire un truc pareil ? hurlé-je. J'ai toujours été là ! On ne peut pas en dire autant de toi ! Tu m'as ignorée, maltraitée, tu m'as détestée chaque jour de ma putain de vie ! Merde, tu m'avoues que tu as songé à me tuer, alors que je n'étais qu'un bébé ! Et moi, pauvre conne, je suis toujours à me soucier de ce que tu peux penser, à quémander la moindre marque de reconnaissance, à prendre soin de toi malgré ton mépris. Mais tu sais quoi ? C'est fini ! Tu n'es qu'un monstre d'égoïsme, et je te déteste pour tout ce que tu m'as fait !

Elle me fixe, la bouche ouverte et les yeux ronds. Elle paraît outrée. Quelques secondes s'écoulent avant qu'elle n'affiche un sourire dépité.

— Bon sang, j'y crois pas, reprend-elle dans un rire froid. J'ai compris ce que tu es en train de faire. Tu te venges, c'est ça ? La pauvre petite Anaïs peut enfin prendre sa revanche sur sa méchante maman... Tu dois prendre un sacré pied à me voir attachée ! Non ?

— Je n'arrive pas à croire que tu me penses vraiment capable d'un truc pareil, m'alarmé-je avec détachement. Finalement, tu ne vaux pas mieux que papa.

— Si ce n'est pas pour te venger, alors pourquoi ne pas t'être opposée à eux ? Pourquoi ma petite fille tellement présente pour sa maman ne l'a pas été quand ils se sont pointés avec ces sangles ?

Elle termine sa question dans un cri. Sans trop que je comprenne comment, une immense vague de tristesse m'enveloppe. Je devrais ne ressentir que de la colère, de l'amertume, après toutes les horreurs qu'elle m'a confiées. Pourtant, il n'en est rien. Qu'est-ce que ça dit de moi ? Ma capacité à endurer la souffrance atteint des sommets, aujourd'hui. J'ai de la colère, oui, mais contre moi-même : pour être aussi faible et ne pas pouvoir m'empêcher de répondre à ses attaques.

— J'étais occupée, dis-je sèchement.

— À quoi ?

— Rien qui te concerne.

Elle m'étudie quelques instants de son regard acéré.

— Ça fait deux ans que je croupis dans ce trou à rats, et en deux ans tu n'as jamais raté une occasion de rappliquer dans la seconde au moindre appel. Alors qu'est-ce qui peut bien être plus important que ta folle de mère internée si ce n'est...

Son regarde s'illumine brusquement d'une lueur malsaine.

— Un homme. Mais oui, c'est forcément ça... Alors, *mon bébé*, est-ce que maman fait fausse route ?

Mon sang se glace. Je ne réagis pas à son sarcasme dégueulasse. Non. Je réagis au fait qu'elle pointe du doigt l'endroit exact où elle peut désormais m'atteindre... Ma faille : Ange. Il est comme la lumière au bout du couloir dans ma vie. Pas celle du faste, des soirées, des coups d'un soir, de la superficialité... Je ne veux plus être quelqu'un d'autre. Et avec lui je sens que je peux redevenir moi-même ; il me donne envie de le faire. C'est inouï, précieux. Mes parents m'ont volé mon innocence, Javier m'a privée de ma joie de vivre, Ange me rendra mon bonheur ; j'en suis persuadée. Alors il est hors de question qu'elle y touche et qu'elle salisse ma relation avec lui. Je ne le permettrai pas.

— Qui ne dit mot consent, continue-t-elle, s'esclaffant face à mon silence. Et tu te permets de me juger...

— Tais-toi !

— Voilà que tu sors les crocs, maintenant. Intéressant...

J'ai beau vouloir de tout cœur le contraire, elle est ma mère et par conséquent elle me connaît. Elle a toujours eu un don inné pour taper là où ça fait mal. Je me prépare donc au pire, et à raison.

— C'est pas vrai, reprend-elle avec sérieux. Ça se voit comme le nez au milieu de la figure.

— Maman, arrête...

— Tu es amoureuse de ce type.

Me souvenant qu'Ange entend certainement l'intégralité de cette conversation, je jette un œil nerveux à la porte.

— Attends, tu l'as emmené ? lâche-t-elle, offusquée, en suivant mon regard.

— Tu ne sais pas de quoi tu parles, me défends-je en ultime recours, ignorant volontairement sa question.

— Oh, crois-moi que si, ma fille. Je suis peut-être la pire mère au monde, mais j'ai connu le véritable amour et je sais reconnaître une femme amoureuse. Est-ce que maintenant tu peux m'expliquer ce qu'il fout ici ? Il te fallait un public, c'est ça ? Remarque, s'il est capable d'accepter ce que tu me fais subir sans rien trouver à redire, c'est que vous vous êtes bien trouvés, tous les deux.

— Je...

— Tu quoi ? Je pense que tu n'es plus en mesure de dire quoi que ce soit. Tu m'offres en spectacle à un parfait inconnu, tu n'as pas bougé le petit doigt quand ils se sont pointés avec ces sangles, tu m'as emprisonnée ici... Regardez donc la grande donneuse de leçons qui, pendant que sa pauvre mère se faisait entraver comme un vulgaire animal de cirque, était occupée à écarter les cuisses. C'est l'hôpital qui se fout de la charité... Tu te prétends meilleure que moi, pourtant, tu as égoïstement préféré l'homme que tu aimes à ton sang. Ça ne te rappelle pas quelqu'un ?

— Ça suffit.

La voix grave d'Ange résonne dans la chambre. La surprise de ma mère a le mérite de lui clouer enfin le bec. Elle tourne la tête vers la porte, et semble perdre de sa contenance face au regard furieux de mon petit ami. Tremblante, je me réconforte dans sa chaleur alors qu'il me prend dans ses bras. Je m'accroche à son T-shirt, le respire, m'imprègne de sa force. Il est là, avec moi, dans cette chambre, face à ma mère. Je trouve la situation étrangement naturelle. Comme si une page se tournait et qu'à partir de ce jour j'étais sûre de ne plus avoir à affronter cet enfer toute seule. J'accueille ce sentiment avec soulagement.

— Comment tu te sens, ma douce ? chuchote-t-il en prenant mon visage entre ses mains.

— Un peu mieux, maintenant, je crois.

— C'est pathétique..., intervient ma mère avec sarcasme. Vous devez vraiment être un sacré coup au pieu, mon cher, pour que Mlle Perfection préfère votre queue à sa propre mère.

Choquée par sa vulgarité, qui semble sans limites, je quitte les yeux rassurants d'Ange pour trouver le regard malveillant de ma mère. Elle semble tirer une profonde fierté à me rabaisser ainsi, me donnant une furieuse envie de la cogner.

— Ignore-la, me somme Ange avec calme.

La bienveillance de son regard apaise mes démons. Je me concentre sur lui pour me laisser aller à l'apaisement qu'il m'apporte, sans remarquer la tension qui règne dans son corps. La voix guillerette de ma mère vient nous saisir avec acidité.

— Tu l'as vraiment bien choisi, ma puce. Ce charisme sombre, cette autorité naturelle, cette force... Je suis rassurée de voir que tes goûts en matière d'hommes n'ont pas évolué. Pour un peu, je pourrais presque te remercier ; c'est comme si je retrouvais mon cher petit Javier.

Un long frisson glacé descend le long de ma colonne vertébrale. Je sais très bien ce qu'elle est en train de faire et me déteste de constater qu'elle y parvient. Elle a semé sa graine perfide dans mon esprit, et, même si je m'efforce de ne pas abonder dans son sens, je ne peux m'empêcher de comparer mon ex avec l'homme qui se tient devant moi. De leur trouver des similitudes. Je vacille, ce qui n'a évidemment pas échappé à Ange.

— Je vous conseille de la fermer, réplique-t-il à l'intention de ma mère, les mâchoires serrées.

— Sinon quoi ? le menace-t-elle. Je suis déjà attachée à mon lit et nourrie par un tuyau.

— Sinon, je pourrais bien prendre l'oreiller qui est sous votre tête et appliquer les conseils pas très avisés de votre défunt mari.

— Vous seriez inculpé pour meurtre, reprend-elle d'une voix moins assurée.

— Vous croyez ça ? Pourtant, qui pourrait trouver suspect que le cœur d'une tarée alcoolo anorexique en phase terminale lâche subitement ? Alors ne me tentez pas, insiste-t-il en la voyant blêmir.

Dans le silence qui a gagné la chambre, Ange saisit mon sac et me le tend.

— On s'en va, me dit-il avant de m'embrasser sur le front.

J'acquiesce et tourne une dernière fois la tête vers ma mère, qui décide, une fois n'est pas coutume, de m'ignorer.

— Ne compte plus sur mes visites, c'est terminé. Tu as gagné. À dater de ce jour, je ne suis plus ta fille, et tu n'as plus de famille.

Son silence me blesse. Une infime partie de moi aurait voulu qu'elle s'oppose à une décision aussi radicale, qu'elle soit scandalisée. Pourtant, je ne suis pas surprise. Ange me prend la main et m'entraîne vers le couloir. Je viens de passer la porte lorsque je l'entends hurler :

— J'espère que celui-ci te cognera suffisamment fort pour que cette fois tu ne te réveilles plus, sale petite conne !

Ange s'apprête à faire demi-tour, mais je le retiens par le bras.

— Elle n'en vaut pas la peine, murmuré-je, la gorge

nouée de sanglots. On va voir le docteur et on fiche le camp.

La mine sombre, il acquiesce et me suit jusqu'au bureau du médecin. Il semble ne pas avoir bougé d'un pouce depuis que nous l'avons quitté.

— Mademoiselle Deltino, est-ce que vous...

— Détachez-la.

Mon ton catégorique fait froncer ses sourcils broussailleux. Il reprend avec prudence :

— Vous savez que, si je fais ça, elle va se laisser mourir.

Je cherche la main d'Ange, qui est resté derrière moi. Il noue aussitôt ses doigts aux miens, signe de son soutien indéfectible. Je lève la tête, affichant une détermination que je suis loin de ressentir.

— Je sais. Mais une promesse est une promesse. Alors faites votre boulot et trouvez un autre moyen de l'aider.

— Anaïs...

— Faites-le !

— Bien, soupire-t-il, résigné, je le ferai.

Chapitre 23

Ange

Nous rentrons chez elle. Le trajet du retour est tout aussi silencieux que l'aller, à la différence près que, cette fois, ce n'est pas la nervosité mais la fatigue qui rend Anaïs muette. La tête appuyée contre la vitre, elle dort d'un sommeil de plomb depuis presque une heure. Sa robe légèrement ouverte laisse entrapercevoir la peau hâlée de ses jambes, qu'elle a repliées sur son siège. Elle paraît apaisée, les traits de son visage sont détendus, sa respiration, régulière et douce. Si je n'étais pas en train de conduire, j'aurais attrapé mon téléphone pour capturer cet instant d'une rare beauté. Un peu de paix, c'est tout ce dont nous avons besoin après l'horreur que nous venons de vivre.

Il m'a été donné au cours de mes missions d'être confronté à l'humain dans ce qu'il a de plus abject, parfois ; pourtant, jamais je n'avais vu tant de haine dans les yeux d'une mère qui regarde sa fille. Ma mère a toujours été aimante, généreuse, et c'est ainsi que j'imagine la maternité.

Savoir qu'Anaïs a grandi sans tout cela m'attriste profondément. Je suis en colère, hébété face à cette forme de violence dont elle a été victime, mais en même temps extrêmement fier de voir la femme qu'elle est devenue malgré tout. Je mesure à présent la force de caractère dont elle a dû faire preuve pour s'en sortir.

— Je comprendrais, tu sais.

Sa voix ensommeillée me tire de mes pensées. Elle se redresse sur son siège et étend ses jambes devant elle. Ses yeux à demi clos me scrutent avec une pointe d'inquiétude.

— Comprendre quoi ?

— Que tu me laisses tomber, après ce que tu as vu. Personne n'aurait envie de construire une relation avec une fille qui traîne autant de casseroles.

— La plupart des mecs, peut-être ; mais je n'en fais pas partie.

— Tu aimes les cas désespérés ?

— J'aime les situations à risques.

Un sourire léger, empreint de fatigue, se dessine sur ses lèvres. J'ai tout juste le temps d'apercevoir une larme au coin de son œil, avant qu'elle ne se détourne vers la fenêtre.

— Comment tu te sens ? lui demandé-je en m'emparant de sa main.

— Comme quelqu'un qui vient d'apprendre qu'il a échappé à la mort non pas une mais deux fois.

Son regard reste tourné vers le paysage, et le silence qui suit son aveu me fait comprendre qu'elle a besoin d'un peu de temps. Le reste du trajet se déroule ainsi : elle reste perdue dans ses pensées, sa main ne quittant pas la mienne ; moi, je me concentre sur le trajet, pressé d'arriver à son appartement pour pouvoir la réconforter. Après de longues minutes d'un mutisme pesant, nous atteignons enfin notre destination. Une fois le moteur coupé, un silence épais nous entoure. Anaïs redresse le dos, sans pour autant esquisser le moindre geste vers la poignée.

Lorsque mon pouce caresse sa main, elle referme ses doigts sur les miens avec force.

— Tu veux bien m'accompagner ? me demande-t-elle d'un ton incertain. Juste quelques minutes. Je voudrais... J'ai besoin de te montrer quelque chose.

L'anxiété que je lis dans son regard m'interpelle, mais je n'en montre rien.

— Bien sûr, la rassuré-je d'une voix douce. De toute façon, il était hors de question que je te laisse seule après ce que tu viens de vivre.

— J'ai l'habitude, tu sais, me confie-t-elle alors que je suis en train de détacher ma ceinture.

— Je sais, continué-je en détachant la sienne. Mais je suis là, maintenant. Donc arrête de jouer les dures, et surtout ne te sens plus obligée de te justifier, ou de me prouver quoi que ce soit... S'il te plaît.

Surprise, elle me dévisage pour me souffler un « Merci » muet. Je l'embrasse furtivement, puis sors de la voiture pour aller lui ouvrir la portière. C'est main dans la main que nous marchons jusque chez elle.

Lorsqu'elle pousse le battant de la porte, un miaulement interminable nous accueille, et Mitou fait son apparition pour se frotter aux jambes de sa maîtresse. Elle le remercie d'une longue caresse sur le dos, puis s'avance en m'invitant à la suivre. Le chat ne m'adresse pas un seul regard, sans doute contrarié de la voir s'attacher à un autre mâle que lui. Anaïs pose son sac sur la table du salon, où je laisse les clés de la voiture. Dans sa kitchenette, elle ouvre un placard pour en sortir une boîte de café moulu. Je l'observe, remarquant dans ses gestes mille petits signes de sa nervosité : le tremblement de ses mains, leur moiteur lorsqu'elle les essuie sur sa robe, son souffle agacé quand elle ne parvient pas à ouvrir le pot. Je finis par faire le tour du comptoir pour la rejoindre et lui ôter la boîte de café des mains.

— Laisse, je m'en occupe.

— Merci. Les filtres sont dans ce tiroir, m'indique-t-elle avant de regagner le salon.

Alors que je m'affaire à préparer le café, elle quitte la pièce pour rejoindre sa chambre. Le temps que je fasse démarrer la cafetière, elle revient au salon, une boîte à bijoux de taille moyenne entre les mains. Absorbée dans la contemplation du coffret couvert de poussière, elle ne m'entend pas arriver. Lorsque je m'assois sur le canapé, elle sursaute et pose des yeux tourmentés sur moi. J'attends qu'elle me dise à quoi correspond ce coffret qu'elle tient si fermement, mais elle paraît si agitée que j'hésite à l'interroger.

— Anaïs...

— Tu aurais peut-être préféré une bière, non ? Je veux dire : on est en fin d'après-midi et je me suis bêtement mise à faire du café, alors que normalement, à cette heure-ci, les gens préfèrent prendre un apéritif... Ou quelque chose qui les aide à se détendre après une longue journée. Mais peut-être que tu n'aimes pas la bière ; peut-être que tu préfères un bon verre de vin. Ou un alcool plus fort ? Ce serait légitime, après la journée que je viens de te faire vivre...

Elle s'arrête lorsque mes mains attrapent les siennes, toutes tremblantes ; mon contact semble l'apaiser un peu. Elle m'adresse un sourire fugace, puis m'imite lorsque j'expire longuement. Après quelques respirations appuyées, elle paraît plus détendue, même si elle garde la tête baissée.

— C'est difficile pour moi.

— Je sais, la rassuré-je en remontant son menton. Si tu n'es pas prête, on peut...

— Non ! Je dois te le montrer, parce que j'ai besoin que tu aies toutes les cartes en main.

— D'accord.

Anaïs se met alors à faire les cent pas autour de la table basse, tandis que je m'installe sur le canapé ; si elle continue comme ça, je ne serais pas étonné de trouver la marque de son trajet sur le tapis d'ici deux minutes.

— Le truc, tu vois, reprend-elle avec nervosité, c'est que je n'en parle jamais.

— Tu ne parles jamais de quoi ?

Comme elle reste muette, j'insiste :

— Anaïs, qu'est-ce que c'est ?

Surprise par mon ton ferme, elle s'arrête, puis suit mon regard pour finir par ouvrir la boîte et en retirer une clé USB. Elle jette alors ses yeux empreints de gravité dans les miens.

— C'est à la fois le plus beau et le pire moment de toute ma vie, annonce-t-elle.

Voyant que je ne comprends pas, elle avance nerveusement vers sa bibliothèque, où elle récupère un ordinateur portable avant de me rejoindre sur le canapé. Concentrée, elle l'allume puis insère la clé, qui ne contient qu'un seul dossier sans nom. Alors qu'elle s'apprête à l'ouvrir, elle marque un léger temps d'arrêt, puis souffle et clique sur l'icône du fichier. Il s'agit d'une vidéo. L'image n'est pas de bonne qualité : le film date certainement de quelques années déjà. Sans doute enregistrées sur un téléphone portable, les premières images montrent une scène de théâtre vide. Je n'y connais pas grand-chose, mais les tentures de velours rouge sombre, le parquet d'un bois foncé et les éclairages d'une rare précision m'indiquent qu'il ne s'agit pas de n'importe quelle scène de spectacle. Lorsqu'une silhouette frêle apparaît, vêtue d'une combinaison de danse classique noire, je comprends très vite qu'il s'agit d'Anaïs. Surpris, je jette un œil à ma nana, qui reste absorbée par l'image, la main posée sur la bouche.

Quand la musique démarre, elle déglutit péniblement. Je me concentre de nouveau sur l'écran, et me trouve hypnotisé dès son premier pas de danse. Elle évolue sur scène avec légèreté et grâce, tel un ange tombé du ciel. Je n'arrive pas à décoller mes yeux de l'écran, elle est tout simplement époustouflante. Ce que j'ai entraperçu il y a quelques jours dans la salle d'entraînement n'est rien, en comparaison de ce que j'ai sous les yeux. Je me doutais qu'elle était douée, pas qu'elle était à ce point faite pour ça. Je ne sais ni combien de temps dure sa chorégraphie, ni sur quelle musique elle danse ; cela n'a aucune importance à mes yeux. Tout ce que je sais, c'est que je n'avais jamais rien vu d'aussi beau. Ni d'aussi évident. Lorsque la musique s'arrête et que l'écran redevient noir, je suis encore sous le choc. De longues secondes de silence s'écoulent, avant qu'Anaïs n'éteigne l'ordinateur.

— Waouh... C'était magnifique. Bon sang, tu as vraiment la danse dans le sang, tu es faite pour ça...

Emporté par mon enthousiasme, je ne percute pas tout de suite qu'Anaïs, elle, est loin de partager le même sentiment d'euphorie. Perdue dans ses pensées, elle tape nerveusement du pied en se rongeant un ongle, le regard rivé au portable.

— Merde, excuse-moi, m'empressé-je de lui dire. Je suis désolé, je n'ai pas réfléchi.

Lorsque je caresse son bras, elle manque tomber du canapé, comme si je l'avais frappée. Surpris, je lève les deux mains devant moi en signe de paix, mais c'est comme si elle ne me voyait pas. Occupée à prendre de longues inspirations, elle entoure sa poitrine de ses bras, et se balance légèrement en soufflant. J'assiste avec impuissance à son combat contre elle-même. Elle ferme les yeux et se met à compter à voix basse, tentant de garder la raison pour endiguer la panique avec méthode et me faisant prendre la pleine mesure de ce que cette vidéo représente pour elle.

— Ça va aller, ma douce, tenté-je sur un ton calme pour l'aider comme je peux, je suis là. Prends ton temps.

Sa respiration finit par ralentir, son regard plonge dans le mien. Elle paraît s'y ancrer comme pour y puiser de la force ; je ne la lâche pas des yeux. Au bout de longues secondes, elle a recouvré son calme et revient s'asseoir sur le canapé. Lorsque mon pouce longe sa mâchoire, elle n'hésite pas un seul instant et cale sa joue au creux de ma paume, avant d'y déposer un baiser.

— Excuse-moi.

— Ne t'excuse pas pour ça. Jamais.

— C'est la première fois que je le regarde, tu sais. Ce film. C'est Mona qui a filmé mon audition, parce qu'elle était très fière de moi et voulait que je garde un souvenir de ce moment. Ça me semblait être une bonne idée à l'époque... Qu'est-ce que j'ai pu être conne !

Je serre les dents, agacé de voir son mépris pour elle-même continuer son bonhomme de chemin. Cédant à mon besoin de la toucher, je l'installe à califourchon sur mes cuisses pour déposer un long baiser sur ses lèvres. Je ne cherchais pas à la déconcentrer, je voulais juste être là, et qu'elle le sente. Mais c'était compter sans notre désir violent, insatiable, l'un pour l'autre. Aussi, lorsque ses mains agrippent ma nuque avec rudesse, et que la fougue que j'aime tant chez elle se manifeste de nouveau, je ne résiste pas, et attrape ses hanches pour la serrer plus étroitement contre moi. Elle jette un long gémissement, qui n'est pas loin de me faire oublier le pourquoi de cette conversation.

Sentant qu'il serait bien trop simple de continuer sur cette voie, plutôt que d'affronter ce qui va suivre, je finis par rompre le contact. Je pose mon front contre le sien, ma bouche effleure la sienne avec envie, mais je me force à reculer. Je m'adosse au canapé, comme un garçon sage et raisonnable, pour écouter ce qu'elle a à me dire :

— Raconte-moi.

Elle mordille sa lèvre inférieure en me fixant, puis soupire en posant ses mains sur ses cuisses.

— Est-ce que je t'ai déjà dit que ma mère était danseuse ? Enfin, elle l'était, avant de rencontrer mon père. À cause de lui, elle n'a jamais pu concrétiser ses rêves : faire carrière en tant que danseuse de flamenco. Elle était promise à un bel avenir mais...

— Ton paternel en a décidé autrement.

Elle hoche tristement la tête.

— C'est une façon polie de le dire, mais c'est l'idée, oui. Bref... Comme elle n'a jamais pu faire carrière dans la danse, elle a reporté tous ses espoirs sur sa fille unique.

— Et ton père l'a laissée faire ?

— Mon père ne s'est jamais préoccupé de moi. Il ne s'intéressait qu'à lui et à sa femme, et comme ça faisait plaisir à ma mère... il n'a pas cherché plus loin. En plus, quand j'étais à mes cours de danse, je n'étais pas dans ses jambes. Il était gagnant sur tous les tableaux.

Elle explique ça avec un détachement qui m'impressionne, comme si c'était une normalité, alors que ça aurait plutôt tendance à me donner des envies de meurtre.

— Ne me regarde pas comme ça, me supplie-t-elle.

— Comme quoi ?

— Comme si j'avais été à plaindre. Ce n'est pas le

cas. Au contraire : j'y ai moi aussi trouvé mon compte. La danse m'a aidée à ne pas péter un plomb. C'est vrai qu'au départ j'ai fait ça pour faire plaisir à ma mère, parce que c'était le seul moment où elle s'intéressait à moi. Plus je progressais, plus elle prenait du temps pour me faire évoluer encore davantage. J'ai toujours gardé espoir, au fond de moi, d'arriver à la satisfaire un jour. Donc j'ai bossé comme une forcenée pour me perfectionner, et j'ai fini par aimer ça. J'étais tellement douée que ma prof a insisté pour que je passe cette audition. Elle me croyait capable d'intégrer une troupe de danse reconnue.

— Que s'est-il passé ?

— J'y ai vu une porte de sortie, alors je l'ai fait. J'avais vingt-deux ans, il était temps que je sorte de cette situation infernale. Le pire, poursuit-elle dans un rire sans joie, c'est que j'avais réussi. J'ai été prise.

Occupée à triturer ses ongles, elle inspire profondément.

— Et puis ?

— Et il a trouvé l'enregistrement.

— Ton père ?

— Non. Javier.

Une rage sourde me saisit aux tripes rien qu'à l'évocation de ce connard. Je prends sur moi pour ne rien en montrer.

— Comment tu l'as connu ?

Surprise que je m'intéresse à leur histoire, elle lève la tête pour me fixer de ses yeux ronds.

— Grâce à mon père.

— Ben voyons...

— Javier était le fils d'un de ses collègues, un chirurgien espagnol, poursuit-elle sans relever mon sarcasme. Il voulait que son fils fasse ses études de droit en France, et mes parents se sont proposés pour l'héberger durant son cursus universitaire.

— Je croyais que tes parents détestaient les gosses...

— C'était le cas. Mais il avait dix-neuf ans, c'était un jeune adulte autonome. Ils lui ont donc trouvé un appartement, l'ont accueilli comme s'il s'agissait de leur fils. Et, cerise sur le gâteau, Javier était très beau garçon, il présentait bien : ils se sont dit que je ne saurais pas lui résister ; et, si nous avions une relation, je devenais le problème de Javier, plus le leur. Et moi, comme une conne, j'ai fait ce qu'ils attendaient. D'ailleurs, je me suis longtemps détestée de leur avoir ainsi rendu service.

Le regard empli de honte, elle détourne la tête pour ne plus m'affronter.

— Ma puce...

— C'est un mec malin, tu sais, me coupe-t-elle. La première année, il a été irréprochable. Il était beau, adorable avec moi, toujours prévenant, et du haut de mes dix-sept ans j'étais persuadée d'avoir trouvé l'homme de ma vie. Très vite, on est sortis ensemble et il s'est rendu indispensable. Il était un peu comme une bouffée d'oxygène, dans l'enfer où j'étouffais chez moi.

— Tu étais jeune et une proie facile, Princesse. Ce genre de connard détecte ça à des kilomètres.

— Ça n'excuse pas tout, Ange. J'aurais dû me montrer plus intelligente.

— Non ! Ce sont tes parents qui auraient dû jouer leur rôle, et te protéger au lieu de te jeter comme ça dans la gueule du loup.

— Mes parents ! s'exclame-t-elle avec un rire triste. Tu as rencontré ma mère, aujourd'hui, ça te donne une petite idée de mon modèle parental. Tu sais, s'ils ne m'ont pas abandonnée, c'est pour une seule raison : les apparences. Mon père était chirurgien.

Ils faisaient partie de la bonne société et il n'était pas question d'éveiller le moindre soupçon. Il était ce genre de mari violent, le genre discret. Il ne frappait jamais ma mère au visage, par exemple, pour que ses hématomes ne soient pas visibles. Son alcoolisme aussi, il l'a caché durant de nombreuses années. D'ailleurs, je ne comprends toujours pas comment il a pu s'en sortir aussi facilement, sans qu'on lui retire son droit d'exercer. Ça a fini par arriver, et ça a signé sa chute. Mais bien trop tard à mon goût. Bref… Lorsque j'ai eu mon bac, il m'a obligée à faire des études d'infirmière. Il n'était pas question que sa fille unique soit une ratée, mais il ne m'estimait pas assez futée pour faire médecine, sans compter que j'aurais risqué de lui faire de l'ombre. Quant à moi, je n'avais plus qu'une idée en tête : quitter la maison pour partir vivre ma vie. Une vie que je n'imaginais pas sans Javier. Alors, quand il m'a inscrite au concours d'infirmière sans me demander mon avis, je l'ai fait, et j'ai réussi. J'ai choisi la facilité. À la rentrée suivante, je m'installais dans l'appartement de mon petit ami. Et c'est là qu'il a montré son vrai visage.

Son corps se contracte à l'évocation de ces souvenirs. Je la caresse doucement, tandis que son regard s'embue.

— J'ai vraiment essayé de le quitter. Plusieurs fois en quatre ans, tu sais, reprend-elle d'une voix brisée. Mais à chaque fois il se montrait tellement gentil et attentionné. Il me disait qu'il ne recommencerait pas, qu'il m'aimait, que j'étais la femme de sa vie… Et moi je le croyais. J'étais d'une telle naïveté. J'avais la conviction que je ne pourrais pas m'en sortir sans lui. Il était tellement parfait, finit-elle, d'un ton acide.

— Ce n'est pas le terme que j'aurais employé.

— Évidemment, il finissait toujours par recommencer à me battre. Mais je ne voyais pas comment lui échapper.

Je reste persuadée que, si je m'étais enfuie à l'étranger, il m'aurait retrouvée. Il me disait sans cesse que j'étais « sa petite femme à lui, et rien qu'à lui ».

— Et il acceptait que tu fasses de la danse ? lui demandé-je, sceptique.

— Non. Mais mon père l'a obligé à faire cette concession, pour le seul plaisir de sa femme à lui. Javier avait un profond respect pour lui, il a cédé. Seulement en ce qui concernait la danse : pour le reste, il avait été très clair, et l'avait averti qu'il serait le seul à prendre les décisions à mon sujet, comme si j'étais sa putain de chose. Et mon père a trouvé ça tout à fait logique, légitime. Quant à ma mère, elle était trop occupée à noyer ses blessures dans l'alcool pour s'inquiéter que je subisse le même sort qu'elle.

Réprimant difficilement la rage noire qui gagne chaque fibre de mon corps, je pose mes mains sur la taille d'Anaïs pour empêcher mes poings de se serrer. Son corps chaud et doux bloque le tremblement de mes cuisses. Perdue dans ses souvenirs, elle ne semble pas mesurer la violence du combat intérieur que je mène.

— Avec le recul, je pense qu'il n'avait pas du tout conscience de ce que la danse représentait pour moi, avoue-t-elle, le regard lointain. Enfin, jusqu'à ce qu'il trouve la vidéo.

Elle commence à baisser le menton mais je ne la laisse pas faire et me retrouve face à son visage torturé, le long duquel coulent deux grosses larmes. La peur qui imprègne son regard me donne de plus en plus de difficultés à réprimer ma colère.

— Qu'est-ce qu'il t'a fait ?

Elle déglutit péniblement, et ouvre la bouche pour parler sans qu'aucun son en sorte.

— Je suis avec toi, Princesse, lui rappelé-je plus

calmement. Prends ton temps, je sais que tu vas y arriver.

Une minute s'écoule avant qu'elle poursuive.

— J'avais tout organisé. Quand j'ai su que j'avais été reçue à l'audition, j'ai décidé que c'était le moment ou jamais d'en finir avec lui. Alors j'ai téléphoné à Mona, pour qu'elle m'aide, elle a dit oui tout de suite. Il faut dire qu'elle attendait ça depuis des années. Elle est venue un matin, pendant les cours de Javier, pour récupérer quelques affaires que j'avais préparées. On devait se retrouver dans l'après-midi, une fois qu'il serait reparti, après le déjeuner. Il rentrait toujours manger le midi, quand je ne travaillais pas, pour s'assurer que j'étais bien à la maison. Je devais la rejoindre sitôt qu'il serait parti, pour qu'elle me conduise à l'hôtel où j'avais réservé une chambre, à Bordeaux. C'est là qu'était la compagnie de danse. Les répétitions ne commençaient que quelques semaines plus tard, mais j'ai préféré me rapprocher de la troupe. De toute façon, il fallait bien que j'aille quelque part. Les parents de Mona se sont proposés pour m'héberger, comme ils l'ont fait à chaque fois que j'en ai eu besoin, mais je ne voulais pas les mêler à tout cela. J'ai refusé.

— Et les foyers pour femmes battues ?

Un rire sans joie lui échappe.

— Tu es déjà allé dans ce genre d'endroits ? Les gens qui y travaillent sont extraordinaires, mais pour ce qui est des locaux... Ils n'ont de foyer que le nom, crois-moi. Et puis j'avais déjà tenté le coup, deux ans auparavant, et je ne m'y étais pas sentie en sécurité. À juste titre : Javier m'avait retrouvée. Non. Je préférais le confort sommaire de ma petite chambre d'hôtel de gare anonyme. Je n'avais pas de quoi me payer quelque chose de luxueux, mais c'était toujours mieux qu'un de ces foyers. Je n'avais que peu d'argent liquide, aussi j'avais tout calculé au centime près. La seule chose que je n'avais pas prévue, c'était qu'il trouverait la clé USB. Je l'avais cachée dans la doublure de mon sac de sport ; je pensais que ce serait suffisant. Il faut croire qu'il vérifiait méticuleusement toutes mes affaires, tous les jours. Je ne le connaissais pas si bien que ça, finalement...

— Tu n'es pas obligée de me donner les détails, ma douce, précisé-je en effaçant une de ses larmes.

— Si, j'en ai besoin..., m'avoue-t-elle en agrippant mon poignet. Ce jour-là, il est rentré à midi, et s'est conduit comme d'habitude. Il s'est installé calmement à table, et, lorsque je suis arrivée de la cuisine avec le plat pour le servir, j'ai vu la clé USB posée au milieu de mon assiette.

Un sanglot étranglé lui échappe, et sa voix tremble lorsqu'elle reprend :

— J'ai lâché le plat, qui s'est fracassé au sol. J'ai voulu courir, mais il a été plus rapide. Il m'a attrapée par la nuque et m'a écrasé la joue sur la table, tout près du couteau à viande. Il me maintenait comme ça. Je n'ai pas crié, je ne voulais pas lui donner ce plaisir. Il s'est placé en face de moi et c'est là que j'ai su que j'allais mourir : je n'avais jamais vu une telle fureur dans son regard.

Elle s'installe à côté de moi sur le canapé, fixant un point devant elle. Ses larmes ont arrêté de couler et elle paraît comme engourdie. Son ton se fait plus bas alors que ses bras se croisent sur ses cuisses.

— Il ne m'avait jamais vue danser. À ses yeux, la danse était un loisir quelconque, un caprice de gamine gâtée. Alors, forcément, il n'a supporté ni ma tenue, qu'il trouvait provocante, ni mes gestes de « pute », qui auraient donné envie à n'importe quel mec de me « baiser comme la chienne que je suis », ni le fait que je m'exhibe devant un public. Il m'a jetée au sol et en guise de punition, pour que je ne puisse plus jamais danser, il a commencé par me fracturer les deux genoux à grands coups de pieds. J'ai hurlé de douleur, ce qui a eu pour conséquence d'attiser sa folie. Ce qui a suivi est un peu flou. Ce dont je me souviens, c'est son rire ; il était euphorique comme s'il prenait son pied comme jamais il ne l'avait pris. Au bout d'un moment, je n'avais plus conscience des endroits qu'il frappait. Tout mon corps me faisait souffrir le martyre et je n'avais plus la force de crier : je voulais juste mourir, et que tout s'arrête. Il s'est rendu compte que je faiblissais, et a fait une pause pour que je reprenne des forces. Il est parti faire une putain de sieste en me laissant là, gisant sur le sol dans mon sang. Quand il est revenu, une heure plus tard, il m'a attrapée par les cheveux pour me tirer jusqu'à notre chambre, devant le placard vidé de mes affaires. Il s'est accroupi près de moi et je me souviens de mes larmes de douleur quand il m'a redressée en me tirant par les cheveux. Il a hurlé que je n'avais pas le droit de le quitter, et les coups ont plu à nouveau. Sauf que cette fois je ne voulais plus lui offrir le plaisir de m'entendre crier. J'avais accepté mon sort. Il s'est fatigué à essayer de me faire réagir, mais il n'a pas réussi. Alors il m'a allongée sur le sol, s'est installé sur moi, et a commencé à m'étrangler, continue-t-elle en portant une main à son cou. J'ai perdu connaissance. Mona m'a raconté que les flics sont arrivés juste à temps ; quand elle a vu que je n'étais pas à l'heure à notre rendez-vous, elle a tout de suite alerté la police. Sans elle, je serais morte. Et, durant les mois qui ont suivi, j'aurais préféré l'être. J'ai préféré mourir, Ange...

Sa voix s'éteint dans un souffle, et son corps commence à trembler. J'ai tout juste le temps de la rattraper pour la prendre dans mes bras alors que les premiers sanglots lui échappent et me déchirent le cœur. Je n'avais jamais rien entendu d'aussi douloureux. Serrée contre moi, la tête nichée dans mon cou, elle s'accroche à moi avec un désespoir que je ne lui avais jamais vu. Je caresse ses cheveux, les embrasse, les respire. J'accueille ses sanglots avec soulagement, heureux de la tenir contre moi, pleine de vie. J'aurais pu ne jamais connaître ses caresses, ne jamais entendre son rire, ne pas connaître l'odeur de sa peau ou la douceur de ses lèvres.

Lorsque ses pleurs commencent à s'apaiser, elle se redresse et me caresse la joue avec une tendresse qui me cloue sur place. Ses yeux emplis d'incertitude croisent les miens et je sais à ce moment-là que je suis complètement fou de cette femme.

— Voilà, tu sais tout de moi, reprend-elle d'une voix fragilisée par les pleurs. Je n'ai plus de secrets pour toi, GI Joe. À toi de prendre ta décision, maintenant.

Je souris à l'évocation de mon surnom, et me penche pour l'embrasser.

— Ça veut dire que tu aimes toujours les situations à risques ? murmure-t-elle, pleine d'espoir, contre mes lèvres.

— Plus que jamais, Princesse.

Chapitre 24

Anaïs

— Et pourquoi pas celui-ci ?

Ange m'indique un autre blouson sur le portique, un de plus. Je grimace en constatant qu'il est noir, comme à peu près quatre-vingt-quinze pour-cent des articles de ce magasin. Quoique celui-ci présente de petits liserés argentés sur les manches...

— OK, c'est quoi, le problème, cette fois-ci ?

— Mais rien ! Ils sont très bien. C'est juste que... Ils sont tous noirs ! J'ai déjà les chaussures noires, le casque noir, les gants...

— C'est du matos de motard, Princesse, s'impatiente-t-il. À quoi tu t'attendais ?

Je dévisage mon mec, les bras chargés de tous les articles que j'ai déjà eu tant de mal à sélectionner. La ride entre ses yeux, qui se creuse sous l'effet de la contrariété, me ferait presque ressentir un début de pitié pour lui. Presque... Pourtant, lorsque je le regarde, je ne ressens que de la tendresse, et une douce chaleur dans la poitrine. Ainsi qu'une incroyable gratitude envers la vie, qui m'a permis de croiser le chemin de cet homme. Il m'a fallu plusieurs jours pour m'habituer à ces émotions, mais j'ai fini par les accepter.

Trois semaines se sont écoulées depuis mon grand déballage, et en trois semaines ma vie a radicalement changé. J'ai imaginé des tas de scénarios post-confession, mais certainement pas celui du jeune couple inséparable, passionné et insatiable.

Ange n'a pas fui comme je le craignais. Au contraire. Ce soir-là, il m'a portée jusque dans mon lit, m'a déshabillée, avant de se dévêtir pour me rejoindre et me serrer dans ses bras le reste de la nuit. Les jours qui ont suivi ont été étrangement sereins. Nous avons passé chacun de nos moments de liberté ensemble, la plupart du temps nus et en nage, alternant nuits chez lui et nuits chez moi. Les seuls instants passés loin de lui ont été consacrés au travail, pour moi, ou bien, pour lui, aux visites chez son père, pour faire les travaux nécessaires avant sa sortie du centre de rééducation. Quant à nos séances d'entraînement à la salle, elles sont toujours très intenses, et, même si je m'amuse régulièrement à le déstabiliser, Ange reste très professionnel. En général, il me le fait payer dès notre retour à la maison... Et, ça non plus, je ne m'en lasse pas. Stéphane est ravi de notre complicité, et nous pousse chaque jour un peu plus à bosser ensemble, notamment dans les cours de *self-defence*. Je suis toujours aussi surprise de voir qu'il ne nous aura fallu que quelques jours pour faire de notre duo une machine bien huilée.

Autant dire que notre planning est bien rempli, et comporte peu de temps libre. Aussi, lorsqu'il m'a proposé ce matin d'aller m'équiper pour qu'il puisse m'emmener en balade à moto ce week-end, Ange ne s'attendait certainement pas à passer plus de deux heures dans le magasin. Chaque article a donné lieu à bien des négociations et des concessions entre nous, lui parlant sécurité, et moi, esthétique. Le vendeur, qui ne doit pas avoir l'habitude qu'une femme tienne tête à un mec tel que Ange, nous observe depuis un bon moment d'un air amusé. Ce qui n'est pas pour plaire au principal intéressé, d'ailleurs...

— Il est en cuir et il est coqué, continue-t-il sur sa lancée. C'est tout ce qui compte !

— Écoute, je comprends l'importance d'avoir du bon matériel sur le dos. Tu te soucies de ma sécurité, et je trouve ça adorable. Mais tous les blousons de ce magasin sont coqués, tous ! Donc mon choix se fera nécessairement en fonction de l'esthétique : j'ai besoin qu'il soit cintré, pour marquer ma taille, sans quoi j'aurai vraiment l'air difforme. Je suis une femme, GI Joe, pas un sac à patates.

— C'est vraiment n'importe quoi... Je me souviens maintenant pourquoi je n'accompagnais jamais ma mère et ma sœur dans leurs séances de shopping.

— Très bien, monsieur le biker. Puisque ton esprit bourré de testostérone n'est pas capable de faire la part des choses, je vais te montrer.

Je récupère d'un geste vif le pantalon et les bottes dans ses bras, puis m'empare de deux blousons, l'un à la coupe droite, l'autre à la taille cintrée. Bien décidée à lui faire entendre raison, je rentre dans la seule cabine d'essayage du magasin, pour quitter ma robe et enfiler la tenue choisie. Je n'ai pas de T-shirt mais cela importe peu puisque je ferme le premier blouson jusqu'au cou avant de ressortir.

— Ceci, monsieur Ange Costa, est une coupe droite qui, bien que d'une grande qualité, me fait franchement rivaliser avec tes larges épaules carrées, alors que...

Je lui fais signe de patienter, et retourne dans la cabine pour passer la seconde veste. Prise dans mon orgueil à vouloir toujours avoir le dernier mot, je ne m'étais pas aperçue de mon allure, en tenue de cuir. Lorsque je prends enfin le temps de me regarder, j'ai l'agréable surprise de constater que je suis sacrément canon. Le fait d'être entièrement vêtue de noir ne me dérange plus du tout. Cachée derrière le rideau, je souris à mon reflet, me tourne pour m'observer sous toutes les coutures, et prends la décision de ne plus jamais me changer. J'imagine soudain la réaction d'Ange, quand il verra ma taille marquée par la coupe de ce blouson, et mon sourire s'agrandit davantage. Mon côté joueur refait surface, aussi je redescends un peu la fermeture Éclair, de manière à laisser apparaître la naissance de mes seins. Parfait !

— Ceci, lui dis-je après avoir rouvert le rideau, est un blouson idéal pour une femme. Alors, qu'en penses-tu ? demandé-je en faisant un tour sur moi-même.

Occupé à me scruter de haut en bas, il paraît d'abord ne pas m'avoir entendue. Mais, quand il s'approche pour me saisir par la taille de son bras libre et m'embrasser à en perdre haleine, je suis satisfaite de voir qu'il a bien saisi la nuance. Lorsque nos bouches se détachent, j'ai le souffle court. Ses lèvres encore à portée des miennes murmurent avec autorité :

— J'en dis que la séance de shopping est terminée. On rentre à la maison. Avec ce blouson.

— Bien, monsieur.

Après un dernier baiser, je rentre dans la cabine et retire la veste pour jeter un œil à l'étiquette. J'aurais mieux fait de m'abstenir... Ce vêtement est hors de prix, et, ajouté au reste, il fait exploser mon budget. *Tant pis pour le cuir, on va plutôt viser à l'économie.* Lorsque je repose le blouson après avoir quitté la cabine, Ange est à la caisse en train de discuter avec le vendeur. Je les rejoins avec un modèle basique, bien moins cher, que je dépose à côté du casque et des gants sur le comptoir. Je me suis également débarrassée du pantalon en cuir et des chaussures avec l'idée qu'un jean et une paire de bottes classiques seraient amplement suffisants pour le moment.

— C'est bon pour moi, précisé-je à l'intention du vendeur avec un sourire.

— Attends, où est passée l'autre veste ? me demande Ange, la mine contrariée.

— À sa place, sur le portique.

— Quoi ? Mais que...

— Elle est à sa place, insisté-je en le fixant dans les yeux pour bien faire passer le message.

Puis je me penche vers lui pour chuchoter :

— Je ne peux pas me le permettre, s'il te plaît, n'insiste pas.

— Dans ce cas, laisse-moi te l'offrir, continue-t-il d'un ton tout aussi bas.

— C'est hors de question !

Il se redresse et croise les bras, le sourcil relevé. Je crois qu'il attend une explication...

— Écoute, ça me touche que tu veuilles me faire plaisir, mais je refuse que mon petit ami dépense autant d'argent pour moi.

— Oh ! Je ne le fais pas pour toi, Princesse, me précise-t-il, la voix chargée de sous-entendus. Je le fais clairement pour moi.

Des images d'Ange me prenant dans cette tenue me viennent à l'esprit, et mon corps vibre d'excitation. Pourtant, je me reprends et m'exhorte à la raison.

— Je suis désolée, c'est beaucoup trop cher, et je refuse d'être une de ces femmes que l'on entretient.

— Pourquoi est-ce que je ne suis pas surpris que tu en fasses une affaire personnelle ? Je suppose que tu ne changeras pas d'avis ? OK, conclut-il en me voyant secouer la tête. Dans ce cas, j'abdique, mais seulement pour cette fois. Maintenant, il faut que j'oublie tout ce que je comptais te faire dans cette veste, et ça ne va pas être simple... Ma femme est sans pitié, déclare-t-il alors au vendeur, qui n'a pas perdu une miette de notre échange, et se marre derrière sa caisse.

Mon cœur fait un bond dans ma poitrine à l'évocation du mot « femme », et de tout ce que cela implique. Après ces dernières semaines passées ensemble, l'idée d'appartenir à Ange et qu'il m'appartienne en retour m'est de plus en plus séduisante. J'ai appris à le connaître et à aimer l'homme qu'il est. J'aime notre complicité, notre compatibilité au lit, qu'il soit présent pour moi et à l'écoute. J'aime aussi qu'il ne prenne pas de pincettes avec moi si je vais trop loin. Quant à son physique intimidant, son côté ours mal léché au cœur tendre, ils me font littéralement fondre. Mais ce que j'aime le plus chez lui, ce qui me conquiert chaque jour un peu plus, c'est le respect qu'il a pour moi. Mon homme me respecte, et, même s'il me rabâche à longueur de journée qu'il est normal pour un mec de respecter sa nana, je ne peux m'empêcher d'être à chaque fois un peu plus reconnaissante. Et aujourd'hui ne fait pas exception à la règle. Il me laisse libre de décider et ne m'impose pas ses choix. Pleine de reconnaissance, je me hisse sur la pointe des pieds pour l'embrasser sur la joue et lui glisser un « Merci » à l'oreille. Il me fixe, le coin des lèvres légèrement relevé, et me fait un clin d'œil rapide qui a pour effet d'agrandir mon sourire. À ce moment, le déclic se fait dans mon esprit : je crois bien que c'est ça, la définition du bonheur.

Je règle mes achats le cœur léger et sors enfin du magasin, le bras d'Ange autour de la taille. Nous rejoignons ma voiture, qui couine une fois encore quand il s'installe sur le siège passager. Et comme d'habitude je ris quand il s'agace de la ceinture récalcitrante, sa grande carcasse contrastant avec la taille de l'habitacle.

— Princesse, il va vraiment falloir envisager de changer de bagnole.

— Même pas en rêve ! rétorqué-je, hilare, en démarrant pour quitter le parking.

Comme à chaque fois que nous nous retrouvons en voiture, il pose sa main sur ma cuisse, et y trace négligemment de petits cercles avec le pouce. Je me suis habituée à son besoin constant de me toucher, un peu comme si c'était plus fort que lui ; j'ai appris à apprécier ces gestes anodins et, maintenant, s'il ne les fait pas, son contact me manque. Un argument supplémentaire qui s'ajoute à la liste déjà bien fournie des raisons qui font que ma vie a pris un tour inattendu. Nous n'avons parcouru que quelques centaines de mètres quand il soupire.

— Quel gâchis, quand j'y repense, commence-t-il. Tu sais, ma belle, que je ne veux rien t'imposer, mais là tu as vraiment déconné. Cette veste était faite pour toi. Tu aurais dû me laisser te l'offrir. Quand je t'ai vue avec... Pfiou ! mon cerveau a déconnecté. Je ne suis pas près d'oublier ton corps dans tout ce cuir...

Perdu dans ses pensées, il scrute les alentours sans vraiment les voir. Son corps tendu me donne une vague idée du fantasme dans lequel il est en train de se perdre. Prise de remords, je me dis que pour une fois j'aurais pu déroger à mes principes et toucher à la montagne d'argent à laquelle j'ai accès. Mais je me souviens brusquement pourquoi je ne l'ai jamais fait jusqu'ici, même lorsque financièrement j'étais sous l'eau. Malgré tout, mes sentiments pour Ange me poussent à bifurquer sur la route pour prendre un chemin que je n'ai jusqu'ici emprunté avec personne.

— Est-ce que tu serais d'accord pour faire un petit détour ?

— Ça dépend pour quoi, maugrée-t-il dans sa barbe.

Chaque détour m'éloigne un peu plus du moment où tu seras nue dans mon lit. Donc, à moins que ça n'en vaille vraiment la peine, c'est non.

Amusée de le voir devenir capricieux, j'attrape sa main pour y déposer un baiser en guise de pardon, puis reprends le volant.

— Je te promets de faire vite.

Les kilomètres se succèdent dans un calme que je suis loin de ressentir. Lorsque j'atteins enfin le portail de la propriété, je descends pour le déverrouiller, pousse les deux battants métalliques et reprends ma place pour suivre la longue allée. Une fois devant la maison, je coupe le moteur. Nous fixons tous les deux l'immense bâtisse. La maison de mon enfance. Chaque fois que je reviens ici, je me sens tiraillée... D'un côté, la beauté de la propriété, son parc arboré, le calme de la campagne environnante, l'opulence de cette maison magnifique typique du Pays basque, sa grande piscine, ou encore la grange tout en pierres apparentes qui la jouxte. De l'autre, tous les souvenirs néfastes qui la peuplent, mes peurs, le sentiment d'abandon, la violence...

— C'est la maison de tes parents ?

Ange me tire de mes pensées. Je hoche la tête, plus vraiment sûre de savoir pourquoi je l'ai amené ici. Il m'observe, attendant patiemment de savoir ce que nous sommes venus faire.

— Tu m'expliques ?

— Non, je vais te montrer.

Nous descendons de voiture et grimpons sur le perron. J'insère la clé, déverrouille la porte d'entrée. À l'intérieur, tout est sombre et calme. Je me hâte d'aller ouvrir les volets pour laisser entrer le soleil. Je commence ensuite la visite, et lui montre chaque pièce, chaque recoin de la maison.

Après l'incendie, j'ai fait repeindre les murs en blanc

cassé, ce qui apporte un aspect très aseptisé au lieu. Ne sachant pas ce que j'allais faire de la maison, j'ai préféré conserver des tons neutres. Pourtant, le bâtiment n'en reste pas moins magnifique : de grandes pièces lumineuses, des matériaux nobles, une clarté en totale contradiction avec la noirceur de mes souvenirs. Ange me suit, m'écoute, observe chaque détail avec attention. Il paraît même impressionné, ce qui ne me surprend pas vraiment... Cette maison fait toujours cet effet-là. C'est d'ailleurs ce qui me dérange le plus : le fait que les gens s'émerveillent de tant de beauté, alors que je n'y vois que de l'obscur. Bizarrement, c'est aussi ce qui m'empêche de la vendre. Un endroit pareil, on ne s'en sépare pas.

Une fois la visite terminée, je vais m'asseoir au bord de la piscine et plonge mes pieds dans l'eau. Ange m'imite avant de m'attraper par la taille, pour me lover contre lui et m'embrasser les cheveux. Nous restons quelques instants dans cette position jusqu'à ce qu'il rompe le silence :

— Anaïs, pourquoi m'avoir amené ici ?

— Pour que tu comprennes pourquoi je n'ai pas acheté le blouson.

Il m'écarte de lui, et, à la tête qu'il fait, je comprends qu'il est complètement largué. Normal, à sa place, je le serais aussi.

— Ange, j'aurais les moyens de me payer autant d'équipements de motarde que je veux. Je pourrais me payer un superbe appart, une voiture flambant neuve, des fringues à ne plus savoir qu'en faire... Mais je ne le ferai pas.

— Pourquoi ?

— Parce que c'est l'argent de mon père, et que c'est un peu comme si c'était de l'argent sale, pour moi.

Un silence de plomb s'abat sur nous. Son regard devient noir, aussi je m'empresse de préciser :

— Rien d'illégal, je te rassure. Mon père était simplement un homme qui avait un grand sens des affaires, en plus d'être un chirurgien plasticien reconnu. Alors il a placé ses économies, les a fait fructifier jusqu'à obtenir un sacré pécule. Le problème, c'est que je déteste tout ce qu'il représente, alors utiliser son argent... Rien que l'idée me répugne. Il possédait pourtant une fortune.

— Tu l'as appris comment ?

— Quand ma mère a mis le feu à la maison, j'ai obtenu sa tutelle et l'accès à tous les comptes. C'est à ce moment-là que j'ai compris à quel point ma famille était riche. Heureusement, d'ailleurs, parce que, vu que l'incendie était volontaire, les assurances ont refusé de financer les travaux de rénovation, continué-je. Encore une minuscule clause dans un contrat interminable... Du coup, j'ai utilisé une partie de l'argent pour les travaux de rénovation et de réparation. C'est la seule fois où j'y ai touché. En dehors de ce cadre-là, je ne sais pas comment l'expliquer, mais j'en suis incapable.

Depuis qu'elle a été remise à neuf, la maison est restée close. Aujourd'hui, je la regarde sans vraiment la reconnaître, un peu comme si les flammes avaient effacé la noirceur de cet endroit. C'est maintenant une bâtisse neuve, avec tout le faste que cela suppose.

— Tu as peut-être tout simplement besoin d'en faire quelque chose de positif, m'interrompt-il. Pour effacer ce que t'y ont fait vivre tes parents.

— C'est-à-dire ?

— J'en sais rien, répond-il en haussant les épaules. Tu pourrais en faire un hôtel, ou une chambre d'hôtes. Un truc comme ça.

— Certainement pas, répliqué-je, amusée. Je suis infirmière, pas hôtelière. Je ne pense pas être le genre de femme à avoir la patience nécessaire pour rester calme face à des clients trop pénibles. Et je parle poliment. Mais tu commences à me connaître, ça ne devrait pas trop te surprendre, n'est-ce pas ?

Il sourit avant de m'attraper pour m'installer à califourchon sur ses cuisses. Mes jambes mouillées commencent à imbiber son jean, mais ça n'a pas l'air de le déranger. Son nez glisse dans mon cou pour respirer mon parfum, alors que ses lèvres commencent à me chatouiller délicieusement.

— En effet, j'ai une idée très précise de tout ce qui te rend folle, murmure-t-il contre ma peau. Je connais le moindre de tes points faibles, comme ce petit creux, ici.

Sa langue me caresse juste sous l'oreille, me tirant un frisson des plus agréables.

— Ou celui-là, continue-t-il en m'embrassant au coin des lèvres.

À chaque nouvelle caresse, mon corps vibre et se serre plus étroitement au sien. Lorsque mon bassin commence à bouger contre son érection, le souvenir de l'endroit où nous nous trouvons rejaillit brutalement dans mon esprit, ce qui suffit à calmer mes ardeurs. Je le prends par les épaules pour éloigner ses lèvres diaboliques de ma peau.

— Pas ici, Ange. Je ne peux pas.

Le menton levé vers le ciel, il laisse échapper un long soupir de frustration, avant de se redresser pour trouver mon regard et caresser ma joue du bout du pouce. L'intensité de ses yeux me bouleverse. Lorsqu'il se mordille la lèvre, comme s'il avait beaucoup de difficultés à se contenir, un sentiment d'urgence me saisit : je dois quitter cet endroit, rentrer et le déshabiller. Vite.

— Je récupère deux ou trois vêtements pour ma mère et on s'en va.

Il s'agit plus d'un ordre que d'une information. Mon ton empressé ne laisse planer aucun doute quant à mes intentions une fois que nous serons de retour à l'appartement. Ange me sourit d'un air satisfait.

— OK.

Je me retiens de l'embrasser et me lève pour courir dans la maison. J'avais prévu de venir plus tard dans la semaine, mais, puisque nous sommes ici, autant faire d'une pierre deux coups. Nous sommes aux portes de l'automne et ma mère, qui a repris un peu du poil de la bête, va avoir besoin de vêtements plus chauds. Je file dans le garage ouvrir les portes d'une des rares armoires qui n'ont pas brûlé dans l'incendie, et attrape deux pulls, une veste, trois T-shirts à manches longues et son manteau de mi-saison. Ça ira pour le moment.

Lorsque je rejoins Ange, dans la salle à manger, il a déjà refermé la plupart des volets et des fenêtres. Je l'aide à terminer puis nous retournons à la voiture. Une fois le portail derrière nous, je me raisonne pour respecter les limitations de vitesse. Ange ne me regarde pas, pourtant, je sens dans chaque fibre de mon corps toute la tension qui se dégage de lui. *Peut-être qu'il m'imagine encore tout en cuir...* Alors que mon esprit divague et se perd dans tout un tas de scénarios qui sont loin de me calmer, la voix grave d'Ange me fait sursauter.

— Et pourquoi pas un foyer ?

— De quoi tu parles ?

Il se tourne vers moi et me dévisage avec le plus grand sérieux. *Bon, visiblement, il ne rêvait pas de cuir...*

— La maison de tes parents. Pourquoi tu n'en ferais pas un foyer d'accueil ou un truc du genre ? C'est bien toi qui me disais il n'y a pas si longtemps que les foyers d'accueil n'ont de foyer que le nom, pas vrai ?

L'idée se fraye aussitôt un chemin dans mon esprit et prend immédiatement corps. Mon cœur accélère. J'imagine des chambres chaleureuses, dans des tons chauds, une grande cuisine ouverte sur la salle à manger, avec une immense table couverte de vaisselle, un coin lecture cosy, une cheminée allumée avec autour un salon aux canapés moelleux, des livres en quantité... Dans le parc, une balançoire pour les enfants, une autre partie réaménagée en jardin animalier, avec quelques poules, deux ou trois chèvres... Les idées fusent à mille à l'heure. Je me vois accueillir des femmes à qui la vie a tout pris, je m'imagine recevoir leurs enfants, leur offrir un lieu de transition à la fois sécurisant et dans lequel elles se sentiraient chez elles. Un endroit où elles pourraient se recentrer sur elles-mêmes et se reconstruire. Qu'elles y trouvent ce que je n'ai jamais réussi à trouver. Sans compter que cela ferait un sacré pied de nez à la folie de mon père. Je trouve cette idée de foyer tellement géniale que j'en reste bouche bée.

— L'idée te plaît, ma douce ?

Il émane d'Ange une certaine fierté teintée d'une pointe d'arrogance, son petit sourire accentuant le tout. J'aimerais lui ôter l'air orgueilleux qu'il affiche mais n'en ferai rien, bien au contraire. Il vient de me donner la plus dingue mais aussi la plus évidente des idées. Un projet totalement fou, mais qui prend tout son sens au regard de la vie que j'ai menée jusqu'ici. Un peu comme quand toutes les pièces d'un puzzle s'imbriquent à la perfection.

— Anaïs ?

— C'est une idée totalement dingue.

— Oui, mais très logique, si on y réfléchit bien.

— C'est certain, mais... Je suis infirmière. Je ne saurais même pas par où commencer ! Un projet pareil, ça se réfléchit, ça se construit...

— Ma douce, s'il y a bien une personne capable d'une telle folie, c'est toi. Si tu exploites ne serait-ce qu'un dixième de la volonté dont tu as fait preuve jusqu'à aujourd'hui, tu concrétiseras ce projet sans problème. D'autant que tu n'es pas seule, et que je suis certain que tous ceux qui t'aiment seront là pour te soutenir. Moi y compris.

Attends, quoi ? La bienveillance du regard d'Ange augmente de façon frénétique ma fréquence cardiaque. *Est-ce qu'il vient vraiment de me dire...* Mes lèvres me démangent comme si mon cœur avait à tout prix besoin de lui répondre quelque chose, mais mon cerveau s'y oppose catégoriquement. Aucun son ne franchit ma gorge, à cause des années d'entraînement à refouler tout sentiment. Particulièrement les sentiments amoureux. Malgré tout, une pensée tourne en boucle dans mon esprit : il est trop tard, maintenant, je sais au plus profond de moi que je suis à lui. À deux cents pour-cent. *Et...*

— Oh ! Merde, j'y crois pas, s'écrie Ange avec empressement.

Perdue dans mes pensées, je n'ai pas vu les kilomètres défiler, et ne me suis pas rendu compte que je nous ai conduits jusque devant chez lui. Aussi, quand il quitte la voiture d'un bond pour se ruer dans l'escalier de son immeuble, je sors en toute hâte pour me lancer à sa poursuite, et parviens de justesse à le retenir par le bras, en bas des marches.

— Qu'est-ce qui se passe ? demandé-je, dépassée par sa réaction excessive.

— Tu vois cette voiture, là ?

— Oui, c'est celle de Maël.

Il hoche la tête d'un air tendu.

— Et celle-là ? me demande-t-il en désignant une décapotable vert bouteille, visiblement un véhicule de collection.

— La voiture d'un client mécontent ? tenté-je sans vraiment y croire.

— Non, pire. Bien pire.

Il commence à gravir les marches à toute vitesse alors que je le suis de près.

— À qui est cette bagnole, Ange ?

— À mon père...

Lorsque nous atteignons le palier, des cris et des bruits de vaisselle cassée nous parviennent, m'empêchant de poser plus de questions.

— Fait chier, on arrive trop tard, annonce Ange.

Quand nous entrons dans l'appartement, le vacarme cesse brusquement. Nous nous trouvons alors au milieu de ce que je qualifierais de « scène de ménage du siècle ». Au centre de la pièce, qui est sens dessus dessous, se dressent Maël et une femme magnifique à la chevelure de jais et aux yeux bleus perçants. Ils sont tous deux essoufflés, et visiblement très mécontents d'avoir été surpris.

— Non mais vous êtes sérieux, là ? s'écrie Ange en désignant la pièce. Vous avez vu l'appart ? Dix ans que je me coltine vos conneries, j'en ai vraiment ras le cul ! Putain, je sais pas, moi, vous pourriez peut-être grandir, comme le font les autres personnes, non ?

— Ange, commence à grogner Maël.

— Toi, la ferme, lui somme-t-il d'une voix menaçante avant de se tourner vers la femme : Quant à toi, est-ce que tu peux me dire pourquoi je ne suis pas au courant de ton arrivée ?

Je ne sais pas ce qui m'interpelle le plus : le fait qu'Ange leur parle comme s'il s'agissait de deux enfants de six ans, le visage d'habitude si souriant de Maël complètement fermé ou bien l'élégance de cette femme qui ne colle absolument pas au chaos qui règne autour d'elle. D'ailleurs, il lui suffit de m'apercevoir pour épousseter son tailleur gris sombre d'un geste vif, plaquer contre son crâne les mèches de cheveux échappées de son chignon tiré à quatre épingles, et reprendre avec grâce son escarpin, échoué sur le sol à l'autre bout du salon. En l'espace de quelques secondes, elle se transforme et donne tout son sens au mot « sophistication ». Ignorant totalement la mauvaise humeur d'Ange, c'est avec un sourire radieux et étrangement sincère que l'inconnue se dirige ensuite vers moi pour me serrer dans ses bras.

— Mon Dieu, tu es encore plus belle que je ne l'avais imaginé !

Surprise, je la laisse m'étreindre sans bouger, cherchant Ange du regard pour obtenir une explication. Ce dernier soupire et cède :

— Anaïs, je te présente Catalina Costa. Ma sœur.

Chapitre 25

Ange

— C'est un truc de vieux.

— Papa, s'il te plaît...

— Lina, moi vivant, jamais je ne poserai mon cul sur cette chose !

— Ange, dis-lui, toi !

Le regard éploré que me lance ma frangine est un appel au secours. Les mains posées sur les poignées du fauteuil de mon père, j'observe avec scepticisme la rampe qui longe le mur de l'escalier, et le fauteuil qui y est rattaché, en bas des marches. J'ai beaucoup de mal à imaginer mon paternel là-dessus, bien qu'il n'ait pas le choix s'il veut accéder à l'étage de sa petite maison. Lina simule une quinte de toux, puis me fait les gros yeux, histoire de me rappeler qu'il est temps pour moi de rallier sa cause.

— C'est un truc de vieux, lancé-je, catégorique.

Le « Non, mais je rêve » excédé de ma sœur croise le « Merci » satisfait de mon père. Je me pince les lèvres pour ne pas sourire, quand la bouche en apparence si sage de ma sœur laisse échapper tout un tas de noms tous plus fleuris les uns que les autres. Lorsqu'elle est contrariée, ses gènes maternels reprennent le dessus, et c'est en italien qu'elle insulte la terre entière. Ça a toujours été comme ça, et je dois bien reconnaître que, entendre ces sonorités ici, ça fait du bien. Après des mois d'absence, retrouver ma frangine est un vrai bonheur. Oh, bien sûr, ça ne va pas durer : il y aura bien un moment où son sale caractère va recommencer à pimenter notre relation fraternelle. C'est toujours le cas. Mais pour le moment nous en sommes encore au stade des retrouvailles. Mon père me tend son poing fermé et nous faisons un « check », ce qui n'échappe pas à ma sœur.

— Vous êtes impossibles, tous les deux. Il n'y en a pas un pour rattraper l'autre ! Je me demande bien pourquoi je me donne autant de mal... Et vous savez ce qui m'énerve le plus ? C'est que je vous aime tellement que je n'arrive pas à vous en vouloir !

Elle s'affale sur la valise de mon père en soupirant. L'espace d'un instant, je retrouve ma petite sœur boudeuse, et oublie totalement l'éminente avocate de la famille.

— Allez, Lilipuce, reconnais quand même que ce fauteuil électrique pour monter les escaliers est un truc de vieux.

Le regard bleu clair de Lina me lance des couteaux.

— Arrête de m'appeler comme ça, je n'ai plus cinq ans.

— Tu en es sûre ? Pourtant, tu n'as pas l'air loin de taper du pied.

Cette fois, mon sourire s'illumine franchement, et elle lève les yeux au ciel sans pour autant retenir le sien. Au moment où elle observe l'objet du débat, il disparaît au profit d'une profonde tristesse, et je sais très exactement pourquoi. Notre impuissance face au handicap irréversible de notre père est extrêmement difficile à gérer, et cette chaise d'escalier est le premier témoin de sa paraplégie.

— Vous avez raison, finit-elle par avouer. Ce fauteuil me donne la nausée.

— À moi aussi, ma fille, reprend mon père d'une voix attendrie. J'aimerais m'en passer, mais je sais très bien que je n'y échapperai pas si je veux rester ici. Je ferai avec. Tu te démènes comme une folle pour moi, et, moi, tout ce que je trouve à faire, c'est me plaindre au lieu d'être reconnaissant. Excuse-moi de me comporter comme un vieux con aigri, ma chérie. D'ailleurs, puisque je ne l'ai pas encore fait, je vous remercie, pour tout ce que vous avez fait pour moi, les enfants. Tous les deux. Sans vous...

La voix de mon père s'étrangle et je crois bien que c'est la première fois que je le vois faiblir. Je ne sais pas si c'est dû au fait qu'il soit enfin de retour chez lui, ou bien au fait que nous soyons tous les trois réunis pour la première fois depuis des années, mais un silence empreint d'une émotion sans nom emplit la pièce. Ma gorge se serre mais je n'en montre rien, pas besoin d'en rajouter. Si ma sœur détecte la moindre faiblesse chez moi, ses barrages céderont. Elle a toujours compté sur moi pour puiser de la force, et ce n'est certainement pas aujourd'hui que ça va changer. J'ai beau avoir trente-quatre ans, je reste avant tout son grand frère. Le regard embué, Lina se lève pour serrer mon père dans ses bras. Il l'entoure d'un bras fort avant de l'embrasser sur la tempe comme quand nous étions petits. Je détourne le regard quand il essuie une larme au coin de son œil.

— Bon, reprend mon père d'un ton plus assuré. On ne va pas tergiverser toute la journée. Je vais l'essayer, votre machin. De toute façon, je suis pressé de retrouver ma chambre et surtout mon pieu ; celui du centre était un enfer pour le dos !

— OK. Alors, on a monté un autre fauteuil roulant à l'étage, pour que tu en aies un en bas et un en haut de l'escalier. Je vais t'aider à t'attacher pour monter et...

— Lina, stop. Laisse-moi me débrouiller, s'il te plaît. Et puis je ne tiens pas à ce que vous me voyiez sur ce truc.

— Mais...

— Pas de « mais ». Je vais utiliser ton fauteuil ; en échange, accepte que je n'aie pas de public. J'ai besoin de faire ça seul, tu comprends ? C'est une étape de plus pour moi. Et, putain, celle-là s'annonce corsée.

Ma sœur le fixe, interdite, puis cède à contre-cœur, d'un hochement de tête. J'entoure ses épaules pour l'emmener avec moi dans la cuisine adjacente, où nous attendent les affaires de notre père. Nous n'avons pas encore eu le temps de les déballer et de les ranger. Lina s'assoit à la table ronde et j'en profite pour déposer devant elle un grand verre d'eau fraîche. Elle s'en saisit mais n'y touche pas, préférant tracer des cercles sur la condensation. Je la laisse se battre avec ses pensées pour me préparer un café histoire de me donner un peu d'énergie.

— Qu'est-ce que je fous là, Ange ?

Aïe... Ma sœur ne jure jamais. C'est d'ailleurs une des raisons pour lesquelles elle ne s'énerve qu'en italien : un peu comme si insulter la terre entière dans une autre langue ne comptait pas. Elle a une conduite irréprochable en toute circonstance. J'ai bien le souvenir d'une Lina plus aventurière, plus extravertie, mais c'était il y a longtemps. Elle a pris un virage à 180°, pendant l'été qui a précédé le début de ses études de droit et son départ pour Paris.

— Comment ça ?

— Je crois que j'ai fait n'importe quoi, me dit-elle d'une voix plus angoissée qu'à l'accoutumée. Je me suis persuadée que je devais tout quitter, parce que papa a besoin de moi. Mais c'est faux. Non seulement il n'a pas besoin de moi, mais il m'a même avoué qu'il préférait vivre seul. Il a essayé de me dire ça gentiment, pour ne pas me blesser, mais le résultat est le même. J'ai foncé tête baissée, et regarde où ça m'a menée : je n'ai plus d'appartement, plus de travail, j'ai laissé mes amis, maman... Oh, bon sang, j'ai fait une énorme bêtise, finit-t-elle par lancer en se prenant la tête entre les mains.

— Tu construiras une nouvelle vie ici ! Au Pays basque aussi, on a besoin d'avocats, et maman est assez grande pour vivre sa vie et prendre un billet d'avion pour venir voir ses enfants si ça lui chante. Quant à ton appartement, tu en retrouveras un également. En attendant, Anaïs a une amie qui cherche une colocataire, depuis que sa sœur s'est installée avec son mec. Elle est un peu bohème, mais elle devrait te plaire. J'en parlerai à Anaïs ce soir, si tu veux.

Ma sœur me fixe, un petit sourire au coin des lèvres. Au moins, elle n'angoisse plus...

— Quoi ? ne puis-je m'empêcher de demander face à son inspection appuyée.

— Rien, répond-elle en haussant une épaule. C'est juste que je te trouve... changé.

Je repose le café que je m'apprêtais à boire.

— Pourtant, je suis toujours le même.

— Oh ! Pas de ça avec moi, frangin, s'exclame-t-elle en riant. Tu n'as jamais eu aucun secret pour moi ! Non. Je te trouve... plus léger, plus doux. Un peu comme si tu étais devenu une version plus tendre de toi-même. C'est assez rafraîchissant.

— C'est quoi, encore, ces conneries ?

— Eh, ce ne sont pas des « conneries », c'est juste que tu es...

— Lina..., dis-je sur le ton de l'avertissement.

— ... amoureux.

— Je n'ai plus aucun doute : tu t'entendras bien avec Lili.

— Oh, je t'en prie, arrête de faire ton... Ange. Je te dis juste que je suis heureuse pour toi, vraiment. L'amour te va bien, et puis cette fille a l'air géniale. J'aime son franc-parler, et j'adore qu'elle ne se laisse pas impressionner par tes airs de tueur à gages.

— Tu ne la connais pas.

— Non, mais toi je te connais par cœur. Et j'ai totalement confiance en ton jugement. Si pour toi cette fille est la bonne, alors elle l'est pour moi aussi.

Le sourire sincère qu'elle m'adresse me donne envie de la serrer dans mes bras à l'étouffer.

— Tu m'as manqué, ne puis-je m'empêcher de lui dire.

— Toi aussi.

Elle me fixe, le regard rieur, tout en buvant son verre ; j'en fais de même et avale une gorgée de café. Lorsque nous reposons nos boissons respectives, elle triture ses doigts toujours serrés autour de son verre.

— Qu'est-ce que tu as oublié de me dire ?

Elle lève la tête, l'air un peu mal à l'aise.

— Il se pourrait que j'aie oublié autre chose en Corse...

— Comme... ?

— Comme un brillant avocat de trente-huit ans, du nom de Vincent...

— Trente-huit ans ? m'insurgé-je. Lina ! C'est dix de plus que toi !

— Et alors ? Je suis une adulte ! Et puis j'ai toujours préféré les hommes plus âgés.

— Stop ! Tu es ma petite sœur.

— Oh ! Ça va ! On n'est plus des ados embarrassés. Vincent est un homme brillant, élégant, bien intégré, et il...

— Est tout le contraire de Fangio, c'est ça ?

Elle se fige, des fusils à la place des yeux. En

l'espace d'une seconde, l'ambiance dans la cuisine est devenue glaciale.

— Je t'interdis de parler de lui.

Je m'adosse au plan de travail et croise les bras sur mon torse, haussant un sourcil pour lui faire percevoir le ridicule de la situation. Voyant qu'elle reste muette, je me permets une clarification :

— Tu sais, frangine, si tu comptes t'installer dans le coin, attends-toi à le croiser souvent.

Elle détourne le regard pour fixer un point sur le mur.

— Lina, c'est mon meilleur pote. Tu ne peux pas me demander de faire comme si rien n'était arrivé. Sans compter que je vis chez lui.

— Je ne t'ai pas demandé ça !

— Alors quoi ? Tu comptes l'éviter pour le restant de tes jours ?

— Et pourquoi pas ? J'ai bien réussi, pendant dix ans !

— Parce que tu as mis la mer Méditerranée entre vous ! Mais si tu vis ici, Lilipuce ? Tu dois prendre sur toi, et passer à autre chose. Si tu n'arrives pas à le faire pour toi, alors fais-le au moins pour moi, s'il te plaît.

— Je ne te promets rien. Prendre de l'âge n'a pas changé cet imbécile. Il continue à se conduire comme un débile, et à courir après tout ce qui bouge.

— Tu ne peux pas lui en tenir rigueur.

— Oui, mais...

— Lina, c'est toi qui es partie. Ne l'oublie pas.

— Tu te fais l'avocat du diable, maintenant ?

— Quand tu as passé dix ans de ta vie à ramasser les pots cassés d'un cœur réduit en miettes, tu peux te permettre de te faire l'avocat du diable, oui.

Elle inspire brusquement et serre les mâchoires. Une douleur cuisante traverse son regard. Pourtant, elle se reprend très vite. Je me déteste d'être si direct avec elle, mais, si je ne la mets pas face à ses responsabilités, la situation va vite devenir ingérable. Il ne leur a fallu que dix minutes ensemble l'autre soir, après des années de séparation, pour que le loft se transforme en champ de bataille. D'une manière ou d'une autre, je me débrouillerai pour qu'ils se supportent. S'ils vivent dans la même ville, il y va de ma santé mentale.

— Je comprends, reprend-elle d'un ton trop raisonnable pour être honnête. Je vais faire un effort, je te le promets. Et puis j'ai Vincent, maintenant.

— Ça fait combien de temps, vous deux ?

— Un peu plus d'un an. On travaillait sur la même affaire. Le pauvre, il m'a demandé d'emménager avec lui il y a deux semaines environ. Mais, tu comprends, avec ce qui arrive à papa, je ne pouvais pas... Heureusement, c'est un homme compréhensif.

Moi aussi. Et, ce que je comprends surtout, c'est que le départ précipité de ma frangine prend tout son sens. Elle n'y voit peut-être pas clair, mais pour moi tout est limpide : elle a fui son petit ami, cet homme prétendument idéal, pour venir se jeter directement dans la gueule du loup. Et, quand le loup revêt des allures hispaniques, porte des tatouages plein le corps et est animé d'une rancœur à toute épreuve, la suite s'annonce épineuse.

— Je sais ce que tu penses. Que je suis revenue pour Maël. Mais tu te trompes. La santé de papa m'inquiète vraiment ; je ne pouvais pas supporter de gérer tout ça de loin. Il faut être raisonnable et se donner les moyens d'agir correctement. Malheureusement pour moi, je ne peux rien au fait que Fangio vive aussi dans le coin. Je vais devoir faire avec.

J'observe ma sœur, effaré de voir qu'elle croit vraiment à ce qu'elle dit. Le déni est quelque chose de fascinant… Mais dans le même temps je m'aperçois que leur histoire ne me regarde finalement pas. Je ne m'en mêlerai pas, à moins bien sûr que tout ceci n'aille trop loin.

— Bien sûr, sœurette, je sais que tu fais toujours au mieux.

— En tout cas, j'essaie. Même si les choses sont parfois plus difficiles qu'on le croyait au départ.

Je l'embrasse dans les cheveux, et nous décidons d'un commun accord qu'il est temps de cesser de parler de ce sujet tabou que représente Maël. Il n'est jamais bon de sortir en une seule fois toute la poussière consciencieusement dissimulée pendant des années sous un tapis de mensonges et de non-dits. Après avoir laissé ma tasse dans l'évier, je récupère un des cartons posés sur le sol de la cuisine, et l'installe sur la table pour l'ouvrir. Lina, qui n'a pas bougé d'un pouce, m'observe avec attention.

— Est-ce qu'un jour tu vas arrêter de m'analyser sous toutes les coutures, et lever tes fesses pour me filer un coup de main ?

— Ange, comment va ton genou ?

Ma main se fige sur une des photos de mon père.

— Pourquoi est-ce que tu me demandes ça ?

— Parce que je ne t'ai pas vu boîter ni grimacer une seule fois depuis nos retrouvailles.

— Rien ne t'échappe, pas vrai ?

— C'est une des nombreuses qualités auxquelles je dois ma renommée au tribunal, répond-elle avec fierté avant de désigner mon genou de la tête. Alors ?

Je sors le cadre du carton. On nous y voit, Lina et moi, enfants, sur la moto de mon père. Le cliché suivant montre notre famille à la plage ; j'adore cette photo. Le sourire qu'affiche ma mère dessus témoigne des moments heureux que nous avons passés ensemble.

Avant l'adultère, avant le divorce... Au fond, je ne suis pas surpris que mon paternel ait gardé cette photo ; lui aussi doit être nostalgique de cette époque. Une époque bien trop lointaine.

— Il est guéri, avoué-je en soupirant. Mon rétablissement s'est fait beaucoup plus vite que prévu. Le doc pense que c'est grâce à mes entraînements à la salle, en complément de la kinésithérapie. Ça a contribué à le renforcer.

— Et depuis quand es-tu au courant ?

— Cinq jours.

L'esprit agile de ma sœur ne met pas longtemps à deviner la suite. Un long silence tendu plus tard, elle me pose la question à laquelle je n'ai pas envie de répondre :

— Tu vas repartir ?

Je lève enfin les yeux vers elle ; les siens trahissent son inquiétude.

— Lina...

— Oh ! Bon sang ! Je n'y crois pas ! Alors, tu y penses vraiment ?

— Je n'ai pas dit ça.

— Pas besoin, Ange. Je le vois à ton regard ! Mais c'est quoi, votre problème, à papa et toi, avec l'armée ?

— Ne monte pas sur tes grands chevaux, s'il te plaît. Je n'ai encore rien décidé.

— Non mais tu t'entends ? Tu n'es plus seul à décider, frangin. Et papa, dans tout ça ? Et moi ? Et Anaïs ? Tu as pensé aux conséquences qu'aurait ton départ sur votre relation ?

Anaïs... Ses longs cheveux bruns et son regard rieur me reviennent tel un uppercut dans l'estomac. Elle reprend jour après jour un peu plus confiance en elle. Sa soif de vivre ne cesse d'augmenter depuis cette fameuse nuit où elle m'attendait sur le palier du loft. Il est évident que je ne veux pas lui faire de mal. Pourtant, dès le début, j'ai été clair avec elle : mon objectif est de repartir. Ma dernière mission a avorté à cause de ma blessure, et le goût amer de l'inachevé m'est resté dans la bouche. Or il n'est pas question pour moi que ma carrière se termine sur un échec.

— Je ne suis pas comme papa, Lina. Il est hors de question que j'inflige à Anaïs ce qu'il a infligé à maman. Je ne la tromperai pas à la première occasion.

— Tu sais, Ange, pour avoir vécu avec maman plusieurs années, je peux t'affirmer que l'adultère n'est pas ce qui a mis fin à leur couple. Elle était au courant pour toutes ces aventures, mais n'en a jamais rien dit. Jamais.

Surpris, je ne peux m'empêcher de lui demander, véhément :

— Et pourquoi aurait-elle fait ça ?

— Parce qu'elle aimait papa, et qu'elle espérait secrètement qu'il arrête, qu'il choisisse sa famille, son épouse plutôt que l'uniforme. Elle pensait que leur amour l'emporterait sur son besoin de repartir toujours.

Ma sœur me dévisage avec un grand sérieux. Ses paroles sonnent juste, cependant, je n'arrive pas à les entendre.

— Ange, la véritable maîtresse de papa, c'est et ça a toujours été l'armée. C'est à cause d'elle que maman est partie. Même un amour aguerri n'y a pas résisté. Alors réfléchis bien avant de faire une connerie que tu pourrais très fortement regretter.

— Je rêve, ou tu viens d'utiliser le mot « connerie » ? tenté-je d'un ton faussement amusé.

— Si je l'ai fait, c'est parce que c'en est une. Et celle-là pourrait te faire perdre bien plus que quelques mois de ta vie.

Il est presque minuit quand j'arrive chez Anaïs. Le grand rangement, chez mon père, a pris plus de temps que prévu, et, même s'il reste encore deux ou trois trucs à régler, on peut dire qu'il est enfin de retour chez lui. Ma sœur va rester là-bas le temps de se trouver un appartement ; elle a déjà accepté d'aller visiter celui de Lili. Une bonne chose de faite ! Maintenant, je suis plus qu'impatient de retrouver ma nana. Depuis que nous avons parlé de cette idée de foyer, elle s'est jetée à corps perdu dans ce nouveau projet et y a déjà consacré des heures entières. Elle a tout étudié. Résultat : j'ai l'impression de ne pas l'avoir eue pour moi tout seul depuis des lustres, et elle me manque. Sans compter que ma conversation avec Lina a éveillé en moi un besoin irrépressible de partager le plus de temps possible avec elle, avant de prendre une décision. Peut-être que ça m'aidera à y voir plus clair ? Bref. La journée a été longue et je n'ai pas besoin de penser à ça maintenant. Je me suis suffisamment trituré les méninges le reste de l'après-midi.

Je lève la tête vers une des fenêtres de l'appartement, et souris en constatant que la lumière est allumée. Lorsque j'arrive sur son palier, je récupère sa clé, cachée au-dessus du compteur électrique, et j'ouvre la porte silencieusement. Une musique jazzy baigne son appartement et une douce odeur de pâtisserie me chatouille les narines. Mitou, qui dort sur l'accoudoir du canapé, ouvre un œil ensommeillé, qu'il referme aussitôt lorsqu'il constate que ce n'est que moi. Je rentre à pas feutrés, pressé de la surprendre ; depuis l'histoire de la casserole, c'est devenu une sorte de jeu entre nous.

Elle fredonne une chanson, ce qui me permet de la repérer rapidement, sans compter que son appart est minuscule. Elle est devant sa gazinière et me tourne le dos. Ses longues jambes dépassent de mon T-shirt, celui qu'elle ne m'a jamais rendu depuis notre « mise au point ». J'ai l'impression que c'était il y a une éternité... C'est surprenant, de voir comme on perd la notion du temps, quand on est avec la bonne personne. Je prends quelques secondes pour me repaître de la vision du balancement sensuel de ses hanches au rythme de la musique. Parfois, le T-shirt remonte suffisamment pour me laisser apercevoir le bas de ses fesses rebondies. Je souris et m'approche, pressé de pouvoir enfin poser mes mains sur elle. Alors que je m'apprête à l'attraper par la taille pour la plaquer contre mon corps impatient, elle se retourne et me fixe de son regard fier, la tête haute, le sourire aux lèvres.

— J'ai bien cru que vous ne rentreriez jamais, monsieur Costa. Je commençais à m'impatienter sérieusement.

Elle tient dans la main une spatule en bois sur laquelle des morceaux de pâte sont restés collés. J'essuie sur sa joue une trace de farine, heureux de voir ses pupilles se dilater à mon contact.

— Pas de casserole, aujourd'hui ? lui demandé-je, la voix rauque de désir.

— Tu as vu, me répond-elle en collant son corps au mien, je progresse. C'est parce que j'ai un excellent professeur...

Elle repose la spatule sur le plan de travail, dans son dos, puis passe ses bras autour de mon cou, avant d'effleurer mes lèvres des siennes. Après une journée interminable, me voilà enfin récompensé. Je rends son baiser à Anaïs avec l'intensité qui résulte d'une attente frustrante et beaucoup trop longue. Lorsque sa langue caresse la mienne, je la soulève pour l'emmener sans plus attendre dans sa chambre, où je compte bien rattraper toutes nos heures perdues. Repoussant la porte du pied, je rejoins le lit pour m'y allonger. Anaïs se trouve alors à califourchon sur mon érection. Impatiente, elle se redresse, l'œil brillant d'avidité. Quand elle mordille sa lèvre, j'imagine mes dents à la place des siennes mais n'ai pas le temps de concrétiser mon projet puisqu'elle me maintient sur le matelas d'une main ferme posée sur mon torse. Je laisse échapper un grognement, tant la torture qu'elle m'inflige est agréable, et, comme pour me faire languir encore davantage, elle commence à faire onduler ses hanches. Mes doigts longent la peau nue de ses cuisses pour remonter jusqu'à sa taille, à laquelle je m'ancre pour accompagner ses mouvements.

— On a cinq minutes, avant que je ne sorte les cookies du four, m'avoue-t-elle, joueuse.

Je lui rends son sourire, fier de voir ses yeux suivre avec envie le mouvement de ma langue sur mes lèvres.

— Ce sera juste, mais on fera avec.

Quand je plaque fermement son entrejambe contre ma queue, elle gémit puis s'affale sur moi pour faire remonter sa langue le long de ma gorge. Je la retourne aussitôt sur le matelas, et l'embrasse à en perdre haleine. Comme chaque fois, la sensation de me perdre en elle revient, entêtante, et efface tout le reste. Poussé par mon besoin irrépressible de la toucher, je glisse ma main sous le T-shirt, et m'empare de son sein tendu pour en caresser la pointe. Un nouveau long gémissement me force à quitter ses lèvres. Le souffle court, je la dévisage, et l'image qu'elle me renvoie me coupe le souffle : ses cheveux bruns étalés sur l'oreiller, ses lèvres gonflées par mes baisers, ses taches de rousseur qui s'effacent sous le rose de ses joues...

— Tu es magnifique.

Elle laisse filer un long silence intimidé avant d'avouer, caressant ma joue :

— Je crois que c'est toi qui me rends belle, GI Joe.

Cette fois, mon sourire s'étend largement, ce qui a

pour effet de lui faire lever les yeux au ciel. Alors que je m'apprête à fondre de nouveau sur sa bouche, trois coups sourds résonnent dans l'appartement. Lorsque plusieurs nouveaux coups frénétiques sont frappés à la porte d'entrée, Anaïs sursaute et se redresse, l'air inquiet. Sa main cherche immédiatement mon poignet. Le réveil, sur la table de chevet, indique minuit dix. La panique dans son regard me fait voir rouge : son ex a beau être en taule, son réflexe premier reste la peur...

— Ne bouge pas, ma douce, lui murmuré-je calmement. Je vais voir ce que c'est.

Je l'embrasse sur le front, puis me lève pour sortir de la chambre. Agacé par cette interruption intempestive, et surtout par ce qu'elle suscite chez ma petite amie, je rejoins rapidement l'entrée avec l'idée de me débarrasser sans plus de formalités de notre intrus. Mais, lorsque j'ouvre la porte dans un geste nerveux, ma colère s'efface pour laisser place à la stupeur, puis à une rage profonde, froide. *Putain de bordel de Dieu de merde...*

Chapitre 26

Anaïs

Il y a un problème… J'essuie mes mains moites sur les draps. Assise sur mon lit, je tends l'oreille, mais en vain : il n'y a pas un bruit dans l'appartement. J'ai bien entendu la porte claquer, il y a une minute environ, mais, depuis, plus rien. Alors que je me lève pour aller coller mon oreille au battant, Ange me fait sursauter en m'appelant depuis l'autre pièce.

— Anaïs !

Oubliant ma tenue légère, je cours au salon et m'arrête brusquement lorsque je découvre l'identité de notre intrus. Ou plutôt de nos intrus…

— Oh, mon Dieu, murmuré-je, choquée.

Au milieu de mon appartement se trouve Mary, *la* Mary du cours de *self-defence*, cette femme que j'ai tenté de retenir, il y a déjà plusieurs semaines de cela, et que je n'ai pas revue depuis. Je me suis longtemps reproché de l'avoir effrayée avec mon approche trop directe. Je pensais l'avoir fait fuir et me demandais régulièrement si elle allait bien. À défaut de quitter leur conjoint violent, la plupart des femmes que je repère lors de nos séances continuent de venir aux cours. C'est une maigre victoire, mais je sais m'en contenter en me disant que c'est un début. En revanche, lorsque j'échoue, comme avec Mary, j'éprouve beaucoup de difficultés à prendre du recul. Le sentiment d'échec me ronge, avec la certitude que je serai en partie responsable, s'il leur arrive quelque chose. Stéphane m'a dit à maintes reprises de lâcher du lest, sans jamais parvenir à me convaincre.

Et en découvrant Mary dans mon salon, ce soir, je sais que je ne suis pas près de le faire. Le visage tuméfié, elle m'observe de son unique œil ouvert, une traînée de sang séché en partie essuyée s'échappant de son nez. Ses cheveux blonds sont sales, son jogging gris clair, taché de sang. Elle serre frénétiquement son sac à main sous son bras, et de l'autre elle protège un enfant de cinq ou six ans, caché dans son dos, que je devine sans mal être son fils. Comme pour rassurer son petit garçon, elle essaie de se tenir droite, mais son corps entier tremble sous l'effort.

— Je..., commence-t-elle d'une voix chevrotante, je ne savais pas où aller. Et puis j'ai vu ton adresse sur la carte que tu m'as donnée, alors...

Elle grimace en prononçant ces quelques mots, sans doute à cause de sa lèvre fendue. Passant outre mon état de choc, je prends sur moi pour ne rien montrer et m'approche pour entourer Mary de mes bras sans trop serrer afin de ne pas lui faire mal. Ange, qui se tenait auprès d'elle, le regard dur, profite de ma présence pour s'éclipser. Lorsque je me recule, les yeux de la jeune femme sont emplis de larmes. J'y lis de la douleur, un profond épuisement et une impuissance qui me saisit aux tripes.

— Tu es au bon endroit, la rassuré-je en les invitant, elle et son fils, à s'asseoir sur le canapé.

Ils s'exécutent aussitôt, le petit garçon restant fermement accroché à la manche du sweat-shirt de sa mère. Je m'accroupis en face de lui pour lui demander s'il veut boire quelque chose, mais il reste muet.

— Tim, mon cœur, l'encourage Mary, si tu as soif, tu as le droit de le dire. Anaïs a l'habitude de prendre soin des gens. Tu peux lui faire confiance, elle est très gentille. Moi, j'ai confiance en elle.

Tim observe sa mère, puis hoche la tête.

— Je voudrais bien de l'eau, me glisse-t-il timidement.

Je vais lui chercher un grand verre, puis reviens auprès d'eux. Le petit s'en empare et le vide à moitié, lorsque son regard tombe sur Mitou, qui passe devant la table basse pour se rendre à la cuisine manger ses croquettes. Ses yeux s'écarquillent.

— C'est Mitou, mon chat. Il n'est pas très beau, mais tu ne trouveras pas plus câlin que cette boule de poils. Tu peux le caresser si tu en as envie. Il adore qu'on lui gratte le dos.

— Maman, est-ce que je peux aller le voir ?

— Vas-y.

Tim repose son verre puis rejoint Mitou. La main sur son dos, il commence à lisser son poil, recevant pour remerciement un ronronnement bruyant. Les laissant tous les deux, je me tourne vers Mary ; je voudrais évaluer ses blessures. Lorsque je soulève légèrement son menton, pour voir si sa lèvre a besoin de points de suture, elle grimace de douleur. C'est alors que je remarque les hématomes autour de son cou. Mon sang se glace.

— C'est pas beau, hein ? m'interpelle-t-elle avec un sourire triste. D'habitude, il ne touche pas à mon visage, mais ce soir il était vraiment très contrarié.

— Est-ce que je peux te demander pourquoi ?

— Aujourd'hui, j'ai discuté avec l'instituteur de Tim un peu trop longtemps à son goût. C'était pour son voyage scolaire, mais ça, évidemment, il s'en foutait. Tout ce qu'il a vu, c'est que je parlais à un autre homme. Tu sais ce que c'est, non ?

— Malheureusement, oui, soupiré-je. Je reviens tout de suite, je vais chercher de quoi nettoyer tes plaies.

Alors que je me lève pour me rendre à la salle de bains, Ange revient dans l'appartement, l'air sombre.

— Mary, commence-t-il calmement, est-ce que tu as pris ton portable ?

— Non, je l'ai laissé à la maison.

Elle jette un œil nerveux sur son fils, toujours occupé avec Mitou, avant de reprendre à voix basse :

— Je ne voulais pas qu'il trace mon téléphone.

Ange approuve d'un geste de la tête.

— Tu as bien fait. Je suis allé faire un tour dehors, vous n'avez pas été suivis.

Le soulagement passe dans les yeux de Mary. Lorsqu'on vit avec un homme violent, les moments où l'on se sent en sécurité sont rares, voire inexistants, et le fait d'être constamment sur le qui-vive est épuisant, à la longue. D'ailleurs, Tim bâille à s'en décrocher la mâchoire.

— Il est très tard et vous êtes épuisés, constaté-je. Je vais aller changer les draps du lit pour que tu puisses coucher Tim. Ensuite, nous nettoierons tes blessures. La salle de bains est juste là, je vais vous sortir des serviettes propres. Vous resterez ici le temps qu'il faudra.

— Mais c'est ton appartement, bredouille Mary. Je me disais que tu pourrais peut-être me conseiller un foyer...

— Non. Vous avez besoin de repos et d'un lieu sûr. Ton mari ne me connaît pas, il ne pensera pas à vous chercher ici.

— Anaïs, est-ce que je peux te parler ? me coupe Ange.

Son visage ne laisse rien transparaître de sa contrariété, mais son ton oui. J'adresse un sourire à Mary.

— Tu nous excuses une minute ?

— Oui, oui, bien sûr.

Je me lève et me dirige vers la chambre, suivie de près par Ange, qui referme la porte derrière nous.

— Tu m'aides à faire le lit ?

— Tu ne peux pas les garder chez toi.

Ma main se fige au-dessus de la pile de draps dans mon armoire.

— Et pourquoi ça ? demandé-je en me tournant vers lui.

— Parce que c'est trop dangereux.

— Tu préfères que je les mette dehors ?

— Ce n'est pas ce que j'ai dit. Ce soir, ils peuvent rester. Mais pour la suite je crois qu'il serait plus raisonnable de les orienter vers un foyer d'accueil qui saura comment les prendre en charge.

— C'est hors de question.

Nous nous toisons silencieusement du regard. Voyant que je ne démords pas, Ange soupire.

— Anaïs...

— Elle a besoin de se reposer, de lâcher prise, et que quelqu'un veille sur eux deux.

— Ce n'est pas à toi de le faire.

— Non, mais je compte bien que ça le devienne et tu le sais très bien. Mon projet de foyer...

— ... est encore à l'état de projet, me coupe-t-il sèchement. Il n'existe pas encore. Ici, c'est ton appartement, ta vie privée. Tu ne peux pas y accueillir toutes les âmes en peine.

— Elle a besoin de moi, répliqué-je d'une voix glaciale.

— Non. Elle a besoin d'un refuge.

— Écoute-moi bien : ils resteront ici autant qu'ils le voudront. Si ça te pose un problème, tu peux partir.

Je sors les draps de l'armoire, puis les pose sur ma chaise d'angle avant de retirer les anciens, dont je fais une boule, que je jette dans un coin. Lorsque je déploie une housse de couette propre, Ange m'arrête. Prenant mon visage entre ses mains, il me regarde d'un air résolu.

— Je refuse que tu te mettes en danger. Si jamais son mari se pointe, il pourrait s'en prendre à toi.

— C'est un risque que je choisis de prendre, Ange. Je suis une adulte, et je sais parfaitement ce que Mary est en train de vivre.

— Justement, tu es trop impliquée, Princesse. Et, dans ce genre de situation, ça n'est jamais une bonne chose.

— Ange, soupiré-je en me dégageant, c'est une décision qui n'engage que moi.

— C'est faux. Elle nous engage tous les deux, et tu le sais très bien.

— Je ne t'oblige à rien.

— Non, mais les sentiments que j'éprouve pour toi oui.

— Mais enfin de quoi tu parles ? Tenir profondément à quelqu'un ne justifie pas qu'on interfère dans ses choix, surtout s'il s'agit de décisions importantes.

— Et si on aime ce quelqu'un ?

Mon pouls s'emballe, tant sa voix est intense, déterminée.

— Tu... Tu dis n'importe quoi.

— Au contraire, je n'ai jamais été aussi sérieux. Anaïs, ce que je ressens pour toi est beaucoup plus fort qu'un simple attachement. Je suis amoureux de toi.

— Ange...

— Je te préviens, ne me demande pas de renoncer à mes sentiments. J'ai déjà eu bien assez de mal à les accepter. Je t'aime, et c'est tout. Par contre, s'il te plaît, ne m'oblige pas à m'étendre sur le sujet. Je ne suis pas très à l'aise avec tous ces trucs de déclaration.

Une chaleur indescriptible envahit ma poitrine. J'ai l'impression de planer, un peu comme si j'étais déconnectée de la réalité. L'émotion me noue la gorge et, après quelques secondes de stupeur, je laisse éclater mon sourire. Mes mains tremblent, alors que je n'arrive pas à réaliser ce qui est en train de se passer.

— C'est à la fois la pire et la plus belle des déclarations d'amour.

— Je viens de te dire que je ne suis pas doué pour ça, bougonne-t-il.

Quand deux estropiés des sentiments essaient de se déclarer leur flamme, il est de bon ton de penser que leurs corps en diront plus que leurs mots. Aussi, je décide de couper court à notre discussion, en plaquant fermement mes lèvres sur les siennes, et en mettant tout mon amour pour lui dans ce baiser. Lorsque nous reprenons notre souffle, Ange longe mon nez avec le sien, les yeux fermés. Je me sens à la fois heureuse et effrayée par ce qui est en train de se passer. Savoir que l'on éprouve des sentiments pour une personne est une chose, le lui avouer en est une autre, bien plus lourde de conséquences. Dans une relation sérieuse, il s'agit certainement du cap le plus décisif. Mais, pour moi, c'est également le plus difficile. Ange me tire de mes pensées en me serrant contre lui pour poser son menton sur ma tête.

— Est-ce que tu comprends maintenant pourquoi je te demande de les faire partir dès demain, ma douce ? Je ne supporterais pas qu'il t'arrive quoi que ce soit, parce que je t'aime, et que je m'inquiète pour toi.

— Attends... Quoi ?

Je le repousse des deux mains, et le jauge d'un regard soupçonneux. Quand je comprends qu'il est sérieux, la lame amère de la déception me transperce le cœur. Et c'est presque plus douloureux que tout ce que j'ai vécu jusqu'ici.

— Rentre chez toi, Ange, ordonné-je sèchement.

Je le contourne et commence à mettre le drap sur le matelas. Ma rage passe dans mes gestes ; je me concentre autant que possible, attendant qu'Ange quitte la pièce et me laisse l'espace nécessaire pour y voir plus clair. Malheureusement pour moi, j'ai déjà mis le drap-housse en place qu'il n'a toujours pas bougé.

— Qu'est-ce que j'ai fait ?

— Bonne nuit. On se voit demain.

— Non mais je rêve ! Je te dis que je t'aime, et c'est tout ce que tu trouves à répondre ? Tu crois que c'est facile à avouer, pour moi ?

Je lâche la taie d'oreiller que je m'apprêtais à enfiler autour d'un coussin, et le pointe d'un doigt menaçant.

— Justement. Tu n'as pas le droit de te servir de ça pour me faire plier et obéir à tes décisions. C'est cruel.

— Mais enfin de quoi tu parles ?

— De manipulation ! J'ai déjà vécu ça tellement de fois que j'aurais dû le voir venir. « Anaïs, je suis jaloux parce que je t'aime », « Je vais m'occuper de toi parce que je t'aime », « C'est la violence de mon amour pour toi qui me rend fou », terminé-je en criant. C'est avec ses déclarations d'amour à la con qu'il m'a tenue sous sa coupe tant d'années.

— Arrête ça tout de suite, me menace-t-il à demi-mot. Je n'ai rien à voir avec ton ex.

— Ah oui ? Alors pourquoi ? Pourquoi ce soir, là, maintenant, alors que Mary, qui vient de se faire littéralement passer à tabac par l'homme qui soi-disant l'aime, est dans la pièce à côté ? Pourquoi pas autour d'un dîner romantique, ou après une balade à moto, ou même après avoir fait l'amour une nuit entière ?

— J'en sais rien, OK ? dit-il sur un ton qui montre qu'il perd patience. Ça s'est présenté, c'est tout ! Pourquoi est-ce que tu te sens toujours obligée d'en faire un putain de monde ?

— Tu fais exactement comme lui, sauf que tu ne t'en rends même pas compte, continué-je, implacable. Et j'ai déjà trop donné dans ce domaine, c'est terminé, pour moi, tout ça. Mais, après tout, peut-être que tous les mecs fonctionnent comme ça, que c'est moi qui me fais des idées. Je pensais bêtement qu'avec toi ce serait différent.

Les mâchoires serrées, il me fixe avec colère.

— Non mais je rêve... Tu n'as pas l'impression de tout mélanger ?

— Pas vraiment, non.

— Écoute : je veux bien reconnaître que j'ai été maladroit. Mais tu n'as pas le droit de m'en vouloir pour ça. Je t'aime. Ça, c'est la réalité ! Mais c'est tellement plus simple pour toi de te retrancher derrière ton passé, pas vrai ? Tu as fait ça toute ta vie, te planquer : derrière tes parents, derrière ton ex, avec ton maquillage, tes fringues tape-à-l'œil... Mais tu crois tromper qui, à part toi ?

Ses mots me touchent si profondément que les larmes me montent aux yeux. Pourtant, je ne les laisse pas couler.

— Tu n'as pas le droit...

— Bien sûr que si. Je suis ton homme, un homme qui t'aime et qui ferait tout pour toi. Alors c'est ce que je vais faire, je vais te dire ce que les autres auraient dû te dire il y a déjà un paquet d'années : arrête de te considérer uniquement comme une victime, et confronte-toi à ta vie ! Grandis, deviens adulte et, pour une fois, affronte tes émotions le regard fier et la tête haute. Arrête de te planquer, tu vaux mieux que ça. Enfin, c'est ce que j'ai cru jusqu'ici...

Il m'aurait giflée que ça n'aurait pas été moins douloureux.

— Écoute, je crois qu'on est fatigués, dis-je pour

tenter de temporiser. On devrait prendre le temps d'y réfléchir.

— Il n'y a pas à réfléchir. Pour ma part, je sais très bien où j'en suis. Toi, en revanche...

— Bonne nuit, Ange.

Je préfère le faire taire plutôt que de l'entendre dire combien je suis une paumée. Ce serait vraiment trop douloureux venant de lui. Il me dévisage quelques instants, avant de secouer la tête dans un rire amer. Puis, vaincu, il quitte la chambre en trombe. J'attrape l'autre taie d'oreiller et ai tout juste le temps de l'enfiler avant que la porte d'entrée claque dans un silence de mort.

Chapitre 27

Anaïs

— Tu as sacrément merdé.

— Je sais.

— Il va falloir que tu redoubles d'énergie pour te rattraper.

— Je sais.

— J'ai vraiment du mal à imaginer un homme comme lui te déclarant sa flamme. Ça a dû être tellement dur pour lui, le pauvre...

— Mona : je sais ! Je n'ai pas besoin que tu en rajoutes.

Elle hausse les épaules et récupère sa tasse sans insister. Assises dans le salon de mon amie, nous buvons un café en attendant que Mike rentre du travail pour me donner son verdict quant à mon projet de foyer.

— Pourquoi est-ce que ton mec est si long ?

— On se calme, la Méditerranéenne. Tu ne lui as remis ton projet qu'hier. À cause de toi, je ne l'ai quasiment pas vu de la soirée.

— Tu as raison, excuse-moi. C'est tellement important pour moi... Tout est déjà bien ficelé dans ma tête, mais sans partenaire financier je n'ai aucune chance.

— Ton projet est génial, et ton dossier, béton. Mike n'a aucune raison de refuser. Et puis, s'il le fait, je le prive de sexe pendant quinze jours au moins, continue-t-elle sur le ton de l'humour.

— Tu n'as pas intérêt à lui faire du chantage, m'indigné-je. Il est hors de question que je sois pistonnée. Je veux être crédible et professionnelle. Irréprochable.

— Anaïs, je plaisantais.

Mona m'observe avec sérieux. L'inquiétude qu'elle affiche est légitime : je ne suis pas dans mes meilleurs jours, en ce moment. Je n'ai quasiment pas dormi depuis cinq jours. Entre le dossier sur lequel j'ai bossé non-stop et les angoisses liées à ma dispute avec Ange, les heures de sommeil se sont faites rares...

— Désolée, je suis à cran.

— À cause du projet, ou à cause d'Ange ?

— Un peu les deux, sans doute... Non. À cause d'Ange, je crois. J'ai eu beau m'excuser à plusieurs reprises, il me tient à l'écart depuis l'autre soir. Et, même si je comprends pourquoi, ça me rend folle. Je l'ai à peine vu, et, les rares fois où nous nous sommes croisés, je l'ai senti distant et fermé, bien qu'il continue à m'affirmer qu'on est toujours en couple. Je t'avoue que je suis perdue.

— Lui aussi, sans doute. Laisse-lui un peu de temps.

La fatigue me rattrape, et un début de mal de tête s'installe dans mon crâne. Je tente de le repousser en me massant les tempes, sans succès.

— Je suis vraiment stupide, dis-je, plus pour moi-même que pour elle.

— Tu n'es pas stupide, tu es amoureuse pour la première fois de ta vie. C'est l'amour qui rend stupide, pas l'inverse.

Avant que je puisse en rajouter, la porte d'entrée s'ouvre pour laisser passer Mike, les bras chargés de dossiers, qu'il laisse sur la desserte de l'entrée. Après s'être débarrassé de sa veste, il s'approche de Mona, l'embrasse dans le cou et va s'asseoir sur leur grand fauteuil club en cuir noir. Le cœur battant à tout rompre, j'attends patiemment son verdict, croisant les doigts dans mon dos histoire de me donner un peu plus de chance. Il ne laisse rien paraître, puis annonce :

— Je suis partant.

— Oh ! Bon sang, soupiré-je, soulagée.

— C'est un projet bien étudié et qui a du sens, continue-t-il sans se soucier de mon émoi. Sans compter l'aspect humanitaire, auquel j'adhère totalement. C'est du super boulot. Je ne vois qu'un seul problème.

Mon cœur manque un battement.

— Lequel ? demandé-je avec angoisse.

— Je vais perdre une de mes meilleures infirmières, au centre de rééducation.

— Non mais ça va pas, de nous faire peur comme ça ? lâche Mona en lui lançant un coussin derrière lequel elle se cachait jusque-là.

— Alors c'est bon ? demandé-je en même temps.

— Considère que ton foyer existe déjà. Félicitations !

Je laisse exploser ma joie, sautant du canapé pour serrer Mona dans mes bras, puis Mike. Après tout, il ne sera bientôt plus mon patron mais mon partenaire. Quand je le lâche, mon amie me reprend aussitôt dans ses bras.

— Mon Dieu, Anaïs, je suis tellement heureuse pour toi, m'avoue-t-elle avec émotion. Toutes ces femmes que tu vas aider... Je suis si fière ! C'est le projet de toute une vie.

Mon cœur se serre. *Le projet de toute une vie...* Le visage d'Ange surgit aussitôt dans mon esprit. Il est la première personne avec qui j'aimerais partager cette grande nouvelle, mais je ne suis plus certaine qu'il l'accueillerait avec autant d'enthousiasme. Or, je n'ai pas envie d'être gênée ou mal à l'aise dans un moment pareil, c'est trop important. Je décide donc de lui en parler un peu plus tard, demain, par exemple. Pour ce soir, rien ne presse.

Celle qui va être ravie, en revanche, c'est Mary. En cinq jours de cohabitation, nous avons eu le temps de beaucoup échanger, elle et moi. Quand je lui ai fait part de mon projet, elle a totalement adhéré, allant jusqu'à me proposer ses services en tant qu'esthéticienne pour le foyer, et j'ai accueilli l'idée avec joie : redonner de l'estime de soi à des femmes qui n'en ont plus passe d'abord par le physique. Une femme qui se sent belle est une femme plus forte psychologiquement. La mésestime de soi est souvent la première étape de la maltraitance conjugale. À force que l'on répète à une femme qu'elle ne vaut rien, elle finit par le croire...

— Tu veux qu'on sorte pour fêter ça ?

Mona me tire de mes pensées. Je lui souris, mais décline poliment son invitation. Une partie de mon inquiétude vient de s'évaporer, bien vite remplacée par la fatigue. Lorsque je le lui explique, elle n'insiste pas. Je salue mes amis d'une longue accolade puis prends congé, pressée de rentrer chez moi retrouver Mary et Tim.

Avant de faire démarrer la voiture, je prends mon portable pour envoyer un message à Ange : je voudrais qu'on se voie, j'ai quelque chose à lui annoncer. Je souris béatement devant mon écran, en me disant que cette nouvelle pourrait être un super tremplin vers notre réconciliation. Un peu d'espoir, c'est toujours bon à prendre quand on manque d'assurance. Je lance mon téléphone au fond de mon sac ouvert sur le siège passager, puis prends la route. Sur le trajet, je tente de me remémorer où se trouve la seule bouteille de champagne de ma maigre cave à vin. Je souris à l'idée de déguster quelques fines bulles avec Mary ; après ce qu'elle a vécu, elle aussi a bien mérité un peu de réconfort. Une fois garée, je récupère mon sac, puis mes clés. Il n'est que 20 heures, mais le quartier est calme. Je monte tranquillement l'escalier jusqu'à ma porte d'entrée, devant laquelle je sors mon trousseau, plus par habitude que par réelle nécessité : Mary est déjà là, le battant est entrouvert. J'entre, pose mon sac par terre dans l'entrée, et m'avance dans l'appartement.

— Mary ?

Je la trouve dans un coin du séjour, en pleurs. Tim est recroquevillé, en boule, derrière elle. Un vase gît sur le sol, brisé, ma table basse est renversée...

— Mais qu'est-ce que...

Un long frisson me traverse. « Si tu étais plus consciente de ton environnement... » Je me retourne mais c'est trop tard. Une violente douleur explose dans mes côtes, me coupant le souffle. Projetée sur le côté, je perds l'équilibre et tombe la tête la première sur le coin de l'une des chaises de la salle à manger. Une fois au sol, je secoue la tête pour reprendre mes esprits ; il me faut un moment : ma vision est floue et tout bouge autour de moi. Une douleur lancinante explose dans mon crâne, alors que j'essaie de comprendre ce qui m'arrive. Deux bottes noires entrent soudain dans mon champ de vision. Je comprends alors que je suis dans la merde : il les a retrouvés.

Je redresse péniblement la tête, sans entendre ce que Mary est en train de crier à mon agresseur. Je la vois pleurer, joindre les mains. Petit à petit, mon audition devient plus claire ; je me rends compte qu'elle ne crie pas, elle supplie. Elle est en train de le supplier de me laisser tranquille. Un rire gras me parvient, et je me retrouve subitement debout, plaquée au mur.

— Alors c'est toi, la garce qui les cache depuis tout ce temps ?

L'odeur d'alcool qu'il dégage m'oblige à recouvrer mes esprits. J'ouvre les yeux et découvre un bel homme, dont les traits sont déformés par la haine qui irradie de son regard fou.

— C'est toi, espèce de salope, crache-t-il, qui te permets de me priver de ma famille ? Qui mets toutes ces idées de merde dans la tête de ma femme ? Cinq jours à chercher ce qui est à moi, tu crois que j'ai que ça à foutre ? Heureusement, je peux compter sur l'amour de mon petit garçon, qui a dû m'appeler en cachette parce que son père lui manquait. Tu te rends compte de ce que tu as fait endurer à mon gamin ?

À chaque nouvelle question, il me plaque plus brutalement au mur. Les sons recommencent à se mêler autour de moi, mais je me fais violence pour rester consciente.

— Mary, parviens-je à dire d'une voix que je ne reconnais pas. Allez vous enfermer dans ma chambre, et appelle les flics. Tu as bien ton nouveau téléphone ?

— La ferme !

Fou de rage, son mari me gifle avec une telle force que je peine à redresser la tête. Un goût de métal envahit ma bouche, celui de mon sang, certainement.

— Mary : maintenant ! continué-je avec empressement.

— Toi, tu ne bouges pas ! lui ordonne-t-il.

Je profite de ce qu'il est tourné vers sa femme pour lui balancer un magnifique coup de genou dans les parties. Il hurle et se plie en deux, me libérant de sa poigne de fer. Je crie à Mary d'aller s'enfermer, et suis soulagée de la voir s'exécuter, traînant Tim dans son sillage. Alors qu'elle pousse la porte, je tente de les rejoindre, mais n'ai pas le temps de faire deux pas qu'il agrippe mon coude pour me retenir. Sa poigne de fer sur mon bras ravive avec une grande intensité mes souvenirs les plus noirs. Tim ayant déserté la pièce, je laisse éclater ma rage et mon besoin de vengeance. Me retournant, je le frappe, ravie de voir le sang jaillir de son nez sous mon coude.

— Sale pute ! rugit-il en titubant, tu m'as pété le nez !

— Alors ça fait quoi, pauvre merde, de trouver une femme qui a du répondant en face de soi ? lui dis-je en m'avançant pour lui donner un coup de pied en plein ventre et le faire chuter au sol. Tu terrorises peut-être Mary, mais en ce qui me concerne je ne suis plus cette femme-là depuis bien longtemps. Mauvaise pioche, mon grand.

Un pied fermement posé sur son torse, je le toise de toute ma hauteur, alors qu'une fureur inimaginable émane de son regard.

— Je vais te buter, siffle-t-il.

— Tttt, je ne crois pas. On va plutôt attendre les flics, toi et moi. Ensuite, ils vont te coffrer, et pendant que tu croupiras en tôle Mary partira refaire sa vie à l'abri de ta folie. Et tu sais quoi ? Je mettrai toute mon énergie à ce qu'elle y parvienne, surtout maintenant que j'ai croisé ta petite gueule de connard aviné. En attendant, je te conseille de te tenir tranquille, sinon, je me chargerai sans la moindre hésitation de te faire passer à tout jamais l'envie de lever à nouveau la main sur une femme.

Fou de rage, il tente de se redresser sans y parvenir, mon pied ajouté à son ivresse rendant ses gestes très approximatifs. Heureusement pour moi, car je suis très loin de ressentir l'assurance que j'affiche... En réalité, je suis terrorisée. J'ai douloureusement conscience de mes limites, et bluffer en jouant les Wonder Woman n'arrêtera pas cet homme bien longtemps. Aussi je prie intérieurement pour que la cavalerie arrive, d'autant que mon corps rudement malmené ne va pas tarder à lâcher. Poussée par mon instinct de survie, je me fais violence et le plaque plus fermement au sol. Il se débat quand son regard se pose sur le canapé, avant de revenir vers moi, un sourire glaçant collé aux lèvres.

— Tiens, tiens, qu'est-ce que j'ai trouvé ?

Je n'ai pas le temps de comprendre quoi que ce soit qu'il passe la main sous le canapé, pour la ressortir aussitôt, tenant Mitou par la gorge. Un miaulement douloureux retentit dans l'appartement, faisant écho à mon effroi tandis que je le vois jeter violemment mon chat contre le mur du salon. Son petit corps rejoint ensuite le sol avec un son mat et mou, puis ne bouge plus.

— Non !

Oubliant toute logique, je me rue les yeux pleins de larmes vers la petite boule de poils inerte sans jamais l'atteindre. Mon agresseur agrippe ma cheville et tire violemment dessus pour me faire chuter. J'atterris lourdement sur le sol puis me débats, tandis qu'il remonte sur mon corps. Un frisson de dégoût me parcourt quand je constate qu'il est en train de bander. Lorsqu'il est assez proche, je me redresse pour le mordre de toutes mes forces à l'épaule, mais suis immédiatement arrêtée par le coup de poing qu'il me lance dans le ventre. Un autre suit dans mes côtes déjà meurtries, puis un autre dans la mâchoire et encore un autre, me réduisant à l'impuissance.

J'ai provoqué cet homme, et je m'apprête avec beaucoup de lucidité à en payer le prix. Cependant, je suis surprise de voir combien mes vieux mécanismes se remettent rapidement en marche, et parviennent à éloigner mon esprit de la douleur physique. J'y parviens presque... Quand ses mains se positionnent autour de ma gorge pour commencer à serrer, l'effroi me gagne et je perds tout contrôle. Je tente de le faire lâcher, sans succès. Très vite, je suffoque, étouffée par cette peur d'une violence abominable, peur que je n'avais plus ressentie depuis ce jour où l'oxygène ne trouvait plus son chemin à travers mon corps, où les derniers mots que j'ai entendus avant de fermer les yeux étaient : « Je vais te crever, salope »...

Une première larme roule sur ma joue. Je me redresse, cherche à inspirer encore et encore. J'en ai besoin, mais tout se bloque, j'étouffe. La panique prend possession de ma tête, de mon corps. Je me fige quand ses yeux injectés de sang, injectés de folie et de haine, apparaissent devant moi. Le visage de Javier finit par se mêler au sien, et mon corps se tétanise, horrifié. Terrorisée, je ne parviens pas à hurler, et me mets à trembler comme une feuille. Puis, au bout d'un certain temps, mes muscles se relâchent, mon esprit s'embrume et je me sens partir.

C'est fou, comme les ténèbres me paraissent accueillantes, tout à coup. Je pourrais même en sourire. Mon seul regret, c'est de n'avoir pas eu le temps de dire à Ange combien je l'aime... Mais je sens au plus profond de moi qu'il le sait, il ne peut pas en être autrement. Soulagée par cette certitude, je laisse mes paupières lourdes se fermer... Une étrange sérénité m'envahit. Je me sens bien... Jusqu'à ce que mes poumons me brûlent de nouveau, et m'obligent à rouvrir les yeux.

Quand deux bras puissants entourent mes épaules, je me débats comme une folle, griffe au sang... Je veux hurler mais ma gorge est tapissée de lames de rasoir.

— Anaïs, c'est moi, arrête ! Calme-toi.

La voix d'Ange est là, apaisante. Une lumière dans mes ténèbres. J'essaie de m'y accrocher, de m'y accrocher désespérément. Je regarde autour de moi, hébétée, sans savoir vraiment où je suis. Je ne comprends pas. Ange apparaît alors lentement au-dessus de moi, et fait disparaître tout le reste. Ses mains encadrent avec fébrilité mon visage, je tente aussitôt d'agripper ses poignets comme un naufragé s'accrocherait à sa bouée. Ses yeux inquiets captivent les miens, hagards.

— Je suis là, ma douce. Tiens bon.

Je le regarde sans comprendre. Un sanglot lui échappe, puis encore un autre. Je crois que je pleure, moi aussi. Il me prend dans ses bras, caresse mes cheveux, alors que je me réfugie dans son cou avec soulagement. Son parfum m'apaise, son contact régénère mon corps à l'agonie. Je me serre un peu plus contre lui. Maintenant, je peux me laisser porter sans crainte.

Parce qu'il a raison : j'ai besoin de lui.

Parce que, quand les ténèbres vous englobent, vous allez toujours vers la lumière. Quitte à vous brûler les ailes.

Un peu comme dans la lumière bleue des nuits d'été.

Chapitre 28

Ange

— Je t'ai pris un sandwich.

— Non, merci, je n'ai pas faim.

— Ange, ça fait quatre jours que tu ne manges presque rien. Tu as besoin de garder des forces. Surtout avec...

— Ne le dis pas.

Ma sœur soupire, excédée, puis me fixe avec le regard qu'elle a quand ce qu'elle dit n'est plus négociable. Je souffle à mon tour, et attrape le paquet qu'elle me tend. Lorsque je l'ouvre, l'odeur de thon me saute aux narines et me fait grimacer, soulevant dans mon estomac une vague de nausée. *Putain, je déteste les sandwichs thon crudités...*

— Ne me regarde pas comme ça, il ne leur restait que ça.

— Raison de plus pour m'en passer, maugrée-je.

— Arrête de faire l'enfant et avale ce fichu sandwich !

Je m'exécute à contrecœur, en me faisant la réflexion que la bouffe de l'hôpital est toujours aussi dégueulasse. Lina s'assoit à côté de moi, surveillant de très près mes gestes. Elle ne m'a quasiment pas quitté, ces quatre derniers jours, malgré mes protestations. S'il est inconcevable pour moi de ne pas rester auprès d'Anaïs, ma sœur n'est pas tenue de m'accompagner tout le long de ce cauchemar. Pourtant, elle est là, auprès de moi, dans cette lugubre salle des familles du centre hospitalier où ma nana a été emmenée en urgence après avoir été... *Putain !* La bile me remonte à la gorge et je jette mon sandwich sur la table. Je me rends compte que mon pied tape frénétiquement sur le sol quand Lina pose sa main sur ma cuisse pour m'arrêter.

— Ange, elle va se réveiller.

— Ça fait déjà deux jours qu'ils ont diminué les médocs, et il ne se passe toujours rien. Pourquoi c'est si long ?

Je hausse le ton, puis le regrette aussitôt. Mais Lina me connaît et ne se formalise pas. Au contraire, elle continue d'une voix douce.

— Son corps a besoin de repos. On ne se remet pas d'une telle épreuve physique en si peu de temps. Le médecin te l'a expliqué, c'est pour ça qu'ils l'ont mise sous sédatifs.

— Je sais tout ça, mais si elle ne se réveille pas à temps... Que je n'ai pas le temps de lui parler...

— Je le ferai pour toi, me coupe-t-elle.

Je laisse échapper un rire nerveux puis me lève pour me dégourdir les jambes. Après les nombreuses heures passées au chevet d'Anaïs, j'ai l'impression que mon corps entier est ankylosé.

— Elle ne comprendra pas.

— Je lui expliquerai. Ange, m'interpelle-t-elle d'un ton plus affirmé. Cette femme t'aime. Elle comprendra.

— Écoute, ne le prends pas mal, mais il faut que *je* lui parle. Sans ça, elle va me prendre pour le dernier des connards, et ne voudra plus jamais m'adresser la parole. Et, ça, je ne le supporterais pas.

— Je vois difficilement comment elle pourrait en arriver là, alors que tu lui as sauvé la vie.

Je me mords la lèvre nerveusement, fatigué par

toutes les merdes qui tournent en boucle dans ma tête depuis quatre jours. Chaque fois que je tente de fermer les yeux, l'image de ce mec, les doigts serrés autour de la gorge d'Anaïs, m'apparaît, provoquant à chaque fois la même rage noire qui me consume de l'intérieur. Ce soir-là, si je n'avais pas été si inquiet pour elle, j'aurais buté ce connard. Ma maigre consolation réside dans ses cinq côtes cassées, sa mâchoire fracturée, et son épaule démise. Mais c'est bien peu en comparaison de ce qu'il lui a infligé à elle. Une infirmière entre dans la pièce, qu'elle parcourt du regard avant de s'arrêter sur moi.

— Monsieur Costa ? Elle est réveillée.

Un intense soulagement me gagne. Je me tourne vers Lina, qui me fait déjà signe de filer la retrouver, un grand sourire aux lèvres. Je lui envoie un merci silencieux, puis m'engouffre dans les couloirs. Depuis le soir de l'agression, j'ai passé la quasi-totalité de mon temps ici, auprès d'Anaïs, à lui caresser la main ou à lui parler. Nous avons été nombreux à l'entourer : ses amis qui se relayaient, les parents de Mona et Lili, Stéphane, évidemment, et puis Mary, qui n'a pas cessé de pleurer, se sentant coupable. Même Maël est passé à deux reprises. Mais je suis le seul qui n'ait pas voulu la quitter une seconde. Ma sœur a dû me tirer de force dans cette salle des familles pour me faire « prendre un peu l'air ». Et, bien sûr, il a fallu qu'Anaïs reprenne conscience quand je n'étais pas là. Cette idée me contrarie fortement. Elle a dû paniquer en s'éveillant, et je n'étais pas là pour la rassurer. *Il l'a passée à tabac et tu n'étais pas là non plus...* Je serre les dents et ravale ma colère envers moi-même avant d'arriver à la chambre.

Lorsque je passe la porte et qu'elle tourne la tête vers moi, je me sens revivre. Elle essaie de sourire, mais est très vite arrêtée par la douleur. Je la rejoins aussitôt et m'assieds à ses côtés pour la prendre délicatement dans mes bras. Je rêverais de la serrer beaucoup plus fort, que ce moment de soulagement soit à la hauteur de la frayeur qu'elle m'a faite et dont je n'avais encore jamais expérimenté l'intensité jusqu'ici. Mais je m'abstiens, par peur de la douleur que cela pourrait lui infliger. Elle me paraît fragile, si frêle entre mes bras. Pourtant, elle réussit à s'agripper à moi avec force. Mais je la sens rapidement épuisée, et l'allonge délicatement sur les draps, replaçant son oreiller sous sa tête. Une fois qu'elle est installée, je caresse sa joue en évitant au maximum les hématomes, ce qui est loin d'être évident. Elle love son visage dans ma main, puis en embrasse la paume, comme elle le fait souvent. Face à l'extrême fragilité qu'elle dégage, je prends réellement conscience de ce que j'aurais pu perdre si je n'étais pas arrivé à temps. Mon cœur s'emballe à cette pensée, puis toute ma colère s'évapore pour laisser place à une profonde gratitude envers la vie. Anaïs repose sa tête et me fixe de ses yeux encore égarés. Retrouver ses prunelles noires après des jours à guetter le moindre frémissement sur ses paupières me remplit de joie.

— Tu es enfin là, murmuré-je avec soulagement.

Elle m'adresse un sourire las, qu'elle parvient à tenir un peu plus que le précédent. Puis elle se râcle la gorge, pour éclaircir sa voix éraillée.

— Je suis désolée.

— Désolée de quoi ? Tu n'as pas à t'excuser pour quoi que ce soit.

— Si, continue-t-elle péniblement. J'aurais dû t'écouter. Tu avais raison.

— J'ai toujours raison, tu ne l'avais pas encore compris ?

Ma tentative d'humour la fait sourire davantage.

Elle se redresse légèrement dans le lit en grimaçant et remet un peu d'ordre dans ses cheveux.

— Bon sang, je dois avoir une mine affreuse. Tu ne devrais pas me voir comme ça.

— Tu n'as jamais été aussi belle.

— Et toi tu mens toujours aussi mal.

Elle parvient à me faire sourire, ce que je n'avais pas fait depuis près d'une semaine. *Un point partout, balle au centre.*

— Comment vont Mary et Tim ?

— Il sont choqués, mais ça peut aller. Mary culpabilise beaucoup.

— Elle ne doit pas. Elle n'est pas responsable des agissements de son mari.

Son regard se durcit et me remplit de fierté. Même après ce qu'elle vient de traverser, son tempérament de battante reprend déjà le dessus.

— Et lui, continue-t-elle, plus hésitante, est-ce qu'il est...

Mon humeur s'assombrit.

— Hors service ? Oui. Je l'ai envoyé à l'hosto bien amoché. Cette pauvre merde a eu beaucoup de chance que je me soucie plus de toi que de lui.

Ses yeux s'embuent immédiatement, et me font regretter mon ton agressif. Anaïs serre ma main dans la sienne, sur laquelle est posée sa perfusion.

— Je t'aime, tu sais ?

Cette déclaration fragile claque dans le silence. J'en reste sans voix. Je ne m'attendais pas à ça, surtout après notre dispute de l'autre soir.

— Quand il était en train de... Enfin, quand je n'étais pas loin de lâcher prise, l'idée que tu ne saches pas combien je t'aime m'obsédait.

— Ma douce...

— Non, laisse-moi finir. S'il te plaît, je ne suis

pas plus à l'aise que toi avec toutes ces histoires de déclarations... J'ai été stupide, vraiment stupide. Je n'aurais pas dû te comparer à Javier, c'était cruel et injuste de ma part. Pardonne-moi, s'il te plaît. Tu as toujours été tellement merveilleux avec moi. C'est toi qui as raison : je dois me confronter à mes émotions. Je t'aime, Ange. Et je crois que je t'aimais bien avant d'en avoir conscience. Il ne se passe pas un jour sans que je pense à toi, au moment où je vais te retrouver, au manque que je ressens quand tu n'es pas avec moi. J'ai envie de tout partager avec toi, à commencer par mon cœur. Tu as su me rendre accro. Et, même si je ne comprends toujours pas comment tu as rendu ça possible, aujourd'hui, je remercie le ciel de t'avoir placé sur ma route.

Je pose mes lèvres sur son front, heureux comme jamais. Je n'avais pas conscience d'avoir tant besoin de ses mots, avant de les entendre.

— J'ai bien failli te perdre. Tu n'imagines pas combien ça a été horrible de te voir prisonnière de ce tordu.

Je recule et son sourire disparaît. Toujours assis sur le bord du lit, je me frotte le visage, épuisé.

— Ange, reprend-elle d'un ton doux, je vais bien. Ce ne sont que des blessures physiques. Je ne dis pas que ce sera simple, mais je vais guérir. Quand je serai sortie, on va créer ce foyer. Tu te chargeras de le sécuriser pour que ce genre d'incident ne se reproduise plus. Je reconnais que c'était inconscient de ma part de garder Mary à la maison, et je m'en excuse encore une fois. On a eu beaucoup de chance que tu sois arrivé ce soir-là, et...

Se ravisant, elle poursuit, pensive :

— Mais, au fait, comment tu as su qu'il était chez moi ? Mary n'a pas pu te prévenir et tu ne serais pas arrivé si vite. Alors comment...

Merde. On y est. L'idée de ce qui va suivre me file des sueurs froides. Je n'ai pas envie de la faire souffrir, et pourtant c'est très exactement ce que je m'apprête à faire. Voyant que je garde le silence, elle fronce les sourcils.

— Ange ?

— En fait, commencé-je en cherchant mes mots, j'étais en route pour ton appartement, parce qu'il fallait que je te parle d'un truc. Tu m'avais envoyé un message pour que nous ayons une discussion ; je me suis dit que c'était l'occasion ou jamais.

— Que tu me parles de quoi ?

L'inquiétude perce dans sa voix. Je me sens minable, sans pour autant parvenir à culpabiliser. C'est étrange, comme les différentes facettes d'un être humain peuvent se confronter sans que l'une arrive à prendre le pas sur l'autre. J'inspire profondément, puis le couperet tombe :

— Je vais réintégrer l'armée.

Elle me fixe, interdite, durant quelques secondes qui me paraissent une éternité. J'attends avec appréhension sa colère, son incompréhension. J'attends les questions, son ressentiment, sa déception, peut-être même la possibilité qu'elle me foute dehors.

— Mais... Et ton genou ?

— Les médecins civils ont donné leur feu vert il y a quelques jours déjà. Je me suis rétabli plus vite que prévu.

Elle hoche lentement la tête en détournant le regard. Ne supportant pas l'éventualité que notre conversation s'arrête là, je me sens obligé de me justifier.

— Je ne l'avais pas encore signalé à mes supérieurs. Et puis l'autre soir, après notre dispute, j'étais tellement en colère... Dans la nuit, je n'arrivais pas à dormir, je ne pouvais que réfléchir, et je me suis souvenu du but que je m'étais fixé avant de te connaître. Alors j'ai contacté mon commandement. On m'a convoqué le surlendemain. Nous avons longuement échangé, et, en raison de mon âge, nous avons convenu que ce serait ma dernière mission. Une sorte de mission de transmission. Je comptais t'en parler, mais je ne savais pas comment. Et puis avec ce qui s'est passé l'autre soir...

Le regard toujours fixé sur un angle de la chambre, Anaïs triture mécaniquement ses doigts. Mon angoisse augmente, il est hors de question que je la perde pour ça.

— Ma douce, regarde-moi.

Elle tourne enfin la tête et la larme qui dévale sa joue me crève le cœur.

— Tu pars quelques jours ? parvient-elle à me demander. Semaines ? avance-t-elle ensuite, me voyant pincer les lèvres.

— Mois.

Elle acquiesce, le menton tremblant.

— Et tu vas où ? Tu reviens quand ?

— Je suis désolé, je ne suis pas autorisé à te le dire.

— Bien... Je comprends. C'est « secret défense », ou un truc du genre.

— C'est ça.

Elle prend une grande inspiration avant de souffler longuement.

— Tout est ma faute, n'est-ce pas ? On récolte ce que l'on sème, après tout.

— Ne dis pas ça. C'est ma décision. J'ai besoin de le faire. Ma dernière mission a été un échec, et je n'ai pas envie de rester là-dessus. Il fallait bien que ça arrive à un moment ou un autre. Plus vite je le fais, plus vite nous en serons débarrassés.

— Oui, je comprends. Mais c'est tellement effrayant pour moi de ne pas savoir où tu es, si tu es en danger, blessé, ou pire. Je ne sais pas si je serai assez forte. J'ai peur, Ange, je ne veux pas te perdre.

Les sanglots dans sa voix me poussent à prendre son visage entre mes mains.

— Je sais que je t'en demande beaucoup, après ce qui vient de se produire. Mais tu dois y arriver, pour nous. Pour moi. J'ai besoin d'être concentré à 100 % là-bas, et je n'y arriverai que si je sais que tu es avec moi. Tu peux le faire, j'en suis sûr. Tu es forte, courageuse... Tu y arriveras.

Elle hoche plus vaillamment la tête.

— Parce que je t'aime.

— Exactement, Princesse.

Quand je colle mon front au sien, à défaut de pouvoir embrasser ses lèvres blessées, elle ferme les yeux, et semble savourer ce contact. Une tristesse profonde m'envahit à l'idée de la quitter, mais j'essaie de ne rien en montrer, ou une partie seulement. Lorsque sa voix chevrotante me parvient, je ne suis pas loin de céder.

— Tu pars quand ?

— Demain, en fin de matinée.

Ses épaules tremblent et un premier sanglot déchire l'air, réduisant mon cœur en poussière. Ses pleurs redoublent d'intensité quand je la serre davantage contre moi et embrasse le sommet de son crâne. Je la laisse évacuer ses larmes en prenant bien soin de ne pas y ajouter les miennes. C'est ma punition pour la douleur que je lui inflige et qu'elle ne mérite pas. Ma punition pour être le dernier des connards. Lorsqu'elle commence à s'apaiser, après de longues minutes, bercée par mes balancements et mes caresses dans ses cheveux, je respire un peu mieux.

— Je voulais passer les derniers jours avant mon départ avec toi, mais ils t'ont maintenue quatre jours sous sédatifs. J'ai eu peur que tu ne te réveilles pas à temps pour que je m'explique, et te dise au r...

— Tais-toi, m'ordonne-t-elle en m'écartant de son

étreinte. Ne le dis pas, s'il te plaît. On a jusqu'à demain matin. Profitons de ces dernières heures ensemble, et laissons les au revoir pour demain. Pour le moment, j'ai besoin que tu me tiennes dans tes bras toute la nuit. J'aimerais rester éveillée pour ne perdre aucune des secondes qu'il nous reste. Mais je suis épuisée...

— Bien, ma douce, on va faire ça.

— Promets-moi que tu ne partiras que demain, Ange ! me menace-t-elle du doigt, dans un ultime effort.

— C'est d'accord.

Ma voix ferme semble l'avoir rassurée, et elle s'écarte tant bien que mal pour me faire une place sur son lit. Je m'allonge, prenant soin de ne pas lui faire mal, puis l'installe confortablement contre moi, la tête sur mon bras. Elle ne me lâche pas des yeux, et me demande de lui parler de moi, de ma famille, de mon enfance. Je m'exécute comme le bon petit soldat que je suis, et elle s'endort en un temps record.

Je la regarde pendant une bonne heure ; elle est apaisée, comme si elle avait enfin réintégré sa place en se lovant entre mes bras. Puis je me dégage doucement, me lève et la couvre de son drap. Un dernier baiser sur son front que je laisse traîner bien plus longtemps que prévu.

Ensuite, je fais la chose la plus difficile que j'aie eu à vivre de toute ma vie : je quitte sa chambre. Sans me retourner.

Chapitre 29

Anaïs

Octobre...

Novembre

— Allez, Anaïs ! Tu passes ton temps le nez dans la paperasse. Ton foyer ne va pas disparaître si tu t'accordes une soirée !

Le ton désespéré de Mona, à l'autre bout du fil, me provoque un pincement au cœur. Je la comprends, mais elle, en revanche, ne semble pas entendre mes arguments.

— Depuis que tu as démissionné, je ne te vois quasiment plus, continue-t-elle face à mon silence. Ma meilleure amie me manque ! Ça fait plus d'un mois ! En plus, on est en automne, et à ce rythme-là tu vas finir plus pâle qu'un linceul, à rester cloîtrée chez toi.

— Mona, soupiré-je, je me fous de mon bronzage. Et pour la énième fois c'est non ! J'ai du boulot.

— Je ne m'avoue pas vaincue pour autant, la Méditerranéenne.

Après un long silence, elle laisse échapper un soupir teinté d'agacement.

— Te tuer au travail ne le fera pas revenir plus vite, tu sais ?

— Bonne soirée, Mona.

Décembre

Je frappe à la porte puis entre, poussant le fauteuil devant moi. Ma mère, comme à son habitude, est postée devant sa fenêtre, mutique. Depuis qu'ils l'ont détachée, elle accepte de se nourrir, bien qu'elle n'absorbe que le strict minimum. C'est peu, mais c'est déjà une petite victoire. En ce qui concerne le moral, c'est une autre paire de manches : elle s'est totalement murée dans le silence et n'a pas prononcé un mot depuis plus de deux mois. Lorsqu'elle me voit, elle se contente de lever les yeux au ciel, avant de reprendre son inspection détaillée du parc. Je me poste devant elle, le fauteuil toujours entre les mains, puis prends une longue inspiration pour me donner du courage :

— Aujourd'hui, tu viens avec moi.

Elle jette un œil vers moi avant de se détourner.

— Tu quittes cet endroit de malheur, et on va prendre un nouveau départ, toutes les deux.

Cette fois-ci, j'ai toute son attention. Je n'ai pas envie de plaisanter et je tiens à ce que tout soit très clair pour elle, aussi, je continue d'un ton grave.

— Je te préviens, il y a du changement. J'ai fait réaménager la maison, pour en faire un foyer d'accueil pour femmes victimes de violences conjugales.

Elle se redresse, prête à parler, mais je l'en empêche, un doigt levé devant moi pour lui intimer le silence.

— Laisse-moi finir. Ce foyer, c'est mon bébé, mon projet de vie. Je ne te laisserai pas me l'enlever. Sache que je te ramène avec moi pour une seule et unique raison : tu es la première victime que j'aie connue, et j'espère encore pouvoir t'aider. Donc tu viens vivre avec moi, mais en tant que pensionnaire : tu auras ta chambre, au même titre que les autres. Tu te plieras à nos règles. Et si tu tentes de faire la moindre connerie, si tu t'évertues à me maltraiter, je te ramène ici illico pour ne plus t'en sortir. C'est ta dernière chance, je n'ai plus la patience de t'en accorder d'autres. Est-ce que c'est bien clair ?

Elle me fixe avec toujours cette même fierté dans le regard. Pourtant, au bout de longues secondes durant lesquelles j'ai cessé de respirer, elle finit par hocher la tête, et j'en fais de même. Lorsque je m'approche pour l'installer dans le fauteuil, elle pose sa main sur la mienne, le regard embué. L'émotion me serre la gorge.

— On rentre à la maison, maman.

Janvier

— Elle a mangé ?

— A peu près le quart, me répond Mary en posant l'assiette de ma mère dans l'évier. Mais elle a terminé son dessert.

— Merci pour ton aide, Mary. Heureusement que je t'ai avec moi.

Depuis que j'ai quitté l'hôpital, il y a déjà quatre mois, Mary est devenue une alliée de tous les instants. Dès ma sortie, nous avons toutes les deux porté plainte contre son mari, qui a été incarcéré dans l'attente de son procès. Puis, lorsque la maison a été habitable, nous avons emménagé sans plus attendre : je voulais que nous soyons présentes sur les lieux, pour faire avancer plus rapidement les choses. Au début, nous avons dû camper, mais c'était toujours mieux que de retourner dans mon appartement, où nous avions laissé chacune des souvenirs douloureux : l'agression, pour elle, ou tous mes souvenirs avec Ange qui ravivent chaque fois un peu plus le manque, pour moi.

Tim s'est très vite acclimaté, trop heureux de pouvoir courir dans le jardin, jouer à la balançoire que j'ai fait installer, ou encore donner à manger à nos deux poules, Ben et Nuts. Mitou aussi s'est très bien adapté au lieu, après sa longue convalescence. Tous deux sont inséparables, et Tim est persuadé que mon chat est plus fort qu'Iron Man, ce que je ne suis pas loin de croire, moi aussi. Nous ne sommes que trois femmes à vivre ici à plein temps pour le moment, quatre personnes avec le petit. Quant au foyer à proprement parler, il ouvrira lorsque travaux, démarches administratives et problèmes d'agrément seront réglés.

— Un jour, elle acceptera que ce soit toi, reprend Mary avec sa douceur habituelle. J'en suis sûre. Elle a déjà beaucoup progressé. Regarde, ça fait quinze jours qu'elle recommence à parler, et sans dire aucune abomination. C'est un bon début.

Je souris à celle qui est devenue mon amie, convaincue comme elle que nous sommes sur la bonne voie.

— Oui, c'est un bon début.

Février

Des rires proviennent du salon, alors que je finis de préparer le plateau pour le café, dans la cuisine. Mona me rejoint, tout sourire.

— Yon et Mike sont en train de se faire écraser par Tim au jeu vidéo *Fort* je sais pas quoi. Tu devrais venir voir leur tête, c'est assez divertissant, je dois dire. J'hésite même à prendre une photo histoire d'immortaliser l'instant.

— Tu devrais le faire. Ce n'est pas tous les jours que l'on voit deux grands baraqués se faire laminer par un enfant de six ans !

Elle éclate de rire puis s'assied sur le plan de travail.

— Je suis venue voir si tu avais besoin d'aide.

— Non, c'est bon, je te remercie.

— Au fait, je voulais te dire que cette idée de crêpes party est géniale !

— C'est la chandeleur, expliqué-je dans un haussement d'épaules. Je me suis dit que ce serait l'occasion de tous nous rassembler.

— Tu as eu raison, répond-elle avec enthousiasme. Et puis cela ressemble un peu à la pendaison de crémaillère de ton foyer ! Et franchement, on a beau avoir participé à chaque étape des travaux, le rendu final est absolument incroyable. Tu as pensé chaque détail, et ça se voit. Les coussins, les tapis moelleux, le feu de cheminée... C'est magnifique, ma belle, félicitations ! Je suis super fière de toi.

— Merci beaucoup, mais tu n'as pas besoin d'en faire des caisses, je t'assure. J'ai voulu que ça ressemble à un foyer chaleureux : les femmes qui vont venir ici auront besoin d'une atmosphère rassurante.

— Et toi non ?

— Tu sais très bien que je vais m'installer dans la grange. La rénovation est quasiment terminée, la dernière couche de peinture est en train de sécher. Mais c'est qu'avec toute cette pluie ça prend un temps fou !

— Bienvenue au Pays basque, termine-t-elle en sautant de son perchoir avant de s'emparer du plateau. J'emmène ça à côté. Tu nous rejoins ?

— Oui. Je vais voir si Lina et Mary ont terminé.

Je longe le couloir qui remonte jusqu'au bureau aux meubles pour l'instant vides mais que je compte bien remplir rapidement avec les dossiers à venir. Alors que je m'apprête à abaisser la poignée de la porte, Mary apparaît devant moi, tout sourire, les yeux rougis par les larmes. Quand elle me voit, elle me serre dans ses bras avec émotion.

— Alors, ça y est ? m'empressé-je de lui demander.

— Oui ! répond-elle avec fierté en me tendant les papiers. Divorce signé ! Je suis officiellement une femme libre !

— Je suis tellement heureuse pour toi !

— C'est grâce à Lina que tout a pu se faire si rapidement. Elle est d'une efficacité redoutable.

— Oh ! Je n'en doute pas.

La petite sœur d'Ange, qui est devenue la colocataire de Lili depuis plusieurs semaines, a proposé à Mary de s'occuper de son divorce. Voir que cette dernière n'avait pas les moyens de payer un avocat digne de ce nom pour être défendue correctement contre son ex-conjoint violent a rendu Lina furieuse. Dès qu'elle a proposé son aide, j'ai mis à disposition nos locaux, et tout le matériel dont elle a eu besoin. Ne laissant rien au hasard, Lina a monté un dossier béton, et définitivement écarté l'ex de Mary de sa vie : il n'a plus aucun droit sur son fils, et ne peut plus réclamer quoi que ce soit à son ex-femme. Elle m'a impressionnée, et même un peu effrayée, à l'audience. Sous ses airs élégants et discrets, elle cache une facette de serial killer. Elle a pris tellement de plaisir à écraser juridiquement cet homme violent qu'elle a décidé de tenir des permanences juridiques au sein du foyer, idée que j'ai accueillie avec joie.

Mary se met à sangloter, me ramenant à elle, et mon cœur se serre sous le coup de l'émotion.

— Merci, Anaïs, merci de tout mon cœur. Tout cela n'aurait pas été possible sans toi, et je pense ne jamais trouver les mots pour te dire combien tout ce que tu as fait pour Tim et moi est…

— Je sais, ma belle. C'est une grande étape pour toi. Moi aussi, à l'époque, on m'a aidée. Ne me remercie pas, ce que j'ai fait est la suite logique de ce que j'ai vécu.

Elle m'étreint davantage avant de lâcher prise et d'essuyer ses larmes.

— Tim est…

— En train de couvrir de honte deux adultes au bord de la crise de nerfs, dans le salon. Tu devrais te dépêcher de les rejoindre pour ne pas rater le spectacle.

Elle éclate de rire, de la fierté plein les yeux, puis s'éloigne en direction du salon.

— Tu vas devoir t'habituer aux remerciements larmoyants, tu sais ?

Je me tourne vers Lina, qui nous a observées depuis le fauteuil du bureau où je la rejoins.

— Je sais. Mais je n'aime pas ce genre de démonstrations.

— Je comprends. Moi non plus : je suis gênée par les effusions en public. C'est de famille. Mon frère aussi...

Elle se tait brusquement, alors que ma douleur, qui n'est jamais bien loin, se ravive. Comme je n'ai pas envie qu'elle voie combien la simple évocation d'Ange m'affecte, je me poste près de la fenêtre, et regarde l'eau s'écouler sur les vitres. Un long silence s'éternise entre nous ; je sais qu'elle aussi est en train de penser à lui. Cela fait des mois que nous sommes sans nouvelles de lui, ce qui me rend folle. Les premières semaines ont été atroces, d'autant qu'il était parti sans me dire au revoir, malgré la promesse qu'il m'avait faite. Passé la colère des premiers jours, la douleur est devenue moins vive, pour se transformer en un manque lancinant et cruel. Un manque implacable. J'ai parfois la sensation que mon corps est un gouffre sans fond. Dans ces moments-là, je me jette dans le travail pour m'occuper l'esprit.

Est-il blessé ? Où est-il ? Que fait-il ? Quand sera-t-il de retour ? Autant de questions que j'évite désormais de me poser, car elles sont sans réponse. Ma seule consolation réside dans le fait que, pour le moment, aucun représentant de l'armée n'est venu trouver Lina ou ses parents pour leur annoncer une mauvaise nouvelle. Lina vient se placer près de moi.

— On s'y habitue ? lui demandé-je en fixant les arbres bousculés par les bourrasques de vent. Ce silence radio, on s'y habitue ?

— Non.

— Parce que j'ai vraiment l'impression, parfois, de devenir cinglée.

— Il va revenir, s'empresse-t-elle d'ajouter en posant sa tête sur mon épaule, il revient toujours.

Des éclats de rire nous proviennent du salon, mais ici, dans ce bureau, il n'y a que le bruit de la pluie pour combler le vide.

Mars

— T'es belle !

Tim me fixe de ses petits yeux énamourés, et me fait littéralement fondre.

— Est-ce que je suis ton amoureux ?

— Oui : mon amoureux petit format.

— J'ai pas compris.

— Tu es mon petit amoureux, parce que tu es petit et que, moi, je suis une grande personne.

— Et ton amoureux de grande, il est où ?

Ma main se fige alors que je m'apprêtais à me mettre du mascara. Je m'oblige à sourire, puisque après tout ce n'est qu'un enfant, et qu'il n'a pas besoin de savoir combien je souffre de l'absence d'Ange. Assis entre les deux lavabos d'une des salles de bains du foyer, il continue à m'observer avec curiosité, attendant ma réponse avec une patience inouïe pour un enfant de six ans.

— Il est parti aider des gens.

— Comme toi, quand tu as aidé maman ?

— On peut dire ça comme ça. Mais, lui, il aide des gens qui habitent très loin.

— C'est pour ça qu'il n'est pas là ? Parce que son voyage est méga-long ? Moi, une fois, je suis allé à Paris. C'était vraiment le plus long de tous les voyages de la terre entière. Est-ce qu'il est à Paris ?

— Tim, laisse Anaïs se préparer, et viens m'aider à porter le pique-nique !

Trop heureux de pouvoir participer aux préparatifs, Tim sort de la salle de bains à la vitesse de l'éclair. Nous avons beau être en mars, le temps est au beau fixe aujourd'hui, après des semaines entières de pluie. La température est encore un peu fraîche, mais, bien couvert, une sortie en bord de mer pendant un après-midi entier est tout à fait envisageable. C'est bien pour ça que nous avons décidé, il n'y a pas deux heures, d'improviser un pique-nique. Tim est déjà prêt depuis un moment, sa mère également. Quant à moi, je suis sur le point de terminer. J'applique mon mascara, puis rebouche le tube pour le ranger. Un petit coup de baume à lèvres pour prévenir les éventuelles gerçures que pourrait causer l'air marin, et je suis prête. Je resserre une dernière fois ma queue-de-cheval, observe mon maquillage discret dans le miroir, et mesure tout le chemin parcouru depuis que j'ai rencontré Ange. Si l'on compare celle que je suis aujourd'hui à la femme que j'étais il y a un an, on pourrait dire que c'est « le jour et la nuit ». La diva n'est plus qu'un lointain souvenir auquel je préfère ne pas trop penser. Après des années à me chercher, je constate avec bonheur que je me suis enfin trouvée. Dommage qu'Ange ne soit pas là pour me voir : je crois qu'il serait très fier de moi, et cette idée me réchauffe le cœur.

— Installez-vous dans la voiture, crié-je à Mary. Je vous rejoins avec maman.

Je prends la direction de la chambre de ma mère avec le sourire. Cela fait des mois que je n'ai pas souri spontanément, aussi je suis surprise de constater que j'en suis encore capable. Ma mère me parle à nouveau depuis presque un mois. Elle s'est décidée le jour de cette fameuse crêpes party, quand je lui ai apporté une crêpe pour le goûter. J'avais le souvenir qu'elle adorait ça mais n'en mangeait jamais, car mon père les avait en horreur : il les jugeait trop caloriques et peu diététiques. Ce soir-là, je lui ai posé sa crêpe au sucre comme d'habitude sur la petite table ronde qu'elle a dans sa chambre, et, alors que je m'apprêtais à sortir, elle m'a retenue en me proposant de rester avec elle pour en manger un peu. C'est la seule chose qu'elle m'ait dite ce jour-là ; quatre mots : « Reste, si tu veux. » Mais c'est sans nul doute un des instants les plus forts de mon existence : pour la première fois de ma vie, ma mère a fait un pas vers moi. Sans rien demander en contrepartie, sans rien attendre de plus que de partager un moment simple avec sa fille. Ce jour-là, elle m'a offert le plus beau des cadeaux, sa reconnaissance. Depuis, nous essayons de passer chaque jour un petit moment toutes les deux. La plupart du temps, je lui fais un peu de lecture, et elle se contente de m'écouter. J'ai d'ailleurs découvert qu'elle n'avait pas jeté un seul des livres que je lui ai offerts durant son séjour à la clinique des Lilas. Lorsque j'ai découvert ça, j'en ai été estomaquée ; elle s'est contentée de hausser les épaules sans plus d'explications. Je n'ai toujours pas compris pourquoi elle avait fait ça. Mais peu importe, ce qui compte, c'est qu'elle l'a fait.

Je m'apprête à frapper à sa porte quand Mary m'appelle depuis l'entrée.

— Anaïs !

Le ton enjoué de mon amie me fait rebrousser chemin. Je la rejoins, pour la trouver qui trépigne d'impatience, un grand sourire aux lèvres.

— Qu'est-ce qui se passe ?

— Surprise !

Elle agite sous mon nez un courrier recommandé. Mon cœur s'emballe.

— Est-ce que c'est ce que je crois ?

— Ouvre, s'impatiente-t-elle. On sera fixées !

Je m'empare de l'enveloppe pour la décacheter et en sortir la lettre qu'elle contient. Je la parcours rapidement, mon sourire grandissant à mesure que le texte défile sous mes yeux. Quand je l'ai terminée, je saute dans les bras de Mary, ivre de joie.

— J'ai réussi ! m'écrié-je, émue.

— Tu as réussi ! répète-t-elle avec enthousiasme. Ton foyer prend vie aujourd'hui ! Félicitations !

La dernière autorisation, que j'attendais depuis des semaines, est enfin arrivée : les portes du foyer Esperanza peuvent ouvrir. Mon émotion est si grande que je bafouille, un peu perdue :

— Il faut que je prévienne Mona, et Lili !

— Et Lina, Yon, Mike...

— ... et Ange.

Ma voix se teinte de tristesse, et Mary me regarde avec compassion.

— Tu pourras le lui dire bientôt, j'en suis sûre. Il sera super fier ! Nous sommes tous fiers de toi. En attendant, file prévenir ta mère, je pense qu'elle sera heureuse pour toi, même s'il ne faut pas t'attendre à ce qu'elle explose de joie.

Je serre une nouvelle fois Mary dans mes bras, lui rends le courrier et file jusqu'à la chambre de ma mère.

— Maman ? lancé-je joyeusement en entrant. Tu ne vas pas le croire : ça y est, on a l'autorisation ! On va sortir fêter ça, comme il se doit. Le vent est un peu frais, tu dois te couvrir. Est-ce que tu veux prendre ton châle vert, ou plutôt celui...

Ma mère, qui s'est endormie sur son fauteuil face au parc arboré de la propriété, ne bouge pas.

— Maman ?

Je m'approche lentement, avant d'inspirer brusquement

puis de m'asseoir, tremblante, dans le fauteuil installé à côté du sien. Les larmes me brûlent les yeux lorsque je m'empare de sa main froide.

— Oh, maman...

Dans ma tête, un simple constat à l'ironie amère : ma nouvelle vie commence précisément au moment où celle de Maria Esperez s'achève.

Chapitre 30

Anaïs

Je déteste les enterrements.

Ils sont synonymes de tristesse, de fin, de rancœur, parfois. Ils rassemblent des familles plus soudées que jamais autour de leur douleur, ou bien des gens qui, le temps d'une cérémonie et par respect pour le défunt, s'efforcent de faire bonne figure et tentent de se supporter quelques heures avec une hypocrisie qui frôle parfois le ridicule.

Autour de moi, dans la chapelle sordide du crématorium, quelques personnes seulement ; elles se sont déplacées pour me soutenir plus que pour adresser un dernier adieu à ma mère, ce qui me chagrine pour elle. Une raison de plus de haïr les enterrements : ils sont le reflet de votre « popularité » vivant. Je trouve cela extrêmement dur, violent ; comme une sentence au regard de la vie qu'on a menée. Onze visages m'entourent de bienveillance : Mona et Mike ont évidemment fait le déplacement, ainsi que Lili, Stéphane, Lina et Yon ; Jacques et Nicole Louriet, tout comme Paula, l'infirmière de la clinique des Lilas, ainsi que Maël, et Mary, qui a fait garder Tim pour l'occasion.

Une musique classique que je ne connais pas accompagne la fin de la cérémonie. Comme je n'ai pas su choisir, le dirigeant du crématorium m'a proposé quelques titres « standard » dans ce genre de circonstances. Il n'a même pas eu à me les faire écouter, puisque je l'ai laissé libre de choisir lui-même. Je n'avais pas la tête à décider des chansons qui allaient accompagner le dernier au revoir à ma mère. Maria Esperez est partie, me laissant plus perdue que jamais. Je suis consumée par la colère de n'avoir finalement pas eu le temps de la connaître. J'ai tenté de pleurer, sans succès. Les larmes sont au bord de mes yeux. Je les sens à leur brûlure, je les devine à la boule qui m'enserre sans cesse la gorge, et à un mal de crâne incessant. Pourtant, elles ne coulent pas.

Je fixe depuis un moment le cercueil fermé dans lequel se trouve ma mère, quand un raclement de gorge me tire de ma contemplation. Assise au premier rang, j'observe l'officiant des pompes funèbres, qui nous enjoint de déposer une rose sur le cercueil. Comme je suis la fille de la défunte, on me réserve la primeur dans cet exercice, aussi je me lève et m'exécute comme un automate. J'approche de cette caisse de bois destinée à brûler dans moins d'une demi-heure, et y dépose une rose rouge, sans émotion. Puis je me place sur le côté, et laisse les autres approcher, déposer leur fleur, et me présenter leurs condoléances. De toute ma vie, je ne me suis jamais sentie aussi peu à ma place. J'imagine mes parents riant de moi, et prenant plaisir à me voir en pareille posture. Mona est la première, et lorsqu'elle me serre dans ses bras elle me fait remarquer discrètement que je vérifie pour la vingtième fois au moins l'ourlet de la manche droite de mon tailleur noir. Il est vrai que ces derniers jours mes TOC ont repris ; je vais devoir faire preuve de vigilance si je ne veux pas laisser le phénomène prendre davantage d'ampleur. Les minutes qui suivent sont extrêmement pénibles : les personnes présentes sont mes proches, ma famille de cœur. Ils me connaissent et pourtant ils ne parviennent pas à contenir leur pitié pour moi, ce qui me met d'autant plus mal à l'aise. J'ai envie de leur crier de ranger leurs regards compatissants. *Oui, ma mère est morte. Non, nous n'étions pas proches. Je vais bien. C'est un moment délicat, rien de plus. Ça ne m'affectera pas… Ou seulement un peu.*

Le défilé s'étire, puis s'achève. Nous regagnons nos places, et l'officiant referme les portes en bois décorées de dorures. Le cercueil de ma mère disparaît. Un écran, dont je ne comprenais pas l'utilité jusqu'ici, s'allume et laisse apparaître le logo de la société de pompes funèbres.

— Si vous le souhaitez, explique l'officiant d'une voix solennelle extrêmement agaçante, vous pouvez assister à l'entrée du cercueil dans le four crématoire.

— Pardon ? s'indigne Mona. Ça se fait vraiment, ce genre de truc ?

Mon Dieu, sortez-moi de là…

— J'ai besoin d'air, dis-je.

Je me lève, et quitte la chapelle pour retrouver le hall d'accueil du crématorium, suivie de près par les autres. Quand la lumière du jour remplace l'obscurité de la chapelle, le poids sur ma poitrine s'allège légèrement. Mon mal de crâne, lui, reste bien présent.

— Mademoiselle Deltino ?

Bon sang ! Quand est-ce que ça va s'arrêter ?

— Oui ?

L'officiant m'accompagne dans un coin du hall.

— La crémation va démarrer, commence-t-il avec empathie. Il vous faut compter deux heures de temps avant de pouvoir récupérer les cendres de votre mère. Si vous souhaitez patienter ici, sachez que vous pouvez vous installer dans ces fauteuils. Nous pourrons vous servir une boisson chaude, n'hésitez pas à nous demander ce dont vous pourriez avoir besoin.

— Bien, je vous remercie.

Il s'éloigne, et Mona et Lili me rejoignent.

— Tu veux qu'on patiente avec toi ? demande Mona, qui a tout entendu. Je peux demander à ce qu'ils installent d'autres fauteuils.

— Non, ça va aller, je vais attendre seule. C'est très gentil à tous d'être venus, mais vous pouvez rentrer. Merci beaucoup, pour elle.

— Mais…

— J'ai besoin d'être seule, Lili, la coupé-je. S'il vous plaît, rentrez. J'ai besoin… S'il vous plaît.

Les deux sœurs échangent un regard entendu, puis acquiescent. Elles me serrent dans leurs bras, suivies par tous les autres. Un au revoir qui traîne trop en longueur à mon goût. Puis je me retrouve enfin seule. Soulagée de n'avoir plus aucun public, je souffle longuement et m'affale sur un des fauteuils en cuir noir. Cela fait des semaines que je n'ai pas porté de talons hauts, aussi je quitte mes escarpins, qui me font un mal de chien, pour masser mes pieds endoloris. Il n'y a plus que moi dans ce petit hall d'accueil dont les grandes baies vitrées donnent sur un parking. Comme promis, on m'a servi un café, puis l'employé du funérarium a disparu derrière une porte. Me voilà seule avec moi-même.

Je ne réalise pas encore vraiment que je suis orpheline. Les affaires de ma mère emplissent toujours les placards de sa chambre ; il va falloir que je les trie. J'en donnerai une partie aux bonnes œuvres, c'est décidé. Ça rattrapera un peu tout le mal qu'elle a pu faire de son vivant. Je ressasse tout ce passé que nous n'avons pas eu le temps d'évoquer, elle et moi. J'avais tellement de choses à lui dire… *Ce n'est ni le moment ni le lieu pour penser à tout ça*, me sermonné-je intérieurement.

J'attrape un magazine, le feuillette, puis le repose après avoir lu quatre fois la même ligne. Pieds nus, je me lève et fais le tour de la salle, puis je sors m'asseoir un peu dehors, au soleil. Au bout de quelques minutes, je décide de regagner l'intérieur. Les jambes repliées dans le fauteuil, je cale ma tête sur mon bras qui repose sur l'accoudoir haut. J'ai beau lutter, mes idées noires refont aussitôt surface. Sauf que cette fois-ci je ne les bloque pas. Après tout, je n'ai que ça à faire. Je les laisse m'envahir et au bout d'une heure j'ai la sensation d'être un lion en cage. Je me suis souvent demandé si la perte de ma mère serait pour moi une bonne ou une mauvaise nouvelle. J'ai maintenant ma réponse. Le regret me comprime le cœur. Il reste tant de non-dits, tant de questions entre nous...

Je lève la tête pour consulter l'horloge : encore une demi-heure d'attente. Une ombre passe alors dans mon champ de vision. Je me redresse aussitôt pour être présentable, et chausse mes escarpins. J'en ai enfilé un et m'apprête à attraper le second lorsque le bruit de la porte me fait lever les yeux sur... Mon cœur s'arrête. Enfin, c'est tout comme. J'entends à peine ma chaussure retomber sur le carrelage froid. Je le regarde, ne le lâche pas une seule seconde des yeux, de peur que son image s'éclipse sur un battement de paupières.

Ange se tient là, à l'autre bout du hall, ses prunelles d'encre rivées aux miennes, le visage toujours aussi dur, aussi magnifique. J'ai la bouche sèche, la gorge nouée. Hébétée, je le regarde approcher, puis s'accroupir devant moi pour me remettre l'escarpin au pied. Il garde la tête baissée, et ses mains s'attardent sur mes chevilles pour les caresser. Il me semble percevoir un tremblement dans ses doigts mais je n'en suis pas sûre, trop occupée à le scruter de haut en bas comme pour m'assurer de sa présence. *Il te touche, il est vraiment là.* Une larme que je n'ai pas sentie arriver roule sur ma joue. Sans esquisser le moindre mouvement, je le laisse l'essuyer, et le contact rugueux de sa main me fait enfin fermer les yeux. Je retrouve sa chaleur contre ma joue, mon visage dans sa paume. *Mon Dieu, c'est tellement bon…*

— Je suis désolé, Princesse, j'aurais dû être là. Je… Pardonne-moi.

Ce n'est que lorsque je l'entends que je mesure à quel point sa voix m'a manqué, grave et rocailleuse. Sincère. Voyant que je ne réagis pas, il se relève et prend place dans un fauteuil à côté de moi.

— C'était une mission de six mois, et elle s'est terminée il y a deux jours, mais, avec les escales, mon avion a atterri il y a seulement deux heures. Je n'ai pas pu faire plus vite, continue-t-il, comme pour se justifier. Ça ne dépendait pas de moi. Mais maintenant je suis là, et je ne partirai plus. J'ai quitté l'armée, ma douce. Définitivement.

J'ai un million de choses en tête, tant de choses que j'ai besoin de lui dire, de lui raconter. Pourtant, je n'arrive à rien.

— Anaïs, je t'en prie, parle-moi.

Il prend ma main dans la sienne puis entrelace nos doigts. Il m'observe avec inquiétude et je retrouve, pour mon plus grand bonheur, cette maudite petite ride entre ses sourcils. J'en rirais presque, si je n'étais pas aussi choquée.

— Tu…, commencé-je d'une voix fébrile. Tu ne m'as pas dit au revoir. À l'hôpital. Tu es parti sans me dire au revoir. Tu avais promis.

Ça sonnait beaucoup plus comme un reproche dans mon esprit. *Nul, Anaïs ! Tu n'y as pas du tout mis les formes, comme quand tu t'es entraînée devant ton miroir. Prise de position : zéro.* Nada.

— Je sais, et j'en suis désolé. J'ai agi en égoïste. Rien que l'idée de te quitter au petit matin… J'avais peur de ne pas y arriver. Ça aurait été trop dur, trop douloureux.

Il me faut quelques secondes pour prendre conscience de ce qu'il vient de dire. Puis, par flashs, les longues semaines passées à me faire un sang d'encre pour lui me reviennent en pleine poire. L'attente, l'angoisse, la colère, la douleur, le manque... L'espoir. Le sursaut au moindre coup de téléphone, chaque message sur lequel je me suis jetée, ma boîte mail consultée une bonne trentaine de fois par jour, les nombreuses questions à Lina... Chaque putain de détail.

— Non.

Ses explications ne me suffisent pas. Je retire ma main et me lève précipitamment pour sortir de cet endroit lugubre. Une fois dehors, je tourne en rond, pensive, et laisse finalement la colère me gagner. Ange, qui m'a suivie, se tient près de moi, les bras croisés sur son torse contre lequel je rêve de me blottir. *Non ! Pas tout de suite ! Attends un peu...*

— Vas-y, dis-moi tout ce que tu as sur le cœur, lance-t-il avec gravité. Je le mérite.

Je m'arrête pour le dévisager, furieuse contre lui.

— Douloureux ? Tu avais peur que ce soit trop douloureux ? Et ma douleur à moi, tu y as pensé ? explosé-je. J'ai paniqué en trouvant le lit vide à l'hôpital ! Tu n'étais plus là. Tu as décidé de partir, en sachant qu'il était possible que tu ne reviennes jamais et sans me laisser la possibilité de te dire au revoir ! Tu as pris cette décision pour nous deux alors que tu avais promis !

Vu de l'extérieur, je dois paraître totalement hystérique, mais je m'en fiche complètement. Ce sont des mois entiers de frustration, d'incertitudes, qui explosent à la figure d'Ange.

— J'ai agi comme un abruti. Je ne trouve pas les mots pour te dire combien je suis désolé.

— Non, non et non ! fulminé-je, un doigt menaçant posé sur son torse. Tu n'as pas le droit de te pointer comme ça à l'enterrement de ma mère, la bouche en cœur, avec tes yeux de labrador en manque d'amour, tout ça en t'attendant à ce que je t'accueille à bras ouverts, larmoyante et le sourire aux lèvres pour te pardonner.

— Un labrador ?

— La ferme ! De tous les coups bas que tu m'as fait, GI Joe, celui-ci est sans aucun doute le plus dégueulasse !

Ange me gratifie d'un sourire à faire fondre un iceberg en une fraction de seconde.

— Bon sang, tu m'as tellement manqué, ma douce.

— Arrête ça tout de suite, Ange Costa !

— Arrêter quoi ?

Son sourire s'élargit alors qu'il fait un pas vers moi pour encercler ma taille de son bras puissant... Et viril... Et étonnamment doux... Addictif... Rassurant...

— D'essayer de m'acheter avec tout cet attirail physique, dis-je en le désignant de haut en bas. C'est déloyal !

— Je vais t'embrasser, Deltino.

— Ange..., menacé-je sans conviction.

— Je vais t'embrasser, et tu ne m'arrêteras pas, parce que ça fait des mois que je rêve de tes lèvres. Elles m'obsèdent, m'empêchent de dormir la nuit. Elles ont été la cause de bien des insomnies. Si tu savais...

Il ne me laisse pas le temps de répondre. Lorsque ses lèvres retrouvent les miennes, je lui rends son baiser avec toute la ferveur que peuvent susciter des mois entiers d'amour frustré. J'ai l'impression d'être enfin de retour à la maison. La sensation est étrange. C'est tellement bon, tellement nous. Mes bras entourent son cou pour appuyer davantage notre baiser alors que lui glisse les siens sous mes épaules pour me soulever et mettre nos visages à la même hauteur. Nos langues se cherchent, se caressent, nos parfums se mélangent de nouveau pour n'en former plus qu'un. J'ai envie de prolonger à l'infini ces retrouvailles, j'ai envie...

— Non !

Heureusement pour moi, Ange a interrompu notre baiser, se souvenant certainement de l'endroit où nous nous trouvons, et de l'inconvenance de la situation. Malgré tout, il me serre encore contre lui, front contre front, nez contre nez.

— Je suis toujours en colère après toi.

— À juste titre.

— Et je compte bien te le faire payer.

— Ce sera mérité.

Je me noie dans son regard et lui dans le mien, et nous rions tous les deux quand, après des mois à me contenir, mes barrages finissent par céder. Un premier sanglot remonte dans ma gorge pour m'échapper, puis un autre et encore un autre, sans que je ne puisse rien y faire.

— Non, ne pleure pas, ma douce, me console-t-il aussitôt en me reposant au sol. S'il te plaît. Arrête, je suis là.

Mes sanglots redoublent. Voyant que je ne parviens pas à me calmer, il m'interpelle d'un ton plus sec :

— Anaïs, regarde-moi. Je suis là et je vais bien, affirme-t-il tandis que je m'exécute tant bien que mal.

Ma voix se brise.

— J'ai eu tellement peur de te perdre...

— Arrête, ma belle. Tout ça, c'est derrière nous, maintenant. Je ne partirai plus. C'est fini.

Il me serre étroitement contre son cœur, où je peux enfin respirer son parfum à pleins poumons. J'y passe de longues secondes et, petit à petit, ce cocon qui m'a tant manqué finit par m'apaiser.

— Ne me fais plus jamais ça ! lui ordonné-je avec un peu plus d'assurance.

— Plus jamais.

— Sinon, je reprends mon amour pour toi.

— Je ne suis pas sûr que tu puisses faire ça, mais c'est OK.

Le nez dans son cou, je laisse échapper un rire teinté de larmes.

— Excusez-moi...

Un homme nous interpelle, à l'entrée du funérarium, me faisant méchamment reprendre contact avec la réalité. Je m'écarte aussitôt d'Ange pour lisser les plis de ma robe le temps de reprendre contenance.

— Finissons-en et tirons-nous d'ici. Tu es prête ?

J'acquiesce difficilement, puis nous nous dirigeons vers l'employé. Il nous attend dans le hall, derrière un comptoir d'accueil sommaire sur lequel est posée une urne funéraire des plus sobres. Mon regard s'immobilise sur cette espèce de vase en carton qui contient les cendres de ma mère. Je me sens bizarre, je n'arrive pas à réaliser qu'elle puisse tenir dans un si petit contenant. L'angoisse commence à monter, quand la main apaisante d'Ange se pose dans le bas de mon dos.

— N'oubliez pas que c'est une urne provisoire, déclare l'homme en costume, comme s'il parlait d'un quelconque article de supermarché. Elle est biodégradable, il vous faudra donc trouver un contenant qui résiste plus longtemps, et transvaser les cendres.

Il récupère le formulaire que je viens de signer, puis me fait un signe de tête pour me faire comprendre que tout est en ordre. *Il est temps d'y aller, ma grande !* Prenant mon courage à deux mains, j'approche pour m'emparer de l'urne mais m'arrête, nauséeuse, en constatant qu'elle dégage encore de la chaleur. C'est idiot, mais je ne m'y attendais pas. Paralysée, les doigts à quelques centimètres du carton tiède, je tente de me raisonner sans y parvenir. Alors que je me dis que je suis en train de me couvrir de ridicule, deux grandes mains s'emparent de l'urne pour moi, mettant fin à mon calvaire. Je remercie Ange silencieusement, et le suis à l'extérieur, où nous accueille un joli soleil de fin d'après-midi.

— Et maintenant ? me demande-t-il en désignant l'urne. Qu'est-ce que tu comptes en faire ?

— Je... Merde, j'en sais rien. J'ai eu tellement de choses à régler ces derniers jours que j'ai oublié de réfléchir à ce que je ferais de ses cendres.

Sentant la panique monter en moi, je lance un regard de détresse à Ange.

— Tu me fais confiance ? me demande-t-il après un temps de réflexion.

Je hoche la tête et nous regagnons ma voiture. Je le laisse prendre le volant, heureuse de revoir sa grande carcasse coincée dans ma petite Coccinelle adorée. Les cendres de ma mère calées sur la banquette arrière, nous prenons la route et ne parcourons que quelques kilomètres avant de nous arrêter. Nous nous garons au sommet d'un point de vue somptueux. Je regarde l'océan s'étendre à perte de vue devant nous. J'adore cet endroit et suis surprise de ne pas y avoir pensé moi-même. Je me tourne vers Ange, qui me dévisage.

— La Corniche ?

— Ta mère était espagnole, non ? Je me suis dit que cet endroit était approprié pour disperser ses cendres. Il y a de la hauteur, la nature est sauvage, sans compter que la Corniche relie la France à l'Espagne... C'est illégal, mais qui viendra nous dénoncer ? Il faudrait déjà qu'il y ait quelqu'un.

J'observe les alentours, sans trouver âme qui vive. Nous sommes à la tombée de la nuit, à la fin du mois de mars, pas vraiment de quoi attirer les foules.

— Ange, c'est parfait. Merci.

Nous sortons de la voiture, et il récupère l'urne, alors qu'un nœud se forme dans mon estomac. Ma mère n'est plus que poussière, et pourtant je ne sais pas si je suis prête à la quitter.

— Tu veux le faire ? me demande Ange avec douceur, comme pour ne pas me brusquer.

Son regard bienveillant me redonne un peu de courage. Avant de flancher, je prends l'urne, puis me dirige vers le bord de la falaise, au plus près de l'océan. Ange ne m'a pas suivie, et à raison : j'ai besoin d'être seule. Sans prendre le temps de réfléchir davantage, je dévisse le couvercle et laisse les cendres s'envoler, aussitôt happées par le vent. Elles tourbillonnent en une danse étrange, puis disparaissent. Quelques très courtes secondes auront suffi à emporter ma mère. Je reste pourtant plusieurs minutes à observer l'horizon, me disant qu'elle est enfin libre. Une extrême lassitude m'envahit alors, une fatigue écrasante. Je décide de retourner à la voiture, devant laquelle patiente Ange, les mains dans les poches. En me voyant approcher, il écarte les bras ; je m'y réfugie sans tarder. Il embrasse mon front, puis pose son menton sur ma tête. Ainsi blottie contre lui, je me sens étrangement sereine, émotion que je n'avais pas expérimentée depuis... que je n'avais jamais connue en fait. Après un long silence, sa voix résonne contre ma joue.

— Allez, ma belle, il est temps.

— Temps de quoi ?

— De rentrer à la maison.

Un sourire épanoui gagne lentement mon visage quand je me rends compte qu'instinctivement je me suis mise à raisonner en « nous ». *Il est là, il est vraiment là.*

— Oui, GI Joe. Rentrons à la maison.

Chapitre 31

Ange

— Est-ce que tu es un super héros ?

Debout sur une échelle, je stoppe le tournevis avec lequel je fixais la caméra de surveillance et jette un œil au fils de Mary, qui m'observe avec curiosité. Voyant que sa mère n'est pas dans les parages, je décide de lui répondre le temps que cette dernière vienne le chercher.

— Pas vraiment, non.

— Eh ben, Mitou, lui, c'est un super héros chat.

— Ah oui ? Et c'est quoi, son super pouvoir ?

— Il est invincible.

— Pas sûr que ce soit vraiment une bonne nouvelle, maugrée-je dans ma barbe en reprenant mon vissage.

— Quoi ? me crie Tim depuis le bas de l'échelle.

— Dis-moi, tu n'as pas des devoirs à faire ?

— *Nope*, mec.

— C'est quoi, ce langage ? Tu connais ça à six ans, toi ?

— Ben oui, je suis dans l'école des grands, maintenant, répond-il avec assurance.

La voix d'Anaïs résonne dans la maison.

— Tim, ta maman t'attend dans la salle de bains !

— Oh non, ça me soûle, de tout le temps me laver. Je n'ai même pas joué dans la boue, aujourd'hui !

Il souffle, puis me quitte, les épaules basses. Je ris en

voyant ce si petit bonhomme afficher un tel sentiment d'injustice, tout ça pour une simple douche.

Après avoir terminé d'installer la dernière caméra de surveillance, je vais ranger l'échelle dans la remise, et rejoins Anaïs dans la cuisine du foyer. Je la trouve en train de découper des carottes en rondelles. Concentrée sur sa tâche, elle ne m'aperçoit pas tout de suite, et j'en profite pour me repaître une fois encore d'une vision dont je ne me lasserai sans doute jamais : celle de la femme qu'elle est devenue en quelques mois. Un simple jean bleu, un pull « marinière », selon ses dires, et des baskets montantes blanches. Son cou gracile mis en valeur par la masse arrondie de ses cheveux, relevés en chignon, et dans lesquels trône un crayon à papier. Une touche discrète de maquillage, juste ce qu'il faut pour mettre en valeur ses yeux et ses taches de rousseur ; histoire de me rendre complètement dingue.

Il faut dire aussi que je commence à trouver le temps long... Elle me mène la vie dure, depuis que je suis rentré. Ma punition étant à la hauteur de ma faute : dormir sur le canapé le nombre de jours correspondant au nombre de mois d'absence. Six nuits. Autant dire une éternité, surtout quand on passe ses journées à jouer au jeu du chat et de la souris. Six jours d'abstinence : je ne suis pas près de rompre à nouveau une promesse... Cinq nuits se sont déjà écoulées, cinq nuits durant lesquelles je n'ai presque pas dormi, trop occupé à penser à son corps chaud, dans la chambre d'à côté. Un corps que j'imagine nu, sur les draps, en sueur sous mes caresses, tendu sous le mien...

— Tu comptes entrer dans cette cuisine, ou continuer à me mater en douce et sans vergogne ?

Sa voix enjôleuse me trouble profondément, alors qu'elle continue à couper ses légumes sans même m'accorder un regard.

— C'est que j'ai peur de me mettre à toucher ce qui m'est interdit, si je m'approche trop. Et comme je suis encore puni...

Elle sourit, tout en versant ses carottes dans une espèce de marmite en fonte. Elle s'essuie ensuite les mains à un torchon posé en boule sur le plan de travail, puis remue à l'aide d'une cuillère en bois une sauce qui mijote sur le feu.

— Approche, m'ordonne-t-elle d'une voix douce.

Je m'exécute, trop heureux de pouvoir respirer son parfum. Elle m'a tellement manqué, ces derniers mois... C'était bien la première fois de ma vie que je passais l'intégralité d'une mission à penser à mon retour. Si jusqu'ici je n'avais rien pour me donner envie de rentrer, j'ai aujourd'hui la plus belle des raisons de rester.

— Goûte.

Elle me tend la cuillère en bois, sur laquelle je pose les lèvres pour goûter à sa sauce à base de chocolat. Elle attend patiemment ma réaction tandis que je me fais la réflexion de n'avoir jamais été aussi heureux. Le bonheur réside finalement dans des tas de petites choses simples.

— C'est comment ?

— C'est parfait.

Son sourire solaire illumine la pièce. Elle replonge aussitôt l'ustensile dans la casserole.

— C'est pour le dessert de ce soir. Nous avons fait notre premier accueil aujourd'hui, et j'ai envie que tout soit parfait. Cette femme a besoin de réconfort. Tu la verrais, elle... Enfin, bref. Je suppose qu'on va devoir s'y habituer. Je lui apporterai un plateau dans sa chambre, tout à l'heure, puisqu'elle ne veut pas en sortir pour le moment.

Elle s'active dans la cuisine, et force mon admiration. Ce qu'elle a accompli ces derniers mois est incroyable.

Son rêve a pris forme, elle s'est donné les moyens de réussir, et a fait preuve d'une énergie admirable. Je suis hyper fier d'elle, et le lui ai déjà dit à maintes reprises.

— Tu as terminé ? me demande-t-elle.

— Oui, ça y est. Tout le domaine est sécurisé, personne ne franchira la porte sans que j'en sois informé. Une vraie forteresse.

Une lueur de soulagement traverse son regard. Lorsque je suis rentré de mission, et en accord avec Stéphane, j'ai décidé de m'accorder une semaine de congés avant de retourner à la salle d'entraînement, où je dois prendre définitivement mon poste. J'ai profité de ces quelques jours pour sécuriser entièrement le foyer d'Anaïs afin que l'incident avec l'ex de Mary ne puisse plus se reproduire. Cela la rassure, elle, mais ça me rassure surtout, moi. En mon absence, je sais maintenant que je pourrai garder l'esprit tranquille, la sachant en sécurité. Joueuse, Anaïs se hisse sur la pointe des pieds, pour déposer un baiser léger comme une plume sur mes lèvres.

— Merci, me susurre-t-elle, tout sourire.

Je m'agrippe fermement au plan de travail. Mes mains ont besoin d'être occupées, sans quoi, mes semaines d'abstinence pourraient bien les pousser à passer à l'action. Anaïs manifeste, elle aussi, de plus en plus de difficultés à se contenir ; je le vois à des tas de détails, comme par exemple le fait qu'elle ne s'est toujours pas éloignée de ma bouche, qu'elle dévore à présent du regard. Son souffle chaud sur ma peau est la plus délicieuse des tortures, ses pupilles dilatées de désir, la plus belle récompense.

— Peut-être, commencé-je d'une voix rauque, peut-être que tu pourrais lever la punition plus tôt que prévu.

J'attrape sa lèvre du bout des doigts, obsédé par l'idée de la goûter de nouveau.

— J'ai été extrêmement sage, cette semaine, tu dois bien me l'accorder. Je n'ai même pas réagi quand tu es entrée dans la salle de bains en petite culotte pendant ma douche, l'autre soir.

— C'est vrai que tu as été exemplaire... Mais c'est non.

Un grognement de frustration m'échappe. Elle rit mais ne recule pas pour autant. Au contraire, elle passe ses bras autour de mon cou, plaquant sa poitrine contre mon torse.

— Tu es dure en affaires. Tu m'as malmené pendant des jours.

— Et toi des mois.

— Et si, pour me faire pardonner, je récupère une partie de cette délicieuse sauce au chocolat, pour t'en enduire les seins et les laver du bout de ma langue ?

Elle déglutit et son sourire disparaît. Je sens son cœur s'emballer à cette idée, et lorsque sa langue passe sur sa lèvre je ne suis pas loin de perdre la tête. Mon érection me fait un mal de chien, je suis à deux doigts d'aller prendre une douche glacée. Encore une... *Plus que vingt-quatre heures, Ange, tu peux le faire.*

— J'ai faim ! On mange quoi, Anaïs ?

Tim débarque comme une fusée en pyjama dans la cuisine, nous obligeant à reprendre une posture convenable. J'embrasse tout de même ma nana sur la joue, avant de lui glisser à l'oreille :

— Je garde l'idée du chocolat. Dans vingt-quatre heures, tu es à moi. Prépare-toi, ma belle...

Puis je me redresse et quitte la cuisine en sifflotant, comme si je n'avais pas une trique abominablement douloureuse dans le jean.

Trois heures plus tard, tout le monde a regagné ses quartiers. La nouvelle venue n'a pas bougé de sa chambre, comme l'avait prédit Anaïs. Après un bon repas, Mary a couché Tim pour s'installer sur le canapé du salon, devant un feu de cheminée, avec un bouquin et une tisane. Quant à nous deux, nous avons regagné la grange, qui nous sert maintenant de maison. Un foyer flambant neuf, où la pierre côtoie une déco industrielle choisie avec goût et dans lequel Anaïs avait prévu de la place pour mes affaires.

La première fois que j'ai poussé la porte d'entrée, elle m'a murmuré à l'oreille :

— Bienvenue chez toi, GI Joe.

Puis elle m'a fait visiter chacune des pièces. Si elle ne m'avait pas informé avant de ma punition, je l'aurais prise là, sur le carrelage de notre maison, dès l'entrée. Parce que je ne pouvais pas attendre une minute de plus pour lui prouver combien je l'aime, pour la remercier de s'être battue pour nous, et de m'avoir offert un foyer. Évidemment, je n'en ai rien fait, me contentant de la soulever dans mes bras, pour l'embrasser jusqu'à plus soif, nous laissant tous les deux pantelants et frustrés. Une frustration qui n'a fait que grandir, toute la semaine, jusqu'à atteindre son paroxysme là, maintenant, alors qu'Anaïs est allongée, endormie sur le canapé, habillée de son T-shirt des Guns et d'un short minuscule, ses jambes interminables posées sur les miennes. Décidant de la jouer gentleman, je la soulève délicatement dans mes bras, sans la réveiller, pour la porter jusqu'à son lit. Quand je la pose sur le matelas, elle gémit de contentement et s'étire, dévoilant à mes yeux avides la peau veloutée de son ventre plat.

— Bordel de merde, grommelé-je dans ma barbe.

Je quitte la chambre sans m'attarder une seconde de plus. Je vais peut-être la prendre, cette douche glacée, finalement. Par peur de la réveiller en faisant trop de bruit, je me contente plutôt de m'affaler sur le canapé, pour tenter de suivre le programme qui passe à l'écran.

Sans succès : il est minuit moins cinq et je suis alerte comme s'il était 9 heures du mat. Sentant poindre une nouvelle nuit chaotique, je souffle longuement, calant ma tête sur l'appui-tête du canapé.

— Des problèmes d'insomnie, monsieur Costa ?

Surpris, je me redresse, et je prends un coup au bide en la découvrant, dans l'embrasure de la porte. Je crois bien que ma mâchoire vient de se décrocher. Le sourire satisfait qu'elle affiche doit certainement être proportionnel à ma réaction de surprise. Vêtue uniquement de sa fameuse petite culotte *Star Wars* et du blouson en cuir qui m'avait flingué le cerveau il y a quelques mois de ça, elle me dévore du regard. *Putain, elle est… waouh.*

— Ma punition est levée ? demandé-je sans trop y croire.

— Nous sommes le sixième jour, il est minuit.

— Moins cinq.

Elle hausse nonchalamment une épaule.

— Il doit bien être minuit quelque part.

Un sourire carnassier me gagne. *Enfin, c'est pas trop tôt…* Je laisse ma faim pour elle exploser, et mon érection redouble d'intensité. Une chose est sûre, ça va être du rapide. Je me lève, retire mon T-shirt, le laisse retomber au sol puis ouvre les bras.

— Tu viens ?

Elle sourit et se mord la lèvre avec gourmandise. Sans prévenir, elle se met à courir et me saute dans les bras, ses longues jambes enroulées autour de ma taille, sa bouche s'emparant de la mienne avec une urgence qui frise l'hystérie. Le parfum mentholé de ses longs cheveux nous enveloppe, tandis que mes mains agrippent avec possessivité son délicieux petit cul rebondi. Je l'embrasse à m'en retourner la tête. Elle est réactive à chacune de mes caresses, à chacun de mes grognements impatients, et ce, pour mon plus grand bonheur. Lorsqu'elle me mord la lèvre pour ensuite la lécher, je me dis que ça va être *vraiment* très très rapide. Peu importe : on aura tout le temps plus tard, pour les détails.

— Bordel, tu m'as tellement manqué, lui dis-je en longeant son cou de ma langue.

— Ange...

Elle gémit et se cambre contre moi, la chaleur de son entrejambe perçant à travers mon jean. N'y tenant plus, je l'allonge sur le canapé, gardant ma place entre ses cuisses, et me redresse pour ouvrir sa veste en cuir. Ses seins apparaissent devant moi, nus, et c'est à cet instant précis que je perds complètement pied. Hypnotisé par ses tétons dressés qui me donnent l'eau à la bouche, je m'entends lui avouer, la voix chargée de désir :

— Si tu savais toutes les choses que je rêve de te faire...

Elle agrippe sans douceur mon menton pour me faire relever la tête et ordonne, empressée :

— Contente-toi de me prendre. Te sentir en moi, c'est tout ce dont j'ai besoin, pour le moment.

Sans la quitter des yeux, je déboutonne mon jean, mais elle repousse mes mains d'une claque pour les remplacer par les siennes. Un grognement guttural m'échappe lorsqu'elle enroule ses doigts autour de mon sexe et le libère enfin.

— Putain de...

Anaïs agrippe ma nuque et me ramène à elle, pour me faire taire d'un baiser enfiévré. Un ou deux aller-retours, puis je récupère ses poignets, pour les placer sur l'accoudoir au-dessus de sa tête. J'écarte sa culotte d'une main, de l'autre guide mon érection en elle. Je la prends d'une seule poussée impatiente, nous arrachant à tous deux un long gémissement. Pas de pause, pas d'attente. Cette fois, il n'est pas question de savourer, il s'agit de rattraper : le temps perdu, l'absence, la frustration... Un amour purement physique. Je décolle ses fesses du canapé pour la prendre sans retenue. Ses cris extatiques se mêlent à mon souffle erratique. Je n'ai pas envie que ça se termine mais, après des mois d'absence, j'ai un besoin urgent de la marquer, de la faire mienne. Mes bas instincts se réveillent et je lui donne tout.

Il ne nous faut pas même deux minutes pour qu'elle atteigne l'orgasme, et que je la suive dans la jouissance. Un foutu feu d'artifice comme j'en ai rarement vécu... Cette fois-ci, plus de doute : je suis vraiment de retour à la maison. Essoufflé, je m'allonge sur elle pour poser la tête sur son épaule. Alors que je la sens encore palpiter autour de moi, je profite de ce moment de plénitude pour couvrir son cou de baisers, et me rassasier de son parfum auquel je suis devenu accro.

— Mmh... lâche-t-elle, la voix éraillée. C'était juste parfait. Mais, je te préviens, j'en veux encore... Je veux des orgasmes à ne plus savoir qu'en faire. Tu as six mois de sexe à rattraper, GI Joe, ça ne va pas être facile.

Je souris dans son cou, puis redresse la tête pour la voir. Un sourire solaire aux lèvres, elle garde les yeux fermés. Elle a dû se sentir observée, car son regard retrouve le mien avant qu'elle m'embrasse de nouveau, cette fois, beaucoup plus lentement, plus langoureusement. Sans jamais l'arrêter, je me retire et réajuste nos sous-vêtements. Puis je la soulève pour l'installer à califourchon sur mes cuisses. Mon cœur en prend un coup : elle est époustouflante. Ses cheveux noirs en bataille, ses yeux brillants, sa bouche gonflée, et toujours ses taches de rousseur qui la rendent unique.

— Quoi ? me demande-t-elle, radieuse.

Je repousse une mèche de cheveux derrière son oreille.

— Rien. C'est juste que… je t'aime.

— Moi aussi, je t'aime, répond-elle avec émotion.

— Tu rougis, lui dis-je en dessinant sa joue de mon pouce. Je trouve ça adorable, *Princesse.*

Son sourire s'estompe et elle joue la contrariété. Les sourcils froncés, elle me met en garde.

— Ne m'appelle pas comme ça.

— Comme tu voudras… Princesse.

— Très bien, tu l'auras voulu…

Elle se rue sur moi, mais je plaque fermement ses mains dans son dos pour aller mordiller son cou. Elle se tortille et ses éclats de rire viennent emplir la pièce. Mon corps commence à réagir au sien, à moitié nu, alors qu'elle est prisonnière de mon emprise. Je l'observe quelques instants, me disant que rien ne peut être plus parfait que cet instant-là.

— Arrête de me regarder.

— Jamais.

Elle lève les yeux au ciel. Je la relâche.

— Beau parleur…

— Princesse…

Elle rit de bon cœur face à mon ultime provocation, puis caresse ma joue en me couvant d'un regard tendre.

— GI Joe…

Son dernier mot s'évanouit dans un sourire, à mesure que j'approche de sa bouche, triomphant. Cela me rappelle étrangement une certaine mise au point, que nous avions eue il y a déjà quelque temps. Mais aujourd'hui il ne s'agit plus de mise au point. Disons plutôt qu'il s'agit de points de suspension. De beaucoup, beaucoup de points de suspension…

Épilogue

Anaïs

— Quand tu m'as dit que tu m'emmènerais en vacances pour mon anniversaire, je ne m'attendais vraiment pas à ça...

— Ah oui ? Et tu t'attendais à quoi, exactement ? me demande Ange en fourrant la bouteille d'eau dans la sacoche.

Dépitée, je hausse les épaules tout en observant les hectares de champs secs qui nous entourent. Il fait un soleil de plomb, et je crève de chaud sous mon attirail de motarde en herbe. Même lorsque nous roulons, je n'arrive pas à me rafraîchir ; sans compter que le cuir de la selle, chauffé par le soleil et les kilomètres parcourus, me brûle l'arrière-train...

— À vrai dire, je m'attendais plutôt à une plage, un bouquin, des cocktails, ton corps outrageusement sexy dans un maillot de bain, des heures de sexe en guise de cadeau... Pas à un road trip à moto à travers toute l'Espagne. Non pas que je n'apprécie pas l'effort d'organisation. Je sais qu'il t'a fallu des semaines pour planifier ça, et vraiment je te remercie d'avoir fait ça pour moi...

— Mais ?

— Mais tu avoueras quand même que ce n'est pas ce qu'il y a de plus reposant. Ce sont mes premières vacances depuis l'ouverture du foyer, et toi tu bosses comme un fou à la salle, maintenant que Stéphane a réduit ses heures. On mérite tous les deux de lâcher un peu de lest...

De désespoir, je tente le tout pour le tout, et cherche à l'amadouer en l'approchant lentement pour jouer avec la fermeture de son blouson en cuir.

— Et, par « lâcher un peu de lest », qu'est-ce que tu entends ?

Son regard intéressé me donne des ailes. Je me penche pour lui susurrer :

— Laisse parler ton imagination, GI Joe...

Le sourire triomphant qu'il affiche alors, comme si j'étais, moi, à sa merci, et non l'inverse, ne me dit rien qui vaille. Et à juste titre. Lorsqu'il m'embrasse furtivement pour faire ensuite le tour de la moto et remettre la clé sur le contact, je suis à deux doigts de taper du pied, telle une gamine en colère. En voyant qu'il est déjà prêt à reprendre la route, je rechigne à le suivre : je suis courbaturée, exténuée, poussiéreuse, et je rêve d'un bon bain délassant. Certainement pas de nouvelles heures de bitume sur sa fichue moto. Oh ! Bien sûr, il y a quelques avantages à rouler avec Ange : le sentiment de liberté, le fait de pouvoir me blottir contre lui pendant des heures, de le rendre dingue en descendant mes mains sur le haut de ses cuisses pour me tenir à lui... Sans compter les paysages, qui sont absolument sublimes. Je ne suis pas un monstre d'égoïsme, et je sais apprécier les belles choses quand je les vois.

— Tu es prête ?

Je lui sors mon regard le plus implorant, mais l'effet escompté ne vient pas : il se marre et me donne envie de l'étrangler. Contrariée, je croise les bras.

— Tu comptes nous infliger encore combien de kilomètres, aujourd'hui ?

Juché sur sa bécane, il m'observe, pensif, alors que je suis en train de photographier mentalement cette scène pour pouvoir la glisser dans ma boîte à fantasmes.

— Je comptais aller jusqu'à Cadix, mais c'est à trois heures de route. OK, je te propose un truc, ajoute-t-il en voyant ma grimace désespérée : on roule jusqu'au prochain village, et on essaie de se trouver un petit hôtel pour la nuit, histoire de se reposer un peu. On n'est pas très loin de la mer, ça ne devrait pas être trop difficile.

— Ah ! Enfin, soupiré-je. Mes fesses te remercient, GI Joe.

Je ne relève pas son sourire intéressé, et m'attelle à remettre mon casque, puis à m'installer dans son dos pendant qu'il fait démarrer le moteur. Blottie contre lui, je tapote son épaule pour lui signifier que je suis prête, et il met aussitôt les gaz. Je grimace, mes courbatures n'appréciant pas vraiment les vibrations de la moto, mais m'accroche en pensant à ce qui m'attend une fois que nous serons arrivés. Nous avons déjà visité beaucoup de villes, apprécié de très beaux moments de complicité. Je ne réalise pas encore vraiment que je suis en train de passer mes premières vacances avec l'homme de ma vie. Si on m'avait dit que j'étais sur le point de vivre cela, il y a un an, jamais je ne l'aurais cru. Moi ? Anaïs Deltino, en road trip avec son mec, plus amoureuse que jamais ? À d'autres. Et pourtant c'est exactement ce qui est en train de se passer. Malgré mes douloureuses protestations, je vis un rêve éveillé.

Le foyer, qui a déjà aidé avec succès plusieurs femmes meurtries, est en train de gagner une très bonne réputation, pour ma plus grande satisfaction.

Ma famille de cœur, mes amis, sont toujours aussi présents. Et puis surtout il y a Ange. Mon mec, mon amour. Celui qui me supporte au quotidien, et sans lequel je n'imagine plus pouvoir vivre ma vie. Il a su faire naître la femme heureuse et épanouie que je suis devenue. Il m'a rendue plus forte, plus confiante, plus... moi. Et pour cela je le remercie chaque jour, de mille et une façons. Un mot doux écrit au rouge à lèvres sur le miroir de la salle de bains, une séance de cuisine en petite tenue sexy, des massages, des visites surprises à la salle d'entraînement juste pour le plaisir de se retrouver ensemble, même un court instant... Et bien sûr des heures et des heures de sexe.

Cette seule pensée me rend le sourire, et me pousse à me blottir davantage contre lui. Mais pas pour longtemps : il est en train de garer la moto. Perdue dans mes rêveries, je ne me suis pas rendu compte que nous avions quitté la campagne. Un rapide coup d'œil autour de nous m'informe que nous sommes dans la ruelle d'un village typique d'Andalousie. De nombreuses petites maisons sont alignées, ne laissant paraître que la façade principale : une porte d'entrée et une ou deux fenêtres fermées derrière une grille. Il n'y a pas un chat. Je suis d'ailleurs surprise que personne ne soit sorti voir d'où provenait le tapage que nous faisons avec la Harley. Ange coupe le moteur, cale la béquille et retire son casque ; j'en fais de même.

— Tu descends, ma belle ?

Je m'exécute, tout en continuant à guetter les alentours, inquiète.

— Tu crois vraiment qu'on va trouver un hôtel ici ?

— Ici, je ne pense pas, non. Ce bled est minuscule. Mais on n'a qu'à poser la question à quelqu'un.

— À qui ? demandé-je en désignant les alentours. Il n'y a pas âme qui vive !

— Bien sûr que si ! Je ne t'ai pas traînée dans un village fantôme, se moque-t-il. Vu l'heure et la chaleur, les gens doivent simplement être en train de roupiller au frais. La sieste, c'est sacré, ici. Allons voir là-bas, c'est une épicerie. Il y aura forcément quelqu'un.

Ange m'indique une petite maison à la façade blanche et aux grilles noires, devant laquelle est installé un vieux banc au bois défraîchi. Alors que nous approchons, je remarque qu'il s'agit bien d'une petite épicerie, comme l'indique le panneau qui coiffe la porte. Malheureusement pour nous, un autre panneau indique que la boutique est fermée.

— Mince, c'est marqué « *cerrado* ».

— Frappe, on verra bien.

— Juste une question... Pourquoi est-ce que ça devrait être à moi de déranger les gens, alors que c'est toi qui t'es perdu ?

— D'abord, parce que tu parles bien mieux l'espagnol que moi. Ensuite, pour te punir de tes mensonges.

— Quels mensonges ?

La porte de la boutique s'ouvre, me faisant sursauter. Une dame âgée apparaît, et pousse un cri étranglé en me voyant. Elle inspire brusquement, tremblante, les deux mains serrées sur son cœur. Les yeux embués, elle me fixe avec une tendresse qui m'interpelle, un peu comme si elle n'osait pas me toucher. Je suis dans l'incrédulité la plus totale quand soudain un détail sur lequel je n'arrivais pas à mettre le doigt me saute aux yeux : cette femme, on dirait moi en beaucoup plus âgée. Le même regard noir, les mêmes pommettes hautes, le même nez fin et ces taches de rousseur... Comme moi.

Je la reconnais. Je l'ai déjà vue, sur une vieille photo en noir et blanc, retrouvée dans les affaires de ma mère. Une photo sur laquelle on la voyait heureuse, riant aux éclats, et tenant dans ses bras une petite fille aux cheveux noirs bouclés... Mon cœur accélère. Je crois bien qu'Ange vient de m'offrir le cadeau le plus précieux qui soit. Parce que je n'oublie jamais un visage, et qu'il est donc impossible que je me trompe, je sens par toutes les fibres de mon corps que c'est elle.

Ma grand-mère.

L'émotion est profonde, et me prend aux tripes. C'est à mon tour de trembler. Cette idée me paraît surréaliste. Il n'y a pas deux minutes, j'étais orpheline, et maintenant... Cherchant une réponse, je me tourne vers Ange, la gorge nouée, alors qu'il me couve d'un regard satisfait, un sourire doux sur les lèvres.

— Je ne me perds jamais, Princesse. Joyeux anniversaire.

Remerciements

Un roman, c'est des heures et des heures de travail, plongé dans sa bulle, loin de tout et surtout de la réalité. Alors merci à mon mari, toujours présent pour replacer ma vie sur son axe. Merci mon amour pour ton extraordinaire patience, pour t'occuper si bien de nos filles quand je ne suis plus capable de penser à autre chose qu'à mon manuscrit.

J'ai une pensée émue pour mes bêtalectrices, Bichou et Steph, pour leur compréhension, leur accompagnement et surtout pour ne pas m'avoir écorchée vive quand je traînais un peu (beaucoup ?) dans l'écriture du chapitre suivant. Bravo, les filles, pour votre mental d'acier !

Mille baisers à mon éditrice, Marie, qui est devenue en quelques mois une alliée de premier ordre. Mon premier roman a trouvé le chemin des librairies grâce à toi, tu m'as offert un des moments les plus forts de ma carrière d'auteur en mars dernier (souvenir extraordinaire) et, plus que tout, tu m'as supportée en phase de correction et réécriture... Je te tire mon chapeau ! Alors merci pour ton engouement, ta positivité et pour avoir cru en moi dès mes premiers écrits, je ne te le répéterai jamais assez.

Quant à ma jumelle maléfique, la moitié sombre et décalée de l'auteur que je suis, sache que, de tous les bonheurs que m'a apportés l'écriture, te rencontrer est sans conteste le plus important de tous. Merci, Caro, d'être là chaque jour pour moi et d'avoir pris une place si importante dans ma vie. Continue à être géniale, c'est comme ça que je t'aime le plus (mais ne t'avise plus jamais de me faire réécrire un chapitre entier en plein milieu de mon manuscrit !).

Enfin, ma plus grande reconnaissance va vers vous, mes lecteurs.

Merci pour l'accueil extraordinaire que vous avez réservé à mon premier roman. Vous m'avez fait confiance, mais, surtout, vous m'avez offert une légitimité qui me permet aujourd'hui de lâcher la bride de mon imagination. Si l'histoire d'Anaïs et Ange a vu le jour, c'est surtout grâce à vous. Aussi j'espère de tout cœur me montrer à la hauteur de vos futures attentes.

Merci. Vous êtes mon plus beau cadeau.

Composé et édité par HarperCollins France.

Achevé d'imprimer en août 2019.

CPI

BLACK PRINT

Barcelone

Dépôt légal : septembre 2019.

FSC
www.fsc.org
MIXTE
Papier issu de
sources responsables
FSC® C108412

Pour limiter l'empreinte environnementale de ses livres, HarperCollins France s'engage à n'utiliser que du papier fabriqué à partir de bois provenant de forêts gérées durablement et de manière responsable.

Imprimé en Espagne.